JOHN STEINBECK

WONNIGER DONNERSTAG

ELISABETH
gewidmet

JOHN STEINBECK

WONNIGER DONNERSTAG

ROMAN

NEUE DIANA PRESS
ZÜRICH

Titel der amerikanischen Originalausgabe:

SWEET THURSDAY

Deutsch von Harry Kahn

Umschlaggestaltung:
Klaus Bäulke

In Lizenz für Neue Diana Press
Printed 1979
ISBN 3-85822-284-4

PROLOG

Eines Nachts lag Mack lang ausgestreckt auf seinem Bett im Palace Hotel und sagte: «Mit dem Buch ‚Cannery Row' war ich nie recht zufrieden. Ich würde das anders gedeichselt haben.»

Und nach einer Weile wälzte er sich herum, stützte den Kopf auf die Hand und sagte: «Ich bin ja nur ein Kritiker. Aber wenn ich dem Burschen mal begegne, der das Buch geschrieben hat, dann könnt' ich ihm schon allerhand erzählen.»

«Zum Beispiel was?», fragte Whitey No 1.

«Na, zum Beispiel das», sagte Mack. «Also, da heisst es: Kapitel eins, Kapitel zwei, Kapitel drei. So weit, so gut; aber ich hätte da gern noch ein paar Worte oben drüber, in denen mir gesagt wird, wovon das Kapitel handelt. Vielleicht will ich wieder mal zurückgehen, und wenn ich dann lese ‚Kapitel fünf', dann besagt mir das gar nichts. Wenn dagegen bloss so ein paar Worte drüberstünden, dann wüsste ich, das ist das Kapitel, das ich wieder vornehmen will.»

«Weiter», sagte Whitey No 1.

«Nun, ich hab gern, wenn viel Gespräche in einem Buch sind, aber ich mag nicht, dass mir einer erzählt, wie der Mensch aussieht, der spricht. Ich mache mir gern selbst ein Bild davon, wie er aussieht nach der Art und Weise, wie er redet. Und dann noch was: ich mache mir gern selbst ein Bild davon, was er denkt nach dem, was er redet. Ein bisschen Beschreibung hab ich auch gern», fuhr er fort. «Ich erfahre gern, was für eine Farbe ein Ding hat, wie es riecht und allenfalls auch, wie es aussieht, und allenfalls auch, was sich ein Mensch dabei denkt – aber nicht gar zu ausführlich.»

«Du bist wahrhaftig ein Kritiker», sagte Whitey No 2. «Mack, das hab ich dir bisher nicht zugetraut Ist das alles?»

«Nein», sagte Mack. «Ich will schon, dass sich ein Buch hin und wieder in allerhand Geschnörkel ergeht. Der Mann, der das Buch schreibt, soll schon die Freiheit haben, ein bisschen Geschnörkel drumherum zu machen: ein paar hübsche Worte zusammenzubosseln oder ein Liedchen mit Text einzulegen. Das ist nett. Aber ich möchte, dass das für sich gedruckt wird, damit ich es nicht zu lesen brauche. Ich will nicht, dass das Geschnörkel mit der Geschichte vermengt wird. Wenn also der Mann, der das Buch schreibt, unbedingt Geschnörkel machen will, dann soll er es gleich vorne hinsetzen. Dann kann ich es überspringen, wenn ich will, oder kann darauf zurückkommen, sobald ich weiss, wie die Geschichte ausgeht.»

Eddie sagte: «Mack, wenn der Mann, der ‚Cannery Row' geschrieben hat, herkommt, sagst du ihm das alles dann?»

Und Whitey No 2 sagte: «Ei verflucht, Mack kann jedermann alles sagen. Mack könnte einem Gespenst sagen, wie es zu spuken hat.»

«Da hast du verdammt Recht, dass ich das könnte», sagte Mack, «und da gäb's kein Tischklopfen und Kettenrasseln. Diese Spukerei hat seit Jahren keine Fortschritte gemacht. Hast verdammt Recht, dass ich das könnte, Whitey!» Und er legte sich wieder lang und schaute zum Baldachin über seinem Bett hinauf.

«Ich seh sie schon vor mir», sagte Mack.

«Die Gespenster?», fragte Eddie.

«Zum Donnerwetter, nein», sagte Mack. «Die Kapitel . . .»

1. WAS SICH IN DER ZWISCHENZEIT BEGAB

2. JOSEPH MARIAS VERWORRENE LAUFBAHN

3. GESCHNÖRKEL I

4. DANN KÄME KEINE PARTIE ZUSTANDE

5. SUZY TRITT AUF

6. DAS SCHÖPFERISCHE KREUZ

7. DIE KATZE LÄSST DAS MAUSEN NICHT

8. DER GROSSE ROQUE-KRIEG

9. WEN DIE GÖTTER LIEBEN,
DEN BRINGEN SIE UM DEN VERSTAND

10. DIE WIRKLICHKEIT HAT EIN LOCH,
DURCH DAS WIR SCHAUEN KÖNNEN

11. HAZEL BRÜTET

12. MAUERBLÜMCHEN

13. PARALLELEN SCHNEIDEN SICH IM
UNENDLICHEN

14. MISTIGER MITTWOCH

15. HOHE SCHULE

16. ST. MACKS BLÜMELEIN

17. SUZY SETZT DEN PUNKT AUF DAS I

18. NACH GETANER ARBEIT IST GUT RUHN

19. WONNIGER DONNERSTAG I

20. WONNIGER DONNERSTAG II

21. DAS WAR EIN TOLLER TAG

22. DIE ZURÜSTUNG

23. EINE LIEBESNACHT

24. ERWARTUNGSVOLLER FREITAG

25. DER ALTE KLINGELBEUTEL

26. DER STURM ZIEHT HERAUF

27. O GLORREICHER TAG!

28. HINTER DEN BERGEN BEI DEN SIEBEN ZWERGEN

29. WEHE WEHE, WENN ICH AN DAS ENDE SEHE

30. GEBURT EINES PRÄSIDENTEN

31. DER DORNENPFAD DER GRÖSSE

32. HAZELS UMFRAGE

33. GETROMMEL IN DER FERNE

34. ES GEHT NICHTS ÜBER EIN VOLLBAD

35. HEUREKA!

36. HERR, WARUM HAST DU MICH VERLASSEN?

37. KLEINES INTERMEZZO

38. GESCHNÖRKEL II ODER DAS GROSSE SCHMETTERLINGSFEST

39. WONNIGER DONNERSTAG IN ZWEITER AUFLAGE

40. DER GOLDENE STERN

ERSTES KAPITEL

WAS SICH IN DER ZWISCHENZEIT BEGAB

Als der Krieg nach Monterey und in die Cannery Row gelangte, nahm jedermann mehr oder weniger, auf diese oder jene Weise, am Kampfe teil. Als die Feindseligkeiten eingestellt wurden, hatte ein jeder seine Wunden aufzuweisen.

Die Konservenfabriken selbst beteiligten sich an der Kriegführung, indem sie die Aufhebung der Fangbeschränkungen durchsetzten und sämtliche Fische fingen. Es geschah aus Patriotismus, aber das brachte die Sardinen nicht wieder. Es war wie mit den Austern in «Alice im Wunderland»: sie hatten sie samt und sonders gefressen. Es geschah das in dem selben hohen Bestreben, auf Grund dessen die Wälder im Westen abgeholzt wurden und jetzt aus der Erde Kaliforniens das Wasser schneller herausgepumpt wird, als es wieder hineinregnen kann. Wenn sich dann Wüstenei ausbreitet, werden die Leute betrübte Gesichter machen; genau wie Cannery Row ein betrübtes Gesicht machte, als die Sardinen gefangen, verpackt und verzehrt waren. Die Konservenbetriebe aus perlgrauem Wellblech lagen still; das einzige dort vorhandene Lebewesen war ein Wächter, der die Runde machte. Die Strasse, die ehedem vom Lärm der Lastwagen getost hatte, lag stumm und leer da.

Ja, der Krieg war über alle gekommen. Doc wurde

eingezogen. Er übergab die Aufsicht der Western Biological Laboratories einem Freund, der unter dem Spitznamen «Old Jingleballicks» – der Alte Klingelbeutel – bekannt war, und diente als Sanitätssergeant in einem Lazarett für Geschlechtskranke seine Zeit ab.

Doc nahm die Sache philosophisch. Er vertrieb sich seine Freizeit mit Hilfe des unbeschränkt zur Verfügung stehenden ärarischen Alkohols, erwarb sich viele Freunde und tat alles, um nicht befördert zu werden. Als der Krieg vorbei war, wurde Doc von der dankbaren Regierung noch weiter verpflichtet, und zwar zur Bereinigung gewisser Inventarprobleme, einer Tätigkeit, zu der er durchaus geeignet war, da er zu der Schlamperei in bedeutender Weise beigetragen hatte. Zwei Jahre nach dem Endsieg wurde Doc dann mit allen Ehren aus dem Heeresdienst entlassen.

Er begab sich alsbald wieder zum Western Biological und sprengte die von der Nässe verklemmte Tür gewaltsam auf. Old Jingleballicks war seit Jahren nicht dort gewesen. Staub und Schimmel überzogen alles. Im Ausguss lagen schmutzige Töpfe und Pfannen. Ein Teil der Instrumente war verrostet. Die Käfige der Versuchstiere waren leer.

Doc setzte sich auf seinen alten Sessel, und eine schwere Last senkte sich auf ihn herab. Schwelgend in lautlosen Flüchen verwünschte er Old Jingleballicks; schliesslich stand er mechanisch auf und ging über die still daliegende Strasse hinüber zu Lee Chongs Kramladen, um sich Bier zu holen. Ein gut angezogener Mann von mexikanischem Aussehen stand hinterm Ladentisch; da erst fiel Doc ein, dass Lee nicht mehr da war.

«Bier», sagte Doc. «Zwei Liter.»

«Sofort», sagte der Patrón.

«Ist Mack in der Gegend?»

«Gewiss. Ich denke schon.»

«Sagen Sie ihm, ich möchte ihn sprechen.»

«Was soll ich sagen, wer ihn sprechen möchte?»

«Sagen Sie ihm, Doc sei zurück.»

«Okay, Doc», sagte der Patrón. «Ist diese Sorte Bier recht?»

«Jede Sorte Bier ist recht», sagte Doc.

Am Abend spät sassen Doc und Mack zusammen im Labor. Das Bier schmeckte ihnen nicht mehr, und so trat an seine Stelle ein Liter der Marke «Old Tennisschuh», während dessen Konsumierung Mack die Lücke der letzten Jahre ausfüllte.

Allerwärts hatten sich Veränderungen ergeben. Leute waren verschwunden oder hatten sich verändert, was fast dasselbe war. Betrübt wurden Namen erwähnt, sogar Namen von noch Lebenden. Gay war tot: ein herunterfallender Granatsplitter einer Flak-Granate hatte ihn in London getroffen. Musste während eines Bombenangriffs unbedingt seine Nase in die Luft stecken. Seine Frau hatte sich dank seiner Lebensversicherung glatt wieder verheiratet, aber im Palace war Gays Bett genau so gelassen worden, wie es bei seinem Aufbruch gewesen war ... eine kleine Gedenkkapelle für Gay. Niemand durfte sich auf Gays Bett setzen.

Mack erzählte Doc ferner davon, wie Whitey No 1 Arbeit in einer Munitionsfabrik angenommen, am zweiten Tag das Bein gebrochen und dann ein Vierteljahr in dulci jubilo gelebt hatte. Auf seinem weissüberzogenen Krankenhausbett hatte er Mundharmonika spielen gelernt, eine Kunst, an der er sich sein ganzes ferneres Leben lang erfreute.

Was dann den neuen Whitey anging, Whitey No 2, so war Mack stolz auf ihn. Er hatte sich zu den Ersten Marinefüsilieren gemeldet und war auch mit den Nachschubtruppen hinausgekommen. Jemand, nicht Whitey No 2 selbst, hatte erzählt, er habe einen Bronze-Stern bekommen, aber, wenn das der Fall war, so hatte er ihn verloren; ein Beweis war also nicht vorhanden. Doch er verzieh es dem Marine-Corps nie, dass man ihm sein Beutestück weggenommen hatte: ein Literglas mit in Spiritus eingemachten Ohren. Er hatte das Glas über seinem Bett als Erinnerungszeichen an seinen Dienst fürs Vaterland aufstellen wollen.

Eddie war auf seiner Stelle bei der Dicken Ida im Café La Ida geblieben. Als der untersuchende Arzt durch einen Blick auf Eddies Kontrollkarte merkte, was bei ihm nicht stimmte, kam er zum Schluss, Eddie sei zwölf Jahre lang theoretisch tot gewesen. Doch dessenungeachtet lief Eddie lebendig herum, und da doch sonst alle eingezogen waren, wurde er bei der Dicken Ida fast ständiger Barmann. Rein aus Sentimentalität goss er den Rest der Kannen in kleine Fässchen, und sobald eins voll war, spundete er es zu und vergrub es. Noch jetzt ist das Palace das bestversehene «Hotel» in der Grafschaft Monterey.

Ungefähr bei der Hälfte des ersten Liters «Old Tennisschuh» angelangt, berichtete Mack, dass Dora Flood im Schlaf verschieden war und die «Flotte Flagge» verwaist zurückgelassen hatte. Ihren Mädels hatte es das Herz zerrissen. Sie veranstalteten ein Damengelage, das sich über drei Tage erstreckte, klebten ein Schild «Betrieb geschlossen» an die Haustür, aber durch die

Mauern hindurch konnte man hören, wie sie zu Ehren Doras dreistimmig fromme Lieder sangen. Diese Mädels trauerten wahrhaft – sie heulten vor Trauer wie die Präriewölfe.

Die «Flotte Flagge» wurde von der nächsten Anverwandten Doras übernommen, einer älteren Schwester von ihr, die von San Francisco kam, wo sie einige Jahre lang an der Howard Street ein Nachtasyl, eine sogenannte Mitternachtsmission, geleitet und dabei nicht unvorteilhaft abgeschnitten hatte. Sie war die ganze Zeit über Doras stille Teilhaberin gewesen und hatte bei der Führung des Etablissements ein gewichtiges Wort mitgesprochen. Ihre neue Tätigkeit fand sie nicht gar so verschieden von ihrer früheren, beide dünkten ihr Dienste zum Wohle der Allgemeinheit. Sie stellte Horoskope und fuhr fort, zumindest nach den Arbeitsstunden, die «Flotte Flagge» in eine Art Institut zur Erwerbung feiner Lebensart für höhere Töchter zu verwandeln. Sie hiess Flora, bis eines Tages ein Stromer, der bessere Tage gesehen hatte, seinen Suppenteller leerass und sagte: «Flora, du scheinst mir eher ein Fauna-Typ zu sein.»

«Hör mal», sagte sie, «das gefällt mir. Darf ich mir das aneignen?» Sie tat das denn auch und hiess fortan für immerdar Fauna.

Nun, so betrüblich das alles war, mit dem Betrüblichsten hatte Mack noch hinterm Berge gehalten. Er hatte nicht recht daran heran gewollt. Aber schliesslich berichtete er Doc doch von Henri, dem Maler.

Wegen Henri machte sich Mack selbst leichte Vorwürfe. Henri hatte ein kleines Boot gebaut, ein tadelloses kleines Boot mit einer netten Kajüte. Doch er hatte es droben im Wald gebaut, da er Angst hatte vorm Meer. Das Boot stand auf Betonklötzen, und Henri hatte seine Freude daran. Eines Tages nun, als sie sonst gar nichts zu tun hatten, spielten Mack und die Jungens Henri einen Streich. Bloss aus Langeweile. Sie gingen zur Felsenküste hinunter, suchten einen ganzen Sack voll Entenmuscheln zusammen, schleppten sie hinauf und pappten sie mit schnell festwerdendem Zement an den Boden von Henris Boot. Henri war darüber reichlich bestürzt, zumal da er niemand etwas davon sagen konnte. Doc hätte ihn trösten können; aber Doc war ja beim Militär. Henri kratzte den Boden des Bootes ab und strich ihn an; aber kaum war der Anstrich trocken, holten die Jungens wieder Muscheln, brachten sie am Boot an und klebten auch ein bisschen Seetang dazu. Sie schämten sich furchtbar, als sie der Folgen ihrer Tat innewurden. Henri verkaufte das Boot und verschwand binnen vierundzwanzig Stunden aus der Stadt. Er vermochte die ihn verfolgende grausige Vorstellung nicht loszuwerden, das Boot fahre auf die See hinaus, während er schlief.

Weiterhin erzählte Mack, Hazel – auch Hedda genannt – sei ebenfalls beim Heer gewesen, obschon das kein Mensch glauben könne. Hazel war sogar lang genug im Dienst gewesen, um das Anrecht auf den Versorgungsschein für die G. I.s zu haben, und er hatte sich in der California-Universität zu einem Lehrkurs in Astrophysik immatrikulieren lassen, indem er auf seinem Gesuch ein Registrierungszeichen anbrachte. Als nach einem Vierteljahr das Durcheinander ein bisschen nachgelassen hatte, waren ihm die Universitätsbehörden auf die Schliche gekommen. Die psychologische Fakultät hatte ihn zwar behalten wollen, doch das war mit den Gesetzen nicht vereinbar.

Hazel machte sich oft Gedanken darüber, was das eigentlich sei, was er hatte studieren wollen. Er hatte die Absicht gehabt, Doc zu fragen, aber als dann Doc zurückkam, war es ihm entfallen.

Doc goss sich die letzten Tropfen der ersten Flasche «Old Tennisschuh» ein und sagte: «Du hast von allem Möglichen gesprochen. Aber was hast du erlebt, Mack?»

Mack sagte: «Ich bin bloss hier in der Gegend geblieben und hab' nach dem Rechten gesehen.»

Nun, Mack hatte nach dem Rechten gesehen und ausserdem mit jedem Menschen, den er traf, Kriegsgespräche geführt. Seinen Krieg – den ersten Weltkrieg – nannte er den Grossen Krieg. Nunmehr jedoch interessierte er sich für die Versuche mit der Atombombe, so wie man sich etwa für den Vierten Juli interessiert. Die von der Regierung ausgesetzte Belohnung für die Entdeckung neuer Uranlager erzeugte bei Mack eine Kettenreaktion, und er kaufte sich einen gebrauchten Geigerzähler.

An der Autobus-Station von Monterey fing der Geigerzähler zu surren an, und Mack fuhr damit bewaffnet ins Land hinaus: zuerst nach San Francisco, dann nach Marysville, Sacramento und Portland. Macks wissenschaftliches Interesse war so gross, dass er dem in dem Bus mitfahrenden Mädchen keine Beachtung schenkte. Will sagen: nur wenig Beachtung. Nun, wie es in Macks Leben nicht zum ersten Mal vorkam: Eines fügte sich zum Andern. Das Mädchen fuhr auf dem nächsten Umweg nach Jacksonville in Florida. Mack würde sich in Tacoma von ihr getrennt haben, wenn sein Geigerzähler ihn mit seinem Gepoche nicht nach Osten zu gewiesen hätte. So landete er mitsamt dem

Mädchen schliesslich in Salina in Kansas. An einem schwülen regnerischen Tag hieb das Mädchen im Omnibus nach einer Mücke und zerbrach dabei ihre Armbanduhr; da erst entdeckte Mack, dass er hinter einem Radium-Zifferblatt hergewesen war. Liebesromantik war für Mack in seinem Alter kein ausschlaggebender Beweggrund. Auf einem offenen Güterwagen, verkrochen unter einer Plache, mit der ein für Fort Ord bestimmter mittelschwerer Tank zugedeckt war, gelangte er heim nach Monterey. Mack war heilfroh, wieder daheim zu sein. Von einem Wachsoldaten, der auf dem Waggon mitfuhr, hatte er ein paar Dollar gewonnen. Er machte grossen Hausputz im Palace-Hotel und pflanzte eine Reihe Winden der Fassade entlang, kurz, bereitete unter Mithilfe Eddies alles für die Rückkehr der Helden vor. Als die Helden dann einer nach dem andern zurückkamen, ging es hoch her.

Über Doc und Mack senkte sich goldschimmernde Schwermut wie herbstlicher Blätterfall, eine Schwermut, die zu gleichen Teilen aus «Old Tennisschuh» und alten Zeiten zusammengebraut war, aus dem Gedenken an verlorene Freunde und Betrachtungen über veränderte Freunde. Und beide waren sich bewusst, dass sie einem bestimmten Thema auswichen, dass sie nebensächliche Geschichten erzählten, um der Hauptsache auszuweichen. Schliesslich aber sassen sie auf dem Trocknen, und das Thema richtete sich gross vor ihnen auf.

Mit anerkennenswerter Tapferkeit tat Doc den ersten Schritt. «Was hältst du von dem neuen Besitzer des Kramladens?»

«Ach, der ist schon recht», sagte Mack. «Ganz interessanter Kerl. Das Dumme ist nur, Lee Chong kann er nicht ersetzen. Einen Freund wie Lee Chong, den gibt's nicht noch einmal», sagte Mack schweren Herzens.

«Ja, das war ein weiser und gütiger Mensch», sagte Doc.

«Und schlau», sagte Mack.

«Und gescheit», sagte Doc.

«Er hat sich vieler Leute angenommen», sagte Mack.

«Und einige hochgenommen», sagte Doc.

Sie schlugen sich Lee Chong zu wie einen Tennisball, und ihre Reminiszenzen dichteten ihm Eigenschaften an, über die er erstaunt gewesen wäre, sogar Witz und Schönheit. Während der Eine eine schöne Geschichte von dem geschäftstüchtigen Chinesen zum Besten gab, wartete der Andere mit Ungeduld darauf, sie zu übertrumpfen. Aus ihren Erinnerungen trat er hervor als ein kaum mehr menschliches Wesen, ein Drache an Güte und ein Engel an Verschlagenheit. Auf solche Weise entstehen Götter.

Doch die Flasche war jetzt leer; diese Leere verstimmte Mack, und seine Verstimmung färbte auf Lee Chongs Andenken ab.

«Der Hurensohn war ein Heimtücker», sagte Mack. «Er hätt' uns doch etwas sagen sollen, dass er verkaufen und wegziehen wolle. Das war gar nicht freundschaftlich, dass er all das allein abmachte, ohne sich von seinen Freunden helfen zu lassen.»

«Vielleicht war ihm gerade davor bange», sagte Doc. «Lee hat mir deswegen geschrieben. Ich konnte ihm aber keinen Rat geben ... ich war zu weit weg ... Da wollte er sicher gehen.»

«Man kriegt doch nie heraus, was so ein Chinese im Sinn hat», sagte Mack. «Doc, wer hätte gedacht, er ... er führe, sozusagen, was im Schilde?»

Ja, ja, es war schon eine empörende Sache gewesen. Lee Chong hatte seine Versorgungszentrale so lange betrieben, dass kein Mensch auch nur zu ahnen vermochte, er gehe mit der Absicht um, sie zu verkaufen. Er war ein solch integrierender Bestandteil des Ernährungs- und Bekleidungswesens von Cannery Row, dass er als eine unvergängliche Einrichtung betrachtet wurde. Wer hätte argwöhnen können, welche geheimen Gedankengänge sein paradoxes Orientalengehirn einschlug, das eine Parallele zum paradoxen Okzidentalengehirn gebildet zu haben schien?

Man macht sich gewohnheitsmässig das Bild vom Schiffskapitän, der in seiner Kajüte sitzt und sich für seine alten Tage einen Kramladen wünscht, dem weder Wind und Wetter noch Bodenfäulnis etwas anhaben können. Auch Lee Chong hing Träumen nach, während er an seinem Rechenbrett hantierte und mit seinem grossen Messer Speck in hauchdünne Scheiben schnitt. Ja ja, er träumte – er träumte vom Meer. Seine Pläne offenbarte er nicht, erbat auch keinen Rat. Ratschläge hätte er haufenweise bekommen.

Eines Tages also verkaufte Lee Chong den Laden und kaufte sich einen Schoner. Er wollte in der Südsee Tauschhandel treiben. Er träumte von Palmen und Polynesiern. Im Laderaum seines Schoners verstaute er sein gesamtes Warenlager: die Konserven, Gummischuhe, Mützen, Nadeln und kleinen Werkzeuge, die Feuerwerkskörper und Kalender, sogar die Auslagekästen mit den Glaswänden, in denen die vergoldeten Kragenknöpfe und Zigarettenanzünder aufbewahrt wurden. All das nahm er mit. Das Letzte, was jemals ein Mensch von ihm sah, war, wie er mit seiner blauen Matrosenmütze von der obersten Brücke seines Traumschiffs winkte, als dieses an der Heulboje bei Point Pinos vorbei in die Abenddämmerung hineinfuhr. Und wenn er nicht auf der Überfahrt untergegangen ist, so liegt er jetzt vermutlich im Stern des Boots an Deck in der Hängematte unter einem Sonnensegel, während bildschöne polynesische Mädchen in höchst spärlicher Bekleidung in seinem Lager von Tomatenkonserven und gestreiften Mechanikerkappen herumstöberten.

«Warum hat er das wohl getan?», fragte Mack.

«Wer weiss...», sagte Doc. «Wer weiss, was auf dem Seelengrunde eines Menschen verborgen liegt? Wer weiss, welche Wünsche ein Mensch hegt?»

«Glücklich wird er dort nicht werden», sagte Mack. «Unter den fremden Leuten wird er sich einsam fühlen. Weisst du, Doc, ich hab's. Daran sind bloss die verdammten Filme schuld. Du entsinnst dich, jeden Donnerstagabend pflegte er den Laden zu schliessen. Weil da nämlich im Kino Programmwechsel war. Keinen Film hat er ausgelassen. Das ist schuld dran, die Filme. Ich und du, Doc, wir wissen, wie verlogen die Filme sind. Er wird sich da drüben nicht glücklich fühlen. Er wird sich so elend fühlen, dass er zurückkommt.»

Doc warf einen Blick auf sein verwahrlostes Laboratorium. «Ich wollte, ich wäre drüben bei ihm», sagte er.

«Wer nicht?» sagte Mack. «Ei, die Südseeinsulanerinnen werden ihn umbringen. Er ist nicht mehr der Jüngste.»

«Ich weiss schon», sagte Doc. «Du und ich, wir sollten da drüben sein, Mack, um ihn vor sich selbst zu schützen. Ich überlege, Mack, ob ich über die Strasse rübergehen und noch einen halben Liter holen soll oder ins Bett gehen.»

«Wirf doch eine Münze hoch.»

«Wirf du die Münze», sagte Doc. «Ich habe eigentlich keine Lust, ins Bett zu gehen. Wenn du wirfst, dann weiss ich, woran ich bin.»

Mack warf; Doc hatte Recht gehabt. Mack sagte: «Ich gehe gern rüber, Doc. Bleib gemütlich hier sitzen, ich bin gleich wieder da.» Und so war es auch.

ZWEITES KAPITEL

JOSEPH MARIAS VERWORRENE LAUFBAHN

Mack brachte einen halben Liter «Old Tennisschuh» mit und goss Doc und sich ein.

Doc sagte: «Was für ein Bruder ist eigentlich der neue Inhaber drüben? .·.. Mexikaner, wie?»

«Netter Kerl», sagte Mack. «Immer prima angezogen. Heisst Joseph Maria Rivas. Gerissen wie nur einer, aber ein bisschen unglückselig, Doc ... unglückselig und komisch. Du weisst ja, wie das ist, wenn ein Zuhälter sich verliebt, dann ist's egal, wieviel er leidet ... ist komisch damit. Und so verhält sich's ein bisschen mit dem Joseph Maria.»

«Erzähle mir über ihn», sagte Doc.

«Ich habe ihn studiert», sagte Mack. «Er hat mir allerhand Zeug erzählt, und ich habe mir das zusammengereimt. Er ist gerissen. Du weisst, Doc, es gibt so eine Gerissenheit, die sich ins eigne Fleisch schneidet. Hast du nicht auch Leute gekannt, die so viel damit zu tun hatten, gerissen zu sein, dass sie zu sonst nichts Zeit hatten? Nun, mit Joseph Maria ist's so ähnlich.»

«Erzähle mir weiter», sagte Doc.

«Es lassen sich wohl keine grösseren Gegensätze finden als du und er», fing Mack an. «Du bist nett, Doc, nett und naiv; es muss schon einer blödsinnig sein, um zu meinen, du seist gerissen. Jedermann schont dich, weil du dich ganz ungedeckt gibst. Jeder aber möchte am liebsten dem Joseph Maria heimlich einen Tiefschlag versetzen, bloss weil er dauernd im Ring herumtänzelt und Finten macht. Dabei ist er in gewisser Hinsicht doch nett.»

«Wo stammt er her?»

«Nun, das werd' ich dir erzählen.»

Mack hatte Recht. Doc und Joseph Maria waren einander so entgegengesetzt wie nur irgend möglich, aber der Gegensatz war delikater Natur. Ihre Unterschiede wogen sich aus und hielten sich im Gleichgewicht wie die Teile eines «Mobiles» bei leichtem Wind. Doc war ein Mensch, dessen gesamtes Willens- und Triebleben auf Recht und Gesetz eingestellt war. Wenn es nach seinem Kopf allein gegangen wäre, hätte er jedes Gesetz, bis hinunter zu den lässlichsten Verkehrsvorschriften, befolgt. Dass Doc ständig in gesetzwidrige Geschichten hineingeriet, das war nicht seine Schuld, sondern die seiner Freunde und Freundinnen: der Dicken Ida etwa, die sich von der Alkoholgesetzgebung beengt fühlte wie von einem zu engen Korsett, oder der Flotten Flagge, deren Berufstätigkeit, zwar geduldet und anerkannt, in jedem nur denkbaren Gesetzeskompendium aber zweifellos als unehrbar bezeichnet wurde.

Mack und die Jungens hatten so lange im Schatten der Gesetzesparagraphen gegen die Landstreicherei gelebt, dass sie sie als Schutz und Schirm betrachteten. Ihre Mitwirkung bei Einbruchdiebstahl, Betrug, Stromerei, gesetzwidriger Zusammenrottung und Verschwörung jeder Art und Schwere wurde nicht nur als etwas Unvermeidliches hingenommen, sondern bei den Anwohnern der Cannery Row beinahe als ein Ruhmesblatt betrachtet. Sie waren jedoch lammfromme

Kindlein an Rechtschaffenheit und Tugend gegen Joseph Maria. Alles, was er aus seiner Natur heraus tat, erwies sich als gegen Recht und Gesetz. So war es bei ihm von Kindesbeinen an gewesen. Als ganz kleiner Junge schon war er in Los Angeles, seiner Vaterstadt, Anführer einer Bande von Pachucos *. Die Beschuldigung, dass er gefälschte Pennystücke in Umlauf brachte, ist nicht beweisbar, erscheint aber glaubwürdig. Sozusagen vom Mutterleib an verwarf er die Theorie vom persönlichen Eigentumsrecht an beweglichem Besitz. Mit acht Jahren betätigte er sich so erfolgreich als Anreisser für Billardsalons, dass Seeoffiziere ihm das Betreten der Schiffe verbieten mussten. Als im Mexikanerviertel von Los Angeles die Bandenkämpfe ausbrachen, wuchs Joseph Maria über die Pachucos hinaus. Er betrieb einen schwunghaften Hausierhandel mit Klappmessern, Schnapprevolvern, Schlagringen und, für die ganz Minderbemittelten, sandgefüllten Strümpfen, einer ebenso wohlfeilen wie wirkungsvollen Waffe. Zwölf Jahre alt kam er in eine Besserungsanstalt, die er zwei Jahre darauf mit allen Ehren verliess. Er hatte sich dort Fachkenntnisse auf dem Gebiet so ziemlich aller Verbrechen, die es gibt, angeeignet. Dieser vierzehnjährige hübsche Junge mit den schwermutigen, unschuldigen Augen vermochte, sei es mit den Fingern, sei es mit dem Stethoskop, den Mechanismus von Tresorschlössern in Funktion zu setzen. Er konnte Fassaden erklettern, als wenn er Saugnäpfe an den Füssen hätte. Aber sobald er all diese Künste beherrschte, verzichtete er darauf, sie anzuwenden, weil er sich ausgerechnet hatte, dass sie den Einsatz nicht lohnten. Joseph Maria war immer ein ge-

* halbwüchsige mexikanische Gangster. (Anm. d. Übers.)

witzter Junge. Er suchte eine Betätigung, bei der das Opfer an seiner Ausraubung selbst teilnehmen muss. Das sogenannte «Dachsspiel», d.h. die Erpressung an Ehemännern, die mit einem entsprechend dressierten Lockvogel Seitensprünge begingen, die Suche nach angeblich durch die Spanier vergrabenen Schätzen und ähnliche Hochstapeleien kamen seinem Ideal schon näher. Aber auch sie befriedigten ihn nicht. Er hatte nie in den Polizeiakten gestanden, und er wollte, dass das so bleibe. Was ihm vorschwebte, war ein Beruf, der gesetzwidrig genug war, um ihn moralisch zu befriedigen, aber doch auch gefahrlos genug, um nicht gegen seine instinktive Kenntnis des Gesetzes vom Ausgleich zwischen Einsatz und Ausbeute zu verstossen. Man hätte wohl sagen können, seine Karriere habe einen guten Anlauf genommen, als ihn plötzlich die Pubertät überfiel, aus der Bahn warf und seine Tätigkeit ein paar Jahre lang in eine andere Richtung lenkte.

So brachte er sich eine Reihe von Jahren mit allerhand Diebstählen und Betrügereien fort. Er war ein erwachsener Mann, als der Nebel von seinen Augen wich und er wieder klar zu sehen vermochte. Da, als er sich eben zu neuen Taten anschickte, bemächtigte sich die Armee seiner und behielt ihn, so lange sie es mit gutem Gewissen verantworten konnte. Es wird behauptet, seine schliessliche Dienstentlassung als mit Unehren zu bezeichnen, sei ein Meisterstück an Untertreibung.

JM kam auf keinen grünen Zweig. Er nahm seinen Beruf wieder auf, schlug aber einen falschen Weg ein, denn er geriet unter den Einfluss eines verständnisvollen jungen Priesters, der ihn an den warmen Busen der alleinseligmachenden Kirche zog, in die Joseph

Maria sowieso hineingeboren war. Joseph Maria Rivas befreundete sich nun also mit Beichte und Vergebung, in der Hoffnung, die vielleicht auch François Villon gehegt hat, er könne möglicherweise unterm Schutz der Geistlichkeit ein Betätigungsfeld für seine Begabung finden. Pater Murphy führte ihn in die Lehre von der ehrbaren Arbeit ein, und als Joseph Maria den ersten Schock über die Grundprinzipien verwunden hatte, beschloss er, damit einen Versuch zu machen. Sein Wesen war noch formbar, und es gelang ihm, was Villon misslungen war, die Hände vom Kirchengut zu lassen. Unter Beihilfe Pater Murphys, der bei der Stadtverwaltung Einfluss hatte, sah er sich auf einmal als Inhaber einer städtischen Anstellung, in würdiger Wohlbestalltheit, mit einem Monatscheck, den er ohne Angst vor Fingerabdrücken einlösen konnte.

Die Plaza in Los Angeles ist ein hübsches, mit kleinen Gartenanlagen, Palmen in grossen Kübeln und vielen, vielen Blumen geziertes Platzgeviert. Sie ist eine Sehenswürdigkeit, eine Attraktion für Touristen, ein Stolz der Stadt, denn sie bewahrt ein so mexikanisches Gepräge, wie es dergleichen in Mexiko nicht gibt. Joseph Maria also war die Bewässerung und Pflege der Pflanzen auf der Plaza anvertraut, eine Tätigkeit, die nicht nur leicht und erfreulich war, sondern ihn mit denjenigen Touristen in unmittelbare Verbindung brachte, die sich für Päckchen mit «künstlerischen» Photos interessierten. Wiewohl Joseph Maria einsah, dass er bei diesem Gewerbe nicht reich werden konnte, bereitete es ihm immerhin eine gewisse Freude, sich teilweise auf dem Boden der Gesetze zu bewegen. Es verschaffte ihm jene Befriedigung, die die meisten Menschen in der Sünde finden.

Um diese Zeit damals machte etwas der Kriminalpolizei von Los Angeles grosses Kopfzerbrechen. In ziemlich grossen Mengen und zu stark verbilligtem Preis wurde Marijuana* umgesetzt. Das Rauschgift-Kommando führte eine Fahndung nach der andern durch, ohne der Quelle auf die Spur zu kommen. Jedes unbebaute Stück Boden zwischen San Pedro und dem Eagle Rock wurde durchwühlt. Dann wurde eine genaue Karte des ganzen Geländes angelegt, und die Forschung nach den spitzen Marijuanablättern erstreckte sich in immer weiter gezogenen Kreisen: im Norden über Santa Barbara hinaus, im Osten bis zum Colorado River, im Süden bis zur Landesgrenze. Die Grenze wurde hermetisch abgeschlossen, und bekanntlich wächst im Stillen Ozean kein Hanf. Ein halbes Jahr schärfster Durchkämmung des ganzen Gebietes unter Mitarbeit sämtlicher Ortspolizisten sowie der Stadtpolizei förderte nichts zu Tage. Der Handel mit der Droge blühte weiter, immer war frische Ware da, deren Zwischenhändler, wie das Rauschgift-Kommando überzeugt war, die Herkunftsquelle nicht kannten.

Gott mag wissen, wie lange es bei dieser Sachlage geblieben wäre ohne das Eingreifen von Mildred Bugle, einer dreizehnjährigen Schülerin der High School von Los Angeles, die in ihrer Klasse die Beste in Botanik für Anfänger war. Als sie eines Samstagnachmittags über die Plaza kam, pflückte sie ein paar interessante Blätter ab, die auf einem Palmenkübel um den Stamm herum wuchsen und die sie mit Sicherheit als der Gattung Cannabis Americana angehörig bestimmte.

Für Joseph Maria Rivas wäre die Sache wohl recht

* eine aus Hanf hergestellte haschischähnliche Droge. (Anm. d. Übers.)

unangenehm ausgegangen, wenn sie der Polizei von Los Angeles nicht noch unangenehmer gewesen wäre. Sie konnte ihm nicht den öffentlichen Prozess machen. Wie würde das gewirkt haben, wenn die Zeitungen Wind davon bekommen hätten, dass die Lieferquelle die Plaza gewesen war? Dass das Kraut von einem städtischen Angestellten gepflanzt und gezüchtet, dass es mit städtischem Wasser begossen und mit städtischem Mist gedüngt worden war?

Joseph Maria bekam einen in so scharfen Worten gehaltenen Ausweisungsbefehl, dass er ihm die Augenwimpern versengte. Die Polizei besorgte ihm sogar ein Autobus-Billet bis nach San Luis Obispo.

Doc lachte auf. «Weisst du, Mack, du machst ja geradezu Reklame für die Rechtschaffenheit.»

«Dafür habe ich immer ein gutes Wort eingelegt», sagte Mack.

«Wie kam er denn zu dem Wetback*-Geschäft?», fragte Doc.

«Nun, er hielt Ausschau nach einer Berufstätigkeit», sagte Mack, «und dieses Schiebergeschäft schien todsicher. Joseph Maria besah sich die Sache von allen Seiten und rechnete sich genau ihre Gewinn- und Verlustmöglichkeiten aus. Hör zu, dann wirst du merken, dass sie gar nicht schief gehen konnte.» Er hob seine Finger, um daran die Fakten herzuzählen, dann nahm er noch rasch einen grossen Schluck, um seine Kehle unter Feuchtigkeit zu setzen für die Zwischenzeit, in der er seine Finger anderweitig benötigte.

Mack tippte mit dem rechten Zeigefinger an den

* Wet-backs, wörtlich Nassrücken – weil sie über den Grenzfluss Rio Grande schwimmen müssen – Spitzname für die ungesetzlich einwandernden Mexikaner. (Anm. d. Übers.)

kleinen Finger der linken Hand. «Nummer eins», sagte er. «Joseph Maria spricht mexikanisch, weil seine Eltern Mexikaner waren, ehe sie nach Los Angeles kamen.» Er tippte an den Mittelfinger. «Nummer zwei, die Wetbacks kommen freiwillig. Kein Mensch zwingt sie dazu. Das Angebot reisst nicht ab. Nummer drei, sie können kein Wort Englisch und können keinen Schutzmann von einem Stalleimer unterscheiden. Sie brauchen unbedingt so jemanden wie Joseph Maria, damit er sich um sie kümmert, ihnen Arbeit besorgt und ihren Lohn einkassiert. Wenn einer von ihnen frech wird, dann braucht JM bloss die Bundespolizei zu benachrichtigen, und die schafft den Kerl ohne Schererei für JM über die Grenze. So was hatte er immer gesucht: ein Schiebergeschäft, bei dem alle Vorteile auf seiner Seite sind. Er hat sich das so ausgerechnet, dass er drei oder vier Arbeitergruppen hat, die auf Obst- und Gemüsepflanzungen schaffen, während er auf der faulen Bärenhaut liegen kann, wie er sich das immer gewünscht hat. Deshalb hat er Lee Chongs Laden gekauft. Den Kramladen dachte er sich als eine Art Arbeiterzentrale, wo er seinen Leuten einen Zusammenkunftsort bieten und ihnen gleichzeitig Ware verkaufen kann. Und das was er tut, verstösst nicht einmal so arg gegen das Gesetz.»

Doc sagte: «An deinem Ton merke ich, dass die Sache nicht richtig funktionierte. Was ist dazwischengekommen?»

«Musik», sagte Mack.

Tatsächlich hatte Joseph Maria die Sache von allen Seiten betrachtet, so dass er über alle Risiken und Prozentziffern Bescheid wusste. Sein System konnte nicht versagen, aber es versagte doch. Wer beim Würfelspiel gewinnen will, kämpft gegen ungleiche Chancen, und dieses Gesetz gilt, bis sich Zauberei einmischt und einer einen grossen Coup landet.

Es befanden sich buchstäblich Millionen von Wetbacks im Lande, ruhige, schwer arbeitende, unwissende Menschen, die zufrieden waren, wenn sie ihr Rückgrat über die widerspenstige Erde bücken durften. Es war ein Spiel, bei dem man alle Trümpfe in der Hand hatte; es konnte nicht verloren gehen. Wie kam es da, dass in Joseph Marias Arbeitergruppe ein Tenor und ein Guitarrespieler waren? Unter seinen entsetzten Augen bildete sich ein Orchester: zwei Guitarre-, ein Guitarónspieler, Schlagzeuger, ein Tenor und zwei Baritone. Er hätte die ganze Sippschaft ausweisen lassen, wenn nicht sein Neffe, Cacahuete genannt, mit seiner Jazztrompete sich zu ihnen gesellt hätte.

Joseph Marias Mexikaner vertauschten also die Rüben- und Blumenkohlfelder mit den Tanzflächen der Kleinstädte Kaliforniens. Sie nannten sich «Espaldas Mojadas», was auf spanisch dasselbe bedeutet wie Wetbacks, nämlich: Nasse Rücken. Sie spielten «*Ven à Mi, Mi Chica Dolorosa*», «*Mujer de San Luis*» und «*El Nubito Blanco que Llora*».

Die «Espaldas Mojadas» kleideten sich in enganliegende, buntglitzernde Kostüme, trugen breitkrempige Sombreros und spielten in der Spreckel-Feuerwehrhalle, bei der Arbeitervereinigung von Soledad, bei den Elks von King City, in der Garage von Greenfield, im Städtischen Auditorium von San Ardo zum Tanz auf. Joseph Maria stellte den Widerstand gegen sie ein und fing an, ihnen Engagements zu verschaffen. Das Geschäft liess sich so gut an, dass er unter neu angekommenen Mexikanern nach Talenten Ausschau hielt. Es war Joseph Marias erstmaliger Eintritt in die Vergnügungsindustrie, und seine angeborene Unredlichkeit bot ihm die Gewähr dafür, dass er die richtige Bahn eingeschlagen hatte.

«Du siehst also», sagte Mack, «schuld daran ist die Musik. Heutzutage kann man nichts und niemand mehr trauen. Nimm da die Fauna zum Beispiel; die Flotte Flagge gleicht keiner Hurenbude zu Wasser oder zu Lande mehr. Sie gibt den Mädels Unterricht in Tischmanieren und feinen Posen, und sie selbst liest in den Sternen. So was hast du noch nicht gesehn! Alles ist verändert, Doc, alles.»

Doc schaute sich um in seinem vermoderten Labor, und ein Schauer überlief ihn. «Vielleicht bin ich auch verändert», sagte er.

«Zum Donnerwetter, Doc, du darfst dich nicht ändern. Ei, worauf wäre dann noch Verlass für uns! Doc, wenn du dich änderst, dann geben viele Leute das Spiel auf. Ei, wir warten ja nur alle darauf, dass du wiederkommst, und dass bei uns alles wieder normal wird.»

«Ich bin nicht mehr derselbe, Mack. Es ist etwas Ruheloses in mir.»

«Schau, dass du ein Mädchen kriegst», sagte Mack. «Dem spielst du auf dem Grammophon ein bisschen von der frommen Musik vor. Und dann komme ich dazu und knöpfe dir ein paar Dollar ab. Probier's, Doc. Das bist du deinen Freunden schuldig.»

«Ich werd's probieren», sagte Doc, «aber ich habe kein Zutrauen dazu. Mir scheint, ich habe mich verändert.»

DRITTES KAPITEL

GESCHNÖRKEL I

Wenn man zurückschaut, kann man in der Regel die Geburtsstunde eines neuen Zeitalters erkennen, während sich, da sie eintrat, ein Tag unmerklich an den andern schloss.

Zeichen und Wunder begaben sich in diesem Winter und Frühling, doch von dergleichen nimmt man immer erst hinterher Notiz. Am Mount Toro fiel der Schnee auf der einen Seite bis hinunter zum Pine Canyon und bis Jamesburg auf der andern Seite. In Carmel Valley wurde ein Kalb mit sechs Füssen geboren. Eine über Monterey hinziehende Wolke bildete am Himmel die Buchstaben O-N. Auf dem Betonboden im Keller der Methodistenkirche wuchsen Pilze. Der alte Mr. Roletti verriet mit dreiundneunzig Jahren Anzeichen von Satyriasis und musste mit Bracchialgewalt an der Belästigung von Schulmädchen verhindert werden. Der Frühling war kalt, und die Regenfälle setzten spät ein. In die Bucht von Monterey trieben Purpurquallen zu Myriaden herein, wurden auf den Strand geworfen und verendeten dort. Raubwale überfielen die Seelöwen bei den Seal Rocks und brachten eine ganze Anzahl davon um. Dr. Wick förderte bei Mrs. Gaston einen Nierenstein in der Grösse einer Männerhand und in Form eines Jagdhundkopfs zu Tage. Der Lion's Club setzte einen Preis von fünfzig

Dollar aus für den besten Essay über das Thema: «Fussballspiel und Charakterbildung.» Das alles hatte vielleicht nichts zu bedeuten; derlei fällt einem eben erst hinterher auf.

Monterey hatte sich verändert; die Cannery Row und ihre Anwohner ebenfalls. Und auch mit Doc ging eine Veränderung vor sich, gegen Wissen und Willen seiner selbst und den Gebeten seiner Freunde zum Trotz. Warum auch nicht? Die Menschen ändern sich, und die Veränderung kommt wie ein leichter Windhauch, der gegen Morgen die Vorhänge kräuselt, und wie der verstohlene Duft von Feldblumen, die im Gras verborgen blühen. Die Veränderung kann sich durch einen leichten Schmerz ankündigen, dass man meint, man habe sich erkältet. Oder man verspürt einen leisen Widerwillen gegen etwas, was man noch gestern gern hatte. Es mag auch die Gestalt eines Hungers annehmen, der mit Erdnüssen nicht zu stillen ist. Gilt nicht Heisshunger als eines der stärksten Anzeichen von Unzufriedenheit? Und ist nicht Unzufriedenheit der Hebel der Veränderung?

Vor dem Krieg hatte Doc ein geruhsames, angenehmes Leben geführt, das den Neid von allerhand Grillenfängern geweckt hatte. Er verdiente zu seinem Lebensunterhalt so viel wie er brauchte oder wünschte, indem er verschiedenerlei Meergetier sammelte, präparierte und an Schulen, Universitäten und Museen verkaufte. Er hatte die Gabe, eine von Aufregungen erfüllte Welt mit freundlichen, unkritischen Blicken anzusehen. Die Herrlichkeit des Meeres verband er mit der herrlichsten Errungenschaft des Menschen, der Musik. Mittels seines grossartigen Grammophons vermochte er die Engelsstimmen des Sixtinischen Chors zu hören und konnte er sich in die wundervollen Messen von William Byrd versenken. Als die zwei alles überragenden Spitzenleistungen des Menschengeistes erachtete er Goethes «Faust» und Bachs «Kunst der Fuge». Doc langweilte sich nie. Von seinen Freunden wurde er geliebt und ausgenutzt; das machte ihn zufrieden. Denn er gedachte des Wortes, das Diamond Jim Brady, der protzige Millionär, zur Antwort gab, als man ihm vorhielt, er lasse sich von seinen Freunden ausbeuten: «Sich ausbeuten zu lassen, macht Spass – wenn man es sich leisten kann.» Doc konnte es sich leisten. Er besass nicht die Eitelkeit, die die Menschen dazu bringt, unbedingt gerissen sein zu wollen.

Doc war die Verehrung der Frauen und das Verlangen nach Frauen angeboren; es war immer durch die Frauen selbst gestillt worden. Wenig Verpflichtungen waren ihm auferlegt; sie beschränkten sich darauf, ein freundlicher, freigebiger, wohlgelaunter Mensch zu sein. Ihnen nachzukommen, fiel ihm nicht schwer. Alles in allem war er stets ein Mensch gewesen, dem das Dasein Erfüllung und Befriedigung bot. Ein so selten anzutreffendes Menschenexemplar wie er erweckte Verlangen in seinen Nebenmenschen, denn wie wenige Menschen lieben ihre Arbeit, ihr Leben, und wie sehr wenige lieben sich selbst. Doc liebte sich selbst, nicht in dem Sinn, dass er sich selbst vergötterte, sondern einfach so, wie er auch einen Nebenmenschen geliebt hätte. Dass er mit sich selbst auf gutem Fuss stand, liess ihn mit der Welt auf gutem Fuss stehen.

Während er beim Militär war, hatte er sich oft nach seiner Musik, nach seinen kleinen Tieren, nach dem Frieden und der Tätigkeit seines Laboratoriums gesehnt. Die vom Regenwasser verquollene Tür bei seiner Heimkunft aufzubrechen, war ihm Freude und Schmerz zugleich gewesen. Beim Blick auf seine Bücherregale seufzte er. Er brauchte zehn Minuten, bis er sich entscheiden konnte, welche Platte er zuerst spielen solle. Und dann war die Vergangenheit verschwunden und hatte sich die Zukunft vor ihm aufgerichtet. Der alte Jingleballicks hatte den kleinen Geschäftsbetrieb zwar aufrechterhalten, aber in noch lässigerer Art als Doc, und hatte ihn schliesslich ganz verkommen lassen. Die Vorräte von Tierpräparaten waren aufgebraucht. Die Geschäftsverbindungen waren vernachlässigt. Die Bank, die über seine Hypothek verfügte, legte sich keine patriotischen Skrupel mehr auf. Es war fraglich, ob Doc jemals sein Nebengeschäft wieder aufbauen konnte. In früheren Zeiten würde er solche Erwägungen über seinen vielfachen Lebensfreuden und -interessen vergessen haben. Jetzt nagte die Unzufriedenheit an ihm, zwar nicht schmerzhaft, aber standhaft.

Wo fängt die Unzufriedenheit an? Es ist einem ganz schön warm, aber man fröstelt doch. Man hat zu essen, aber der Hunger zwickt einen. Man ist geliebt, aber die Sehnsucht schweift ins Neue, Unbekannte. Und um all dies noch anzustacheln, ist Zeit da, die elende Zeit. Das Ende des Lebens ist nicht mehr so furchtbar fern – man kann es schon erkennen, so wie der Läufer die Ziellinie erkennt, wenn er in die Gerade einbiegt –, und man sagt sich: «Habe ich genug gearbeitet? Habe ich genug gegessen? Habe ich genug geliebt?» All diese Fragen bilden die Grundlage zu des Menschen grösstem Fluch und vielleicht seinem grössten Ruhm. «Worauf lief mein Leben bisher hinaus; worauf kann es hinauslaufen in der Zeit, die mir bleibt?» Und dann dringt der böse, der vergiftete Pfeil auf uns ein: «Was habe ich zum Grossen Hauptbuch beigetragen? Was habe ich vor mich gebracht?» Das ist nicht Eitelkeit und nicht Ehrgeiz. Die Menschen scheinen mit einer Schuld geboren zu sein, die sie nie bezahlen können, wie sehr sie sich auch abmühen. Vor ihren Augen wächst sie an. Der Mensch steht in der Schuld des Menschen. Wenn er die Schuld nicht beachtet, dann vergiftet sie ihn, und wenn er versucht, Zahlungen zu leisten, so vergrössert sich die Schuld nur; sein Können ist das Mass des Menschen.

Docs grösste Begabung war sein Sinn für das Bezahlen während des Laufes gewesen. Die Ziellinie hatte ihn nur insofern beeindruckt, als er in die Schlussgerade mehr Erleben zu pressen bedacht war. Jeder Tag endete mit seiner Nacht; jeder Gedanke mit seiner Schlussfolgerung; und jeden Morgen stieg eine neue Freiheit über den Bergen im Osten auf und erleuchtete die Welt. Nie hatte sich ein Grund zu der Annahme geboten, es könnte anders sein. Man war zum Laboratorium gepilgert, um sich in Docs festgefügter, schöner Ziellosigkeit zu sonnen. Denn was kann ein Mensch vollbringen, was nicht schon millionenmal vor ihm geleistet wurde? Was kann er äussern, was sich nicht schon bei Laotse, in der Bhagavadgita oder beim Propheten Jesaias findet? Besser ist es, als verständnisvoller Betrachter vor einer Welt zu sitzen, in der die Schönheit immerdar auf einem Grund von Hässlichkeit ruht: grabe ihr diesen Grund ab, und die Schönheit sinkt dir aus dem Auge. Doc eignete etwas Schönes, und viele Leute hätten gewünscht, es sei auch ihnen zu eigen.

Nun aber nagte der Wurm der Unzufriedenheit an ihm. Vielleicht schrieb sich das daher, dass Doc in die mittleren Jahre kam: dass die Drüsenfunktion sich verlangsamte, dass die Haut ihre Blüte verlor, die Geschmacksknospen schwächer wurden, die Augen nicht mehr so scharf waren und das Gehör sich ein wenig abstumpfte. Vielleicht aber war auch die jetzige Verödung von Cannery Row daran schuld, die stilliegenden Maschinen, das verrostende Eisen. Tief in sich spürte Doc ein Nachlassen, ein Versagen. Aber er war ein leidlich realistischer Mann. Er liess seine Augen untersuchen und seine Zähne röntgen. Dr. Horace Dormody konnte bei gründlicher Überprüfung keinerlei verborgenen Ansteckungsherd feststellen, von dem sich Docs innere Unruhe herschrieb. Und so stürzte sich Doc in die Arbeit, von der einem Mann anstehenden Hoffnung beseelt, er werde das Unbehagen mittels Ermüdung unterdrücken können. Er sammelte neues Material, präparierte, injizierte, bis seine Regale wieder vollstanden. Neue Generationen von Baumwollratten wimmelten unterm Drahtnetz der Käfige, und vier frische Klapperschlangen gaben sich dem faulen, behaglichen Leben der Gefangenschaft hin.

Doch die Unzufriedenheit wollte nicht weichen. Die Schmerzen, die Doc befielen, traten auf wie ein plötzliches Einsetzen von Beklemmung oder wie das blitzkurze Aussetzen des Herzschlags. Der Whisky bot nicht mehr den scharfen Genuss, und der erste lange Zug aus einem frostbeschlagenen Bierglas nicht mehr die Wonne von einst. Wenn ihm eine lange Geschichte erzählt wurde, hörte er mittendrin nicht mehr zu. Es machte ihm keine echte Freude mehr, wenn er einen Freund sah. Und wenn er am Grossen Ebbetümpel einen Steinblock umwälzte – unter dem, wie er wusste, ein Gewimmel von rasend durcheinanderschiessendem

Getier zu finden sein musste –, liess er den Block manchmal wieder einfach zurückfallen, blieb, die Hände in die Hüften gestemmt, stehen und blickte weg aufs Meer hinaus, wo die runden Wolken sich weiss mit rosa und schwarzen Rändern auftürmten. Und dann grübelte er. Worüber grüble ich? Was will ich eigentlich? Wohin möchte ich eigentlich? Dann überkam ihn Staunen und eine leichte Ungewissheit, als blicke er von aussen her durch einen Glassturz in sich hinein. Und da ward er eines Tons in seinem Innern gewahr oder auch mehrerer Töne, als ob er ferne Musik vernehme.

Oder auch so: tief in der Nacht sass er an seinem alten, abgenutzten Mikroskop und verteilte mit einem Glasfaden sorgsam Plankton auf einem Glasplättchen. Und da sangen drei Stimmen in ihm, sangen alle zusammen. Die Oberstimme seines denkenden Verstandes sang: «Was für schöne kleine Dingerchen, weder Pflanze noch Tier, aber irgendwie beides zugleich, Behältnis und Ausgangspunkt alles irdischen Lebens, Grundlage und Speicher der Nahrung für jegliches Wesen. Wenn die alle zugrunde gehen, so würde wohl infolgedessen auch alles andere Leben zugrunde gehen.» Die Unterstimme seiner fühlenden Seele aber sang: «Was suchst du eigentlich, kleiner Mensch? Suchst du dich selbst zu erkennen? Betrachtest du kleine Dinge, um den grossen Dingen auszuweichen?» Und die dritte Stimme, die aus seinem Mark kam, sang: «Einsam! Einsam! Wozu dient das? Wem nützt es? Denken heisst dem Fühlen entfliehen. Du willst ja bloss das Loch verstopfen, durch das die Einsamkeit sickert.»

Manchmal liess er dann seine Arbeit im Stich und

machte einen Spaziergang zum Leuchtturm hinaus, um zuzusehen, wie dessen weisser Lichtkeil die Horizonte entlangfuhr. War er einmal dort, so schweifte sein Denken natürlich wieder zurück zum Plankton und er überlegte: Es ist selbstverständlich ein Protein-Nährmittel. Wenn ich eine Methode finden würde, dieses Nährmittel zur direkten Verteilung an alle Menschenwesen zu bringen, ei, dann brauchte kein Mensch auf der Welt mehr zu hungern. Und die Grundstimme sang: «Einsamer! Einsamer! Du willst dir den Zutritt erkaufen.»

Doc meinte, er allein wisse von seinem Missvergnügen, aber das war nicht der Fall. Jedermann in der Cannery Row beobachtete ihn und machte sich Sorgen um ihn. Mack und die Jungens machten sich Sorgen um ihn. Und Mack sagte zu Fauna: «Doc benimmt sich wie einer, der ein Weib braucht.»

«Die Dienste meines Hauses stehen ihm jederzeit zur Verfügung», sagte Fauna.

«Das meine ich nicht», sagte Mack. «Er braucht ein Weib um sich herum. Er braucht ein Weib, mit dem er sich herumschlagen kann. Ei, dann hat ein Mann so verflucht viel damit zu tun, sich zu verteidigen, dass er keine Zeit zu Selbstvorwürfen findet.»

Für die Ehe hatte Fauna viel Wohlwollen übrig. Nicht nur war das eine vom gesellschaftlichen Standpunkt wünschenswerte Lebensform, sondern sie verschaffte ihr auch die besten Kunden.

«Nun, bringen wir ihn unter die Haube», sagte Fauna.

«Aber nein», sagte Mack. «So weit möchte ich nicht gehen. Mein Gott! Doc doch nicht!»

Doc versuchte seiner Problematik auf die alte Methode beizubekommen. Er machte einen langen, gemächlichen Abstecher nach dem vierhundert Meilen südlich liegenden La Jolla. Er führte die Reise in seinem altgewohnten Stil aus: mit grossen Quantitäten Bier versehen und in Begleitung einer jungen Dame, deren Interesse an der Zoologie der Wirbellosen sich seiner Meinung nach als lenksam erweisen werde – wie das auch der Fall war.

Der ganze Ausflug war von Glück begünstigt: ruhige, warme Witterung, tiefe Ebbe. Doc hatte das grosse Glück, unter den tangbekränzten Geröllblöcken achtundzwanzig ganz junge Tintenfische mit vier bis fünf Zoll langen Fangarmen zu finden. Wenn er sie am Leben erhalten konnte, so war das eine Goldgrube für ihn. Er behandelte sie mit zärtlicher Sorgfalt, brachte sie in einem hölzernen Sammeleimer unter und bedeckte sie zum Schutz mit schwimmendem Seetang. Es bemächtige sich seiner wachsende Erregung.

Bei seiner Begleiterin machte sich dagegen etwas Enttäuschung geltend. Docs Begeisterung für die Tintenfische zeigte, dass er nicht so lenksam war wie sie. Und keine Frau lässt sich gern vom Mittelpunkt der Bühne verdrängen, schon gar nicht durch einen Tintenfisch. Die vierhundert Meilen lange Rückreise nach Monterey ging in lauter kleinen Sprüngen vor sich, weil Doc alle paar Meilen haltmachte, um den Sack, der über dem Sammeleimer lag, anzufeuchten.

«Tintenfische können Hitze nicht vertragen», sagte er.

Er rezitierte ihr keine Gedichte. Von ihren Augen, ihren Gefühlen, ihrer Haut, ihrem Denken war nicht die Rede. Statt dessen erzählte ihr Doc von Tintenfischen, ein Thema, das sie zwei Tage früher fasziniert haben würde.

Doc sagte: «Das sind wunderbare Tiere, delikate, komplizierte, scheue Tiere.»

«Ekelhafte Viecher», sagte das Mädchen.

«Nein, keineswegs», sagte Doc. «Aber ich weiss, warum du das sagst. Die Leute sind immer von Tintenfischen zugleich abgestossen und fasziniert gewesen. Ihre Augen wirken schreckenerregend und grausam. Um die Tintenfische haben sich auch alle möglichen Sagen gebildet. Du kennst gewiss die Erzählung vom Grossen Kraken.»

«Natürlich», sagte sie kurz ab.

«Tintenfische sind in Wahrheit furchtsame Geschöpfe», sagte Doc aufgeregt. «Höchst komplizierte Geschöpfe. Ich werde dir das zeigen, wenn ich sie im Aquarium habe. Selbstverständlich besteht keinerlei Ähnlichkeit, und doch haben sie unbedingt Züge, die geradezu menschlich wirken. Zumeist verstecken sie sich und weichen Kampf aus, aber ich habe schon gesehen, wie sie sich gegenseitig mit Wissen und Willen umbrachten. Sie wechseln die Farbe, wenn sie gereizt und zornig werden, fast wie ein Mensch, der vor Wut einen roten Kopf bekommt.»

«Sehr interessant», sagte das Mädchen und zog ihren Rock fester um die Knie.

Doc fuhr fort: «Manchmal werden sie so wütend, dass sie einen Kollaps kriegen und daran sterben wie Menschen an einem Schlaganfall. Es sind Tiere, die hochgradig ihren Gefühlen unterworfen sind. Ich gedenke eine Abhandlung über sie zu schreiben.»

«Dabei findest du vielleicht heraus, was bei Menschen Schlaganfall verursacht», sagte das Mädchen, aber da Doc gar nicht zuhörte, merkte er nicht den Unterton von Ironie.

Dem Mädchen einen Namen zu verleihen, tut nicht Not. Sie kam nie wieder ins Western Biological. Ihr Interesse an Naturwissenschaft verflackerte wie eine Kerze, aber in Doc war eine Flamme entzündet worden.

Es hat den Anschein, als ob die Flamme einer grossen Idee auflodert und verlöscht und den Menschen erschüttert, aber auch zugleich glücklich und bange zurücklässt. Viele berühmte Beispiele erhärten das. Allbekannt ist die Geschichte von Newtons fallendem Apfel. Charles Darwin hat berichtet, die ganze «Entstehung der Arten» sei innerhalb einer Sekunde blitzartig vor ihm aufgestiegen, und er habe dann den Rest seines Lebens daran gewendet, sie zu unterbauen, und die Relativitätstheorie fiel Einstein im Verlauf einer Zeitspanne ein, nicht länger, als es braucht, einmal in die Hände zu klatschen. Das ist wohl das grösste Mysterium des Menschengeistes: die sprunghafte Induktion. Alles nimmt von selbst seinen Platz ein, Irrelevanzen verknüpfen sich, Dissonanzen werden harmonisch, und Unsinn trägt eine Krone von Sinn. Doch der alles klärende Sprung geht aus vom fruchtbaren Boden der Wirrnis, und dem Springer bleibt Schmerz nicht erspart.

Das Mädchen verabschiedete sich und ging, und Doc merkte gar nicht, dass sie fort war. Ja, er war sich gar nicht bewusst, dass sie da gewesen war.

Mit unendlicher Sorgfalt reinigte Doc ein grosses Aquarium, belegte dessen Boden mit Meersand und brachte Steine darin an, die von Schwämmen, Quallen und Anemonen bevölkert waren. Er pflanzte Algen hinein und fing kleine Krabben, Aale und Fischchen aus dem Ebbetümpel. Er schleppte Eimer voll Seewasser vom Strand herauf und richtete eine Pumpe ein, durch die die Zirkulation des Wassers vom Reservoir zum Aquarium und zurück reguliert wurde. Er erwog alle ihm bekannten Faktoren: die Beziehungen von Pflanzen- und Tierleben, Nahrung, Filterung, Sauerstoffzufuhr. Er baute eine Tintenfischwelt zwischen Glaswänden auf, wobei er jegliches Bedürfnis eines Tintenfisches vorauszuberechnen und jeden möglichen Feind, jede mögliche Gefahr für einen Tintenfisch auszuschalten versuchte. Auch Licht und Wärme liess er sich angelegen sein.

Von den kleinen Tintenfischen waren ihrer acht eingegangen, doch die zwanzig am Leben gebliebenen tummelten sich auf dem Boden ihrer neuen Heimstatt und versteckten sich schleunigst mit klopfenden Pulsen und vor Aufregung rot anlaufend. Doc rückte sich einen Hocker heran und schaute scharf in die kleine von ihm geschaffene Welt hinein, den Sinn voller kühler grüner Vorstellungen und stattlicher Gestalten. In seine Seele zog Ruhe und Frieden ein. Die fahlen ausdruckslosen Augen der Tintenfische schienen in seine zu blicken.

Während der folgenden Tage war Docs Stimmung so ungewiss, dass Mack alle ihm anderweitig zu Gebote stehenden Möglichkeiten erschöpfte, ehe er sich wegen der zwei Dollar, die er zu benötigen meinte, ins Western Biological begab.

Macks diesbezüglicher Feldzug war wohl der ausgetüfteltste seiner Laufbahn. Er setzte gemächlich ein und nahm erst nach gründlicher Vorbereitung Gestalt an. Dann wurden Gemütsfühler ausgestreckt, Gefühlsfäden eingewoben, und schliesslich die tiefen Noten tragischer Schicksalsverkettung angetönt. Dramatik entsprosste folgerichtig ihrem natürlichen Boden. Beherrscht und leise war Macks Stimme – noch bebte sie nicht – es war bloss ein massvolles, deutliches, doch die Möglichkeit zu leidenschaftlicher Aufwallung bergendes Crescendo. Mack war sich bewusst, dass er seine Sache vortrefflich machte. Er hörte sich selbst zu, und er war überzeugt, dass er, wenn er in der Rolle des Hörers wäre, nicht die Kraft aufbringen würde, dagegen taub zu bleiben. Ja, aber warum wandte Doc seinen Blick nicht von dem dämmrig beleuchteten Aquarium ab? Natürlich hatte er «Guten Tag» gesagt, als Mack eintrat. Etwas unsicher zog Mack das Register der Vox angelica, der Vox dolorosa, um schliesslich in eine so ergreifende Bendiga stupenda überzugehen, dass ihm selbst die Tränen quollen.

Doch Doc wendete sich nicht um.

Mack war wie vor den Kopf geschlagen. Es hat etwas Erschreckendes, wenn man sein Innerstes preisgibt, wenn man sich ganz ausgibt, und dann keinerlei Widerhall findet. Er wusste nicht, was er nun tun solle. Er sagte laut: «Doc!»

«Guten Tag», sagte Doc.

«Fehlt dir was?»

«Kein Gedanke, Mack. Wieviel brauchst du?»

«Zwei Dollar.»

Ohne den Blick zu heben, zog Doc seine Brieftasche aus der hinteren Hosentasche. Macks grosse Darbietung war verpufft. Ebensogut hätte er bloss hereinkommen und das Geld erbitten können. Niemals, das wusste er, würde er sich wieder zu solcher Höhe aufschwingen können. Jähzorn stieg in ihm hoch, und er spielte mit dem Gedanken, das Geld zurückzuweisen; aber sein angeborener Menschenverstand bewahrte ihn davor. Er rollte die beiden Dollarscheine zwischen den Fingern. «Was ist denn in dich gefahren, Doc?» fragte er.

Langsam drehte sich Doc um. «Es wird sich da eine grosse Schwierigkeit ergeben», sagte er. «Wie soll ich ihnen Licht zuführen? Das ist immer ein Problem, aber in diesem Fall kann es sich als unlösbar erweisen.»

«Wem Licht zuführen, Doc?»

«Zunächst erheben sich zwei auf der Hand liegende Probleme», fuhr Doc fort. «Erstens vertragen sie keine Hitze, und zweitens sind sie bis zu gewissem Grade lichtscheu. Ich weiss daher nicht, wie ich es fertig bringe, ihnen genügend kaltes Licht zuzuführen. Meinst du, man könnte vielleicht durch dauernde Beleuchtung erreichen, dass ihre Lichtscheu nachlässt?»

«Aber sicher», sagte Mack, dem es nicht ganz geheuer war.

«Sei dir nicht allzu sicher darüber», sagte Doc. «Das Verfahren, der Versuch selbst könnte, wenn er sie nicht überhaupt tötet, ihre normalen Reaktionen verändern. Es ist immer schwierig, Reaktionen, die Emotionen nahekommen, abzuschätzen. Wenn ich sie in eine anormale Situation versetze, kann ich dann mit Sicherheit annehmen, dass die Reaktion normal ist?»

«Nein», sagte Mack.

«Zwecks Feststellung von Gemütserregungen kann man nicht sezieren», fuhr Doc fort. «Wenn eine menschliche Leiche von einer andern Tiergattung gefunden und aufgeschnitten würde, dann böte das keinerlei Möglichkeit, Gefühle oder Gedanken festzustellen. Nun kommt es mir aber vor, als ob die Wut, oder genauer: das Symptom, das wie Wut wirkt, an sich ziemlich anormal sei. Ich habe es in Aquarien eintreten sehen. Tritt es aber auch auf dem Meeresgrund ein? Ist das beobachtete Phänomen vielleicht nur auf Exemplare im Aquarium beschränkt? Das zu glauben, darf ich mir nicht gestatten, denn sonst fällt meine ganze These zusammen.»

«Doc!» rief Mack. «Doc, hör doch, ich bin's, Mack!»

«Guten Tag, Mack», sagte Doc. «Wieviel, hast du gesagt?»

«Du hast mir's ja schon gegeben», sagte Mack und kam sich auf der Stelle als ein rechter Trottel vor.

«Ich brauche besseres Gerät», sagte Doc. «Verdammt nochmal, ohne besseres Gerät kann ich nichts sehen.»

«Doc, wie wär's, wenn wir zwei hinübergingen und ein Viertelchen ‚Old Tennisschuh' holten?»

«Gemacht», sagte Doc.

«Ich zahle», sagte Mack. «Ich hab' ein paar übrige Dollars.»

In scharfem Ton sagte Doc: «Ich muss Geld auftreiben. Wo kann ich Geld herkriegen, Mack?»

«Ich hab' doch gesagt: ich zahle, Doc.»

«Ich brauche ein starkes Doppel-Mikroskop und Licht. Ich muss für die Beleuchtung etwas herausfinden ... vielleicht einen stecknadeldünnen Projektorstrahl von der andern Seite des Zimmers her. Nein, dem würden sie ausweichen. Vielleicht gibt's neuartige Lampen. Ich muss mich darüber orientieren.»

«Los, Doc, komm.»

Doc erstand einen halben Liter «Old Tennisschuh» und gab Mack später noch einmal Geld, um einen weiteren halben Liter zu holen. Die zwei sassen nebeneinander im Labor, starrten, die Ellbogen auf die Leiste gestützt, ins Aquarium und gelangten schliesslich zu der Phase, wo sie dem Whisky etwas Wasser zusetzten.

«Ich habe einen Onkel, der hat einen Blick wie die da», sagte Mack. «Ein reicher alter Hund dabei. Ich möchte wissen, ob man so 'nen kalten Blick kriegt, wenn man reich wird.»

«Notwehrmassnahme», sagte Doc ernst. «Wohl durch die Verwandten bedingt.»

«Wie ich schon sagte, Doc. Die ganze Row macht sich Sorge um dich. Du hast keinerlei Vergnügen. Du geisterst herum, als ob du dich verlaufen hättest.»

«Das ist Wiederanpassung», sagte Doc.

«Nun, es gibt Leute, die sind der Ansicht, du brauchst ein Weib, das dir ein paar sanfte Rippenstösse gibt, damit du aus dem Zustand herauskommst. Ich kenne einen Burschen, der kehrt immer zu seiner Frau zurück, wenn ihm mulmig zu Mute wird. Dann schätzt er erst, was er hatte. Und dann geht er wieder, und er ist guter Stimmung.»

«Schocktherapie», sagte Doc. «Mir fehlt nichts, Mack. Aber dass mir ja keiner eine Frau besorgt... dass mich ja keiner verheiraten will! Ein Mann braucht wohl eine Richtung, ein Ziel. Das habe ich gebraucht. Sonst läuft man bloss im Kreis herum.»

«Ich hab' das ganz gern», sagte Mack.

«Meine Abhandlung werde ich betiteln: ‚Apoplexie-ähnliche Symptome bei gewissen Cephalopoden'.»

«Ach, du allmächtiger Gott!», sagte Mack.

VIERTES KAPITEL

DANN KÄME KEINE PARTIE ZUSTANDE

Als er ihn näher kennen lernte, betrachtete Joseph Maria Doc mit einem Gefühl, das der Liebe nahekam; denn Liebe nährt sich vom Unbekannten und Unerkennbaren. Docs Rechtschaffenheit war für Joseph Maria etwas wie ein exotisches Gewächs. Er fand sie befremdlich, seltsam. Sie zog ihn an, wiewohl er sie nicht begriff. Er hatte die Empfindung, es sei etwas vorhanden, was ihm bisher entgangen war, wenn er auch keine Ahnung hatte, was es war.

Als er eines Tages im Western Biological sass, sah Joseph Maria ein Schachbrett; nachdem er festgestellt hatte, dass es ein Spiel sei, und da er für Spiele begabt war, bat er Doc, es ihn zu lehren. Die verschiedenen Eigenschaften und Werte der Türme, Läufer, Springer, von König, Königin und Bauern gingen ihm leicht ein. Während der ersten Partie wurde Doc ans Telephon gerufen, und als er wiederkam, sagte er: «Sie haben einen meiner Bauern sowie Ihre Königin und Ihren einen Springer gezogen.»

«Woher wissen Sie das?» fragte der Patrón.

«Weil ich das Spiel kenne», sagte Doc. «Schauen Sie, Joseph Maria. Schach ist wohl das einzige Spiel auf der Welt, bei dem Betrügen nicht möglich ist.»

Joseph Maria nahm diese Feststellung mit Staunen auf. «Wieso nicht?», fragte er.

«Wenn es möglich wäre, zu betrügen, dann käme keine Partie zustande», sagte Doc.

Joseph Maria nahm das mit nachhause. Es quälte ihn die ganze Nacht über. Er zerbrach sich darüber den Kopf, sah die Sache von allen Seiten an. Und dann kam er wieder zu Doc, um mehr darüber in Erfahrung zu bringen. Die Vorstellung behexte ihn, doch er begriff sie nicht.

Doc erklärte sie ihm geduldig. «Beide Spieler», sagte er, «wissen genau das Gleiche. Das Spiel geht im Kopf vor sich.»

«Das verstehe ich nicht.»

«Nun, schauen Sie! Weder in der Mathematik, noch in der Poesie und Musik kann man schwindeln, weil sie auf Wahrheit gegründet sind. Unwahrheit oder Schwindel sind einfach ausgeschlossen, sie sind fehl am Platz. Man kann beim Rechnen nicht schwindeln.»

«Das verstehe ich nicht», sagte Joseph Maria wieder kopfschüttelnd.

Die Idee war empörend, aber sie hatte für ihn etwas Verlockendes, weil ihre Masslosigkeit ihm irgendwie eine neue, eigenartige Methode des Schwindelns zu sein schien. Und in den tiefsten Schächten seines Gehirns regte sich ein Gedanke. Gesetzt, man machte aus der Ehrlichkeit eine Schiebung? Der wäre vielleicht am schwersten beizukommen. Das war so neu, dass er davor zurückschreckte, aber es liess ihn nicht los. Seine Augen verengten sich. «Vielleicht hat er ein System ausgearbeitet», sagte er sich.

FÜNFTES KAPITEL

SUZY TRITT AUF

Es ist allgemein üblich, sich den Polizeiwachtmeister einer Kleinstadt als blöd und plump vorzustellen. In den Büchern spielt er stets die Rolle des Tölpels. Und es gibt Leute, die sich auf diese Auffassung versteifen, auch wenn sie wissen, dass sie nicht stimmt. Wir haben ja so viele Überzeugungen, von denen wir wissen, dass sie nicht stimmen.

Wenn ein Polizeiwachtmeister ein paar Jahre Dienst getan hat, dann weiss er über die betreffende Stadt besser und nach jeder Richtung hin genauer Bescheid als jeder andere Mensch. Er weiss um das heikle politische Gleichgewicht zwischen dem Bürgermeister und den Gemeinderäten, zwischen der Feuerwehr und den Versicherungsgesellschaften. Er weiss, warum Mrs. Geltham eine grosse Gesellschaft gibt und wer wahrscheinlich hinkommt. Er weiss in der Regel auch, ob es sich um eine Ratte im Speisezimmer, um einen Einbrecher oder bloss um einen Wunschtraum handelt, wenn Mabel Andrews meldet, bei ihr sei ein Einbrecher. Der Polizeiwachtmeister weiss, dass und wie oft Mr. Geltham mit der Schullehrerin schläft. Er weiss, wann die Gymnasiasten vom Gin zum Marijuana übergegangen sind. Er merkt jedes Wellengekräusel auf der Oberfläche der Stadt. Wenn sich ein Verbrechen ereignet, dann weiss der Polizeiwachtmeister in der

Regel, wer es nicht begangen hat, und öfters auch, wer es begangen hat. Wenn ein tüchtiger Polizeiwachtmeister den Dienst versieht, dann unterbleibt hunderterlei, was sonst passiert wäre. Einmal gibt es eine kurze Auseinandersetzung in einer Seitengasse, ein ander Mal einen Telephonanruf, und wieder ein anderes Mal wird sein Schatten unter einer Strassenlaterne sichtbar. Wenn er eine Katze von einem Baum herunterholt, so weiss er genau Bescheid über deren Besitzer. Und viele flennende, von den Eltern dazu angestachelte kleine Buben und Mädchen stecken dem Wachtmeister kleine Sachen, die sie im Einheitspreisladen gestohlen haben, in die Hand, er aber, wenn er ein tüchtiger Polizist ist, lässt Gnade für Recht ergehen, ohne die Würde des Gesetzes zu verletzen.

Ein Fremder, der aus dem Del Monte-Express in Monterey aussteigt, hat keine Ahnung davon, dass seine Ankunft bemerkt worden ist, aber wenn in der Nacht dann etwas passiert, so erfährt er das schon.

Joe Blaikey, der in Monterey amtete, war ein tüchtiger Wachtmeister. Kommissar zu werden, hatte er keine Aussicht, auch keine grosse Lust dazu. Jedermann in der Stadt hatte Joe gern und hatte Vertrauen zu ihm. Er war der einzige Mensch in der Stadt, der einen Ehezank beizulegen vermochte. Seine Künste und Kniffe sowohl auf dem Gebiet des Familienlebens wie auf dem der Gewalttat hatte er sich dadurch erworben, dass er das jüngste von fünfzehn netten, aber gewalttätigen Kindern war. Seine Lehre hatte bloss darin bestanden, dass er sich im Elternhaus hatte durchsetzen müssen. Joe kannte in Monterey jeden Menschen, und einen Fremden vermochte er fast auf der Stelle zu erkennen und einzuschätzen.

Als ein Mädchen namens Suzy aus dem Greyhound-Bus stieg, sah sie sich erst einmal auf der Strasse um, malte sich dann die Lippen nach, nahm ihr stark abgenutztes Handköfferchen hoch und schlug den Weg nach dem Restaurant zur «Goldenen Klatschrose» ein. Suzy war ein hübsches Mädchen mit breiter Nase und einem grossen Mund. Sie war einundzwanzig Jahre alt, 1,60 Meter gross, hatte eine gute Figur, ursprünglich wohl braunes (blond gefärbtes) Haar, einen braunen Tuchmantel mit Kaninchenkragen, ein baumwollenes Druckkleid, braune Kalblederschuhe (mit leicht schief getretenen Absätzen und an der rechten grossen Zehe aufgesprungen). Rechtsseitig hinkte sie etwas. Bevor sie nach ihrem Handkoffer griff, machte sie ihre braune Handtasche aus Kunstleder auf. Darin befanden sich: ein Spiegel, ein Kamm mit zwei fehlenden Zähnen, ein Paket Lucky Strike, ein Zündholzbriefchen mit dem Aufdruck «Hotel Rosaline San Francisco», eine halbe Rolle Pfefferminzpastillen, fünfundachtzig Cents in Silber, kein Papiergeld, Lippenstift aber kein Puder, eine Blechschachtel Aspirin, keine Schlüssel.

Wenn in dieser Nacht ein Mord passiert wäre, so hätte Joe Blaikey das alles niederschreiben können, aber jetzt war er sich nicht einmal bewusst, dass er es wusste. Joe arbeitete ziemlich viel aus reinem Instinkt. Er betrat die «Goldene Klatschrose» gerade, als die Kellnerin vor die an der Theke sitzende Suzy eine Tasse Kaffee hinstellte.

Joe setzte sich auf den Hocker neben ihr. «Hei, Ella», sagte er zur Kellnerin, «Tasse Kaffee.»

«Gleich», sagte Ella. «Wie geht's deiner Frau, Joe?»

«Ach, ganz gut. Ich wollte bloss, sie käme wieder zu Kräften.»

«Ja, das nimmt einen her», sagte Ella. «Männer verstehn das nicht. Gib ihr ein Stärkungsmittel und lass sie sich ausruhen. Wenn du eine Minute warten willst, mach ich frischen Kaffee.»

«Jaja», sagte Joe.

Ella ging zur Ecke der Theke, tat Kaffee in den Silex-Apparat und Wasser in die Kugel.

Gelassen sagte Joe zu Suzy: «Was hast du vor, Schwester?»

«Garnichts», sagte Suzy. Sie blickte ihn nicht an, aber sie konnte ihn in einem Milkshake-Apparat hinter der Bartheke gespiegelt sehen.

«Ferien?»

«Jawohl.»

«Wie lange?»

«Weiss ich nicht.»

«Suchst du Arbeit?»

«Vielleicht.»

Ella wollte zu ihnen hingehen, merkte aber, was vorging und machte sich darum an der andern Ecke der Theke zu schaffen.

Joe fragte weiter: «Kennst du jemand hier?»

«Ich habe hier eine Tante.»

«Wie heisst die?»

«Geht Sie das was an?»

«Jawoll.»

«Schön. Ich habe keine Tante.»

Joe lächelte ihr zu, und Suzy wurde es leichter ums Herz. Ein Mann, der sich um seine Frau Sorgen machte, war ihr sympathisch.

Er sagte zu ihr: «Auf dem Trockenen?»

«Noch nicht», sagte Suzy. «Wollen Sie mir Scherereien machen, Mister?»

«Wenn ich nicht muss, nicht», sagte Joe. «Hast du eine Sozialversicherungskarte?»

«Hab sie verloren.»

Joe sagte: «Hier geht's streng zu. Alles organisiert. Geh nicht auf den Strich. Ist behördlich untersagt. Wenn du einen Dollar brauchst, um dich aus der Stadt dünne zu machen, dann komm zu mir. Ich heisse Joe Blaikey.»

«Danke, Joe. Aber ich hure nicht herum, auf Ehr und Seligkeit.»

«Noch nicht», sagte Joe. «Ist eine bitterböse Stadt hier, um Arbeit zu kriegen, seit die Sardinenpackereien geschlossen sind. Mach dir nichts draus.» Er stand auf und reckte sich. «Ich trinke den Kaffee später, Ella», sagte er und ging.

Ella schien nichts mehr zu tun zu haben. Sie wischte die Theke mit einem feuchten Lappen ab. «Famoser Kerl», sagte sie. «Noch 'n Kaffee? Der frische ist fertig.»

«Scheint so», sagte Suzy. «Ja.»

Ella brachte eine frische Tasse. «Wo wohnen Sie?»

«Weiss ich noch nicht.»

«Meine Schwester vermietet Zimmer, sehr nette Zimmer. Vier Dollar die Woche. Ich kann sie mal anrufen, ob etwas frei ist.»

«Ich werde mich erst mal ein bisschen in der Stadt umsehen. Hören Sie, darf ich meinen Koffer hier lassen? Ist ein bisschen schwer», sagte Suzy.

«Gern. Ich stelle ihn hier hinter die Theke.»

«Schön, aber wenn Sie abgelöst sind, wenn ich zurückkomme?»

Ella schaute Suzy gelassen an. «Schwester», sagte sie, «ich werde nie abgelöst.»

Suzy besah sich die Schaufenster auf der Alvarado Street, ging dann zum Quai und betrachtete die Fischerboote, die vor Anker lagen. Im Schatten des Piers liegt immer ein Schwarm kleiner Fischchen; zwei kleine Buben angelten da, fingen aber nichts. Gegen vier Uhr schlenderte sie die verödete Cannery Row entlang, kaufte sich ein Päckchen Lucky Strike im Kramladen, warf einen oberflächlichen Blick auf das Western Biological und klopfte dann an der Haustür der Flotten Flagge.

Fauna empfing sie in ihrem Zimmer, das eine Kombination aus Schlafstube und Bureau darstellte.

«Ich werde dir reinen Wein einschenken», sagte Fauna. «Das Geschäft war nicht gut. Vielleicht zieht's im Juni ein bisschen an. Ich wollte, ich könnte dich engagieren. Hast du nicht eine rührsame Geschichte von unverdientem Unglück auf Lager, die mich erweichen würde?»

«Nö», sagte Suzy.

«Bist du pleite?»

«Ja.»

«Aber du machst dir das nicht zunutze.» Fauna lehnte sich in ihren Drehstuhl zurück und kniff die Augen zusammen. «Ich habe früher ein Missionsheim betrieben», sagte sie. «Ich kenne Unglücksgeschichten in- und auswendig. Ich glaube, wenn man all das Unglück, von dem ich gehört habe, zusammenlegte, dann würde die Bibel daneben armselig aussehen. Und dabei waren einige von den Geschichten sogar wahr. Na, deine Geschichte kann ich mir ausrechnen.»

Suzy blieb stumm und steif sitzen; ihre Haltung, ihre Hände, ihr Gesicht verrieten nichts.

«Jämmerliches Elternhaus», sagte Fauna. «Alleweil

Zank und Streit. Vermutlich warst du nicht älter als fünfzehn, sechzehn, wie du den Kerl geheiratet hast, oder vielleicht hat er das nicht einmal gewollt. Hast es getan, bloss um von dem Krach daheim wegzukommen.»

Suzy gab keine Antwort.

Fauna wandte den Blick ab, um nicht sehen zu müssen, wie sich die Hände Suzys langsam zusammenkrampften. «Wurdest gleich schwanger», sagte Fauna. «Da wurde der Kerl nervös und liess dich sitzen. Was hast du gesagt?»

«Ich hab nichts gesagt», sagte Suzy.

«Wo ist das Kind?»

«Hab's verloren.»

«Ist dir der Kerl zuwider?»

«Ich hab nichts zu sagen», sagte Suzy.

«Ist mir auch recht. So genau will ich's gar nicht wissen. Es gibt Weiber, die sind für dieses Gewerbe geschaffen. Die einen sind zu faul zum Arbeiten, die andern hassen die Männer. Kaum eine hat Vergnügen an dem, was sie treibt. Das wäre ja auch wie ein Barmann, der dem Trunk ergeben ist. Du siehst mir nicht wie eine geborene Hure aus. Du bist nicht faul. Warum suchst du dir keine Arbeit?»

«Ich hab als Kellnerin gearbeitet und hab im Einheitspreisladen gearbeitet. Der einzige Unterschied ist. dass man ins Kino mitgenommen wird, statt dass man drei Dollar kriegt», sagte Suzy.

«Willst du's mal probieren?»

«Vielleicht.»

«Hast du einen Jungen?»

«Nein.»

«Sind dir Jungens zuwider?»

«Nein.»

Fauna seufzte. «Du hast mich herumgekriegt, Schwester. Ich merke, dass du mich herumgekriegt hast. Du bist eine harte Nuss. Sitzst deine Zeit ab wie ein alter Sträfling. Das hab ich gern. Das wirkt bei mir besser als eine Unglücksgeschichte. Sag mal, läuft was gegen dich?»

«Hä?»

«Ich meine ein Haftbefehl. Hat jemand mit dir ein Hühnchen zu rupfen?»

«Nein.»

«Hast du mal gesessen?»

«Einmal. Dreissig Tage. Wegen Landstreicherei.»

«Sonst nichts auf dem Kerbholz?»

«Nein.»

«Kannst du dir kein Lächeln abringen? Bei dir kriegen ja die Kunden eine Gänsehaut.»

Suzy grinste Fauna an.

«Allmächtiger Gott!» sagte Fauna. «Du siehst aus wie jemand seine Schwester! Ich fürchte, du wirst mir noch teuer zu stehen kommen. Warum muss ich auch ein so gutes Herz haben? Hast du schon mal in einem Freudenhaus gearbeitet?»

«Nein.»

«Nun, es ist nicht so schlimm wie der Strich. Doc Williams kommt morgen.»

Suzy fragte: «Kann ich meinen Koffer holen?»

«Meinetwegen.» Fauna machte eine auf dem Schreibtisch liegende Brieftasche auf. «J.C. Penney hat bis sechs offen. Besorg dir ein Kleid. Fesch, aber billig. Kauf dir eine neue Zahnbürste. Und wenn du zurückkommst, mach, um Gotteswillen, deine Frisur zurecht. Du wärst ein hübsches Kind, wenn du besser frisiert wärst.»

«Ich bin im Bus gereist», sagte Suzy.

«Schon gut», sagte Fauna. «Um halb sieben wird gegessen. Seit wann hast du nichts gegessen?»

«Seit gestern.»

«Heutabend gibt's Rindsgulasch, Karotten in Sahne und rote Grütze als Dessert.»

Beim Hinausgehen blieb Suzy an der Tür stehen und schlug mit der Hand auf den Pfosten. «Ein Polizeimensch hat mich heute ausgefragt», sagte sie. «Heisst Joe Blaikey.»

«Ist ein netter Kerl. Ei, der tät' dir Geld pumpen.»

«Hat er auch gesagt», meinte Suzy. «Ich esse gern Rindsgulasch.»

In der «Goldenen Klatschrose» reichte ihr Ella den Koffer über die Theke. «Sie sehen aus, als ob Sie Arbeit gekriegt hätten», sagte Ella.

«Ja, es sieht so aus. Sagen Sie mal, wo ist J. C. Penney?»

«Rechts um die Ecke, im zweiten Häuserblock. Gelbe Fassade. Lassen Sie sich mal wieder sehen.»

«Gern», sagte Suzy.

Auf dem Gehsteig schloss sich Joe Blaikey ihr an und nahm ihr den Koffer aus der Hand. «Das ist ein braves Weib», sagte er. «Mach dich nur nicht mausig, dann hast du's gut.»

«Woher wissen Sie?» fragte Suzy.

«Sie hat mich angerufen», sagte Joe. «Ich zeig dir den Weg.»

«Okay», sagte Suzy.

Sie nahm ihm den Koffer wieder ab und trat bei J. C. Penney ein.

«Womit kann ich dienen?»

«Ein Kleid. Nicht zu teuer.»

«Hier, bitte.»

«Das tomatenrote da gefällt mir.»

«Das ist die neue Modefarbe ‚Liebesapfel'.»

«Tomatenfarbe.»

«Kunstseide. Damit sind Sie gut bedient.»

«Wollen wir hoffen. Grösse zwölf.»

«Dazu passende Schuhe?»

Suzy holte tief Atem. «Ja, weiss Gott!» sagte sie.

SECHSTES KAPITEL

DAS SCHÖPFERISCHE KREUZ

Tagelang loderte in Doc die Flamme, sein Phönixgedanke. Er hatte zwar kein geeignetes Mikroskop, doch er hatte Augen sowie, Gott sei's gedankt, einen analytischen Verstand, der Empfindungen, Gefühle, Schmerzen gleichsam zu entblättern vermochte. Während er die Tintenfische beobachtete, nahm seine Theorie Gestalt an. Einen davon reizte er mittels einer Glasnadel so zu Furcht und Wut, dass er seinen Bruder angriff und umbrachte. Einen passiv bleibenden Tintenfisch setzte er in ein spezielles Glas, wo er ihn milden Lösungen von Menthol und Bittersalz aussetzte, ihn damit leicht krank und dann wieder gesund machte. Dann veranlasste er wieder Wutanfälle, und wenn die Farbstoffe im Körper rumorten und wechselten, führte er ein kleines Quantum Kokainsulfat ein, worauf er das Abklingen der Gemütsbewegung bis zum Schlaf – sofern man bei einem Tintenfisch von Schlaf reden kann – feststellte. Darauf reizte er ihn mit einer Kochsalzlösung, berührte ihn an verschiedenen Stellen mit der trügerischen Nadel, stellte die Blutzufuhr, die sich steigernde Färbung sowie das unsichere Um-sich-Schlagen und -Greifen der Arme fest, bis das Tier plötzlich zusammenfiel und einging. Die Leiche holte Doc heraus und sezierte das Gewebe, um nach geplatzten Bläschen zu fahnden.

«Es wirkt!», sagte er laut vor sich hin. «Ich habe nicht das geeignete Gerät, um festzustellen, wie es vor sich geht, aber dieses Tier stirbt mit allen Anzeichen von Apoplexie. Es muss da eine undichte Stelle sein, auch wenn ich sie nicht erkennen kann. Ich kann meine Abhandlung mit Beobachtungen beginnen.»

Doc besorgte sich einen Block gelben Schreibpapiers sowie zwei Dutzend Bleistifte. Er legte alles auf dem Schreibtisch zurecht, die Bleistifte haarscharf gespitzt neben einander ausgerichtet wie gelbe Soldaten. Oben auf die erste Seite schrieb er mit Druckbuchstaben:

BEOBACHTUNGEN UND GEDANKENGÄNGE.

Die Bleistiftspitze brach ab. Er nahm einen andern Bleistift, verzierte das B und das G mit Schnörkeln und Fischschwänzchen. Sein Fussknöchel juckte. Er zog seine Socke herunter und kratzte sich, worauf es ihn am Ohr juckte. «Es spricht jemand von mir», sagte er und betrachtete den gelben Schreibblock. Es fiel ihm ein, ob er den Baumwollratten Futter gegeben habe. So was vergisst sich leicht, wenn man ins Denken kommt.

Während er die zu dem hingestreuten Futter krabbelnden Ratten beobachtete, fiel ihm ein, dass er selbst noch nichts gegessen hatte. Wenn er eine, zwei Seiten vollgeschrieben hatte, gedachte er sich ein paar Setzeier zu machen. Doch es wäre ja wohl gescheiter, wenn er gleich etwas ässe, damit der Strom der Gedanken später nicht unterbrochen werden musste. Seit Tagen hatte er sich auf diese friedlichen Stunden ununterbrochenen Denkens gefreut. Ja, es war schon gescheiter, zuerst zu essen. Er briet sich also zwei Eier und ass sie, wobei er immer auf den gelben Schreibblock unter der Hängelampe schaute. Das Licht war zu grell. Sein

Reflex auf dem Papier machte Augenschmerzen. Als er mit den Eiern fertig war, holte er ein Stück Pauspapier und brachte es unten am Lampenschirm an. Das säuberlich auszuführen, erforderte Zeit. Darauf setzte er sich wieder vor den gelben Schreibblock und malte Schnörkel um sämtliche Buchstaben der Überschrift, riss danach die Seite ab und warf sie weg. Fünf Bleistifte hatten nunmehr ihre Spitze eingebüsst. Doc spitzte sie wieder und reihte sie ihren Brüdern an.

Vor der Flotten Flagge fuhr ein Auto vor. Doc ging ans Fenster und sah hinaus. Es war kein Bekannter, aber er sah dabei Mack in den Kramladen gehen. Es fiel ihm ein, dass er Mack etwas hatte fragen wollen.

Sich zu konzentrieren, fällt anfänglich immer schwer. Der Geist hüpft herum wie ein Huhn und versucht, sich vom Denken zu drücken, wiewohl doch Denken die lohnendste Beschäftigung des Menschen ist. Dem konnte Doc beikommen. Wenn man weiss, was man will, dann kann man damit fertig werden. Er biss die Zähne zusammen und wollte gerade wieder zum Schreibtisch gehen, als er aus den Augenwinkeln das Schimmern eines Frauenrocks sah. Er schaute wieder aus dem Fenster. Aus der Flotten Flagge kam ein Mädchen heraus und ging die Cannery Row in Richtung Monterey. Doc konnte ihr Gesicht nicht sehen, aber sie hatte einen schönen Gang; Schenkel, Knie, Fussknöchel schwangen locker und stolz, kein Zucken und Schwanken, wie bei so vielen Frauen, die gingen, als wenn sie von einem Schritt zum andern fielen. Nein, das Mädchen da schritt, die Schultern zurück- und das Kinn hochgereckt, die Arme rhythmisch schwingend, dahin. Ein fröhlicher Schritt, dachte Doc. Am Schritt kann man so viel erkennen: Mutlosigkeit, Krankheit,

Entschlossenheit. Es gibt einen gemein tappenden und einen wichtig auftrumpfenden Gang, einen scheuen, schleichenden Gang, aber dies war ein fröhlicher Gang, als wenn die gehende Person heiter zu einem Stelldichein mit jemand, den sie liebte, ginge. Auch Stolz war darin, aber keine Eitelkeit. Doc hoffte, das Mädchen werde nicht um die Ecke biegen, doch das tat sie. Noch ein huschendes Flattern des Rocks, und verschwunden war sie. Doc aber sah noch im Geist die schwingenden Gliedmassen, den Rhythmus der geschmeidigen, flinken Bewegungen vor sich. Wahrscheinlich war das Mädchen hässlich wie die Nacht, dachte er, und dann lachte er in sich hinein. «Jetzt hat's dreizehn geschlagen», sagte er. «Verstand, ich beglückwünsche dich. Erst stösst du mich auf das Sexuelle, überträgst es ins Ästhetische, und dann beendest du es mit sauren Trauben. Wie unehrlich kann ich eigentlich sein? Und all das, weil ich nicht an die Arbeit gehen will. Ich arbeite mir die Seele aus dem Leib, um mich von der Arbeit zu drücken. Los, Verstand. Jetzt kommst du mir nicht mehr ungeschoren davon. Marsch, wieder an den Schreibtisch!»

Er nahm einen Bleistift und schrieb: «Bei den beobachteten Exemplaren handelte es sich um zwanzig aus dem Ebbegebiet bei der Stadt La Jolla stammende kleine Tintenfische. Die Versuchsexemplare wurden unter möglichst ihrer natürlichen Umgebung und Lebensweise angenäherten Bedingungen in ein grosses Aquarium gesetzt. Seewasser wurde dauernd filtriert und alle vierundzwanzig Stunden erneuert. Lebewesen aus dem typischen ökologischen Milieu wurden samt Sand, Steinen und Algen von der Herkunftsstelle der Versuchstiere beigegeben. Kleines Schalengetier wurde beigestellt. Trotz diesen Vorkehrungen gingen fünf Stück binnen acht Tagen ein. Die übrigen fünfzehn schienen sich zu akklimatisieren, fingen und verzehrten eifrig die in das Aquarium gegebenen kleinen Sandkrabben. Was das Licht angeht...» Der Bleistift brach ab. Doc nahm einen andern, der, einen Riss auf dem Papier machend, ebenfalls abbrach. Doc überlas, was er bisher geschrieben hatte; langweilig, trocken, dachte er. Wie komme ich dazu, anzunehmen, dass ein dem Menschen so fernstehendes Lebewesen ... vielleicht mache ich mir was vor. Die mittlere Stimme sang leise: «Im Wasser suchst du dich selbst – kleines Menschlein, zwischen den Polypen forschst du nach deiner Seele, suchst deine Eitelkeit zu befriedigen. Bist du etwas Besseres als Mack, dass du priesterliche Geheimworte der Wissenschaft gebrauchst, um zu verdecken, dass du nichts zu sagen hast?»

Und die Grundstimme murrte: «Einsam! Einsam! Lass mich hinauf ins Licht, in die Wärme. Einsam!»

Doc sprang auf, ging zum Aquarium und schaute in das beleuchtete Wasser. Unter einem Stein äugte ein Tintenfisch hervor, und einer seiner Arme zuckte rhythmisch, als dirigiere er ein Orchester, und der Takt ströme frei und fröhlich dahin ... gleich den schwingenden Schenkeln, Knien und Knöcheln.

Doc legte das Gesicht in den Teller der einen Hand und drückte auf seine Augen, bis grüne und rote Lichtflecken vor ihm zu tanzen begannen. Dann stand er auf und ging über die Strasse, um sich Bier zu holen.

SIEBENTES KAPITEL

DIE KATZE LÄSST DAS MAUSEN NICHT

Joseph Maria Rivas mochte Fauna gern, ja, er verehrte sie. Er war jedoch der Ansicht, es sei unschicklich für eine Frau, Eigentümerin der Flotten Flagge, eines Unternehmens mit regelmässigem Umsatz und Einkommen, zu sein. Das Geschäft betreiben, gut; aber es besitzen, das nicht. Seiner sittlichen Überzeugung nach sollte dahinter ein Mann stehen, der die Nutzniessung davon hatte und die Überschüsse einstrich. Seiner Erfahrung nach wurden Frauen nervös, wenn sie Geld in die Hand bekamen; nur ein Weib ohne Heller und Pfennig konnte sich seiner Meinung nach wahrhafter Gesundheit erfreuen. Ein Frauenzimmer mit Geld war etwas wie ein halbbatziger Mann. Sie hörte auf, eine Frau zu sein, und, wie bekannt, ist das Schönste an einer Frau, dass sie eine Frau ist.

Joseph Maria hatte darüber nachgedacht, wie er Fauna die Verantwortlichkeit für die Überschüsse abnehmen könne: wenn er Eigentümer und Fauna die Betriebsleiterin der Flotten Flagge wäre, dann wäre ein natürlicher, praktischer Ausgleich geschaffen. Fauna war bisher ganz gut ohne ihn gefahren und hatte es verstanden, sich seinen menschenfreundlichen Absichten zu entziehen, aber Joseph Maria warf die Flinte nicht ins Korn, zumal wenn das nicht mit Unannehmlichkeiten verbunden war.

Ein tüchtiger Börsenspieler liest das Kursblatt und kümmert sich um seine Papiere, er richtet sein Augenmerk aber auch auf andere Notierungen, einfach für den Fall eines Falles. So behielt Joseph Maria die Flotte Flagge im Auge. Er hatte die Empfindung, Fauna werde eines schönen Tages vielleicht einmal einen Augenblick lang dem Kartenmischer nicht auf die Finger schauen. Jetzt, da sein Geschäft gut im Schuss war, vermochte er mit wohlwollend raubgierigem Blick nach weiterer Beute auszuschauen. Er wusste über Suzy Bescheid, ehe sie noch ihre Kleider gewaschen hatte, und er kam zu der Ansicht, dass Fauna mit ihr einen Missgriff gemacht habe.

«Da hast du ja eine Zimperliese gekriegt», sagte er zu Fauna. «Das ist eine Spielverderberin, wie ich nur je eine gesehen habe.»

«Kann sein», sagte Fauna.

«Warum hast du sie dann ins Haus genommen?»

«Ich gestatte mir hin und wieder einen Fehler», sagte Fauna. «Sie ist keine gute Hure, aber wenn ich so weit mit ihr komme, dann gibt sie vielleicht eine verflixt gute Ehefrau für jemand ab.»

«Sie legt dich hinein», sagte der Patrón.

«Ab und zu muss man hineingelegt werden», sagte Fauna. «Man fühlt sich nicht wirklich wohl, wenn man nie gewurzt worden ist. Ich bin einmal als Missionarin nach Südamerika gegangen.»

«Warum das?»

«Das weiss ich nicht mehr recht.»

«Was hast du da gemacht?»

«Die Indianer Nächstenliebe gelehrt.»

«Und was haben die getan?»

«Haben mich auch was gelehrt: Köpfe präparieren.»

«Kannibalen!», sagte der Patrón.

«Keineswegs. Waren sehr nette Menschen, die Kopfjäger, auch ehrlich. Wenn sie einem einen Kopf verkaufen, dann kriegt man was für sein Geld. Aber ist doch immer ein Schlauberger drunter. Wie dieser Athatulagulu, ein geborener Kopfschieber. Der brachte es fertig, Affenköpfe in den Handel zu bringen. Er rasierte sie glatt; zusammenschrumpfen brauchte er sie gar nicht viel zu lassen. Es gibt ja immer Leute, die sich alles aufhängen lassen.»

«Ich weiss», sagte der Patrón.

«Nun, der Bischof kam dahinter», sagte Fauna, «und putzte mich furchtbar herunter, weil ich die Affenköpfe aufkaufte.»

«Soll das heissen, du hättest solche gekauft?», fragte Joseph Maria.

«Selbstredend. Ich hatte eine Kiste davon in der Hütte. Alle sagten, ich sei verrückt, aber es lohnte sich.»

«Wieso?»

«Nun, schau her», sagte Fauna. «Meine Leute waren ehrlich und präparierten nur echte Köpfe. Angenommen, eine Sendung geht ab und der Gauner Athatulagulu schmuggelt ein paar Affenköpfe hinein, dann hat bald kein Mensch mehr Vertrauen zum andern. Ja, die Leute würden einen schönen echten Kopf schief ansehen. Darum hab ich die aufgekauft, um sie vom Markt fernzuhalten. Ich musste an meinen guten Ruf denken.»

«Jaja, aber der Gauner ...», fing der Patrón an.

«Ich weiss, was du sagen willst ... er tat das auch. Er hatte mich in der Hand. Er berechnete mir für die Affenköpfe mehr, als ich für die echte

Ware zahlte. Er wusste, dass er mich in der Hand hatte.»

«Das eben dachte ich mir. Ja, aber was wurde aus dem Gauner?»

Fauna zog die Schreibtischschublade auf und nahm einen reizenden kleinen Gegenstand heraus, schwarz wie poliertes Ebenholz und nicht grösser als eine Zitrone. «Er ist gut geworden, nicht?», sagte Fauna.

Der Patrón blickte nervös zur Seite. «Ich muss gehen», sagte er. «Mein Neffe ist allein im Laden.»

«Der bläst doch Trompete?»

«Der macht mich wahnsinnig», sagte Joseph Maria. «Hat sich eine neue Trompete zugelegt. Kann's nicht lassen. Hab ihn an den Strand geschickt, dass er dort übt. Hatte gedacht, die Wellen und die Seelöwen würden ihn überbrüllen. Letzthin hat er in der Nacht einem Schlepper von der Kriegsmarine ein Ausweichsignal gegeben, und die suchen heute noch nach dem Schiff, dem sie ausgewichen sind. Vorige Nacht aber war's ganz schlimm. Da übte er drunten am Strand und hielt seine verdammte Trompete an den Ausfluss des Abwässerrohrs. Das gäbe eine gute Resonanz, sagte er. Ich weiss nicht, ob das stimmt, jedenfalls habe ich gehört, dass in jeder Toilette der ganzen Gegend das ‚Seemannslied' ertönte. Die alte Lady Somers machte sich gerade ein Klistier. Was da passiert sein soll, wie erzählt wird, daran glaube ich nicht. Ich muss heim. Der Junge ist im Stand und bläst mir mit einem hohen Ton alles Glas in Scherben.»

«Komm mal wieder zu Besuch», sagte Fauna.

«Denk darüber nach, was ich dir wegen Suzy gesagt habe.»

«Werd' ich tun.»

So merkwürdig es ist, man kauft nicht gern daheim. Der Laden auf der andern Strassenseite hat immer frischere Zigaretten als man selber. Die Mädchen der Flotten Flagge zogen sich nie ein Päckchen Zigaretten aus dem Automaten im Hause selbst. Wenn sie Lucky Strikes brauchten, so gingen sie zu Joseph Maria. Überhaupt ging ungefähr jeder Mensch in Cannery Row ungefähr jeden Tag ungefähr überallhin in Cannery Row.

Joseph Maria war kaum in seinen Kramladen zurückgekehrt, als Suzy eintrat. Joseph Maria konnte man nicht gerade nachrühmen, dass er ein Lobredner von Gottes anmutigster Schöpfung gewesen wäre, aber wenn es galt, ein rasches Urteil über ein weibliches Wesen zu fällen, so konnte man sich auf das von Joseph Maria verlassen. Wenn er nicht mit seinen Gefühlen engagiert war, so verstand er seine Sache. Zwischen dem Moment, in dem Suzy sich Kleingeld geben liess, und dem Moment, da sie den Lucky-Strike-Knopf am Zigarettenautomaten drückte, hatten sich die beiden gegenseitig in Augenschein genommen und jeder seine Schlüsse gezogen.

Suzys Urteil: «Ein ausgekochter, gemeiner Mexikaner. Der schenkt einem nichts. Ein Prozentenehmer. Lächelt mit dem Mund. Augen wie eine Schlange. Wird eines Tages mal ausrutschen, weil er gar zu gerissen sein will.»

Joseph Marias Urteil: «Ganz unsichere Kantonistin für ein Freudenhaus. Ein schwieriger Charakter. Hält sich nicht an die Spielregeln. Die ist im Stand, das Pferd beim Schwanz aufzuzäumen. Zu gutmütig. Wenn die einen Burschen liebt, dann schenkt sie ihm womöglich noch Geld dazu.»

Wenn es nach dem Patrón gegangen wäre, hätte er sie aus der Flotten Flagge hinausgeworfen. Er wusste, dass man nur absoluten Egoisten wirklich trauen kann. Die laufen immer formgemäss. Bei denen weiss man immer, was sie tun werden. Aber bei Menschen, die eine Grundschicht von Güte haben, kann man sich täuschen. Die einzigen wirklich lohnenden Gimpel sind die vollkommenen Egoisten. Mit solchen hat man nie Schwierigkeiten. Fauna war vollkommen zu durchschauen.

Joseph Maria schätzte Suzy ab wie etwa einen gebrauchten Wagen, den er kaufen wollte. Recht hübsche Figur, feine Knöchel, gute Beine, zu leicht in der Hinterhand und zu schwer um die Brust. Das ist ein schlechtes Zeichen: eine gute Hure ist flachbrüstig. Gesicht ganz hübsch, wenn sie in Stimmung ist. Gesicht zeigt immer ihre Stimmung an. Sieht gut aus, wenn sie guter Stimmung ist. Eine gute Hure trägt eine Maske, zeigt jedermann das gleiche Gesicht, immer hübsch, aber am nächsten Morgen weiss man nicht mehr, wie sie ausgesehen hat. Suzy vergisst man nicht. Wirklich eine ganz unsichere Kantonistin. Suzy mochte Menschen oder mochte sie nicht. Schon das war schlimm.

Der Neffe des Patrón, Cacahuete, staubte die Regale ab und warf Suzy ein süsses Lächeln zu.

Suzy hellte sich auf. Sie lächelte nicht, sie griente. Ihre Lippen waren voll und ihr Mund breit; wenn sie griente, dann bildeten sich Fältchen um die Augen und eine scheue Wärme entströmte ihr. Bedenklich, sehr bedenklich. Dazu kam noch Frechheit, aber keine verlässliche, stumpfe Frechheit. Suzy war imstande, Jack Dempsey einen Schlag versetzen zu wollen. Sie war nicht gewitzt. Alles in allem genommen würde Joseph Maria Suzy binnen einer Minute hinausgeschmissen haben. Sie war die Art von blödem Weibsbild, das sich in einen Burschen verliebt, ohne sich über sein Bankkonto zu vergewissern. Sie gehörte zu der Art, dachte er, die einen bestimmten Mann ganz aus dem Häuschen bringen kann, aber gänzlich untauglich ist zur Prostitution. Ihr Charakter hatte etwas von dem Docs. Der Patrón entschloss sich, Fauna noch einmal zu warnen. Das Mädel da konnte für ein Hurenhaus das reine Gift sein. Das war die reiflich überlegte Ansicht des Patrón, und der Patrón verstand sich auf das Handwerk. Wenn man den Rat eines Arztes über eine Krankheit annimmt, so nimmt man unbedingt den des Patrón über eine Hure an. Allerdings konnten sich beide irren.

Diese gegenseitigen Ein- und Abschätzungen gingen fast in einem Sekundenbruchteil vor sich, sodass das Urteil im Moment, als Suzy das Zigarettenpäckchen aufgerissen, eine in den Mund gesteckt und angezündet hatte, fertig vorlag.

«Wie geht's?», fragte Joseph Maria.

«Okay», sagte Suzy. «Fauna will gelbes Schreibpapier und ein paar Bleistifte, weiche Bleistifte.»

Der Patrón holte die Sachen. «Sie schreibt viel», sagte er. «In einem Monat etwa hat sie sechs Blöcke verbraucht.»

«Sie macht Horoskope.»

«Glaubst du an das Zeug?»

«Nein, aber es schadet ja niemand.»

«Ich kannte einen Kerl, der verdiente schön damit», sagte der Patrón.

«Ach, sie rechnet nichts dafür», sagte Suzy.

«Ich weiss», sagte Joseph Maria. «Ich verstehe eigentlich nicht, warum nicht. Fauna ist nicht blöd.»

Mit zwei leeren Bierflaschen trat Doc ein. «Legen Sie mir wieder ein paar aufs Eis, wollen Sie?», fragte Doc.

Suzy warf ihm einen Blick zu, musterte ihn und blickte wieder weg. Sein Bart war ihr ein bisschen unangenehm. Sie starrte ihn nicht an, wie man auch einen Krüppel nicht anstarrt.

Der Patrón sagte: «Warum schaffen Sie sich nicht einen Eisschrank an? Dann könnten Sie eine Kiste auf einmal nehmen.»

«Es ist bequemer, Sie das Eis halten zu lassen», sagte Doc.

«Kennen Sie Suzy da? Sie ist neu in der Flotten Flagge.»

«Sehr erfreut», sagte Doc.

«Sehr erfreut», sagte Suzy. Zu jedem andern würde sie «Heda» gesagt haben.

Als Doc gegangen war, sagte der Patrón: «Das ist ein komischer Kauz.»

«Es gibt allerhand Käuze.»

«Der weiss Zeug, von dem ich nie gehört habe.» Der Patrón verteidigte Doc auf die Art, wie das alle taten.

«Ein bisschen überkandidelt?», fragte Suzy.

«Ach, kein Gedanke! So redet er immer daher. Anders kann er nicht.»

«Na ja, es gibt allerhand Käuze», sagte Suzy.

«Er holt Käfer und so Zeug aus dem Meer und verkauft sie.»

«Wem denn?»

«Tja, es gibt ja Leute, die kaufen alles», sagte der Patrón.

«Scheint so. Warum tun andere Leute das nicht?»

«Zu viel zu tun, und man muss doch wissen, was man holen muss.»

«Sagen Sie mal, warum trägt er denn den Bart? Ich kannte einmal einen Ringkämpfer, der einen trug.»

«Ich weiss auch nicht, warum», sagte Joseph Maria. «Warum hatte denn der Ringkämpfer einen?»

«Er bildete sich ein, dann sähe er kesser aus.»

«Na, vielleicht meint das Doc auch ... Aber nein, der will nicht kess aussehen. Beim Militär brachte man einen Mann mit einem Bart schon dazu, ihn abzurasieren. Ein Soldat mit einem Bart, sagte man, der wolle bloss auffallen, und das sei der beste Weg, um sich in der Kaserne unbeliebt zu machen.»

«Vielleicht ist es das», sagte Suzy. «Ich habe nichts gegen einen Mann, der sich von den andern unterscheidet, wenn er sich nicht allzusehr unterscheidet.»

«Weiber finden sich damit ab», sagte der Patrón. «Gern haben sie's ja nicht, aber sie finden sich damit ab. Aber, zum Donnerwetter, wozu rede ich denn all das daher? Ich habe zu tun.»

Suzy fragte: «Sind Sie Mexikaner?»

«Nein. Amerikaner. Mein Alter war Mexikaner.»

«Können Sie auch Spanisch?»

«Aber sicher.»

«Pahlee-wuh?»

«Das ist wieder was anders», sagte Joseph Maria.

«Na, auf Wiedersehen», sagte Suzy, ging aus dem Laden und warf die Drahttür fest zu.

Keine schlechte Person, dachte Joseph Maria, aber ich schmeisse sie doch aus der Flotten Flagge hinaus, zum Donnerwetter.

Doc sah im Western Biological aus dem Fenster. Er sah Suzy an dem unbebauten Grundstück vorbei zur Veranda der Flotten Flagge gehen. Als sie eben die Treppe hinaufsteigen wollte, drehte sie sich um. Es war ihr, als sehe ihr jemand nach. Den Doktor gewahrte sie nicht.

ACHTES KAPITEL

DER GROSSE ROQUE-KRIEG

Pacific Grove und Monterey hocken nebeneinander auf einem Hügelrücken, der die Bucht entlangläuft. Dicht beisammen liegen die beiden Städtchen, aber sie gleichen sich nicht. Während Monterey vor langer Zeit von Ausländern gegründet wurde, Indianern, Spaniern und dergleichen, und wie Kraut und Rüben plan- und ziellos zur Stadt heranwuchs, entsprang Pacific Grove voll entfaltet dem Eisenherzen einer psycho-ideo-legalen Weltanschauung. In den Achtzigerjahren des vorigen Jahrhunderts als ein Ort für Leute, die sich zurückziehen wollten, gegründet, trat es vollkommen ausgerüstet mit Gesetzen und Sitten, Idealen und Gebräuchen in die Welt. Laut seiner Gemeindeverfassung ist dort ein Landübereignungsvertrag null und nichtig, sobald ein Tropfen Alkohol auf das betreffende Grundstück gebracht wird. Infolgedessen nimmt dort der Vertrieb von eisenhaltigen Stärkungsweinen phantastische Dimensionen an. In Pacific Grove besteht eine Verordnung, laut der nach Sonnenuntergang die Rollvorhänge heruntergelassen werden müssen, es aber verboten ist, sie früher herunterzulassen. Fahrräder dürfen nur bis zu einer bestimmten Geschwindigkeit fahren. Seebaden, Segeln und Rudern ist am Sonntag verboten. Es gibt ein bestimmtes Verbrechen, das nicht definiert, aber unbedingt gesetzwidrig ist. Lustbarkeiten sind verboten. Es darf zugegeben werden, dass diese Verordnungen nicht auf Biegen und Brechen durchgesetzt werden. Der Zaun, der früher Pacific Grove umgab, besteht nicht mehr.

Im Verlauf der Geschichte war Pacific Grove einmal in die Tinte geraten, und zwar heftig. Nach Gründung der Stadt kamen viele alte Leute hin, um sich zurückzuziehen, Leute, von denen man nicht recht wusste, wovon sie sich eigentlich zurückzogen. Diese alten Leute wurden mit der Zeit griesgrämig, mischten sich in alles hinein und machten Stunk, bis ein Philanthrop namens Deems der Stadt zwei Roque-Spielplätze schenkte.

Roque ist eine Art komplizierteres Croquet mit ganz engen Reifen und Hämmern mit kurzem Stiel. Es wird von den Seitenlinien her gespielt, ähnlich wie Billard. Jedenfalls ist es sehr kompliziert. Es heisst, es fördere die Charakterbildung.

Wenn an einem Ort ein bestimmter Sport getrieben wird, dann muss natürlich eine Konkurrenz ausgeschrieben und ein Preis ausgesetzt werden. In Pacific Grove wurde ein alljährlich zu vergebender Pokal für die beste Mannschaft auf den Roque-Plätzen gestiftet. Man sollte meinen, so etwas sei nicht geeignet, die Menschen arg in Hitze zu bringen, zumal wenn die Wettbewerber grösstenteils über siebzig Jahre alt sind. Aber das war hier gleichwohl der Fall.

Die eine Mannschaft hiess die «Blauen» und die andere die «Grünen». Die alten Herren trugen Sportkäppchen und Sportjacken, die in den Farben ihrer Mannschaften gestreift waren.

Nun, kaum zwei Jahre vergingen, da war der Teufel los. Die Blauen trainierten auf dem Spielplatz dicht neben den Grünen, aber sie grüssten einander nicht einmal. Dieser Zustand griff in die Familien der beiden Mannschaften über. Man gehörte zu einer Blauen Familie oder zu einer Grünen Familie. Und schliesslich verbreitete sich die Gegnerschaft über die Grenzen der Familie hinaus. Man war Parteigänger der Blauen oder Parteigänger der Grünen. Es kam so weit, dass die Grünen Heiraten mit Blauen zu verhindern strebten und umgekehrt. Bald wurde auch die Politik davon angesteckt, sodass ein Grüner es sich nicht im Traum einfallen liess, für einen Blauen zu stimmen. Die Kirche wurde in zwei Hälften geteilt; ein Trennungsstrich ging glatt durch die Mitte, denn Blaue und Grüne wollten nicht auf der gleichen Seite sitzen. Es wurde sogar geplant, deswegen eine zweite Kirche zu bauen.

Selbstverständlich erhitzten sich die Gemüter erst richtig, wenn die Zeit des Turniers herannahte. Alles stand auf Spitz' und Knopf. Die alten Herren betrieben das Spiel mit einer geradezu unwahrscheinlichen Leidenschaft. Es kam vor, dass zwei Achtzigjährige selbander in den Wald gingen, und wenn man ihnen nachging, fand man sie in einen Kampf auf Leben und Tod verwickelt. Es bildeten sich sogar Geheimsprachen heraus, so dass der Eine nicht verstand, wovon der Andere redete.

Die Erregung nahm schliesslich dermassen zu, und die Gemüter erhitzten sich so sehr, dass die Grafschaftsbehörden sich damit befassen mussten. Das Haus eines Blauen wurde niedergebrannt, und ein Grüner wurde im Wald mit einem Roque-Hammer totgeknüppelt gefunden. Roque-Hämmer haben, wie gesagt, einen kurzen Stiel, sind schwer und bilden eine sehr gefährliche Waffe. Die alten Herren liefen jetzt dauernd mit

Roque-Hämmern herum, die mittels Lederriemen am Handgelenk befestigt waren wie Streitäxte. Es gab kein Verbrechen mehr, das nicht der andern Partei zur Last gelegt wurde, darunter auch solche, wozu sie ihrem Alter nach gar nicht mehr fähig gewesen wären, selbst wenn sie sie hätten begehen wollen. Blaue kauften nicht mehr in Läden von Grünen. Die ganze Stadt war in Aufruhr.

Der Mann, der all das angerichtet hatte, Mr. Deems, der ursprüngliche Wohltäter, war ein netter alter Herr. Er rauchte gelegentlich ein Pfeifchen Opium – sofern es gesetzlich erlaubt war –, das hielt ihn bei guter Gesundheit und Gemütsruhe, sodass er weder zu hohen Blutdruck noch Tuberkulose bekam. Er war ein Philanthrop, aber auch ein Philosoph. Als er merkte, was er angerichtet hatte, indem er Pacific Grove die Roque-Spielplätze schenkte, wurde er zuerst traurig und danach entsetzt. Er sagte, jetzt wisse er, wie es Gott zu Mute sei.

Das Turnier war für den 30. Juli angesetzt; die Stimmung in der Stadt wurde so schlimm, dass es Leute gab, die nicht ohne Revolver ausgingen. Zwischen den Kindern von Blauen und Grünen brachen Bandenkämpfe aus. Nach gewisser Zeit sagte sich Mr. Deems schliesslich, dass er, wenn er schon Gott nachfühlen, er wohl auch Gott nachahmen könne.

In der Nacht des 29. Juli liess Mr. Deems einen Bulldozer kommen, schickte ihn auf die Spielplätze hinaus, und am Morgen war an deren Stelle ein tief aufgerissenes Loch im Erdboden. Wenn man ihm die Zeit dazu gelassen hätte, so würde er sein Werk vollendet, es im Sinne Gottes fortgesetzt und das Loch mit Wasser gefüllt haben.

Mr. Deems wurde aus Pacific Grove ausgewiesen. Er wäre geteert und gefedert worden, wenn man seiner hätte habhaft werden können, aber er sass sicher in Monterey und kochte sich Yen-shi über einer mit Erdnussöl gespeisten Lampe.

Seitdem versammelt sich an jedem 30. Juli die Einwohnerschaft von Pacific Grove und übergibt Mr. Deems *in effigie* dem Flammentod. Das geschieht mit grosser Feierlichkeit, indem eine lebensgrosse Figur als Mr. Deems herausgeputzt, erst an eine Kiefer gehenkt und dann verbrannt, wonach schliesslich ein Fackelzug veranstaltet wird.

Es mag Leute geben, die dies für einen Schwindel halten. Aber es ist etwas noch nicht geschwindelt, selbst wenn es sich nicht unbedingt ereignet hat.

NEUNTES KAPITEL

WEN DIE GÖTTER LIEBEN, DEN BRINGEN SIE UM DEN VERSTAND

Einem oberflächlichen Beobachter hätte Cannery Row wohl als eine Anzahl in sich geschlossener, sich selbst genügender und nur mit sich selbst beschäftigter Einheiten erscheinen können. Zwischen dem Restaurant La Ida, der Flotten Flagge, dem Kramladen (im Volksmund immer noch Lee Chongs Himmlische Blumenhandlung genannt), dem Palace Hotel und dem Western Biological-Laboratorium bestanden keine sichtbaren Zusammenhänge. In Tat und Wahrheit jedoch waren sie durch stählerne Spinnwebfäden miteinander verbunden – trat man der einen zu nahe, fühlten sich alle zur Rache aufgerufen. Befiel die eine Trauer, dann vergossen sie alle Tränen.

Doc war mehr als nur der angesehenste Bürger von Cannery Row. Er war der Arzt der verwundeten Seele und des geschnittenen Fingers. So tief er seinem ganzen Wesen nach in Recht und Gesetz verankert war, er sah sich dauernd durch die Bedürfnisse seiner Freunde und Freundinnen zu Gesetzesverstössen gedrängt, und jedermann konnte ihn ohne viel Mühe um einen Dollar anpumpen. Docs Sorgen waren aller Sorgen.

Was hatte er eigentlich für Sorgen? Er wusste es selbst nicht recht. Er fühlte sich unglücklich, tief, jammervoll unglücklich. Stunden- und stundenlang sass er am Schreibtisch vor dem gelben Papierblock und der

Reihe von haarscharf gespitzten Bleistiften. Zeitweise war der Papierkorb hochvoll mit bekritzelten, zerknüllten Blättern, und dann wieder brachte er nicht einmal einen Schnörkel zu Papier. Dann begab er sich zum Aquarium und stierte hinein. Und dann heulten, schrien, stöhnten in ihm die Stimmen. «Schreib!», herrschte ihn die Oberstimme an; «Forsche!», sang die Mittelstimme, aber die Unterstimme seufzte in der Tiefe: «Einsam! Einsam!» Er gab sich nicht ohne Kampf geschlagen. Er erweckte alte Liebesgeschichten zu neuem Leben, er stürzte sich tief in Musik, er las «Werthers Leiden»; aber die Stimmen wollten nicht verstummen. Die winkenden gelben Blätter wurden zu Feinden. Ein Tintenfisch nach dem andern ging ein. Die Ausrede vom Mangel an einem geeigneten Mikroskop war fadenscheinig geworden. Als der letzte Tintenfisch verendet war, benutzte er das ungesäumt als neue Ausrede. Wenn seine Bekannten ihn besuchten, dann sagte er als Erklärung: «Seht, ohne Versuchstiere kann ich nicht weiterarbeiten, und neue kann ich erst wieder kriegen, wenn die Springfluten einsetzen. Sobald ich wieder Versuchstiere und ein neues Mikroskop habe, kann ich meine Abhandlung glatt herunterhauen.»

Seine Freunde spürten seine Bedrücktheit, liessen sie sich zu Herzen gehen und sagten sich, es werde wohl bald Zeit, dass sie etwas dagegen täten.

Im Palace Hotel ergab sich eine kleine Versammlung; sie ergab sich einfach so; niemand hatte sie einberufen, niemand hatte sie geplant, doch alle wussten, um was es sich handelte.

Die Dicke Ida war in tiefes Brüten versunken. Die Flotte Flagge war durch Agnes, Mabel und Becky vertreten. Alle Jungens nahmen teil. Die eigentliche Versammlung begann mit Nebensächlichkeiten und Drumherumgerede, wie sich das für Versammlungen gehört.

Hazel sagte: «Die Dicke Ida hat gestern Abend einen Betrunkenen hinausgeworfen und sich dabei die Schulter verrenkt.»

«Ich bin auch nicht mehr so jung, wie ich mal war», sagte die Dicke Ida verdriesslich.

«Der Betrunkene hat Widerstand geleistet», sagte Hazel. «Aber beim Rausfliegen hat er nicht mal das Trottoir berührt. Ida könnte leicht bei den Olympischen Spielen im Gewichtstossen siegen.»

«Hab' mir die Schulter verrenkt», sagte Ida.

Sie gingen immer noch um das eigentliche Thema herum.

«Wie geht's Fauna?», fragte Mack.

«Ganz gut. Sie hat Probleme», sagte Agnes.

Becky zupfte mit spitzen Fingern Nagellack ab. «Diese Fauna», sagte sie, «die ist ein Wunder. Sie gibt uns Stunden im Tischdecken. Wenn's fünfunddreissig Gabeln gäbe, dann wüsste sie, mach ich eine Wette, wozu jede einzelne da ist.»

«Sind sie denn nicht zum Essen da?», fragte Hazel.

«Jesus, so ein Blödian!», sagte Becky. «Ich mach eine Wette, du kannst eine Dessertgabel nicht von einem Erdloch unterscheiden.»

Kampflustig sagte Hazel: Weisst du, was eine Jacksongabel ist?»

«Nein, was ist denn das?»

«Na, lass nur gut sein und denk drüber nach, wer ein Blödian ist», sagte Hazel.

Die Dicke Ida sagte: «Hat sich bei Doc was verändert?»

«Nein», sagte Mack. «Bin gestern Abend mal zu ihm gegangen. Wenn wir da bloss etwas tun könnten!»

Sie versanken in schweigendes Nachdenken. Wenn Doc eine schlimme Zeit hatte, so war sie auch schlimm für seine Freunde, die ihn gern hatten. Früher war er unfehlbar gewesen. Es gab nichts, was er nicht tun konnte, weil es nichts gab, was er unbedingt hatte tun wollen. Unwillkürlich entstand bei seinen Freunden eine leichte Verachtung gegen ihn, eine freundliche, liebevolle Verachtung, zu der es nie gekommen wäre, wenn er nicht früher so überragend gewesen wäre. Leute, die früher seinen Namen mit Ehrerbietung ausgesprochen hatten, hielten sich jetzt für etwas Besseres, weil er nichts Besseres als sie selber war.

«Ich habe keine Ahnung, was wir unternehmen könnten», sagte Mack.

«Wie wär's, wenn wir Fauna bäten, sein Horoskop zu stellen?», sagte Hazel. «Sie macht gerade meins.»

«Du hast doch keine Zukunft», sagte Mack.

«O ja», sagte Hazel. «Ich wette, Fauna könnte uns sagen, was wir mit Doc anfangen sollen.»

Mack machte eine interessierte Miene. «Besser wie nichts, ist's immerhin», sagte er. «*Hoc sunt.* Eddie, buddel' mal eins von den Fässchen aus, die du im Krieg vergraben hast. Hazel, ersuche Fauna, zu einem Glas herüberzukommen. Sag ihr, sie soll ihren Sternenkram mitbringen.»

«Vielleicht hat sie mich schon fertig», sagte Hazel.

Zu ihrem eigenen Leidwesen war Faunas Glaube an die Astrologie nicht ganz hieb- und stichfest; sie war jedoch der Überzeugung, dass so ziemlich alle Menschen glauben möchten, die Sterne schenkten uns Beachtung. Ihre Wissenschaft gab ihr das Mittel an die

Hand, den Leuten zu sagen, was sie zu tun hätten, und Fauna hatte ganz bestimmte Vorstellungen davon, was jeder Mensch zu tun hatte.

Ihrer Skepsis zum Trotz las sie manchmal Sachen heraus, die sie selbst erstaunten. Hazels Horoskop verschlug ihr den Atem. Sie erwog ernstlich, es zu verbrennen und ihm nichts davon zu sagen. Hazel brachte sie zum Palace Hotel, und Mack füllte ihr aus dem Fässchen ein Glas ein. Sie stürzte es, tief in Gedanken versunken, hinunter.

«Hast du meine Sterne niedergeschrieben?», fragte Hazel ängstlich.

Fauna warf ihm einen bekümmerten Blick zu. «Ich möchte dir nichts darüber sagen.»

«Warum nicht? Ist's so schlimm?»

«Scheusslich», sagte Fauna.

«Los, sag nur. Ich werd's schon einstecken.»

Fauna seufzte. «Ich hab's immer wieder nachgeprüft», sagte sie. «Hast du mir bestimmt deinen Geburtstag richtig angegeben?»

«Bestimmt.»

«Dann weiss ich nicht, wie es falsch sein kann.» Matt drehte sie sich von ihm weg und blickte die Andern an. «Die Sterne sagen, Hazel wird Präsident der Vereinigten Staaten.»

Alle schwiegen vollkommen verdattert.

«Ich glaub's nicht», sagte Mack.

«Ich will nicht Präsident werden», sagte Hazel. Er wollte wirklich nicht.

«Du hast keine Wahl», sagte Fauna. «Die Sterne lügen nicht. Du gehst nach Washington.»

«Ich will aber nicht!», schrie Hazel. «Ich kenne dort keinen Menschen.»

«Ich möchte wissen, wo wir hingehen könnten», sagte Whitey No 2. «Ich war mal auf ein paar Inseln im Pacific; die waren sehr nett. Aber, zum Teufel, die tät' Hazel ja auch bekommen. Die U. S. A. haben ein Mandat darüber.»

«Ich nehm' sie nicht», sagte Hazel.

Mack sagte: «Wir könnten ihn umbringen.»

«Das sagen seine Sterne nicht», sagte Fauna. «Er wird achtundsiebzig Jahre alt und stirbt an einer Austernvergiftung.»

«Ich esse Austern gar nicht gern», sagte Hazel.

«Das wirst du schon in Washington lernen.»

Mack sagte: «Vielleicht ist dir ein Fehler unterlaufen.»

«Das hatte ich auch gehofft», sagte Fauna. «Ich hab's immer wieder nachgeprüft. Nichts zu machen. Hazel wird Präsident.»

«Na, wir haben schon Schlimmeres überstanden», liess sich Eddie unbestimmt vernehmen.

«Gibt's denn gar keine Möglichkeit, die wissen zu lassen, dass ich keine Lust dazu habe? Zum Donnerwetter, ich kratze aus und verstecke mich!», rief Hazel verzweifelt.

Fauna schüttelte betrübt den Kopf. «Ich werd's noch mal nachrechnen», sagte sie, «aber ich glaube nicht, dass dir das etwas nützt. Hast du neun Zehen, Hazel?»

«Weiss ich nicht.»

«Na, zähl' mal.»

Hazel zog seine Schuhe aus und bewegte die Lippen. «Neun», sagte er bitteren Tones.

«Das stand im Horoskop. Wir können nur beten, dass es gut ausgeht.»

«Fauna», sagte Whitey No 2, «jetzt hast du also

aus einem Schweinsohr einen Präsidenten gemacht, wie wär's, wenn du fertig bekämst, dass dem Doc seine Abhandlung geschrieben wird?»

«Wer ist ein Schweinsohr?», wollte Hazel wissen.

«William Henry Harrison.»

«Aha», machte Hazel. «Soso.»

Mit ihrem heiseren Sopran piepste Agnes: «Doc ist einfach nicht bei sich. Ich hab' ihm eine Flasche Bier gebracht, und da hat er mir kaum guten Tag gesagt. Sass da und starrte auf das gelbe Papier. Wisst ihr, was da drauf war?»

«Eier», sagte Whitey No 1.

«Nein. Ich möcht's nicht sagen. Es ist nicht anständig.»

«Ei verflucht, kriegt er Gelüste», sagte Mack. «Dann geht's ihm vielleicht gut. Na weiter ... los, was war drauf?»

«Also», sagte Agnes in entsetztem Ton, «da hatte er eine Dame mit gar keinen Kleidern nicht an gemalt und gleich daneben einen von den verflixten Teufelsfischen, und der rauchte eine Pfeife. Das sieht doch dem alten Doc nicht ähnlich.»

Die Dicke Ida schüttelte einen Berg von Lethargie ab. «Er war der lebensfroheste Kerl von der Welt. Jetzt ist ihm was in die Krone gefahren. Bei jedem Andern würd' ich denken, es steckt ein Frauenzimmer dahinter. Aber, Donnerwetter nochmal, Doc kann Weiber nehmen oder sie in Ruhe lassen.»

«Er könnte sogar Weiber nehmen *und* sie in Ruhe lassen», sagte Mack.

Fauna stemmte die Hände in die Hüften. «Seid ihr Burschen sicher, dass da nicht ein Mädel ist, das sich versteckt, sodass er nicht zu ihr kann?»

«Nein», sagte Hazel. «Ich wollte, er würde sich hochreissen. Geh mal rüber zu ihm und sprich mit ihm, wirst sehen, dass er kein Wort sagt und nicht zuhört.»

«Wir könnten ein paar Weiber bei ihm vorbeigehen lassen und sehen, ob er anbeisst», sagte Whitey No 2.

Mack sagte: «Ich glaub nicht dran, aber ich wollte, Fauna tät' sich mit Doc befassen. Vielleicht bringt uns das auf eine Idee.»

Fauna sagte: «Ich hab noch nie niemand gesehen, der ein Horoskop von mir wollte und dran glaubte. Ich bin mir nicht einmal sicher, ob ich selbst dran glaube. Aber ich mach' Doc seins gern. Wann ist sein Geburtstag?»

Überrascht stellten sie fest, dass sich niemand daran erinnerte.

«Mir scheint, er war im Herbst», sagte Eddie.

«Den Geburtstag muss ich haben», sagte Fauna. «Mack, meinst du, du könntest ihn rauskriegen?»

«Ich denk schon. Fauna, wenn du nicht gar zu viel Rechtschaffenheit im Leib hast, könntest du die Sache nicht ein bisschen zurechtdeichseln?»

«Wie meinst du das?»

«Nun, ihm sagen, er soll seine vermaledeite Abhandlung schiessen lassen und sich wieder einen guten Tag machen.»

«Was ist so Schlimmes an der Abhandlung, wenn er sie bloss erst verzapft hätte?», fragte Hazel.

Mack kratzte sich den Bauch. «Scheint, wir müssen das in Kauf nehmen», sagte er. «Doc will nun mal diese blödsinnige Abhandlung schreiben. Macht sich verrückt damit. Wollt ihr meine Ansicht wissen? Die Abhandlung schreibt er nie.»

Hazel stand auf: «Was soll das heissen?»

«Nun, kennt ihr die Leute, die man Unglücksraben nennt? Was sie auch anfagen, sie tun sich weh. Es ist, als wenn sie Unglücksfälle brauchen. Nun, meiner Ansicht nach will Doc die Abhandlung gar nicht schreiben.»

Whitey No 1 sagte: «Er macht sich's wahrhaftig sauer.»

«Habt ihr mal was von Ersatz gehört?», fragte Mack.

«Du meinst, so wie der Spieler, der beim Fussball auf der Bank sitzt?», fragte Eddie.

«Quatsch!», sagte Mack. «Ich meine das, was einer benutzt, um was anders zu verdecken... und es dabei vielleicht selbst nicht weiss.»

«Willst du Doc schlecht machen?», fragte Hazel.

«Immer mit der Ruhe», sagte Mack. «Meiner Ansicht nach hat Doc Angst, die Abhandlung zu schreiben, weil er weiss, dass ein Blödsinn herauskommt. *Quod erat demonstrandum.*»

«Hä?», machte Fauna.

«Q. E. D.»

«Ach so», sagte Fauna. «Na, klar.»

ZEHNTES KAPITEL

DIE WIRKLICHKEIT HAT EIN LOCH, DURCH DAS WIR SCHAUEN KÖNNEN

Doc hatte grosse Veränderungen eingeführt. Er hatte den Schreibtisch ans Fenster gerückt. Daran sass er und beschrieb eifrig den gelben Block. «Verfärbung», schrieb er, «scheint nicht nur durch eine Ansammlung von Flüssigkeiten an der Oberfläche zu kommen, sondern auch von einer Verschiebung des Gewebes, in dem sich möglicherweise das Licht bricht und so den Eindruck von Färbung hervorruft.»

Eine Tür fiel laut ins Schloss. Doc blickte auf die Strasse hinaus. Fauna schwankte die Hühnerstiege herunter, die vom Palace Hotel herabführte.

Doc schaute wieder seinen Schreibblock an. Auf dem Trottoir liessen sich Schritte hören. Er schaute wieder auf. Die Dicke Ida ging zu ihrer Bar. Joseph Maria kam aus der «Himmelsblume», ging über die Strasse, stieg die Treppe zum Western Biological hinan und klopfte.

«Herein», rief Doc in erleichtertem Ton.

«Bei mir übt die Kapelle im Oberstock. Es ist zum Verrücktwerden.»

«Aber ich habe viel zu tun», sagte Doc.

Joseph Maria warf einen Blick im Zimmer herum. «Wozu halten Sie eigentlich Schlangen?»

«Zum Verkaufen.»

«Wer kauft denn Schlangen?» sagte Joseph Maria.

«Na, wonach schauen Sie?» Er reckte sich den Hals aus. «Das ist das neue Frauenzimmer. Die wird Fauna noch schön zu schaffen machen. Das ist eine Spielverderberin.»

«Wer?», fragte Doc.

«Sie haben wohl gar nicht zugehört?»

«Ich muss arbeiten», sagte Doc.

«Wissen Sie, ich versteh's immer noch nicht.»

«Was?»

«Das mit dem Schach. Es muss doch irgend eine Möglichkeit geben, den Regeln ein Schnippchen zu schlagen.»

«Es gibt keine. Ich muss fort.»

«Wohin so eilig?»

«Ans Meer; zur Ebbe.»

Doc ging am Strand über den Leuchtturm hinaus. Weiss klatschten neben ihm die Wellen und bespritzten hin und wieder seine Fussknöchel. Die Strandläufer liefen wie auf kleinen Rädern vor ihm her. Die goldene Abendsonne wanderte gen China hin; am Rand des Horizonts wiegte sich ein Holzschoner.

Zur Linken Docs wellten sich die weissen Sanddünen hoch; die dunklen Kiefern dahinter schienen ein Stück Nacht über den Tag hinweg festzuhalten.

Doc dachte: Bei Reizung erhöht sich der Pulsschlag wie beim Menschen infolge körperlicher oder seelischer Anstrengung; es ergibt sich etwas wie Abfluss von Adrenalin ... aber das lässt sich nicht beweisen. Keine Versuchstiere bis zu den Springfluten.

Die Mittelstimme widersprach: «Vielleicht glaubst du gar nicht dran. Warum kannst du nicht über dich selbst lachen? Früher konntest du das. Du bist in einem Käfig von Dünkel über deine eigene Bedeutung eingesperrt.»

«Einsam!», schrie die Stimme in seinen Eingeweiden. «Kein Mensch, der von dir was empfängt oder dir was gibt. Keiner, mit genügend Wärme und Liebe.»

Verzweifelt sehnte sich Doc nach seinem einstigen Leben: das hoffnungslose Verlangen eines Mannes, der ein Knabe sein möchte, der der Knabenschmerzen nicht mehr gedachte. Er kniete nieder und grub mit der hohlen Hand ein Loch in den feuchten Sand. Er sah zu, wie das Seewasser hineinsickerte und die Seitenwände des Lochs einfallen liess. Eiligst floh eine Sandkrabbe vor seinen grabenden Fingern.

Hinter ihm sagte eine Stimme: «Nach was graben Sie denn da?»

«Nach nichts», sagte Doc, ohne sich umzudrehen.

«Da gibt's doch keine essbaren Muscheln.»

«Das weiss ich», sagte Doc. Und die Oberstimme sang: «Ich will bloss allein sein. Ich will nicht reden, nicht erklären, nicht streiten, ja nicht einmal zuhören. Der wird mir jetzt seine Theorie über Ozeanographie entwickeln. Ich drehe mich nicht um.»

Die Stimme hinter ihm sagte: «Im Meer ist viel Metall. Eine Kubikmeile Meerwasser enthält so viel Magnesium, dass man das ganze Land damit pflastern kann.»

Immer muss ich die auf den Hals kriegen, dachte Doc. Wenn im Umkreis von Meilen sich wo ein Irrenhäusler herumtreibt, fühlt er sich zu mir hingezogen.

«Ich bin ein Seher», sagte die Stimme.

Doc schaukelte ärgerlich auf den Absätzen. «Okay», sagte er, «das interessiert mich; erzählen Sie mir davon.» Er konnte sich nicht entsinnen, jemals unhöflich gegen einen Fremden gewesen zu sein.

Der Fremde war ein grosser, bärtiger Mann mit lebhaften, unschuldigen Kinderaugen. Er hatte zerrissene Overalls und ein blaues Hemd an, das so ausgewaschen war, dass es fast weiss wirkte, aber weder Schuhe noch Strümpfe. Auf dem Kopf hatte er einen Strohhut mit zwei Löchern in der Krempe, die vermuten liessen, dass der Hut ehemals die Kopfbedekkung eines Pferdes gewesen war.

Docs Interesse steigerte sich.

«Es ist bei mir Brauch, dass ich einen Fremdling zum Abendessen einlade», sagte der Seher. «Nicht sehr originell, gewiss. Harun-al-Raschid pflegte ebenso zu tun. Bitte folgen Sie mir.»

Doc stand aus seiner Hockstellung auf. Seine Kniekehlen krachten vor Schmerz. Der Seher ragte vor ihm empor; eine nähere Besichtigung des Mannes ergab, dass seine blauen Augen tatsächlich fröhlich leuchteten wie die eines weltweisen Säuglings. Aber sein Gesicht war wie aus Granit gehauen, aus dem Material, aus dem Propheten und Patriarchen geschnitzt werden. Doc ging es unwillkürlich durch den Kopf, gewisse Heilige müssten so ausgesehen haben. Aus den zerrissenen Ärmeln des blauen Hemdes traten Unterarme hervor, die aussahen wie dicke, knorrige Weinstöcke, mit Händen daran, die über und über von braunen Schwielen und Schnittwunden von Entenmuscheln bedeckt waren. In der linken Hand hatte er ein Paar alter Korbballschuhe; als er merkte, dass Doc diese ansah, sagte er: «Ich trage sie nur im Meer. Meine Füsse sind nicht gefeit gegen Entenmuscheln und Seeigel.»

Gegen seinen Willen fand sich Doc von dem Mann

gefangen genommen. «Harun», sagte er, «wurde von Djinns, Erd-, Feuer- und Wassergeistern heimgesucht. Suchen die Djinns Sie heim?» Bei sich dachte Doc: Grosser Gott, werde ich mit dem Unsinn weitermachen? Warum kreuze ich nicht meine Finger, spucke aus und gehe davon? Ich kann immer noch davongehen.

Der Seher schaute mit schiefem Blick auf Doc herunter. «Ich hause allein. Ich lebe in freier Luft», sagte er schlicht. «Des Nachts höre ich die Wellen und sehe die schwarzen Muster der Kiefernzweige gegen den Himmel. Unter Rauschen und Schweigen, Farbenspiel und Einsamkeit habe ich selbstverständlich Gesichte. Wie ein jeder sie haben würde.»

«Aber Sie glauben nicht daran?», fragte Doc zuversichtlich.

«Dies ist meines Erachtens keine Frage des Glaubens oder Nichtglaubens», sagte der Seher. «Sie haben schon gesehen, wie die Sonne, ehe sie ins Meer versinkt, flach wird und seltsame Formen annimmt. Müssen Sie sich da jedesmal sagen, das sei eine optische Täuschung, die dadurch hervorgerufen wird, dass das Meer Staub und Licht der Atmosphäre verzerrt, oder erfreuen Sie sich einfach an der Schönheit der Erscheinung? Haben Sie keine Gesichte?»

«Nein», sagte Doc.

«Nehmen unterm Einfluss der Musik Formen der Sehnsucht und der Erinnerung nicht Gestalt an?»

«Das ist etwas anderes», sagte Doc.

«Ich erkenne da keinen Unterschied», sagte der Seher. «Kommen Sie mit, das Abendessen ist fertig.»

In den Dünen gibt es tiefe kleine Falten, wo die windverkrümmten Kiefern sich gegen den Flugsand festwurzeln; in einem dieser Einschnitte, kaum hundert Meter vom Strand entfernt, hatte der Seher seine Heimstatt. Das Tälchen war vor dem Wind geschützt. Die Kiefernäste breiteten sich darüber hin, und der Sandboden war von einem dicken Teppich duftender Kiefernnadeln bedeckt. Wenn man auf dem Grund der kleinen Mulde war, konnte man den Wind durch die Kiefernwipfel rauschen hören, und unter den verkrümmten Bäumen lag ständig Dämmerlicht. Die Kiefern konnten bloss am Leben bleiben, wenn sie sich den stärkeren Naturgewalten fügten; sie krochen niedrig am Boden dahin, richteten das Wachstum ihrer Äste nach dem Wind und gaben den kleinen Kriechpflanzen Nahrung, die das Fortschreiten der Wanderdünen aufhalten. Unter den Bäumen loderte ein Feuer, und auf der Herdstelle aus flachen Steinen dampften geschwärzte Blechbüchsen.

«Das ist meine Heimstatt», sagte der Seher. «Seien Sie darin willkommen. Ich habe ein grossartiges Abendessen.» Er nahm aus einer Astgabel eine Blechbüchse, holte eine Stange französischen Brots heraus und schnitt zwei dicke Scheiben davon ab. Dann entnahm er einem noch triefenden Sack Seeigel, zerschlug sie auf einem Steinblock und legte die Keimdrüsen auf die Brotscheiben. «Die Männchen sind süss und die Weibchen sauer», sagte er. «Ich esse sie gern gemischt.»

«Ich habe sie schon mal gekostet», sagte Doc. «Die Italiener essen sie. Sie haben ungefähr den stärksten Proteingehalt, der zu finden ist. Es gibt Leute, die halten sie für Aphrodisiaka.»

In seiner Einfalt hatte der Seher etwas Eisenhartes. Er war wie ein Monolith der Logik, der sich gegen Wogen ärgerlichen Unsinns aufrichtete.

«Als nächsten Gang gibt es gedämpfte Napfschnecken», sagte der Seher. «Ich habe einen Nagel da, mit dem man sie essen kann. Lieben Sie Seelattich? Und dann gibt's ein Ragout – eine Art Universal-Bouillabaisse –; ich sage Ihnen vorher nicht, was alles drin ist. Sie werden schon sehen.»

«Holen Sie Ihre gesamte Nahrung aus dem Meer?»

Der Seher lächelte ihn an. «Nein, nicht die gesamte. Ich wollte, ich könnte das. Das wäre einfacher. Ich gewinne daraus das ganze Protein, das ich brauche, mehr sogar, als ich brauche; aber mein Menschenmagen giert nach Stärke. Ich brauche etwas Brot und ein paar Kartoffeln. Zum Protein nehme ich gern etwas Saures. Sehen Sie hier ... da habe ich eine Flasche Essig und ein paar Zitronen. Und schliesslich, gönne ich mir auch Kräuter: Rosmarin, Thymian, Salbei und Majoran.»

«Wie ist's mit dem Zucker?», fragte Doc. «In einem Ebbetümpel können Sie doch keinen Zucker finden.»

Der Seher senkte den Blick und beobachtete eine schwarze Ameise, die, immer wieder abrutschend, eine Sandlawine hinaufzuklettern versuchte. Als er schliesslich wieder sprach, geschah es in scheuem, beschämtem Ton. «Ich stehle Zuckerstangen», sagte er. «Es scheint, ich kann mich dessen nicht enthalten.»

«Das Fleisch ist schwach», sagte Doc.

«Ach, das macht mir nichts aus», sagte der Seher. «Gelüste haben ihr Gutes. Je mehr Gelüste ein Mensch hat, desto reicher ist er, aber ich bin gelehrt worden, dass man nicht stehlen darf. Mir ist nicht wohl beim Stehlen. Ich habe ein schlechtes Gewissen dabei, und die Zuckerstangen schmecken mir nicht so, wie sie mir schmecken würden, wenn sie nicht gestohlen wären.»

Sie stachen mit Nägeln die Schnecken aus den

Schalen heraus und tauchten sie in Zitronensaft. Das Fischragout enthielt Mies- und Entenmuscheln, Krabben und kleine Fischchen, das Ganze mit Knoblauch und Rosmarin gewürzt.

«Manche Leute mögen es nicht», sagte der Seher.

Als sie fertig gegessen hatten, legte sich Doc auf den Rücken in die Kiefernnadeln, und es kam eine herrliche Gemütsruhe über ihn. Die Luft, die Weichheit der Nadeln, der Duft von Tang, Kiefern und Yerba Buena, die Musik der Brandung, die Sättigung schufen etwas wie einen kleinen Raum von Zufriedenheit um ihn herum.

Er sagte: «Ich bin erstaunt, dass man Sie nicht einsperrt, einen vernünftigen Mann wie Sie. Es gehört zu den Symptomen unserer Zeit, dass man Menschen, die sich keine Sorge und die keinen Umtrieb machen, als gefährlich empfindet. Besonders gefährlich sind Leute, die nicht glauben, dass die Welt einmal ein Ende nimmt.»

«Es nimmt schon mit der Welt ein Ende», sagte der Seher. «Das Ende hat angefangen, als sie geschaffen wurde.»

«Ich weiss wirklich nicht, warum man Sie nicht ins Gefängnis steckt. Ohne Hab und Gut glücklich zu sein, ist ein Verbrechen.»

«Ach, man steckt mich schon manchmal hinein», sagte der Seher, «und von Zeit zu Zeit stellt man mich unter Beobachtung.»

«Ich vergass», sagte Doc. «Sie sind verrückt, wie?»

«Scheint so», sagte der Seher, «aber nicht gefährlich. Und ich bin noch nie beim Zuckerstangenstehlen erwischt worden. Ich mache das sehr geschickt, und ich stehle jeweils immer nur eine.»

«Scharen Sie bloss keine Jünger um sich», sagte Doc. «Dann werden Sie im Handumdrehen ans Kreuz geschlagen.»

«Damit hat's keine Gefahr. Ich verbreite keine Lehre.»

«Das ist mir gar nicht so sicher», sagte Doc. «Die Lehrmeinung unserer Zeit geht dahin, dass ein Mensch nicht ohne einen Haufen Kram leben kann. Sie predigen vielleicht nicht Verrat daran, aber Sie leben ihn.»

«Ich bin faul», sagte der Seher. «Haben Sie schon mal Yerba-Buena-Tee getrunken?»

«Nein.»

«Er ist stark, aromatisch und ein mildes Abführmittel. Können Sie ihn aus einer Bierflasche trinken?»

«Ich wüsste nicht, warum nicht.»

«Aufpassen. Die Flasche ist heiss! Da, wickeln Sie einen Zweig drum.»

Nach einer kleinen Pause fragte der Seher: «Was haben Sie für Schmerzen, oder wollen Sie nicht darüber sprechen?»

«Wenn ich wüsste, was es wäre, würde ich darüber schon sprechen», sagte Doc. «Tatsächlich sind sie für einen Augenblick vergangen.»

«Ach, von dieser Art sind sie», sagte der Seher. «Haben Sie eine Frau oder Kinder?»

«Nein.»

«Möchten Sie Frau oder Kinder?»

«Ich glaube nicht.»

Der Seher sagte: «Heute Nacht habe ich eine Meernixe gesehen. Sie entsinnen sich, es war Halbmond, und dünne Nebelstreifen zogen. Die Nacht hatte Farbe, es war nicht so das Schwarz, Grau und Weiss wie sonst in den Nächten. Drunten am Ende des Strandes springt ein Felsenriff vor; es war Ebbe, so dass eine weiche Ablagerung von Tang darauf war. Die Nixe schwamm an den Rand heran, schlug mit dem Schwanz aufs Wasser, wie ein Lachs, der eine Stromschnelle hinaufspringt. Dann legte sie sich auf das Tangbett und machte Tanzfiguren mit ihren weissen Armen und Händen. Erst als die Flut das Tangbett überspülte, entfernte sie sich.»

«War das ein Traum? Haben Sie sich die Nixe erdichtet?»

«Das weiss ich nicht. Aber wenn dem so war, dann wäre ich stolz darauf, etwas so Schönes erdichten zu können.»

«Ich habe mich zu denken bemüht», sagte Doc. «Ich möchte alles hernehmen, was ich gesehen, gedacht und gelernt habe, es zusammenfassen, verknüpfen und läutern, bis ich etwas Sinnvolles, etwas Nutzbringendes herausbekomme. Aber ich bringe das anscheinend nicht zustande.»

«Vielleicht werden Sie nicht allein damit fertig. Vielleicht brauchen Sie Hilfe.»

«Was für Hilfe?»

«Es gibt Dinge, die ein Mann nicht allein vollbringen kann. Ich würde mir nicht getrauen, etwas so Grosses leisten zu wollen ohne...» Er stockte. Die wuchtigen Wellen schlugen auf den harten Strand, und der gelbe Schein der untergehenden Sonne liess eine Wolke im Osten erglänzen, dass sie aussah wie ein Goldklumpen.

«Ohne was?», fragte Doc.

«Ohne Liebe», sagte der Seher. «Ich muss jetzt zum Sonnenuntergang gehen. Ich bin dahin gelangt, dass ich mir einbilde, die Sonne könne ohne mich nicht untergehen. Das verschafft mir den Eindruck, dass ich benötigt werde.» Er stand auf und strich sich die Kiefernnadeln von den fadenscheinigen Overalls.

«Ich besuche Sie wieder einmal», sagte Doc.

«Dann bin ich vielleicht nicht mehr da», erwiderte der Seher. «Es steckt eine Unstetheit in mir. Wahrscheinlich bin ich dann fort.»

Doc sah ihm nach, wie er über den Rand der Düne stapfte, sah, wie der Wind die Krempe seines Strohhuts hochschlug und wie die gelbe Sonne sein Gesicht leuchten und seinen Bart erglänzen liess.

ELFTES KAPITEL

HAZEL BRÜTET

Nachdem Mack das Palace Hotel verlassen hatte (und dann, nebenbei, Doc nicht zuhause getroffen hatte), blieb Hazel sitzen und brütete. Hazels Begriffsvermögen arbeitete langsam. Er hatte Macks Theorie gehört, Doc werde seine Abhandlung nie zu Papier kriegen, aber diese Feststellung schlug erst bei ihm ein, als er allein war. In der ganzen Cannery Row machte sich zwar immer mehr der Eindruck geltend, Doc sei nicht unfehlbar, aber diese Neuigkeit war noch nicht bis zu Hazel durchgesickert. Er verstand, dass Doc in misslicher Lage war, aber bei ihm war das Gefühl gutmütiger Verachtung noch nicht aufgetreten. Wenn Hazel Tag und Stunde des Weltuntergangs hätte wissen wollen, so wäre er zu Doc gegangen und Docs Auskunft wäre für ihn wie das Amen in der Kirche gewesen. Nun sass er allein da und brütete nach, nicht über Docs Schwäche, sondern über die Verräterei von Docs Freunden, die an Doc zweifelten, die es wagten, an Doc zu zweifeln.

Zunächst hieb er ein paarmal mit der Hand auf die Lehne seines Schaukelstuhls, dann stand er auf und begab sich ins Lokal der Dicken Ida. Eddie stand hinter der Bar, und so genehmigte Hazel zwei Schuss Whisky und gönnte sich dann noch ein Coca-Cola.

Zwischen zwei Sardinenpackereien wanderte er zum

Strand. Eine Möwe mit gebrochener Schwinge erweckte seine Teilnahme. Er suchte sie zu fangen, um ihr zu helfen, aber der Vogel schwamm aufs Meer hinaus und ertrank.

Hazel hatte ein Erdbeben erlebt, und er ging auf die Suche nach dem, der es hervorgerufen hatte. Die Klippen entlang ging er zum Strand von Pacific Grove, und selbst die Jünglinge, die vor ihren Mädels Handstand machten, nahmen sein Interesse nicht in Anspruch. Er ging dann bergauf, ins Warenhaus von Holman, und machte dort die Runde im Souterrain. Der Rayonchef begleitete ihn, eine Ehrung und Vorsichtsmassnahme, die wenigen Kunden zuteil wurde. Doch Hazel warf nicht einmal einen Blick auf die blitzende Auslage von kleinem Werkzeug.

Man kann einem Menschen nicht den Boden unter den Füssen wegziehen und dann erwarten, er werde sich normal benehmen. Auf dem Heimweg kam Hazel an einem Bestattungsinstitut vorbei, wo eine ansehnliche Menschengruppe sich sammelte. Für gewöhnlich schloss sich Hazel jeglicher Feier mit Begeisterung an. Doch jetzt betrachtete er die Berge von Gladiolen, die aus dem Haus getragen wurden, ohne dass es ihn lockte, an der Veranstaltung teilzunehmen. Der Tote, dem hier die letzte Ehre angetan wurde, musste ohne Hazel begraben werden.

In New Monterey begab sich eine Schlägerei; Hazel ging nicht drumherum, sondern mitten hindurch. Wären seine Freunde über dieses ganze Verhalten bass verwundert, so wären sie geradezu entsetzt gewesen, wenn sie gewusst hätten, was Hazel dachte.

Denken ist immer eine schmerzhafte Sache, aber für Hazel war es eine Heldentat. Eine Beschreibung dieses

Vorgangs wäre geeignet, den Leser seekrank zu machen. Es war ein graues, wirbelndes Getümmel von Bildern, Erinnerungen, Worten, Formen. Es war, wie wenn an einer belebten Strassenkreuzung eine Verkehrsstockung eingetreten wäre, in deren Mitte Hazel sich abmühen musste, irgendwas irgendwohin in Bewegung zu setzen.

Er schlenderte zur Cannery Row zurück, ging jedoch nicht wieder ins Palace Hotel. Instinktmässig verkroch er sich unter das Gezweig der schwarzen Zypresse auf der leeren Parzelle, wo er so viele Jahre in der Vor-Palace-Epoche gehaust hatte. Hazels Gedankengänge waren nicht verwickelt. Es war nur bemerkenswert, dass er überhaupt welche hatte.

Hazel liebte Doc. Doc war in misslicher Lage. Irgendwer trug die Schuld daran. Wer? Dass es nicht an einer Person, sondern an einer Situation liegen könne, das ging über seinen Verstand. Der Person, die Doc ein Leid antat, musste das Handwerk gelegt werden, und wenn sie umgebracht werden musste. Gegen Mord hatte Hazel nichts. Dass er bisher noch niemand umgebracht hatte, kam bloss daher, dass er es nicht gebraucht oder nicht gewollt hatte. Er versuchte sich alles ins Gedächtnis zu rufen, was er über Docs Missgeschick vernommen hatte, aber das war alles nebelhaft, verschwommen, bis auf das Eine: Macks Behauptung, Doc könne seine Abhandlung nicht schreiben. Das war die einzige klare Feststellung, die gemacht worden war. Mack war also derjenige, welcher. Wenn Mack darüber Bescheid wusste, dann war es Macks Schuld. Das tat Hazel sehr leid, denn er hatte Mack sehr gern. Er hoffte, er werde ihn nicht um die Ecke zu bringen brauchen.

Unter der Zypresse wurde es dunkel, zu dunkel zum Lesen. Hazel beurteilte die Lichtverhältnisse immer danach, ob man dabei lesen könne oder nicht, obschon er nie eine Zeile las. Die Lampe an der Vorderveranda der Flotten Flagge ging an. Das Western Biological lag noch dunkel da. Auf der Anhöhe im Palace Hotel fiel der trübe Schein der Petroleumlampe durch die Fenster. Immer wieder versuchte Hazel sich in süsse Gedankenlosigkeit zu lullen, aber es führte zu nichts. Es war Macks Schuld. Also musste Mack Abhilfe schaffen.

Hazel stand auf und klopfte sich die Spuren der Zypresse ab. Dann ging er bergauf an den verrosteten Röhren und dem leeren Kessel vorbei, über das Bahngeleise und den Hühnersteig hinauf. Hinter sich, gedämpft durch die Fabrikgebäude, konnte er Cacahuete das «Seemannslied» blasen und die Seelöwen am China Point bellen hören.

Im Palace spielten Mack und die Jungens auf dem Fussboden mit einem Stück Kreide Piff-Paff-Puff. Der Schnapskrug stand bequem zur Hand.

«Heda, Hazel», sagte Mack. «Mach mit.»

«Mack», sagte Hazel kummervollen Tones, «komm mal mit raus und mach dich zum Boxen fertig.»

Mack schaukelte auf den Hacken rückwärts. «Wa-as?!»

«Ich möcht' dir die Seele aus dem Leib prügeln», sagte Hazel.

«Warum?», fragte Mack.

Das war eben die Frage, vor der Hazel Angst hatte. Er versuchte, eine rasche, scharfe Antwort zu finden. «Komm nur mit raus, dann wirst du's schon merken», sagte er.

«Hazel...» Mack stand auf. «Hazelchen, was ist dir über die Leber gelaufen? Sag's mir. Ich werd' sehen, dass ich's in Ordnung bringe.»

Hazel merkte, dass ihm die Situation entglitt. «Du darfst Doc nicht derart behandeln», sagte er wütend. «Doc nicht!»

«Wie behandle ich ihn denn? Ich tue Doc nichts, ausser dass ich ihn vielleicht ein bisschen anpumpe. Aber das tun wir doch alle – selbst du hast das versucht.»

«Du hast gesagt, er kann seine Abhandlung nicht schreiben. Das hast du getan.»

«Ach, um Gotteswillen!», sagte Mack.

«Du kneifst also?»

«Okay, ich kneife. Wenn ich mal keine Lust zum Kneifen habe, dann verdresche ich dich nach Noten. Setz dich hin. Trink einen Schluck aus dem Krug.»

Sie machten Hazel die Kur und verhätschelten ihn, bis ihm vor Geschmeicheltheit die Augen nass wurden. Aber wenn sich Hazels Gehirn einmal auf etwas versteift hatte, dann kam es nicht davon los. «Ihr müsst ihm helfen», sagte er immer wieder. «Er ist nicht glücklich; er sitzt bloss da und bläst Trübsal. Ihr müsst ihm helfen.»

«Das ist nicht ausschliesslich unsere Schuld», sagte Mack. «Das Dumme ist, dass Doc seinen geheimen Kummer in sich nagen lässt wie einen Wurm in der Knospe.»

«Ja, zum Donnerwetter, das tut er», sagte Whitey No 2.

«Ich lasse mir keine Ausreden gefallen», sagte Hazel.

Mack liess sich das Problem von allen Seiten durch den Kopf gehen. «Hazel hat Recht», sagte er schliesslich. «Wir sind Egoisten gewesen. In unserm ganzen Leben haben wir keinen so guten Freund gehabt wie Doc, und jetzt lassen wir ihn im Stich. Ich schäme mich wahrhaftig. Hazel hat uns den Weg gewiesen. Wenn ich in einer schlimmen Lage wäre, dann würde ich zwar nicht wünschen, dass Hazel sich was ausdenkt, aber ich hätte ihn unbedingt gern zum Freund.»

Hazel senkte den Kopf vor Verlegenheit. Es waren ihm in seinem Leben so wenig Komplimente gemacht worden, dass er nicht wusste, wie er sich verhalten solle, wenn ihm welche gemacht wurden.

Mack stand auf: «Ich stelle hiermit feierlich den Antrag, dass wir uns alle von den Sitzen erheben und auf Hazels Wohl trinken ... auf Hazel, die edle, edle Seele.»

«Ach, Quatsch, Jungens», sagte Hazel und wischte sich mit dem Ärmel die Tränen ab.

Sie stellten sich im Kreis um ihn, Mack, Eddie, Whitey No 1 und Whitey No 2, und jeder kippte den Krug über den Ellbogen und trank auf Hazel. Wohlwollen und Stimmung schlugen so hohe Wellen, dass sie es gleich noch einmal taten, und sie waren gerade drauf und dran, es ein drittes Mal zu tun, als Hazel sagte: «Gibt's nichts, worauf wir trinken könnten, dass ich auch was zu trinken bekäme?»

«Auf Lefty Grove*!», sagte Eddie.

Damit war das Eis gebrochen. Eine Ära von Hochstimmung setzte ein. Sie gruben ein weiteres Fässchen aus Eddies Privatvorrat, den er während der Kriegszeit in Sicherheit gebracht hatte, hervor. Eddie schlug den Spund aus und roch wohlgefällig daran.

* berühmter Baseballspieler. (Anm. d. Übers.)

«An das da erinner' ich mich», sagte er. «Da kamen so ein paar Kerle aus Südamerika herauf, die brachten eine Flasche Absinth mit.»

«Verbreitet Wohlgeruch im ganzen Haus», sagte Mack.

Es war wie in alten Tagen, gemahnten sie einander. Wenn nur Gay noch da wäre ... trinken wir auf's Wohl des guten alten Gay, auf unsern dahingegangenen Freund.

Der Absinth hatte dem Gebräu in dem Fässchen die Schärfe genommen, ihm etwas Mildes, Altväterisches zugesetzt. Lebensart schlich sich in die Redeweise der Bewohner des Palace Hotels ein, eine altmodische Höflichkeit. Alle wetteiferten darin, der Letzte, nicht der Erste, beim frisch aufgefüllten Krug zu sein.

«Vom nächsten Moos, das wir erben, kaufen wir bei Woolworth Gläser», sagte Mack.

«Quatsch», sagte Whitey No 2, «die gehn bloss kaputt. Aber ich weiss, worauf du hinauswillst.»

Sie hatten das dunkle Gefühl, eine Stunde zu erleben, in der die Geschichte den Atem anhält und ihren Lauf verändert. Auf diesen Abend, das wussten sie, würden sie zurückschauen als auf einen Neubeginn. In solchen Momenten fühlt sich der Mensch gedrängt, seinen Gefühlen durch die Kunst der Rede Ausdruck zu geben.

Mack stützte sich an den Ofen, reckte sich und bat um die Aufmerksamkeit der Anwesenden, indem er auf das Ofenrohr klopfte. «Meine Herren», sagte er, «lasset uns den heiligen Entschluss fassen, Doc aus dem Sumpf der Verzweiflung zu ziehen.»

Eddie sagte: «Erinnere dich daran, so was haben wir

schon einmal gemacht, und das hat ihn fast zu Grunde gerichtet.»

Macks Hochstimmung war nicht zu erschüttern. «Dazumal waren wir jünger», sagte er. «Diesmal wollen wir die Sache genau überlegen, dann wird sie wasserdicht.»

Hazel war der Kameradschaft so weit wiedergewonnen, dass er sich seliger Gedankenlosigkeit überliess. «Auf Lefty Grove», sagte er.

Mack machte das Ofentürchen auf und setzte sich darauf. «Ich habe viel über die Sache nachgedacht», sagte er. «In letzter Zeit habe ich kaum etwas anderes getan.»

«Du tust kaum je etwas anderes», sagte Whitey No 2.

Mack schenkte ihm keine Beachtung. «Ich habe eine Theorie ...»

«Ach, halt die Schnauze!», sagte Eddie.

«Mit wem sprichst du?», sagte Whitey No 2.

«Ich weiss nicht», sagte Eddie unschuldig tuend, «aber wen's juckt, der kratze sich.»

«Ich werde euch meine Theorie sagen, falls ihr nicht zu beschwipst seid, um zuzuhören», sagte Mack. Als sich alle still verhielten, fuhr er fort: «Wenn ihr meine Theorie hört, werdet ihr vielleicht ein bisschen wütend werden. Ich ersuche euch, die Sache erst zu überschlafen, bevor ihr darüber redet. Meiner Ansicht nach braucht Doc eine Frau.»

«Wa-as?!»

«Na, zum Donnerwetter, er braucht sie ja nicht zu heiraten», sagte Mack. «Ihr wisst, was ich meine ...» Wenn der Absinth sie nicht zahm und duldsam gemacht hätte, würde er wohl auf der Stelle in eine Reihe von Zweikämpfen verwickelt worden sein. «Bitte mich nicht zu unterbrechen», sagte er. «Was die Weibersituation in den Vereinigten Staaten betrifft, so will ich im Augenblick nicht näher darauf eingehen. Man werfe einen Blick auf die Ehescheidungen und deren Ursachen und dann kann man nur zu dem *einen* Schluss kommen: der einzige Mensch, der bei der Wahl einer Frau nichts mitzusprechen haben sollte, ist der Mann, der sie heiraten will. Das ist eine unumstössliche Tatsache. Und es ist eine ebenso unumstössliche Tatsache, dass der Mann, dem das allein überlassen wird, so gut wie immer den falschen Typ Frauenzimmer heiratet.»

«Deshalb gehe auf Nummer Sicher und heirate gar keine», sagte Whitey No 2.

«Es gibt Männer, denen das nicht gut tut», sagte Mack.

«Willst du damit andeuten, wir sollten Doc, unsern guten Freund, unter die Haube bringen?»

«Ich habe euch ersucht, nicht aus dem Häuschen zu geraten, bevor ihr die Sache überschlafen habt», sagte Mack würdevoll.

Hazel zupfte Mack am Ärmel. «Machst du keinen Scherz, Mack?»

«Nein», sagte Mack, «ich mache keinen Scherz.»

«Du weisst, was ich mit dir anfange, wenn Doc etwas Schlimmes zustösst?», fragte Hazel.

«Jawohl», sagte Mack, «ich denke schon; aber ich möchte gleichwohl, dass es ihm zustösst.»

Hazels Lagerstatt war ein Baldachinbett, über dessen vier Pfosten eine Bettdecke gespannt war. Er hatte es aus dem Gedächtnis nach einem Film gebaut. Als im Palace Hotel schliesslich Ruhe herrschte, lag Hazel im

Bett und blickte zu dem Blockhüttenmuster seines Betthimmels auf. In seinem Kopf ging es drunter und drüber. Er wollte, es gäbe eine einfachere Methode, Doc zu helfen, als durch die grosse Operation, die Mack vorgeschlagen hatte. Einmal stand er auf, schaute zur Tür hinaus und sah, dass die grünbeschirmte Lampe im Laboratorium brannte.

«Der arme Hund», flüsterte er vor sich hin.

Er schlief schlecht und träumte von lauter Pilzen.

ZWÖLFTES KAPITEL

MAUERBLÜMCHEN

Joe Elegant war ein blasser Jüngling mit Pony-Frisur. Er rauchte ausländische Zigaretten aus einer langen Ebenholzspitze und war der Koch der Flotten Flagge. Die Mädels sagten, er mache die besten Spritzkuchen auf der Welt, und er konnte einem eine Massage verabreichen, die einem den Muskelkater nach einer Samstagnacht vertrieb, wenn die Flotte eingelaufen war. Meistenteils trug er ein spöttisches Grinsen zur Schau und kam nur zur Essenszeit aus seinem kleinen Anbau hinter dem Etablissement heraus, aus dem sich noch tief in der Nacht das Geklapper seiner Schreibmaschine vernehmen liess.

Eines Morgens trank Suzy ihren Kaffee am Tisch, während Joe Elegant die Krümel zeitigerer Frühstücksgäste davon entfernte.

«Du machst guten Kaffee», sagte Suzy.

«Danke schön.»

«Du siehst nicht aus wie einer, den man hier arbeiten vermuten würde.»

«Es ist nur vorübergehend, das kann ich dir schwören.»

«Ich habe ein grossartiges Rezept für Eibischsuppe. Soll ich dir's geben?»

«Fauna schreibt die Menus genau vor.»

«Du bist nicht sehr freundlich.»

«Warum sollte ich auch?»

Er ging hinter ihrem Stuhl vorbei. Suzy streckte den Arm aus, griff ihm mit den Fingern zwischen Hals und Hemdkragen und drehte und riss seinen Kopf neben den ihren herunter. «Hör mal, du», sagte sie und blickte ihm dabei böse in die vorquellenden Augen. «Ach, rutsch mir den Buckel lang», sagte sie dann und liess ihn los.

Joe Elegant wich zurück, rieb sich den Hals und strich sein Hemd glatt.

«Verzeihung», sagte Suzy.

«Ist schon gut.»

«Warum bist du so gemein?»

«Hast's ja gesagt. Ich gehöre nicht hierher.»

«Und wo gehörst du hin?»

«Das würdst du wohl kaum begreifen.»

«Bist du zu gut für das Haus hier?»

«Sagen wir: ich bin anders.»

«Ohne Scherz!», sagte Suzy.

«Ich schreibe einen Roman.»

«Ach, nein? Worüber denn? Ich lese Romane gern.»

«Der würde dir nicht gefallen.»

«Warum nicht?»

«Du würdst ihn nicht verstehen.»

«Was hat das dann für einen Sinn?»

«Er ist nicht für die grosse Masse bestimmt.»

«Bin ich die grosse Masse, hä? Mir scheint, du hast was los. Ich mach eine Wette, du könntest einen hübschen Schmöker verzapfen.»

Joe Elegant schluckte, und sein Gesicht zuckte krampfhaft. «Ich lese dir einmal ein Stück daraus vor.»

«Na, das wär' nett. Du sagst aber doch, ich verstünde es nicht.»

«Ich werde dir erklären, was nötig ist.»

«Das würde mich freuen. Es gibt einen Unhaufen Zeug, das ich nicht kapiere.»

«Isst du gern Schokoladekrapfen?», fragte er.

«Für mein Leben gern.»

«Ich mach dir welche. Komm mal am Nachmittag in mein Zimmer. Du kriegst eine Tasse Tee.»

«Na, du bist mir aber ein netter Kerl. Ist noch Kaffee da?»

«Ich brühe dir eine frische Kanne über.»

DREIZEHNTES KAPITEL

PARALLELEN SCHNEIDEN SICH IM UNENDLICHEN

Doc hatte eine schlaflose Nacht. In seinem Kopf ging es drüber und drunter von gelbem Schreibpapier, Sehern und Tintenfischen. Wenn er sonst nicht schlafen konnte, arbeitete oder las er, aber wenn er jetzt Licht machte, musste sein Blick auf den gelben Schreibblock und die genau ausgerichteten Bleistifte fallen.

Als die Dämmerung über die Bucht zu kriechen begann, entschloss Doc sich zu einem ganz langen Spaziergang, womöglich die ganze Strandlinie entlang bis nach Carmel. Er stand auf, und da es im Laboratorium noch dämmrig war, knipste er das Licht an, um sich Kaffee zu machen.

Von der Tür ihres Lokals aus sah die Dicke Ida bei Doc die Lampe aufleuchten. Sie steckte eine Halbliterflasche ohne Etikett, die eine braune Flüssigkeit enthielt, in eine Tüte und ging hinüber zum Western Biological.

«Doc», sagte sie, «wärst du so gut und untersuchtest mir das Zeug da?»

«Was ist es denn?»

«Angeblich Whisky. Ich möchte bloss wissen, ob jemand dran sterben kann. Ich habe einen recht guten Kauf damit gemacht. Das Zeug wird droben im Pine Canyon gebraut.»

«Das ist gesetzwidrig», sagte Doc.

«Leute umbringen ist auch gesetzwidrig», sagte Ida.

Doc sah sich in der Zwickmühle zwischen Beihilfe zu Schwarzhandel und Mord. Kummervoll dachte er, immer werde er in solche Geschichten verwickelt, nicht gute oder schlimme, sondern nur schlimme und weniger schlimme. Er machte rasch eine Analyse. «Giftig ist es nicht», sagte er, «aber gesund für den Magen ist es auch nicht. Da ist irgend ein öliger Fusel drin. Aber es ist wohl auch nicht schädlicher als Old Tennisschuh.»

«Danke schön, Doc. Was bin ich schuldig?»

«Ach, sagen wir ein Viertelchen ... aber nicht von dem Zeug da.»

«Ich schicke dir Old Taylor.»

«Du musst dir nicht gleich die Beine ausreissen», sagte Doc.

«Doc, ich höre, du hast Unannehmlichkeiten.»

«Ich? Was für Unannehmlichkeiten?»

«Hab bloss so was gehört», sagte die Dicke Ida.

Doc sagte ärgerlich: «Ich habe keine Unannehmlichkeiten. Was soll denn das Gerede! Herrgott nochmal, alle behandeln mich, als wenn ich ein Schwerkranker wäre! Was denn für Unannehmlichkeiten?»

«Wenn ich irgendetwas tun kann», sagte sie und machte sich, die Halbliterflasche stehen lassend, rasch davon.

Doc probierte ein Schlückchen daraus, verzog das Gesicht und – trank einen kräftigen Schluck. Sein Herz pochte stark. Er wollte sich nicht eingestehen, dass die Bemitleidung durch seine Freunde nur sein Unvermögen bestätigte. Mitleid und Verachtung waren Geschwister, das wusste er. Er reckte das Kinn hoch, biss die Zähne zusammen. «Jetzt grade gehe ich zur Springflut nach La Jolla», sagte er zu sich selbst. «Jetzt besorge ich mir grade ein neues Mikroskop.» Und die Stimme ganz unten flüsterte: «Irgendwo gibt's Herzenswärme.»

Er setzte sich an den Schreibtisch und schrieb erbost: «Parallelen schneiden sich im Unendlichen.»

Nach einem weiteren Zug aus der Flasche machte er die gestrige Post auf. Es befand sich dabei eine Bestellung auf sechs Sätze Präparate: Seesterne im embryonalen Entwicklungsstadium für das Oaklander Polytechnikum. Er war fast froh darum, sich wieder mit der altgewohnten, wohlgeübten Tätigkeit befassen zu können. Er holte seine Sammeleimer, warf die Gummistiefel in seinen alten Wagen und fuhr hinaus zum Grossen Ebbetümpel.

VIERZEHNTES KAPITEL

MISTIGER MITTWOCH

Es gibt Tage, die von vorneherein widerwärtig sind. Vom allerersten Lichtstrahl an sind sie, wie immer auch die Witterung sein mag, zu nichts gut, und jedermann merkt das gleich. Die Ursachen davon weiss kein Mensch, aber an solch einem Tag widerstrebt es einem, vom Bett aufzustehen und den Kampf mit dem Tag aufzunehmen. Wenn man schliesslich durch Hunger oder Arbeitspflicht aus dem Bett gezwungen wird, merkt man, dass der Tag genau so ekelhaft ist, wie man ihn sich vorgestellt hat.

An solch einem Tag ist es unmöglich, eine gute Tasse Kaffee zu machen, die Schnürsenkel reissen ab, Tassen springen von selbst vom Geschirrbord herunter und zerscherben auf dem Fussboden, sonst ganz ehrliche Kinder fangen zu lügen an und sonst ganz brave Kinder drehen die Gashähne am Herd auf oder lockern Schrauben und müssen eine Tracht Prügel kriegen. Das ist der Tag, an dem ausgerechnet die Katze Junge bekommt und der stubenreine Hund den Salonteppich nass macht.

Jaja, es ist scheusslich an solch einem Tag! Der Briefträger bringt überfällige Rechnungen. Wenn die Sonne scheint, so brennt sie gar zu heiss, und wenn keine scheint, wer kann die Finsternis aushalten?

Mack merkte gleich, heute werde so ein Tag werden.

Zunächst konnte er seine Unterhosen nicht finden. Dann fiel er über eine Kiste, die sich ihm anscheinend von selbst vor die Füsse geschoben hatte. Er verfluchte jeden Bruder im Palace Hotel, und als er an der leeren Parzelle vorbeikam, machte er extra einen Bogen, um eine Löwenzahnblüte zu zertreten. Finstern Gemüts hockte er auf einer Röhre, als Eddie vorbeikam, und selbstverständlich schloss er sich ihm an, um mit ihm zur Dicken Ida zu gehen und etwas gegen seine Missstimmung zu tun. Dort trieb er sich herum und wartete, dass Ida mal hinausginge, damit Eddie ihm heimlich ein Gläschen zuschieben könne. Aber Ida beugte sich dauernd über die Bartheke und schimpfte auf einen Brief.

«Steuern», sagte sie. «Jedesmal, wenn's Geschäft ein bisschen geht, höhere Steuern. Du hast Schwein, Mack. Du besitzst nichts und verdienst nichts. Solang das Atemholen nicht besteuert wird, bist du sicher davor.»

«Worüber meckerst du denn?», fragte Mack.

«Über die Kommunal- und die Grafschaftssteuern», sagte die Dicke Ida.

«Worauf denn?»

«Auf das Lokal hier. Viel ist's ja nicht, aber ich musste eine Anzahlung auf einen neuen Pontiac machen.»

Idas Klage hätte für gewöhnlich bei Mack nur ziemlich oberflächliches Mitgefühl hervorgerufen im Verein mit einer milden Selbstbeglückwünschung, dass er keinerlei versteuerbaren Werte aufzuweisen hatte. Doch heute befiel ihn darüber nagende Sorge, und er ging heim ins Palace Hotel, um sich seinen Sorgen mit grösserer Musse hingeben zu können. Er liess sich die Geschichte des Palace durch den Kopf gehen.

Es hatte ursprünglich Lee Chong gehört. Lange vor dem Krieg hatten Mack und die Jungens es von ihm für fünf Dollar monatlich gemietet, und, selbstverständlich, hatten sie nie einen Cent Zins gezahlt. Lee Chong wäre einfach gekränkt gewesen, wenn sie es getan hätten. Dann hatte Lee Chong alles an Joseph Maria verkauft. Gehörte das Palace zu der Masse? Mack wusste es nicht, aber wenn es der Fall war, so wusste es jedenfalls der Patrón nicht. Denn der war kein Lee Chong. Der würde den Zins verlangt haben. Aber wenn dem Patrón das Haus gehörte, dann bekam er einen Steuerzettel dafür. Und wenn er einen Steuerzettel bekam, dann kam er Mack und den Jungens todsicher damit auf den Hals. Der Patrón war nicht der Mann, der Geld ausgab, ohne mehr Geld zurückzukriegen; das war ausgemacht.

Es schien höchst ungerecht. Ihr Heim, ihre Sicherheit, ja ihre gesellschaftliche Stellung war in Frage gestellt. Mack lag lang auf seinem Bett und erwog, was sich tun lasse. Gesetzt, Joseph Maria verlangte den rückständigen Mietzins, und zwar für Jahre rückwirkend. Einem Mann wie dem war nicht zu trauen. Ein ekelhafter Tag war das! Mack wusste sich keinen Rat, darum berief er eine Versammlung ein und liess sogar durch Hazel Eddie aus der Bar der Dicken Ida holen.

Die Tagung verlief bitter und bewegt. Mack legte die Sache von allen Seiten dar, dass sogar Hazel schliesslich die drohende Gefahr begriff. Die Jungens betrachteten ihre Finger, schauten zur Zimmerdecke hinauf und bliesen sich auf die Handgelenke. Eddie stand auf und ging einmal um seinen Stuhl herum, wie ein Spieler, der seine Pechsträhne brechen will, damit seinem Nachdenken mehr Glück beschieden sei.

Schliesslich sagte Whitey No 2: «Wir könnten seine Post stehlen, damit er keinen Steuerzettel bekommt.»

«Das ist nicht praktisch», sagte Mack. «Ganz davon abgesehen, dass das ein Verbrechen ist.»

Hazel liess sich vernehmen: «Wir könnten ihn umbringen.»

«Hast du noch nicht gehört, dass das auch gesetzwidrig ist?», fragte Mack.

«Ich meine, dass man es so macht, dass es wie ein Unfall aussieht», sagte Hazel. «Er könnte zum Beispiel vom Kap Lobos herunterfallen.»

«Dann erbt irgendwer die Bude, und wir wissen nicht einmal wer.»

Die Ungerechtigkeit, die dem Begriff des Privateigentums am Grund und Boden innewohnt, senkte sich auf ihre Gemüter herab.

«Vielleicht könnten wir Doc veranlassen, mit ihm zu reden. Er mag Doc gern.» Das war Whiteys No 1 Vorschlag.

«Das würde bloss sein Augenmerk darauf lenken», sagte Mack. «Verflucht und zugenäht, dann steigert er uns womöglich noch.»

«Ja, und will die Miete womöglich gar einkassieren.»

Hazel ging langsam aber sicher ein Licht auf. Er liess seinen Blick über die geweissten Wände des Palace gehen, über die Mädchenbilder auf den Coca-cola-Kalendern, über den grossen, antiken Holzofen, die Standuhr aus Grossväterzeit. Ehrliche Tränen, deren er sich nicht schämte, standen in Hazels Augen. «Der Schweinehund», sagte er. «Nach all unserer Arbeit nimmt er uns unsere Heimstatt weg, den einzigen Ort, wo ich je glücklich und zufrieden war. Wie kann ein Mensch so hundsgemein sein?»

«Er hat's einstweilen noch nicht getan», sagte Mack. «Vielleicht hat er von all dem überhaupt keine Ahnung.»

«Ich wollte, das Haus gehöre Doc», sagte Eddie. «Mit Doc hätten wir keine Scherereien.»

Mack warf ihm einen raschen Blick zu. «Wie kommst du darauf?», fragte er.

«Tja, zum Teufel, Doc macht wochenlang seine Post nicht auf. Doc würde vergessen, den Zins einzukassieren, und würde vergessen, den Steuerzettel aufzumachen.»

In Macks Augen kam ein aufgeregter Glanz. «Eddie», sagte er, «mir scheint, du hast den Nagel auf den Kopf getroffen.»

«Inwiefern?»

«Ich muss mir das überlegen», sagte Mack, «aber mir kommt geradezu vor, unser lieber Eddie hier sei ein Genie.»

Eddie errötete vor Freude. «Was tu ich denn, Mack?»

«Das kann ich noch nicht sagen.»

«Zum Donnerwetter, Mack, ich meine, was ich getan habe.»

«Es war blitzgescheit», sagte Mack. «Ein geradezu wunderbarer Einfall. Jetzt wollen wir uns mal den Patrón näher besehen. Wieviel Schmeid hat er, meint ihr wohl?»

«Haufenweise», sagte Hazel. «Und einen Haufen Grütze auch.»

Langsam sprach Mack, laut denkend, vor sich hin. «Wollen mal sehen. Joseph Maria, ist, darf man wohl sagen, ein grosser Schieber ...»

«Er zieht sich gut an», sagte Hazel.

«Ein Schieber darf sich keine Feinde machen, wenn

er nicht zur Stadt hinausfliegen will. Er muss sich mit jedermann freundlich stellen.»

«Na, weiter, Mack», drängte Whitey No 1. «Sprich dich aus.»

«Jungens», sagte Mack, «wenn ich das jetzt ausschwatzen würde und es erwiese sich als wertlos, dann würdet ihr das Vertrauen zu mir verlieren. Ich möchte das genau durchdenken und sehen, ob ich ihn einwickeln kann. Aber wenn wir die Sache machen, dann müsst ihr alle mithelfen.»

«Was für eine Sache?»

«Lasst mich jetzt allein, Jungens», sagte Mack, ging wieder ins Bett, legte den Kopf auf die verschränkten Hände und betrachtete die Dachsparren des Palace Hotels.

Hazel trat still zu ihm ans Bett. «Du wirst doch unser Heim von niemand wegnehmen lassen, Mack, wie?»

«Das verspreche ich dir», sagte Mack leidenschaftlich. «Wo ist Eddie?»

«Wieder zur Dicken Ida gegangen.»

«Willst du mir einen Gefallen tun, Hazel?»

«Aber gern, Mack.»

«Nimm die Fettbüchse da drüben und sieh zu, dass Eddie sie unauffällig mit Bier füllen kann. Dann kann ich besser denken.»

«Du sollst dein Bier kriegen», sagte Hazel. «Denk du nur ruhig weiter nach, Mack. Sag mal, Mack, wie kommt das deiner Ansicht nach, dass Eddie immer einen genialen Einfall kriegt, selbst wenn er s gar nicht weiss, und dass ich nie einen habe?»

FÜNFZEHNTES KAPITEL

HOHE SCHULE

Fauna war in drei unwahrscheinlichen Unternehmungen erfolgreich gewesen. Ohne jeden Zweifel würde sich Fauna in der Stahl- oder chemischen Industrie, ja vielleicht sogar bei General Electric bewährt haben, denn Fauna eigneten die richtigen Ingredienzien für das moderne Geschäftsleben. Sie war grosszügig und dabei zahlungsfähig, sie hatte Gemeinsinn und war im Privatleben eine Individualistin, sie hatte eine offene Hand, aber auch einen feinen Sinn für doppelte Buchführung, sie war gefühlvoll, aber keine Gefühlsduslerin. Sie hätte glatt Aufsichtsratsvorsitzende einer grossen Aktiengesellschaft sein können. Vor allem aber widmete sie ihren Mädchen tiefe persönliche Anteilnahme.

Kurz nachdem sie das Etablissement übernommen hatte, trennte Fauna das Empfangszimmer ab und stattete es aus. Es war das ein grosser, freundlicher Raum mit drei Fenstern, die auf die freie Parzelle hinausgingen. Fauna stellte niedrige, bequeme Sessel und Couches mit hellen, geblümten Chintzbezügen hinein. Die Vorhänge waren auf die Möbel abgestimmt, und die Bilder an den Wänden sollten nicht zum Betrachten anlocken, sondern nur Gemütsruhe verbreiten: es waren Stiche von Kühen in Teichen, Rehen in Bächen und Hunden in Seen. Nasse Tiere scheinen einem menschlichen Bedürfnis entgegenzukommen.

Für Zeitvertreib war gesorgt durch ein Ping-Pongspiel mit allem Zubehör, einen Kartentisch und ein Trick-Track-Brett. Das Empfangszimmer war zur Erholung, zur Lektüre, zum Studium, zum Klatsch geeignet, und einigen dieser Betätigungen oblagen denn auch die jungen Damen der Flotten Flagge.

Die eine Wand beherrschte ein grosses gerahmtes Brett, worauf riesige goldene Sterne angebracht waren; dieser Zimmerschmuck war Faunas ganzer Stolz. Der Empfangsraum hatte etwas Fröhliches, Frauenhaftes. Ein exotischer, orientalischer Duft lag darin, der von dem Weihrauch kam, welcher im geschwärzten Schoss eines Gips-Buddha schwelte.

Es war dreiviertel drei Uhr; im Empfangsraum faulenzten Agnes, Mabel und Becky. Es war die Stunde der Erschlaffung. Die leere Parzelle war in helles, blasses Sonnenlicht getaucht, das den verrosteten Röhren und dem alten Kessel ein malerisches Aussehen verlieh. Das hohe Malvengewucher lag lieblich grün da, wie ein Garten. Eine glatthaarige, faule graue persische Katze machte im Gras Jagd auf Erdhörnchen, ohne sich viel darum zu kümmern, ob sie etwas fing oder nicht.

Mabel stand am Fenster. Sie sagte: «Ich habe gehört, früher hausten Menschen in dem alten Kessel.»

Agnes bemalte sich die Zehennägel und schwenkte die Füsse, um den Lack trocken zu bekommen. «Das war vor deiner Zeit», sagte sie. «Es waren Mr. und Mrs. Malloy, die hatten es hübsch hergerichtet, mit einer Marquise vorne und einem türkischen Läufer. Wenn man hineinkam, durch die Feuerklappe, dann war es wirklich nett. Mrs. Malloy hatte grosse Begabung für Wohnlichkeit.»

«Warum sind sie denn weg?», fragte Becky.

«Sie bekamen Streit miteinander. Sie wollte immer Vorhänge. Aber er war dagegen, weil keine Fenster daseien. Wenn sie sich zankten, dann hallte es in dem Kessel so stark wider, dass ihnen das auf die Nerven ging. Er sagte, es sei nicht genug Platz drin, dass er zu einem Schwinger gegen sie ausholen könne. Er ist jetzt im Grafschaftsgefängnis, hat's aber gut da als Vorzugssträfling. Mrs. Malloy ist drüben in Salinas in einem schmierigen Lokal und jongliert Gulaschteller, bis er aus dem Gefängnis kommt. Sie waren wirklich anständige Leute. Er nimmt bei den Elks einen hohen Grad ein.»

Mabel trat vom Fenster weg. «Hast du gehört, dass der Rattlesnake-Club heutabend von Salinas herkommt? Er hat das ganze Haus vorbestellt.»

«Jaja», sagte Becky. «Die haben eine Gedenkfeier für ihre verstorbenen Mitglieder. Fauna macht ihnen einen Pauschalpreis.»

Agnes hob das linke Bein hoch und blies sich auf die Fussnägel. «Gefällt dir die Farbe?», fragte sie.

«Sehr nett», sagte Becky. «Wirkt ein bisschen, als ob du angefault wärst. Sag mal, wo zum Teufel bleibt denn die Suzy? Die wird schon merken, dass drei Uhr bei Fauna drei Uhr bedeutet. Herrje, ist das ein komischer Name: Fauna.»

Mabel sagte: «Ihr Name war eigentlich Flora. Aber was ist das eigentlich: eine Fauna? Hab nie gehört, dass jemand so hiess.»

«Ach, das ist so etwas wie ein kleines Reh», sagte Becky. «Mir scheint, die Suzy wird's hier nicht lang machen. Die ist ein bisschen verdreht ... die hat so einen verrückten Blick im Auge. Spazieren gehn tut sie auch.»

«Na, es ist zwei Minuten bis drei», sagte Mabel. «Es wär' Zeit, dass Suzy heimkommt.»

Punkt drei Uhr tat sich die Tür auf, und Fauna trat von ihrem Schlafzimmer her ein. Durch ihr orangerotes Haar hatte sie ein Silberband gezogen, sodass sie aussah wie eine berühmte kürzlich verstorbene Dame der höchsten Kreise. Faunas Eleganz hatte ihresgleichen nur noch in den Salons der alten Geldaristokratie und den von «grand monde» frequentierten Bordellen. So schwer sie war, sie bewegte sich mit leichten, zierlichen Schritten. Jetzt hatte sie einen grossen Korb bei sich.

«Wo ist Suzy?», fragte sie.

«Ich weiss nicht», sagte Mabel.

«Na, sieh mal in ihrem Zimmer nach.»

Mabel ging hinaus.

Fauna ging zum Trick-Track-Brett. «Mit den Würfeln muss geknobelt worden sein», sagte sie.

«Woraus schliesst du das?», fragte Becky.

«In der Ecktasche sind zwei Dollar. Ich wünsche keine Hasardspiele im Empfangsraum. Wenn eine junge Dame mit einem Kunden ein paar Partien machen will, so ist das etwas anderes; aber ich möchte auch keine Bleistiftstriche mehr auf Zuckerstücken finden. Hasardspiel ist ein Laster. Ich habe manch ein tüchtiges Freudenmädchen gekannt, das sich seine ganze Zukunft mit Glücksspielen verscherzt hat.»

«Zum Donnerwetter, Fauna, du spielst doch Poker», sagte Becky.

«Poker ist kein Glücksspiel», sagte Fauna. «Und du, Becky, halt deine Zunge im Zaum. Gemeine Redeweise bringt ein Freudenhaus in Verruf.» Sie entnahm dem Korb eine leinene Tischdecke und breitete sie über das Trick-Track-Brett. Dann richtete sie mit einer

Serviette, einem Teller, Weingläsern und viel Silberzeug ein Gedeck her.

Mabel und Suzy traten ein.

Fauna sagte: «Ich habe es nicht gern, wenn meine jungen Damen sich verspäten.» Dann nahm sie einen Schuldeuter aus dem Korb. «Nun, welche von den jungen Damen wünscht zuerst drangenommen zu werden?»

Agnes sagte: «Ich mach' es.»

«Du hast's gestern gemacht», sagte Mabel. «Verflucht und zugenäht, heut bin ich dran!»

Fauna sagte streng: «Aber, meine Damen, wenn ein unverdorbener junger Mann Sie hören würde. Nun also, Mabel...» Sie wies mit dem Deuter auf die Gegenstände auf dem Tisch, und Mabel fing an, wie ein Kind ein Gedicht aufsagt: «Austerngabel ... Salatgabel ... Fischgabel ... Bratengabel ... Konfektgabel ... Dessertgabel ... Teller ... Dessertmesser ... Bratenmesser ... Fischmesser ...»

«Gut!», sagte Fauna. Mabel fuhr fort: «Wasserglas ... Weissweinglas ... Bordeauxglas ... Burgunderglas ... Portweinglas .. Cognacglas.»

«Ausgezeichnet», sagte Fauna. «Auf welche Seite kommt der Salat?»

«Links, sonst kriegt man den Ärmel in die Sauce.»

Fauna war höchst zufrieden. «Bei Gott, sehr gut! Ich wäre nicht überrascht, wenn Mabel in Bälde einen von den Sternen dort bildete.» Sie wies auf die goldenen Sterne an der Wand.

«Was bedeuten die?», fragte Suzy.

Stolz sagte Fauna: «Jeder dieser Sterne stellt eine junge Dame aus der Flotten Flagge dar, die sich verheiratet hat, und zwar gut verheiratet. Der erste Stern dort hat vier Kinder, und ihr Mann ist Geschäftsführer einer A. & P.-Filiale*. Der dritte Stern von rückwärts, die ist Vorsitzende des Clubs «Vorwärts und Aufwärts» in Salinas und hat am Arbor Day** den Baum getragen. Der nächste Stern hat einen leitenden Posten in der Wach- und Schliessgesellschaft und singt Alt in der Episkopal-Kirche von San José. Meine jungen Damen verkehren in ersten Häusern. Nun, Suzy ...»

«Hä?»

«Was ist dies hier?»

«Die komische Gabel da?»

«Wozu dient sie?»

«Weiss ich nicht.»

«Gib dir Mühe, Suzy. Was isst man damit?»

Suzy dachte nach. «Viel Kartoffelpurée kriegt man nicht drauf. Vielleicht Essiggurken?»

«Das ist eine Muschelgabel», sagte Fauna. «Wiederhole: ‚Muschelgabel'.»

Suzy brach heftig aus: «Ich würde keine Muscheln essen, und wenn du mir eine Kohlenschaufel gäbst.»

«So ein Kamel!» sagte Agnes.

Suzy fuhr herum gegen sie. «Ich bin kein Kamel nicht!»

«Doppelte Verneinung! Doppelte Verneinung!», schrie Mabel.

«Wovon redest du überhaupt?», sagte Suzy.

Mabel antwortete: «Wenn du sagst, du seiest kein Kamel nicht, so drückt das aus, dass du ein Kamel bist.»

Suzy sprang auf sie los: «Wer ist ein Kamel?»

Fauna brüllte: «Wenn gewisse junge Damen nicht

* Atlantic & Pacific Co. Lebensmittel-Kettenläden. (Anm. d. Übers.)

** Festtag, an dem Bäume gepflanzt werden. (Anm. d. Übers.)

Ruhe geben, dann kriegen sie eine hinter die Ohren. Jetzt mal Haltung! Wo sind die Bücher?»

Agnes sagte: «Ich glaube, Joe Elegant liest sie.»

«Zum Kuckuck!», sagte Fauna. «Ich habe diese Bücher extra so ausgesucht, dass niemand sie wegnimmt. Wozu liest er die? Das Viehzüchter-Jahrbuch, das Bürgerliche Gesetzbuch für Kalifornien und so Zeug; was, zum Teufel, gibt's darin zu schmökern? Schön, dann werden wir eben den Korb benutzen. Agnes, stelle den Korb auf deinen Kopf.»

Fauna betrachtete sie genau. «Also passt auf, ihr jungen Damen», sagte sie. «Bloss weil ihr eure Fussknöchel zusammengestellt und eure Hüften vorwärts gerenkt habt – das bedeutet noch nicht, dass ihr unbedingt Haltung habt. Agnes, zieh dein Hinterteil ein! Haltung ist ein Geisteszustand. Wahre Haltung ist es, wenn eine junge Dame flach auf ihrem Arsch sitzt und doch so aussieht, als ob sie Bücher auf dem Kopf hätte.»

Es wurde an die Tür geklopft. Es war Joe Elegant, der Fauna einen Zettel überreichte. Sie las ihn und seufzte vor Freude auf. «Dieser Mack», sagte sie. «Ein Gent ist das! Ich glaube, der würde der Leiche seiner Grossmama die Flüssigkeit abzapfen, mit der sie einbalsamiert worden ist, aber er würde es auf anständige Art tun.»

«Ist denn seine Grossmama gestorben?», fragte Agnes.

«Wer weiss», sagte Fauna. «Hören Sie dies, meine jungen Damen. ‚Mack und die Jungens erbitten das Vergnügen Ihrer Anwesenheit in deren Lokalitäten am morgigen Nachmittag, um mit ebendenselben einen Schluck vortrefflichen Stoffes zu trinken und eine wichtige Angelegenheit zu besprechen. Bringen Sie die

Mädels mit. R. S. V. P.'» Fauna machte eine kleine Pause. «Er hätte bloss zum Fenster hinausschreien brauchen, aber Mack tut das nicht – er erbittet das Vergnügen unserer Anwesenheit.» Wieder entrang sich ihr ein Seufzer. «Was für ein Gent! Wenn er nicht so ein Stromer wäre, würde ich ihm eine von euch jungen Damen ans Herz legen.»

Agnes fragte: «Was ist denn mit seiner Grossmama los?»

«Ich weiss nicht einmal, ob er eine hat», sagte Fauna. «Also, wenn wir morgen hinübergehen, dann haltet ihr jungen Damen eure Klappen geschlossen und hört bloss zu.» Sie überlegte. «Eine wichtige Angelegenheit . . ., nun, es würde Mack ganz ähnlich sehen, wenn er einfach zwanzig Dollar brauchte; also haltet auch eure Köpfe geschlossen und überlasst das Denken mir.»

Plötzlich schlug sich Fauna mit der Hand auf die Stirn. «Fast hätt' ich's vergessen! Joe Elegant hat ja eine mordsgrosse Torte gebacken. Suzy, hole vier Büchsen kaltes Bier und die Torte und trag alles hinüber zu Doc, um ihn aufzuheitern.»

«Okay», sagte Suzy. «Aber das wird wahrscheinlich seinem Magen nicht gut tun.»

«Sein Magen geht dich nichts an», sagte Fauna.

Als Suzy gegangen war, sagte sie: «Ich wollte, ich könnte für das Kind da einen Stern ankleben. Hier ist sie keinen Schuss Pulver wert.»

SECHZEHNTES KAPITEL

ST. MACKS BLÜMELEIN

Doc legte zehn grosse Seesterne auf eine Leiste und stellte acht halb mit Meerwasser gefüllte Glasschüsselchen nebeneinander in eine Reihe. So sehr er zu Sorglosigkeit in den Dingen des äusseren Lebens neigte, im Laboratorium nahm er es sehr genau. Die Herstellung der Embryo-Serie machte ihm Vergnügen. Er hatte dergleichen Hunderte von Malen gemacht, und bei dieser Arbeit, in der er Erfahrung hatte, fühlte er sich sicher, dabei verlor man sich nicht in Spekulationen. Man verrichtete das Eine, und alles Weitere ergab sich folgerichtig. Gewohnte Arbeit geht leicht von der Hand.

Sein früheres Leben stellte sich wieder ein: eine Hochebene von Befriedigung mit kleinen Gipfeln von Aufregung dazwischen, aber nicht die aufreibende Pein eigenen Denkens, nichts von der Einsamkeit des Entdeckens. Sein Grammophon spielte leise die klaren, sicheren Fugen Bachs, die übersichtlich waren wie mathematische Gleichungen. Ein wohliges Gefühl überkam ihn, während er arbeitete. Er hatte wieder Gefallen an sich selbst wie einst, Gefallen an sich als Person, so wie er es irgend einem andern Menschen entgegengebracht haben würde. Der Selbsthass, der so viele Menschen vergiftet und auch ihn angegriffen hatte, war fürs Erste verschwunden. Die Oberstimme seiner Seele sang Friede und Ordnung, und die heisere

Mittelstimme benahm sich sanft und gesittet; sie murrte und knurrte wohl noch, war jedoch kaum zu hören. Die Unterstimme aber schwieg gänzlich, in einem Traum von einem warmen, stillen Meer befangen.

Die Klapperschlangen in ihrem Drahtkäfig hoben plötzlich die Köpfe, schmeckten mit ihren gespaltenen Zungen die Luft ab und gaben dann ein trockenes zischendes Rasseln von sich. Doc blickte von der Arbeit hoch, als Mack eintrat.

Mack warf einen Blick auf den Käfig. «Die neuen Schlangen da kennen mich noch nicht», sagte er.

«Braucht etwas Zeit, bis sie sich an jemanden gewöhnen», sagte Doc. «Du warst nicht oft hier.»

«Ich meinte, ich sei hier nicht willkommen», sagte Mack.

«Tut mir leid, Mack. Ich war wohl etwas aus dem Geleise. Ich werd' mich bessern.»

«Willst du endlich von den Teufelsfischen ablassen?»

«Ich weiss noch nicht.»

«Die haben dich krank gemacht.»

Doc lachte. «Das waren nicht die Tintenfische. Es kam davon, dass ich denken wollte. Ich bin aus der Übung.»

«Ich war nie in der Übung», sagte Mack.

«Das stimmt nicht», sagte Doc. «Ich kenne keinen Menschen, der sich mit mehr Liebe dem Nachdenken über Quisquilien hingibt.»

«Quisquilien? Nie von so was gehört», sagte Mack. «Sag mal, Doc, was hältst du von dem Patrón? Was ist deine ehrliche Meinung über ihn, frei von der Leber weg.»

«Mir scheint, ich habe kein rechtes Verständnis für ihn. Wir sind recht verschieden.»

«Ohne Scherz», sagte Mack. «Er ist kein ehrenwerter Mann.»

«Das nenne ich die Aussage eines Sachverständigen.»

«Was soll das heissen?»

«Dass du dafür einige Erfahrung mitbringst.»

«Ach, ich verstehe schon», sagte Mack ernsthaft, «aber, Doc, prüfe dich mal auf Herz und Nieren, dann wirst du sagen müssen, dass ich gewissermassen auf eine ehrenwerte Art unehrenwert bin. Ich betrüge niemanden, nicht einmal mich selbst. Und noch etwas anderes: ich weiss es, wenn ich es tue. Joseph Maria aber kann das nicht unterscheiden.»

«Das mag richtig sein», sagte Doc.

«Was ich gern wüsste, ist... nun, ich denke wohl, der Patrón möchte hier in der Gegend keine Scherereien haben, wie?»

«Niemand will Scherereien haben.»

«Es steht hier für ihn etwas auf dem Spiel», fuhr Mack fort. «Wenn die ganze Cannery Row ihn dick bekäme, tja, das Risiko möchte er doch wohl nicht auf sich nehmen, was meinst du?»

«Wenn ich wüsste, wovon du redest, könnte ich dir vielleicht dienlich sein», sagte Doc.

«Ich versuche mir nur etwas zusammenzureimen», sagte Mack.

«Nun, wenn du meinst, dass der Patrón in einer etwas kitzligen Lage ist...»

«Ja, eben das meine ich», sagte Mack. «Er kann es sich nicht leisten, sich Feinde zu machen.»

«Niemand macht sich gern Feinde», sagte Doc.

«Das weiss ich. Aber er könnte sich in die Nesseln setzen. Er hat ein Geschäft und ein Anwesen.»

«Ich verstehe», sagte Doc. «Du willst ihn erpressen und möchtest wissen, was er dann tut. Was willst du ihm denn wegnehmen, Mack?»

«Darüber denke ich gerade nach», sagte Mack.

«Müssigen Gedanken gibst du dich nicht hin, soviel weiss ich von dir. Wenn du dir Gedanken machst, dann geht's jemand an den Kragen.»

«Ich gehe nie jemand an den Kragen, Doc.»

«Nun, nicht schlimm. Ich will damit sagen: dein Biss ist nicht tödlich.»

Mack war es nicht ganz wohl in seiner Haut. Er hatte nicht die Absicht gehabt, das Gespräch auf sich zu lenken. Er wechselte das Thema.

«Sag mal, Doc, hast du schon gehört? Der ganze Golfclub hat auf dem achtzehnten Green einen Treuschwur abgelegt. Whitey No 2 war als Caddy dabei. Die Mitglieder nahmen sämtlich ihre Hüte ab und schworen, sie würden nichts gegen die Regierung der Vereinigten Staaten unternehmen.»

«Das freut mich», sagte Doc. «Ich war schon besorgt. Haben die Caddies auch mitgeschworen?»

«Ein paar von ihnen schon, aber Whitey nicht. Das ist eine Art Idealist, könnte man sagen. Er sagte, falls es ihm in den Sinn käme, das Kapitol niederzubrennen, dann möchte er sich nicht einem Meineid aussetzen. Jetzt darf er bei ihnen nicht mehr die Golfstöcke tragen.»

«Will er denn das Kapitol niederbrennen?»

«Nö, das nicht. Jetzt, sagt er, hat er das nicht im Sinn, aber er wisse nicht, was ihm vielleicht im nächsten Monat in den Sinn kommen könne. Er hat uns das ausführlich auseinandergesetzt. Er sagt, er war Marinefüsilier, hat eine ganze Anzahl Kämpfe fürs Vaterland bestanden und bilde sich ein, ein gewisses persönliches Interesse daran zu nehmen. Er hat keine Lust, sich von irgendwem vorschreiben zu lassen, was er zu tun hat.»

Doc sagte lachend: «Also um seiner Ideale willen darf er keine Golfstöcke mehr tragen?»

«Sie sagen, er sein ein unsicherer Kantonist, das, was man jetzt ein ‚security risk' nennt. Whitey behauptet, dazu habe er kein genügend gutes Gedächtnis. Übrigens reden sie draussen auf dem Golfplatz von nichts anderm als von Geld und Weibern.»

Doc sagte: «Die Helden trifft die Strafe immer zuerst.»

«Weil wir gerade von Weibern sprechen, Doc...»

«Also sprechen wir davon», sagte Doc.

«Was ist denn aus dem reizenden Kind geworden, dem mit dem Pelzmantel, das früher immer herkam?»

«Sie war nicht ganz gesund».

«Schade», sagte Mack. «Was fehlt ihr denn?»

«Ach, das ist nicht ganz klar. Ich kriege es nicht recht heraus.»

«Na, bei dem Geld ...»

«Was meinst du damit?»

«Ich habe das schon so oft erlebt», sagte Mack. «Da hat so ein Frauenzimmer einen Burschen geheiratet, der fünfundzwanzig Dollar in der Woche verdient. Nicht mit dem Hackebeil ist die umzubringen. Sie kriegt Kinder, macht die grosse Wäsche... vielleicht wird sie ein bisschen müde, aber das ist das Schlimmste, was ihr passieren kann. Aber wenn der Mann, Gott behüte, auf fünfundsiebzig die Woche aufgebessert wird, dann fängt sie an und kriegt die Influenza und nimmt Vitamine.»

«Eine funkelnagelneue medizinische Theorie», sagte Doc.

«Nicht gar so neu. Ja, zum Donnerwetter, mach doch bloss die Augen auf. Kommt der Mann gar auf hundert Dollar die Woche, dann liest das selbe Frauenzimmer das ‚Time'-Magazin und hat die modernste Krankheit gekriegt, bevor sie noch die Seite fertiggelesen hat. Neuerdings kriegen sie's mit etwas, was sie Allergie nennen. Früher hiess das Heuschnupfen – man musste dauernd niesen. Der Kerl, der die Allergie erfunden hat, der sollte ein Patent drauf nehmen. Allergie ist, dass man krank davon wird, wenn man etwas nicht tun will. Ich habe Weiber gekannt, die waren allergisch gegen Spülwasser. Wenn ein Ehemann anfängt, Geld zu verdienen, dann hat er eine Patientin im Haus.»

«Du redest recht zynisch daher», sagte Doc.

«Keineswegs. Schau dich bloss mal um und zeig mir dann ein gesundes Weib, wenn ihr Alter bei Kasse ist.»

Doc lachte leise vor sich hin. «Und du meinst, so steht's mit meiner Freundin?»

«Ach, zum Teufel, nein», sagte Mack. «Die hat's ja ganz dick. Wenn man so viel Geld hat, dann ist das eine andere Sache. Dann muss sie etwas haben, wovon kein Mensch weiss, was es ist. Die kann nichts Alltägliches haben, was sich mit Bittersalz kurieren lässt. Die läuft den Doktoren das Haus ein und gibt ihnen Rätsel auf. Die stehen um sie rum und schütteln die Köpfe und kratzen sich hinter den Ohren und haben einen solchen Fall noch nie gesehen.»

«Eine so grosse Rede habe ich dich lange nicht halten hören», sagte Doc.

«Du warst nicht in der Stimmung, um zuzuhören. Du meinst, die Ärzte sind ehrlich?»

«Ich habe keinerlei Grund, das zu bezweifeln. Warum?»

«Ich mache eine Wette, ich könnte reiche Weiber in Ordnung kriegen», sagte Mack. «Wenigstens für eine Zeitlang.»

«Wie würdest du das anfangen?»

«Na, Verehrtester, zunächst würde ich mir einen taubstummen Assistenten engagieren. Der müsste bloss dabeisitzen, zuhören und eine besorgte Miene aufstekken. Dann würde ich mir eine Flasche Bittersalz besorgen, das in ein hübsches kleines Fläschchen mit Schraubverschluss tun und ein Etikett draufmachen: Mondstaub. Für jeden Kaffeelöffel voll davon würde ich dreissig Dollar berechnen und verlangen, man müsse zu mir ins Ordinationszimmer kommen, um es einzunehmen. Dann würde ich einen Apparat erfinden, auf dem die Patientin angeschnallt wird. Alles verchromt und mit bunten Lämpchen versehen, die jede Minute ungefähr aufleuchten. Das wird der Patientin mit zwölf Dollar die halbe Stunde berechnet und dabei wird sie den Körperbewegungen unterworfen, die sie an einem Waschbrett machen müsste. Ich tät die schon kurieren! Und ein Vermögen tät ich auch verdienen. Natürlich würden die Weiber dann gleich wieder krank, und dann käme etwas anderes daran, etwa Tabletten, in denen Schlafmittel und Wachhaltungsmittel zusammengemischt sind und die den körperlichen Zustand überhaupt nicht verändern.»

Doc sagte: «Gott sei Dank, dass du keine Bewilligung zum Praktizieren hast!»

«Warum?»

«Das weiss ich eigentlich auch nicht», sagte Doc. «Und wie steht's mit der Prophylaxe?»

«Du meinst, dass man überhaupt nicht krank wird?»

«Ja.»

«Das ist ganz leicht», sagte Mack. «Immer pleite sein.»

Doc schwieg eine Weile. Er betrachtete den Seestern und beobachtete, wie die Fortpflanzungsflüssigkeit zwischen den Strahlen herauszusickern begann. «Sag mal, Mack», fragte er schliesslich, «bist du hergekommen, um etwas aus mir herauszukriegen?»

«Nicht dass ich wüsste», sagte Mack. «Wenn's so war, dann hab ich's vergessen. Du kommst bestimmt drüber weg, Doc.»

«Worüber soll ich wegkommen?»

«Über die gottverdammten .. Zepa .. Zebrapoden.»

«Hör mal, Mack». In Doc schwoll auf einmal Zorn hoch. «Setz dir keine Schwachheiten in den Kopf. Ich schreibe die Abhandlung. Ich gehe zur Springflut nach La Jolla.»

«Schön, Doc, sehr schön. Mach, was du willst.»

Daheim im Palace aber berichtete Mack: «Scheint ihm ein bisschen besser zu gehen, aber ganz übern Berg ist er noch nicht. Wir müssen ihm helfen, dass er seine gottverdammte Abhandlung zusammenkriegt.»

SIEBZEHNTES KAPITEL

SUZY SETZT DEN PUNKT AUF DAS I

Suzy hatte einen leichten Schritt. Sie war schon oben auf der Treppe und hatte an die Tür geklopft, ehe die Schlangen zu klappern anfingen. «Herein», rief Doc, ohne vom Mikroskop aufzublicken.

Suzy blieb in der Tür stehen. In der einen Hand hatte sie eine riesenhafte Torte und in der andern eine Papiertüte mit Bierdosen.

«Guten Tag», sagte sie förmlich.

Doc sah hoch. «Ach, guten Tag. Um Himmelswillen, was ist denn das?»

«Eine Torte. Hat Joe Elegant gebacken.»

«Warum?», fragte Doc.

«Fauna hat's ihn wohl geheissen.»

«Na, hoffentlich isst du gern Torte», sagte Doc.

Suzy lachte auf. «Mir kommt das nicht wie eine Torte zum Essen vor, sondern wie eine zum Anschauen. Fauna schickt Ihnen Bier.»

«Das lässt sich schon eher hören», sagte Doc. «Was will Fauna?»

«Nichts.»

«Das ist aber merkwürdig.»

«Wo soll ich die Torte hinstellen?» fragte Suzy.

Jetzt blickte Doc Suzy an, und Suzy blickte Doc an; beide mussten das selbe denken und brachen in Lachen aus. Suzy lachte so, dass ihr die Tränen aus den Augen liefen, und dabei rief sie ein ums andere Mal: «Ach, Herrgott!» Sie lachte mit weitoffenem Mund und kniff dabei die Augen zu. Doc schlug sich auf den Schenkel, warf den Kopf in den Nacken und brüllte. Sie lachten immer weiter, auch noch als der erste Heiterkeitsausbruch sich ausgetobt hatte, so vergnüglich kam ihnen die Sache vor.

«Ach, du lieber Gott», sagte Suzy, «ich muss mir die Augen abwischen.» Sie stellte die Torte auf den Schlangenkäfig, worauf ein hysterisches Geklapper einsetzte. Suzy sprang zurück. «Was ist denn das?»

«Klapperschlangen».

«Wozu halten Sie denn die?»

«Ich zapfe ihnen das Gift ab und verkaufe es.»

«Mir wär' das zuwider, mit so einem Haufen dreckiger Schlangen zusammenzuhausen.»

«Die sind nicht dreckig. Sie wechseln sogar die Haut. Das tun Menschen nicht einmal.»

«Mir sind sie zuwider», sagte Suzy und schauerte zusammen.

«Wenn du sie besser kennen würdest, wäre das nicht der Fall.»

«Nun, ich hab keine Lust, sie näher kennen zu lernen», sagte Suzy. «Sie sind dreckig.»

Doc lehnte sich in seinen Stuhl zurück und schlug die Beine übereinander. «Hör mal», sagte er, «das interessiert mich. Schlangen sind wohl die reinlichsten Tiere, die es gibt. Ich möchte wissen, warum du sie dreckig nennst.»

Suzy sah ihn mit ruhigem, geradem Blick an: «Das wollen Sie wissen?»

«Unbedingt.»

«Weil Sie von Fauna schlecht geredet haben.»

«Halt mal», sagte Doc. «Was hat das mit... Übrigens hab ich das gar nicht getan.»

«Sie haben gesagt, Fauna wolle was von Ihnen. Sie hat das aus reiner Nettigkeit getan.»

Doc nickte langsam mit dem Kopf. «Aha. Zum Ausgleich hast du die Schlangen dreckig genannt?»

«Sie haben's erfasst, Mister. In meiner Gegenwart wird von Fauna nicht schlecht gesprochen.»

«Es war ja nur ein Scherz.»

«Es klang mir gar nicht nach Scherz.»

«Ei, Fauna ist doch eine meiner besten Freundinnen», sagte Doc. «Komm, stechen wir eine Dose Bier aus und schliessen wir Frieden.»

«Okay», sagte Suzy. «Wenn Sie damit anfangen.»

Doc sagte: «Kannst Joe Elegant sagen, das sei eine unerhörte Torte.»

«Ist Eibischglasur drauf», sagte Suzy.

«Und sag Fauna, das Bier habe mir das Leben gerettet.»

Suzys Miene hellte sich auf. «Okay», sagte sie. «Mir scheint, das ist okay. Wo ist der Büchsenöffner?»

«Dort im Ausguss.»

Suzy brachte die beiden durchlochten Büchsen zu Docs Arbeitstisch. «Sagen Sie mal, was machen Sie eigentlich?»

«Ich mache Schiebeplättchen fürs Mikroskop. Ich fange damit an, dass ich Seesternsperma und -eier in die einzelnen Glasgefässe hier tue. Dann töte ich alle halbe Stunde ein Gefäss voll von den in der Entwicklung begriffenen Embryos, und wenn ich die ganze Serie beisammen habe, dann verteile ich sie auf die Glasplättchen, so dass sich auf jedem einzelnen Plättchen die ganze Entwicklung verfolgen lässt.»

Suzy beugte sich über die Schüsselchen. «Ich sehe nichts.»

«Sie sind zu klein. Ich zeig sie dir im Glas.»

Suzy wich zurück. «Wozu machen Sie denn das?»

«Damit die Studenten sehen können, wie Seesterne zustande kommen.»

«Warum wollen die denn das wissen?»

«Nun, weil Menschen ebenso zustande kommen.»

«Warum studieren sie das dann nicht an Menschen?»

Doc lachte. «Nun, es ist mit gewissen Schwierigkeiten verbunden, ungeborene Menschenkinder alle halbe Stunde abzumurksen. Da, schau mal her.» Er schob ein Glasscheibchen unter das Mikroskop.

Suzy äugte durch die Linsen. «Allmächtiger Gott!», rief sie aus. «Habe ich auch mal so ausgesehen?»

«Ungefähr.»

«Manchmal komme ich mir noch so vor. Hören Sie mal, Doc, Sie haben da aber ein merkwürdiges Gewerbe, mit Käfern und so Zeug.»

«Es gibt noch merkwürdigere Gewerbe», sagte er scharf.

Sie wurde kalt. «Meinen Sie mein Gewerbe? Mögen Sie mein Gewerbe nicht, hä?»

«Ob ich es mag oder nicht, darauf kommt es nicht an. Es gibt's nun einmal. Aber es scheint mir doch ein recht kümmerlicher Ersatz für die Liebe ... ein etwas einseitiger Ersatz.»

Suzy stemmte die Fäuste in die Hüften. «Und was haben Sie, Mister? Käfer, Schlangen? Schauen Sie sich doch Ihren Schweinestall an! Hier stinkt's ja. Der Fussboden ist seit Jahren nicht gereinigt worden. Sie haben keinen anständigen Anzug. Sie können sich wahrscheinlich nicht erinnern, wann Sie zum letzten Mal warm gegessen haben. Sie sitzen hier und brüten Käfer aus. Heiliger Gott! Wofür ist das ein Ersatz, glauben Sie wohl?»

In früheren Tagen wäre Doc darüber wohl belustigt gewesen, aber jetzt war seine Schutzwehr verschwunden und so kam Suzys Zorn über ihn wie eine Krankheit. «Ich tue, was mir gefällt», sagte er. «Ich lebe, wie es mir gefällt. Ich bin ein freier Mann, verstanden? Ich bin frei und tue, was mir beliebt.»

«Was haben Sie davon?», sagte Suzy. «Käfer, Schlangen und ein dreckiges Haus. Ich wette, Sie hat ein Weibsbild sitzen gelassen. Und dafür machen Sie sich einen Ersatz zurecht. Haben Sie eine Frau? Haben Sie ein Mädel? Nein!»

Doc merkte zu seiner eigenen Überraschung, dass er schrie. «Ich brauche keine Frau. Ich habe soviel Weiber, wie ich brauche!»

«Frauen und Weiber sind zwei Paar Schuhe», sagte Suzy. «Ein Mann kann genau Bescheid wissen über Weiber und nichts von Frauen verstehen.»

«Wenn der Mann dabei glücklich ist», sagte Doc.

«Sie und glücklich!», rief Suzy aus. «Sie sind ja ein Schlappschwanz! Wenn kein Weib sich mit Ihnen einlässt, dann heisst das, dass kein Weib Sie will. Wer, zum Teufel, möcht' denn auch in einer solchen Bude mit Käfern und Schlangen zusammenhausen?»

«Und wer möcht mit einer ins Bett gehen, die drei Dollar kriegt?», erwiderte Doc bösartig.

Eisig sagte Suzy: «Ein gescheiter Herr. Ein blitzgescheiter Herr. Hat alles, was er braucht. Mir scheint, ich habe so was gehört, dass Sie eine gewaltige, grossartige, verflixt geistreiche Abhandlung verfassen.»

«Wer hat dir das gesagt?»

«Das wissen doch alle. Sie lachen alle hinter Ihrem Rücken über Sie. Und wissen Sie, warum? Weil alle wissen, dass Sie sich selbst etwas vormachen. Sie schreiben die Abhandlung nie, weil Sie sie nicht schreiben können. Sie sitzen da, wie ein Kind, das Wunschspiele spielt.»

Sie merkte, dass ihre Worte trafen und sassen, als ob sie Pfeile auf seine Brust abgeschossen hätte; Mitleid und Scham überwältigten sie. «Hätte ich das nur nicht gesagt», brachte sie leise heraus. «Wollte Gott, ich hätte das nicht gesagt.»

«Vielleicht ist es die Wahrheit», sagte Doc ruhig. «Vielleicht hast du den Finger auf die Wunde gelegt. Alle lachen über mich? Alle lachen ...»

«Ich heisse Suzy», sagte sie.

«Lachen die Leute, Suzy?»

«Die haben kein Recht dazu», sagte sie. «Ich wollte mich bloss wehren, auf Ehr' und Seligkeit, so war's. Es war mir mit all dem Zeug nicht ernst.»

«Ich bin immer für die Wahrheit», sagte Doc. «Auch wenn sie wehtut. Ist es nicht besser, man weiss die Wahrheit über sich?» Die Frage war an sich selbst gerichtet. «Ja, es ist doch wohl so. Jawohl, es ist so. Du bist völlig im Recht; ich besitze nichts. Deshalb habe ich die ganze Geschichte mit der Abhandlung konstruiert, bis ich selbst daran glaubte ... ein kleiner Mensch, der sich aufspielte als grosser Mann, ein Tor, der den Weisen spielen wollte.»

«Fauna wird mich umbringen», stöhnte Suzy. «Sie dreht mir den Hals um. Hören Sie, Doc, Sie haben kein Recht, sich mit dem dummen Geschwätz einer Dreigroschen-Hure zu befassen ... Sie haben kein Recht dazu.»

«Was liegt daran, aus welchem Munde die Wahrheit kommt», sagte er, «wenn es die Wahrheit ist?»

«Ach, Doc», sagte Suzy, «so elend ist mir noch nie im Leben zu Mute gewesen. Bitte werden Sie doch wütend gegen mich.»

«Warum soll ich wütend auf dich sein? Du hast wohl einem ganzen Haufen Blödsinn den Garaus gemacht. Vielleicht hast du einen Narren im Keim erstickt.»

«Seien Sie doch wütend gegen mich», bat sie wieder. «Hier, hauen Sie mir eine herunter.»

Doc musste auflachen. «Ich wollte, es wäre so einfach.»

Suzy sagte traurig: «Dann bleibt mir nichts anderes übrig», und dann schrie sie ihn an: «Sie gottverdammter Strolch! Sie elender, stinkiger Trottel! Wer glauben Sie denn, zum Donnerwetter, sind Sie?»

Da wurden rasche Schritte hörbar, und die Tür flog auf.

Es war Becky. «Suzy! Du kommst zu spät! Der Klapperschlangen-Club ist da. Los, komm! Wirf dich in dein rotes Kleid!»

«Modell ‚Liebesäpfel' heisst das», sagte Suzy gelassen. «Auf Wiedersehen, Doc», und dann ging sie mit Becky.

Doc sah den beiden nach. Er sagte laut vor sich hin: «Das ist wohl das einzige ehrliche Menschenkind, das ich in meinem ganzen Leben getroffen habe.» Seine Blicke schweiften über den Tisch hin, und auf einmal brüllte er los: «Himmelherrgottsakrament! Durch die hab' ich jetzt den richtigen Moment verpasst! Durch das Saumensch! Jetzt muss ich alles noch einmal von vorne machen.» Und er schüttete den ganzen Inhalt der Glasgefässe in den Spüleimer.

ACHTZEHNTES KAPITEL

NACH GETANER ARBEIT IST GUT RUHN

Eine der keineswegs wert- und bedeutungslosesten Neuerungen, die Fauna in der Flotten Flagge einführte, war die Mussestunde zu Erholung und Betrachtung, die im Empfangsraum nach der Arbeit und vor dem Schlafengehen abgehalten wurde. Es wurden Beschwerden vorgebracht und durchgesprochen, Streitigkeiten beigelegt sowie alle Kleinigkeiten, die Teilnahme und Verstimmung hervorriefen, auf ihren tatsächlichen Wert untersucht und geprüft. Dann wurden Lob oder Tadel ausgeteilt und schliesslich Pläne zur Verbesserung entworfen nach den Richtlinien von Brauch und Schicklichkeit, die auf andern Gebieten erprobt waren. Fauna drehte und wendete, knetete und knuffte ihre jungen Damen zwecks Erziehung zu Wohlgelauntheit und Liebenswürdigkeit, die die Erzeuger eines geruhsamen Schlafes sind. Nicht selten wurden dabei leichte Erfrischungen herumgereicht, und gelegentlich vereinigten sich die Stimmen der jungen Damen zum Chorgesang schöner alter Lieder wie «Heimat, teure Heimat», «Dort drunten in der Mühle». Diese Siesta im Empfangsraum war Balsam für müde Nerven und Arznei für abgespannte Glieder.

Am Abend der Zusammenkunft zum Gedenken an verstorbene Mitglieder, die der Rattlesnake-Club von Salinas veranstaltete, war die Flotte Flagge knapp an

Personal. Helen und Glyzinia hatten wegen eines Damen-Boxkampfs, von dem heute noch in der Cannery Row mit Bewunderung gesprochen wird, zwei Monate abzusitzen.

Als der letzte «Klapperschlangen»-Bruder gegangen und die grosse Haustür geschlossen war, begaben sich die Mädchen müde in den Empfangsraum, setzten sich nieder und schleuderten die Schuhe von den Füssen. Becky sagte: «Einer von den Klapperschlangen-Brüdern sagte heute, wir seien eine Institution und eine Sehenswürdigkeit.»

Agnes sagte bitter: «Wenn wir noch so ein paar wie die Suzy kriegen, dann sind wir wahrhaftig eine Institution. Wo ist sie überhaupt?»

«Da bin ich schon», sagte Suzy eintretend. «Ich hab die zersprungene Platte aus dem Plattenspieler genommen. Ach, bin ich zerschlagen. Hauen wir uns auf den Strohsack.»

«Bevor Fauna uns gute Nacht gesagt hat? Du bist wohl ganz übergeschnappt?», sagte Mabel. «Dann ginge ihr die Galle heraus.»

Becky seufzte auf: «Das war ja eine Nacht! Diesmal hat sich der Pauschalpreis gelohnt. Die Klapperschlangen haben seit zwölf Uhr keinen Stoss mehr gemacht, aber kräftig betätigt haben sie sich immerhin.»

«Es ging bei ihnen grossartig, bis nichts Richtiges zu trinken mehr da war», sagte Mabel. «Das neue Zeug da, das die Dicke Ida geschickt hat, muss aus Knallerbsen gemacht sein.»

Suzy sagte: «Als der Kleine mir wieder mal erzählte, wie sein Bub mit einem Spaten einen Regenwurm in zwei Teile geschnitten hat ... »

«Ach, hat er dir das auch versetzt? Weisst du, was

der kleine Bankert gesagt hat? Dabei erst vierjährig. Er sagte: ‚Hab einen Wum deschnitten . Gott sei Dank, dass er kein Kamel zerschnitten hat, sonst hätt' ich mir das drei- oder viermal anhören müssen.»

«Und der Glatzkopf!», sagte Mabel. «Nein, was seine Frau für eine Operation gehabt hat! Das Innere haben sie ihr nach aussen gewendet. Es hörte sich an, als ob ihr die Haut abgezogen worden wäre! Dabei flennte er so furchtbar, dass ich gar nicht begriff, was ihr eigentlich gefehlt hat.»

«Artischockenvergiftung», sagte Becky. «Ich hab's mir genau und langsam erklären lassen.»

«Wenn das die lebenden Mitglieder vom Klapperschlangen-Club sind», sagte Suzy, «dann müssen die toten wahrhaftig tot sein.»

Fauna kam aus ihrem Bureau-Schlafzimmer und blieb, sich die Hände mit einem Hautwasser abreibend, an der Tür stehen. Sie hatte sich umgezogen und trug jetzt einen pfirsichfarbenen Schlafrock. Sehr ernst sagte sie: «Meine jungen Damen, ihr könnt euch über die Klapperschlangen-Brüder lustig machen, so viel ihr wollt, aber wenn ihr jemals dazu kommen solltet, einen Betrieb wie diesen zu leiten, dann werdet ihr froh sein über so gute gediegene Bürger wie die. Es waren hochangesehene Leute aus Salinas hier. Ich habe ihnen einen vorteilhaften Pauschalpreis gemacht, aber ihr seht, nicht ein Möbelstück ist beschädigt. Die Matrosen vom letzten Samstag, die mit dem Geld nur so um sich warfen, haben mich fünfundachtzig Dollar für Reparaturen gekostet. Der nette Junge, der Becky ein Trinkgeld von fünf Dollar gab . . . schön und gut, aber er hat zwei Fensterscheiben eingeschlagen und den Hirschgeweih-Garderobenhalter in der Diele mitgenommen.»

Suzy sagte: «Gott, hab' ich Schlaf!»

Fauna sagte scharf: «Suzy, ich habe eine Devise: niemals die Sonne über einem bösen Wort oder einem unabgeschlossenen Kontobuch aufgehen zu lassen.» Sie kratzte sich die Nase mit einem Bleistift. «Ich wollte bloss, es gäbe mehr solcher Klapperschlangen», sagte sie.

«Ich wollte, es gäbe mehr tote Mitglieder», sagte Suzy.

«Das ist ein böses Wort, Suzy!», sagte Fauna. «Die Vögel zwitschern fröhlich, warum können wir es ihnen nicht gleichtun? Jetzt wollen wir uns aber erholen. Wer möchte ein Bier?»

«Wenn ich sagen würde, ich möchte eins», meinte Becky, «dann müsste ich für alle Bier holen. Ach, sind meine Füsse kaputt! Wisst ihr, was ich getanzt habe? Eine Quadrille!»

Fauna sagte trocken: «Ich hab dich gesehen. Ich muss dir wohl ein paar Stunden geben. Das war schon eher ein Bauchtanz, was du da aufgeführt hast. Deine Füsse können davon nicht müde sein. Nach all den Stunden in gutem Benehmen, die ich euch gegeben habe, tanzt du immer noch wie eine Metze.»

«Was ist eine Metze?», fragte Becky.

«Eine Hure», sagte Mabel.

«Ach so, eine Hure?», sagte Becky.

Agnes sagte: «Fauna, du solltest Suzy einschärfen, dass sie heimkommt, wenn sie Besorgungen macht. Fast eine Stunde ist sie bei Doc geblieben, während die Klapperschlangen schon richtig im Schwung waren.»

Suzy fragte: «Sag mal, Fauna, was fehlt Doc eigentlich?»

«Dem fehlt nichts», sagte Fauna. «Der ist einer der

nettesten Leute, die je in Cannery Row gewohnt haben. Man sollte meinen, er würde erbost darüber werden, wie alle ihn belästigen. Die Dicke Ida bringt ihm ihr Gesöff zum Untersuchen; Mack und die Jungens angeln bei ihm nach jedem Zehner, den er in der Tasche hat; ein Bub schneidet sich in den Finger und er geht zu Doc, um sich verbinden zu lassen. Und wie Becky mit dem Logenbruder ins Raufen kam und in die Schulter gebissen wurde, hätte sie den Arm verlieren können, wenn Doc nicht gewesen wäre. Zeig ihr mal die Narbe, Becky.»

Suzy fragte: «Kommt Doc nie hierher?»

«Nein. Aber lass dir ja nicht in den Sinn kommen, es sei nicht ganz richtig mit ihm. Bei dem gehen Frauen mit Pelzmänteln und so Zeug ein und aus, und er spielt ihnen fromme Musik vor. Doc ist ganz in Ordnung. Der kriegt schon, was er braucht. Dora sagte, jedes ihrer Mädchen ist ihm um den Bart gegangen. Ich habe da aber einen Riegel vorgeschoben.»

«Warum denn?», fragte Suzy.

«Um ihn mir aufzusparen, darum. Siehst du die goldenen Sterne da drüben? Jeder Stern bedeutet eines meiner Mädchen, das sich gut verheiratet hat.»

Suzy sagte: «Wer wird schon Dirnen heiraten?»

«Das ist eine ganz falsche Anschauung», sagte Fauna in kühlem Ton. «Das ist eine Anschauung, der ich den Boden zu entziehen versuche. Sieh dir mal den drittletzten Stern da drüben an. Ich gebe zu, sie ist ein bisschen hochnäsig geworden, aber warum sollte sie das nicht sein? Die hält Vorträge in einer grossen Kirche in San Luis Obispo. Ich sage dir, meine Mädchen kommen unter die Haube und machen gute Partien.»

Suzy sagte: «Was hat das mit Doc zu tun?»

«Ich halte ihn in Reserve, bis die Richtige kommt», sagte Fauna. «Eines schönen Tages nehme ich ihn schon aufs Korn.»

«Ei verflucht», sagte Suzy, «er hat gesagt, er will keine heiraten.»

«Pass gefälligst auf deine Ausdrücke auf, Suzy!», sagte Fauna. Dann aber fragte sie interessiert: «Wie bist du mit ihm ausgekommen?»

«Wir haben Krach miteinander gekriegt», sagte Suzy. «Er hat mich geärgert, und ich habe ihn wieder geärgert. All die gottverdammten Käfer da ... und eine Abhandlung über Nervenzusammenbrüche bei so Teufelsfischen! Eines schönen Tages kommt einer im weissen Kittel daher und schlägt ihm auf die Schulter.»

Fauna sagte: «Glaube das ja nicht. Für ein paar von den Käfern kriegt er bis zu zehn Dollar.»

«Doch nicht pro Stück?», sagte Suzy.

«Ei, der nimmt eine alte, halbverratzte Katze her», fuhr Fauna fort, «für die er fünfundzwanzig Cents gezahlt hat, spritzt ihr rote, grüne und gelbe Farbe ein und dann kriegt er fünfzehn Dollar dafür.»

«Ja, wozu denn, um Himmelswillen?» fragte Suzy.

«Suzy, wenn du dich nicht mit deiner Redeweise in Acht nimmst, muss ich dir mal den Mund auswaschen. Dafür stehst du jetzt auf und holst das Bier. Du bist ein unwissendes Ding, aber Gott soll mich verdammen, wenn ich dich ordinär werden lasse.»

Als Suzy aus dem Zimmer gegangen war, sagte Fauna: «Ich mache mir Gedanken darüber, ob sie etwas für Doc wäre ... sie hat einen so furchtbar grossen Mund.»

Suzy kam mit den Bierflaschen auf einem Tablett zurück.

Becky sagte: «Fauna, warum stellst du nicht mal Suzys Horoskop?»

«Du meinst Sterne und all so was?» fragte Suzy. «Wozu?»

«Um herauszukriegen, ob du Doc heiraten wirst», sagte Becky.

Suzy sagte ärgerlich: «Ich lass mir schon mal einen Witz gefallen, aber werd' bloss nicht frech mit mir.»

«Wer wird denn frech»?, sagte Becky.

«An den Quatsch mit den Sternen glaube ich nicht», sagte Suzy. «Und du, hör gefälligst auf, dich mit Doc zu befassen. Der Mann war auf der Universität, der hat so viele Bücher gelesen, dass er sie gar nicht zählen kann, und nicht bloss humoristische Bücher. Also hör auf, dich mit ihm und mir zu befassen.»

Fauna sagte: «Das langt, Fräulein. Siehst du den Karton da? Schau dir nur die goldenen Sterne an. Und schau dir besonders den goldenen Stern an, auf dem noch ein goldener Stern klebt. Diese junge Dame ist mit einem Professor an der Stanford-Universität verheiratet. Der hat rund eine Million Bücher. Weisst du, was die tut? Wenn jemand auf all die Bücher deutet und sagt: ‚Liest denn die kleine Dame all die Bücher?' dann lächelt sie nur ein bisschen rätselhaft vor sich hin. Wenn man ihr eine Frage stellt, wisst ihr, was sie dann tut? Da kannst du was lernen, Suzy, wenn du bloss aufpasst. Sie wiederholt die letzten drei Worte, die einer sagt, und, hast du nicht gesehen, meinen die Leute, es seien ihre Worte. Ei, ihr Mann glaubt, sie kann lesen und schreiben. Sei gescheit, Suzy. Doc braucht keine Frau, die ebensoviel weiss wie er selber. Worüber sollte er dann reden? Lass dir nur immer von ihm erzählen. Erzähl du ihm nichts.»

Becky sagte: «Das bringt sie nicht fertig. Sie reisst zu gern die Schnauze auf.»

«Sie soll nur lernen, den Mund zu halten, zum Teufel, sonst wird sie kein goldener Stern», sagte Fauna. «Aber das mit dem Horoskop ist eine gute Idee. Wann ist dein Geburtstag, Suzy?»

«Am 23. Februar.»

«Um welche Zeit bist du geboren?»

«Das weiss Gott, ich glaube, es war ein Schaltjahr.»

«Ich mache eine Wette, die ist nachts geboren», sagte Agnes. «Ich kann das immer sagen.»

Fauna ging in ihr Zimmer und holte eine Karte, die sie an der Wand befestigte. Dann holte sie auch ihren Deuter. «Also, das bist du», sagte sie. «Pisces... Fische».

Suzy fragte: «Heisst das, ich bin ein Fisch?»

«Jawohl, du bist ein Fisch», sagte Fauna.

«Kein Sterbenswort glaube ich von dem Kram. Ich esse nicht einmal gern Fisch», sagte Suzy. «Tja, zum Teufel, ich muss mich brechen, wenn ich bloss Fisch sehe.»

«Dann sieh nicht hin», sagte Fauna. «Aber wenn du nicht hinsichtlich deines Geburtstags gelogen hast, dann bist du ein Fisch. Also, wollen mal sehen... Fische – im Jupiter, bringt zwei – im Saturn und bleibt Rest drei im Venus-Haus...»

«Nicht die Bohne glaub ich davon», sagte Suzy.

Fauna blickte auf. «Erzähl ihr mal von den Sachen, die ich gemacht habe, Mabel.»

Mabel sagte: «Ich hab wundervolle Sachen von ihr erlebt. Ich hatte mal einen jungen Hund. Fauna stellte sein Horoskop. Es besagte, dass das Hundchen an seinem dritten Geburtstag, punkt zehn Uhr, platzen werde.»

«Ist er geplatzt?», fragte Suzy.

«Das nicht. Mit der Berechnung stimmte etwas nicht ganz, scheint mir. Um zehn Uhr am dritten Geburtstag fängt der Hund Feuer. Ich machte gerade eine Zitronenspülung.»

«Du könntest jetzt auch eine gebrauchen», sagte Fauna.

«Wieso fing er denn Feuer?», fragte Suzy.

«Fing eben Feuer. Von selbst oder sonst irgendwie. War ein hübsches, liebes Hundchen, aber sehr klug war er nicht. Ich konnte ihn nicht stubenrein kriegen. Er machte immer Joe Elegant nass.»

«Wetten, dass Joe Elegant ihn in Brand gesteckt hat», sagte Suzy.

«Das ist nicht wahr!», sagte Mabel. «Joe Elegant war im Spital.»

Da schlug sich Fauna plötzlich auf die Stirn und rief: «Allmächtiger Gott!»

«Was ist denn? Was ist denn los?» fragte Becky.

Fauna sagte mit nachdrücklicher Betonung: «Suzy, weisst du, was du heiraten wirst? Du heiratest einen Krebs.»

«Ich hab gemeint, den kriegt man», sagte Suzy. «Ich hab nicht gewusst, dass man den heiraten muss.»

«Mach keine Witze», sagte Fauna. «Krebs, das ist ein Schalentier, und das bedeutet Juli. Jetzt denk einmal nach: wer arbeitet mit Schalentieren und solchem Kram?»

Becky sagte: «Der Fischhändler Joe Anguro.»

Fauna platzte heraus: «Doc! Und wenn sein Geburtstag im Juli ist, dann ist er geliefert. Agnes, wann hat Doc Geburtstag?»

«Weiss ich nicht, Mack soll ihn fragen.»

«Also, das müssen wir herausfinden. Wir dürfen ihn nicht merken lassen, wozu wir es wissen wollen.»

Agnes sagte: «Mack wird's schon herauskriegen. Mack pumpt Doc immer an.»

«Nun, ich muss es aber sofort wissen. Ihr jungen Damen geht jetzt schlafen, verstanden? Ihr wisst, was heute eintrifft?» Fauna steckte den Bleistift ins Haar. «Ein grosser, mächtiger, saftiger Torpedojäger! Und wisst ihr auch, was für ein Tag heute ist?»

Im Chor sagten die Mädchen: «Ach, du allmächtiger Gott ... Löhnungstag!»

Fauna brauchte ungefähr fünf Minuten, um ihr Haar aufzustecken, dann war sie zum letzten Rundgang gerüstet zwecks Feststellung, ob der Mülleimer hinausgestellt und die Lampen ausgemacht waren. Im dunklen Empfangsraum sah sie eine Zigarette glühen.

«Wer ist da?», rief sie.

«Ich», sagte Suzy.

«Warum bist du nicht im Bett?»

«Ich dachte nach.»

«Na, du wirst es nie in unserem Gewerbe zu etwas bringen, so viel weiss ich. Worüber hast du denn nachgedacht, über dein Horoskop?»

«Ja.»

«Du hast Doc gern, wie?»

«Ich hab ihm den Genickfang gegeben. Er hat mich wütend gemacht.»

«Überlasse mir doch die Sache», sagte Fauna. «Ich glaube, ich kann dir ihn sichern.»

«Er will nicht heiraten, und selbst wenn, dann keine wie mich.»

«Die Menschen wissen nicht, was sie wollen», sagte Fauna. «Man muss ihnen einen Stoss geben. Warum sollten Männer, die bei klarem Verstand sind, heiraten wollen? Trotzdem heiraten sie.»

«Vielleicht, wenn sie sich verlieben», sagte Suzy.

«Ja, aber das ist das Allerschlimmste. Weisst du was, Suzy? Wenn ein Mann sich verliebt, so ist neun zu eins zu wetten, dass er sich in das Frauenzimmer verliebt, das am schlechtesten zu ihm passt. Deshalb nehme ich lieber die Sache in die Hände.»

«Wie meinst du das?», fragte Suzy.

«Nun, wenn ein Mann sich selbst eine Frau aussucht, dann ist er in etwas verliebt, was mit dem Frauenzimmer gar nichts zu tun hat. Sie sieht seiner Mutter ähnlich oder sie ist brünett und er hat Angst vor Blondinen, oder will mit jemand abrechnen oder er ist sich nicht ganz sicher, ob er ein Mann ist und muss sich das beweisen. Einer, der auf diesen Kram studiert hat, hat mir einmal gesagt: Die besten Ehen sind diejenigen, die von einer dritten Person gestiftet werden, und zwar von einer, die sich auskennt und sich kein X für ein U vormachen lässt. Meiner Ansicht nach bist du die Richtige für Doc.»

«Warum?»

«Weil du ihm nicht ähnlich bist. Soll ich's einmal versuchen?»

«Nein», sagte Suzy. «Ich dränge mich niemand auf. Am wenigsten Doc.»

«Jeder drängt sich jedem auf», sagte Fauna.

Suzy sagte leise: «Weisst du, Fauna, du hattest Recht. Ich war sechzehn, als es geschah. Aber weisst du, er sprach zu mir, als sei ich ein junges Mädchen. Ich kann mich nicht einmal mehr entsinnen, wie das klingt ... wenn einer zu einem spricht wie zu einem jungen Mädchen.»

Fauna legte ihre Hand auf Suzys Schulter. «Vielleicht findest du es wieder heraus», sagte sie. «Wenn ich das zustande kriege, dann mache ich einen roten Ring um deinen Goldstern. Kannst du jetzt schlafen gehen?»

«Ich denke schon», sagte Suzy. «Wir wollen Doc nicht drängen.»

Suzy wartete ab, bis Fauna ins Bett geraschelt war, dann schlich sie sich zur Haustür. Im Western Biological war noch Licht. Suzy ging über die Strasse, an der Laterne vorbei und die Stufen hinauf, dann klopfte sie mit den Fingerspitzen an die Tür. Doc gab keine Antwort. Da machte sie die Tür auf und sah ihn mit geröteten Augen vor den Glasschüsseln am Tisch sitzen. Er wirkte sehr abgespannt; die Gesichtshaut über dem Bart war grau.

«Sie arbeiten aber lang», sagte sie.

«Ja. Durch dich ist mir mein erster Satz kaputt gegangen. Ich musste ihn ganz neu herstellen. Das braucht Zeit.»

«Das tut mir leid. Doc, Sie müssen die Abhandlung schreiben. Ich verstehe ja nichts davon, aber Sie müssen sie schreiben.»

«Mir scheint, du hattest vorher ganz Recht. Ich bin wohl nicht dazu imstande», sagte er.

«Natürlich sind Sie dazu imstande», sagte Suzy. «Sie können alles, was Sie wollen.»

«Vielleicht verhält es sich so», sagte er. «Aber ich will nicht.»

«Sie sollen aber wollen; das will ich.»

«Was geht dich das an?»

Suzy wurde rot und betrachtete statt einer Antwort ihre Finger. «Alle wollen das», sagte sie. «Sie enttäuschen alle, wenn Sie es nicht tun.»

«Das ist kein bündiger Grund, Suzy», sagte Doc lachend.

Sie versuchte es auf andere Weise. «Einen Feigling hat niemand gern ...»

«Wen geht das etwas an, wenn ich ein Feigling bin?»

«Sie müssen die Abhandlung schreiben, Doc.»

«Aber ich schreibe sie nicht.»

«Wenn ich wüsste wie, wäre ich Ihnen gern behilflich.»

«Was in aller Welt könntest du mir dabei helfen?»

Ihr Gesicht lief rot an. «Vielleicht Ihnen einen Tritt in den Hintern geben. Vielleicht könnten Sie das gebrauchen.»

«Lass mich doch in Frieden!», sagte Doc. Und dann brach er aus: «Herrgottsakrament, jetzt habe ich durch dich wieder den richtigen Moment verpasst!»

«Das ist Ihre eigene Schuld, Sie blöder Hund! Immer geben Sie andern Leuten die Schuld. Dabei ist es Ihre!»

«Mach dich fort in dein Hurenhaus!», schrie er. «Marsch, raus mit dir!»

An der Tür blieb sie noch einmal stehen und warf einen Blick ins Zimmer zurück. «Herrgott, ist mir so ein Trottel zuwider!», rief sie und schmiss die Tür zu.

Gleich darauf liess sich ein Klopfen an der Scheibe vernehmen.

«Mach, dass du heimkommst!», schrie Doc.

Da öffnete Mack die Tür. «Ich bin's, nicht Suzy.»

«Du hast gehorcht.»

«Hab ich nicht getan. Sag mal, Doc, hältst du Grundbesitz an der Cannery Row für eine gute Kapitalsanlage?»

«Nein», sagte Doc.

«Das ist mir schon ein Weibsbild», sagte Mack.

«Ich meine, du hast nicht gehorcht?»

«Hör mal, Doc, kein Mensch im Block hat gehorcht, aber alle haben's gehört. Du weisst doch, es heisst, es gäbe drei gute Gründe dafür, eine Hure zu heiraten.»

«Was ist das für ein Gerede?», sagte Doc.

Mack zählte an den Fingern her. «Erstens: es ist unwahrscheinlich, dass so eine fremdgeht, denn sie hat schon alles ausprobiert. Zweitens: es ist unwahrscheinlich, dass man ihr eine Überraschung oder eine Enttäuschung bieten kann. Und drittens: wenn eine Hure sich für einen entscheidet, dann hat sie nur einen einzigen Grund dafür.»

Doc starrte ihn wie gebannt an. «Was für einen Grund?»

«Dann hat sie einen gern. Gute Nacht, Doc.»

«Nimm Platz ... trink ein Glas.»

«Ich kann nicht. Ich muss schlafen. Ich habe morgen zu tun. 'Nacht, Doc.»

Doc sah ihm nach, und sein Blick blieb an der Tür hängen, als Mack sie bereits zugemacht hatte. Die Maserung des ungestrichenen Kiefernholzes schien vor seinen Augen zu schwimmen.

NEUNZEHNTES KAPITEL

WONNIGER DONNERSTAG I

Schaut man zurück, so vermag man in der Regel den Tag festzustellen, an dem etwas angefangen hat, den Tag von Serajewo, den Tag von München, die Zeit von Stalingrad oder Valley Forge. Man prägt sich Tag und Stunde mittels eines Vorfalls ein, der einem selbst zugestossen ist. Man entsinnt sich genau, was man getan hat, als die Japaner Pearl Harbour bombardierten.

Es kann kein Zweifel darüber bestehen, dass an diesem Donnerstag sich in Cannery Row bestimmte Kräfte in Bewegung gesetzt hatten. Gewisse Ursachen und Zielrichtungen sind schon seit Generationen in Wirkung. Es gibt immer Leute, die behaupten, sie hätten deren Herannahen gespürt. Diejenigen, die sich dessen erinnern, sagen, es sei gewesen, als habe ein Erdbeben in der Luft gelegen. Es war ein Donnerstag und einer jener Tage in Monterey, an dem die Luft wie gewaschen und geputzt ist, dass man wie durch eine Linse die Häuser in Santa Cruz zwanzig Meilen über der Bucht drüben und die Rotholzbäume auf dem Berg ob Watsonville sehen kann. Die Felsspitze des Frémont's Peak jenseits Salinas hebt sich edel gegen den Osthimmel ab. Die Sonne schimmerte in goldenem Schein, und rote Geranien versengten gleichsam die sie umgebende Luft. Die Ritterspornblüten waren wie kleine Löcher im Himmel.

Tage gleich diesem kommen nirgendwo viele vor. Die Menschen halten sie wert gleich seltenen Schätzen. Kleine Kinder geben grundlos Schreie wie aus Blechpfeifen von sich, und Geschäftsleute finden es plötzlich notwendig, eine Fahrt nach einem Grundstück zu unternehmen. Greise sitzen da, schauen in die Ferne und erinnern sich verschwommen daran, dass die sämtlichen Tage ihrer Jugendzeit so gewesen seien wie dieser. Pferde wälzen sich auf den Grünweiden an solchem Tag, und Hennen brechen in grässliches Freudengegacker aus.

Ein zauberischer Tag war dieser Donnerstag, ein Wundertag. Miss Winch, die sich auf ihre Unwirschheit am Vormittag etwas zugute tat, sagte dem Briefträger guten Morgen.

Joe Elegant war zeitig erwacht und hatte eigentlich beabsichtigt, an seinem Roman zu arbeiten, und zwar an der Szene, wo der Jüngling die Leiche seiner Grossmutter ausgräbt, um nachzusehen, ob sie wirklich so schön gewesen sei, wie er sie im Gedächtnis hatte. Man erinnert sich seines Romans mit dem Titel: «Die Wurzel aus π des Ödipus.» Doch Joe Elegant ward des goldenen Lichts ansichtig, das auf der leeren Parzelle sowie des Taudiamanten, der in jedem Malvenkelch blitzte. Er ging hinaus und strich barfuss im feuchten Gras herum wie ein junger Kater, bis er niesen musste.

Miss Graves, die beim Umzug des Schmetterlingsfestes von Pacific Grove die Chorführerin ist und Solo singt, sah hinter ihrem Wasserrohr das erste Heinzelmännchen ... aber es geht ja nicht an, hier alles aufzuzählen, was sich an diesem wonnigen Donnerstag überall begab.

Für Mack und die Jungens war es der Morgen des

grossen Bekenntnisses, und da Mack der Mann war, der die Rolle des Winkelried zu übernehmen hatte, so bereiteten ihm die Kameraden ein schönes warmes Frühstück, und Eddie mischte ihm echten Bourbon-Whisky in den Kaffee. Hazel putzte Macks Schuhe und bürstete seine besten blauen Drillichhosen aus. Whitey No 1 brachte den Hut seines Vaters zum Vorschein – es war ein schwarzer Hut mit schmaler Krempe, dessen Kopf in eine Spitze auslief –, den Mack aufsetzen sollte. Whiteys Vater war Weichensteller bei der Southern-Pacific-Bahn gewesen, was dieser Hut bezeugte. Er stopfte so lange Toilettenpapier unters Schweissband, bis er Mack genau passte.

Mack sprach kein Wort. Er war sich bewusst, wieviel von ihm abhing; er benahm sich ebenso tapfer wie bescheiden. Die Jungens steckten ihm die sorgsam gedruckten Lose in die Hand, verabschiedeten sich von ihm und setzten sich dann ins wilde Gras, um der kommenden Dinge zu harren. Sie wussten, dass Mack innerlich bebte.

Mack ging den Hühnersteig hinunter und übers Bahngeleise. Er ging an dem alten Kessel vorbei und klopfte, um seinen tollkühnen Mannesmut darzutun, auf die verrosteten Röhren.

Hinter dem Ladentisch stand Cacahuete und las in einer Zeitschrift für Jazzmusik. Er hatte eine violette Windjacke mit goldenen Verschnürungen an. Er war ein schlanker, hübscher Bursche, in dessen Augen etwas wild und schwermütig Genialisches flimmerte.

«Hei», sagte Mack. «Ist Joseph Maria da?»

«Oben», sagte Cacahuete.

«Ich möchte ihn in einer persönlichen Angelegenheit sprechen», sagte Mack.

Cacahuete warf ihm einen langen, missmutigen Blick zu, dann ging er nach hinten und rief: «*Tio mio!*»*

«Was willst du?»

«Mack möchte dich sprechen.»

«Weswegen?»

«Was weiss ich?»

Joseph Maria kam in einem blassblauen seidenen Bademantel die Treppe herunter.

«'Morgen, Mack. Diese jungen Leute haben keine Lebensart.»

Cacahuete zuckte die Achseln und setzte sich mit seiner Musikzeitung auf die Kartoffelkiste.

«Du bist früh auf», sagte der Patrón.

Mack leitete die Unterhaltung mit feierlichem Ernst ein. «Du bist noch nicht lange hier, Joseph Maria, aber du hast schon viele Freunde gewonnen, gute Freunde.»

Der Patrón nahm diese Behauptung zur Notiz, nicht ohne bei sich festzustellen, dass sie nicht ganz zutreffend war. Aber er hatte ja nichts dabei zu verlieren, wenn er sich damit einverstanden erklärte. So sagte er also: «Ich mag die Leute hier. Sie behandeln mich gut.» Seine Lider senkten sich schläfrig, was das Zeichen dafür war, dass er lauerte und aufpasste wie ein Radarschirm.

Mack sagte: «In einer Kleinstadt wird man leicht engherzig. Aber du bist ein Mann von Welt. Du bist viel herumgekommen. Du weisst, wie es im Leben zugeht.»

Joseph Maria quittierte durch ein Lächeln für die ihm zuerkannte Weltklugheit und wartete ab.

«Ich und die Jungens, wir hätten nun gern deinen Rat», sagte er.

* Span. Onkelchen. (Anm. d. Übers.)

In Joseph Maria regte sich ein verschwommenes Unbehagen. «Worüber?», fragte er vorsichtig.

Mack holte tief Atem. «Einem gewitzten Geschäftsmann wie dir mag es vielleicht albern vorkommen, aber du bist ja wohl schon lang genug hier, um es zu verstehen. Es ist so eine Gefühlssache. Es handelt sich um Doc. Ich und die Jungens wir haben bei Doc eine Schuld, die wir nie werden zurückerstatten können.»

«Wieviel?», fragte der Patrón. Er kehrte einen Reiserbesen nach oben und zog einen Halm heraus, um sich damit in den Zähnen zu stochern. «Nimm ein Pulver», sagte er leise zu Cacahuete, worauf der Neffe sich träge die Treppe hinauf in Bewegung setzte.

«Es handelt sich nicht um Geld», sagte Mack, «sondern um Dank. Jahrelang hat sich Doc unserer angenommen; fehlt uns was, dann kuriert er uns, sind wir pleite, dann hilft er mit einem Dollar aus.»

«Alle sagen das», meinte Joseph Maria. Worauf der Angriff hinauslief, das war ihm unklar, aber dass es ein Angriff war, das spürte er.

Der Klang seiner eigenen Stimme machte Mack das Herz warm und gab ihm Sicherheit. Er war in seinem Element; er war der Fachmann, der sich in seinem Fach betätigte. «Wir könnten ja wohl Doc noch auf Jahre hinaus ausnützen», sagte er, «wenn Doc nicht dick in der Patsche sässe.»

«Ist er im Druck?»

«Du weisst doch, dass er im Druck ist», sagte Mack. «Der arme Teufel sitzt da und zerbricht sich den Kopf über seine Zebrapoden.»

«Ja, das hast du mir gesagt.»

«Nun, wir möchten in dieser Hinsicht etwas tun. Wir wollen doch nicht die Hände in den Schoss legen und einfach zusehen, wie unser lieber Freund vor die Hunde geht. Ich mache eine Wette, er hat dir auch schon allerhand Gutes erwiesen.»

Der Patrón sagte: «Weisst du, dass man beim Schach nicht mogeln kann?»

«Eine alte Sache», sagte Mack ungeduldig. «Docs Geschäft geht nicht gut. Er kann diese Zebrapoden nicht aufknacken, wenn er nicht ein mordsgrosses Mikroskop kriegt... und das kostet rund vierhundert Dollar.»

Joseph Maria beeilte sich zu sagen: «Wenn du eine Sammlung veranstaltest, gebe ich zehn Dollar dazu.»

«Danke!», sagte Mack herzlich. «Ich wusste, dass du ein guter Kerl bist. Aber darum handelt es sich nicht. Ich und die Jungens wir wollen das von uns aus machen. Wir brauchen deine zehn Dollar nicht, wir brauchen deinen Rat.»

Joseph Maria begab sich hinter den Ladentisch, machte den Eisschrank auf, entnahm ihm zwei Dosen Bier, stiess Löcher hinein und schob die eine über den Ladentisch zu Mack hin.

«Danke», sagte Mack und liess das Bier in seine ausgetrocknete Gurgel rinnen. «Aaah!», machte er. «Das war gut. Also, was wir wissen möchten, ist dies: wir haben etwas da, was wir verlosen möchten. Das Geld von der Verlosung wollen wir dann nehmen und dem Doc das Mikroskop dafür besorgen. Und wir möchten gern, dass du uns mit den Losen und all dem behilflich bist.»

«Was wollt ihr denn verlosen?»

Das war der Moment, der fürchterliche Moment. Macks Hand zitterte ein bisschen, als er die zweite Hälfte des bitteren kalten Biers hinter die Binde goss.

In seinem Inneren bebte es. «Das Palace Hotel, unsere Heimstatt», sagte er.

Der Patrón nahm einen zum Verkauf im Regal liegenden Taschenkamm und fuhr damit durch sein glänzend schwarzes Haar. «Das ist keine vierhundert Dollar wert», sagte er.

Mack fiel ein so grosser Stein vom Herzen, dass er fast in Tränen ausgebrochen wäre. Er fasste geradezu Liebe für Joseph Maria. Seiner Kehle entrang sich ein kräftiger, aber zärtlicher Laut. «Das wissen wir», sagte er, «aber es ist nun einmal unsere Heimstatt. Ach, ich weiss, es ist nicht sehr wertvoll. Aber wenn man etwas besitzt, was nicht viel wert ist, je nun, dann verlost man es, nicht? Wenn's für einen guten Zweck ist, dann kann man ein Paar alte Strümpfe verlosen.»

In des Patróns Augen machte sich auf einmal etwas wie Hochachtung geltend. «Da ist was dran», sagte er. «Wer soll es denn gewinnen?»

Mack war jetzt seiner Sache sicher. Er kannte den Mann da. Und diese Kenntnis gedachte er auszunutzen. Vertraulich sagte er: «Ich suche nie einen gewitzten ‚hombre' zu hintergehen. Ich könnte dir ja sagen, dass wir eine ehrliche Ziehung veranstalten wollten, aber dann wüsstest du, dass das aufgelegter Mumpitz ist. Nein, wir haben uns da was ausgedacht.»

Joseph Maria beugte sich vor. Sein Argwohn hatte ein wenig nachgelassen. Ein leichtgläubiger Gimpel war er noch immer nicht, aber etwas breitgeschlagen war er doch schon. «Was habt ihr euch ausgedacht?», fragte er.

«Nun, irgendwo müssen wir ja wohl hausen, nicht? Was ich dir jetzt sage, das bleibt unter uns, zwischen mir und den Jungens und dir ... okay?»

«Okay», sagte der Patrón.

«Wir werden Doc ein Los verkaufen oder auch vielleicht nur ein Los auf seinen Namen ausstellen, und dann werden wir es so deichseln, dass er gewinnt.»

«Das verstehe ich nicht», sagte Joseph Maria.

«Schau her!» sagte Mack. «Doc kriegt sein Mikroskop, nicht? Und wir wohnen weiter im Palace, aber es gehört Doc. Es ist eine Reservestellung für sein Greisenalter ... sozusagen eine Altersversicherung. Ich und die Jungens meinen, das ist das Mindeste, was wir für ihn tun können.»

«Und wenn er es verkauft?», fragte Joseph Maria.

«Das tut Doc nicht! Damit würfe er uns ja auf die Strasse.»

Über das lange hübsche Gesicht Joseph Marias verbreitete sich ein Lächeln. Er fand an der Sache nichts auszusetzen. «Mir scheint, ich habe dich nie richtig eingeschätzt», sagte er. «Du bist gerissen. Vielleicht können wir mal ein Geschäft miteinander machen ... später, meine ich. Hast du die Lose bei dir?»

«Wir haben sie vorige Nacht fertiggestellt.» Mack legte ein Häufchen Pappdeckelkarten auf den Tisch.

«Was kostet das Stück?»

«Steht deutlich drauf», sagte Mack. «Zwei Dollar.»

«Ich halte mein Angebot von vorhin aufrecht», sagte der Patrón. «Ich nehme fünf davon und du kannst mir ein paar zum Verkauf hier lassen.»

«Meinst du, du kannst zwanzig gebrauchen?»

«Ich kann beinahe fünfzig loswerden», sagte der Patrón. «Ich werde sie den Musikern anhängen.»

Mack war es schwach in den Beinen, als er den Hühnersteig hinaufging. Fiebrig starrten seine Augen geradeaus. Er ging glatt an den Jungens vorbei, geradenwegs ins Palace hinein und liess sich schwer auf sein Bett nieder. Die Jungens waren ihm nachgegangen und standen jetzt um ihn herum.

«Ich hab' ihn drangekriegt», sagte Mack. «Er weiss nicht, dass das Haus ihm gehört. Er hat fünf Lose genommen, und fünfzig will er an seine Wetbacks verkaufen.»

Es gibt einen Höhepunkt der Gemütserleichterung und des Siegesgefühls, an dem die Worte versagen. Eddie ging hinaus, und dann wurden Spatenstösse ins Erdreich hörbar. Da wussten Mack und die Jungens, dass Eddie ein Fässchen ausgrub.

Und das war nur eine der Begebenheiten dieses wonnigen Donnerstags.

ZWANZIGSTES KAPITEL

WONNIGER DONNERSTAG II

Fauna zog die Rollvorhänge ihres Schlafzimmers immer ganz herunter. Im Gefolge der späten Geschäftsstunden musste sie bis gegen Mittag schlafen, um sich gut auszuruhen. Am Morgen des wonnevollen Donnerstags spielte ihr die Sonne einen Streich. Das Rouleau hatte ein Loch, nicht grösser als ein Stecknadelkopf. Die schalkhafte Sonne fasste nun alles, was sich in Cannery Row befand und begab, trieb es durch das Löchelchen, drehte es um, dass es auf dem Kopf stand, und warf es, so bunt wie es war, auf die Wand von Faunas Schlafzimmer. Die Dicke Ida watschelte verkehrt herum über die Wand in einem Druckkleid mit roten Klatschrosen und einem schwarzen Béret auf dem Kopf. Mit den Rädern in der Luft rollte das Lastauto der Gas- und Elektrizitätsgesellschaft über die Wand. Mit dem Kopf nach unten ging Mack zum Kramladen. Und ebenso auf dem Kopf dahingehend wurde kurz darauf Doc sichtbar, der müde über die Tapete hinspazierte, in der Hand einen halben Liter Bier, der ausgeflossen sein würde, wenn es nicht eine optische Täuschung gewesen wäre. Erst wollte Fauna sich wieder zum Schlafen zurücklegen, aber sie hatte Angst, sie könne etwas versäumen. Die kleine bunte Geistererscheinung von Doc, der verkehrt an der Wand entlangschwebte, trieb sie von ihrer Lagerstatt auf.

Es ist eine allgemeine Erfahrung, dass ein nächtlicherweile sich als schwierig erweisendes Problem am Morgen, nachdem die Schlafkommission sich damit befasst hat, zur Lösung kommt. Dies begab sich nun auch mit Fauna. Eine frohe Stimmung überkam sie, als sie beim Hochziehen des Vorhangs merkte, welch ein herrlicher Tag es war. Das Dach der Hediondo-Konservenfabrik, auf dem die Möwen sassen, glänzte wie eine grosse Perle.

Fauna bürstete ihre Haare straff und streng nach hinten und setzte einen festanliegenden Hut aus schwarzen Pailletten auf. Sie trug ihr dunkelgraues Strickkleid und Handschuhe. In der Küche holte sie einen grossen Papiersack und tat sechs Flaschen Bier hinein; nachträglich fiel ihr ein, als Extrapräsent noch einen der eingeschrumpften Affenköpfe mitzunehmen. Als sie die Treppe zum Western Biological hinaufstieg und oben, ein bisschen keuchend, stehen blieb, hätte man glauben können, sie sei eine Werberin für das Rote Kreuz und nicht für die Flotte Flagge.

Doc briet sich gerade ein paar Würstchen und streute Schokolade darauf. Er war der Ansicht, das gebe ihnen ein pikantes orientalisches Aroma.

«Du bist ja heute früh auf», begrüsste er Fauna.

«Ich dachte, ein halber Liter Bier hält nicht lang vor.»

«Allerdings nicht», sagte Doc. «Willst du ein Paar Würstchen?»

«Habe nichts dagegen», sagte Fauna. Denn sie wusste, dass der, der gibt, zum Schuldner wird. «Das ist ein Affenkopf, den ich auf einer meiner Reisen erworben habe.»

«Interessant», sagte Doc.

«Du weisst, es gibt Leute, die meinen, das seien Menschenköpfe», sagte Fauna.

«Das verstehe ich nicht, wie man das glauben kann. Sieh dir nur die Form der Augen und der Ohren an. Und die Nase.»

«Ach, nicht alle Leute schauen so genau hin», sagte Fauna. «Ich steche eine Flasche Bier mit dir aus.»

Der Geschmack der Würstchen mit Schokolade machte sie stutzig. «Noch nie so was gegessen», sagte sie. «Hast du mal Heuschrecken gegessen, Doc?»

«Ja», sagte Doc. «In Mexiko. Schmecken ein bisschen scharf nach Pfeffer.»

Fauna war keine Frau, die wie die Katze um den heissen Brei schlich. «Du musst das doch dick kriegen, dass alle Leute etwas von dir wollen?», sagte sie.

Doc lächelte. «Ich bekäme es noch mehr dick, wenn sie das nicht täten», sagte er. «Womit kann ich dir dienen? Ach, noch vielen Dank für die Torte und das Bier von gestern.»

Fauna fragte: «Was hältst du von dem Kind?»

«Merkwürdig», sagte Doc. «Ich kann sie mir nicht recht als Mitarbeiterin in der Flotten Flagge vorstellen.»

«Ich auch nicht», sagte Fauna. «Sie eignet sich gar nicht dazu, aber mir scheint, ich werd' sie nicht los. Das Dumme mit Suzy ist, dass sie etwas Damenhaftes an sich hat, was ich ihr nicht austreiben kann.»

Nachdenklich kaute Doc auf seinen Würstchen herum und schlürfte sein Bier. «Ich habe bisher nicht daran gedacht, aber immerhin kann das von Nachteil sein.»

«Sie ist ein nettes Kind», sagte Fauna. «Ich hab sie sehr gern. Aber geschäftlich ist sie eine Belastung.»

«Warum gibst du ihr nicht den Laufpass?»

«Ach, das kann ich nicht», sagte Fauna. «Sie hat Schweres durchgemacht. Und ich hatte nie das Talent dazu, die Leute auf die Strasse zu setzen. Mir wär's recht, wenn sie ihre Siebensachen packte und fortginge. Als Freudenmädchen hat sie keine Zukunft.»

«Sie hat mir schwer die Leviten gelesen», sagte Doc.

«Da hast du's», sagte Fauna. «Sie hat Charakter. Das ist nichts für ein Freudenhaus.»

«Sie hat mir auch ein paar tiefgründige Wahrheiten an den Kopf geworfen», sagte Doc. «Das Mädel hat einen scharfen Blick.»

«Und eine noch schärfere Zunge», sagte Fauna. «Willst du mir einen Gefallen tun?»

«Aber gern», sagte Doc. «So weit es in meiner Macht steht.»

«Ich kann mich damit an niemand anders wenden», fuhr Fauna fort. «Man würde mich nicht verstehen.»

«Um was handelt es sich?»

«Doc», sagte Fauna. «Ich bin viel in der Welt herumgekommen und habe allerhand erlebt. Ich sage dir, wenn ein Mädchen so einen Schuss Damenhaftigkeit hat, dann ist sie für alles sonst verdorben. Du kommst ja nie in mein Etablissement. Du lebst à la carte. Ich persönlich bin der Ansicht, das kommt auf die Dauer teurer, aber ich mische mich nicht in die Lebensweise anderer Leute hinein.»

«Mir scheint, ich verstehe dich nicht ganz», sagte Doc.

«Okay, ich werde meine Karten auf den Tisch legen. Wenn du dir eines von den Weiberchen, den nicht gewerbsmässigen, anlachen willst, dann musst du vorher eine ganze Menge Schmus machen, bevor du dich mit ihr ins Bett legen kannst ... so ist es doch?»

Doc lächelte wehmütig. «Jaja», sagte er.

«Nun, ist es dir da mit jedem Wort bitterer Ernst?»

Doc kniff die Unterlippe zusammen. «Tja ... tja ... im Augenblick, wo ich es sage, wohl schon.»

«Aber hinterher?»

«Hinterher ... tja, wenn ich darüber nachdenke ...»

«Eben das ist meine Meinung», sagte Fauna. «Wenn du so ein ganz klein bisschen Schmus machst, das belastet dein Gewissen nicht so furchtbar.»

«Du wärst eine gute Psychoanalytikerin geworden», sagte Doc. «Also, was willst du von mir?»

«Dieses Kind, die Suzy, die hat lauter sentimentale Raupen im Kopf. Sie ist keine gute Hure, wegen ihrer Damenhaftigkeit. Ich weiss nicht, ob sie eine gute Dame abgäbe oder nicht. Aber ich will sie vom Hals haben. Doc, wäre es dir unangenehm, wenn du ein bisschen mit ihr schäkerst? Ich meine so, wie du das mit den Dämchen machst, die zu dir kommen.»

«Wozu sollte das gut sein»?, fragte Doc.

«Nun, wenn du mit dem Kind ein bisschen scharmuzieren würdest, als ob sie eine Dame wäre, nun, vielleicht würde sie dann bei dir zur Dame werden.»

«Ich verstehe immer noch nicht, was dabei herauskommen soll», sagte Doc.

«Herauskommen? Dann bekäme ich sie aus der Flotten Flagge heraus, zum Donnerwetter», sagte Fauna. «Dann würde sie nicht mehr mit Dirnen zusammensein wollen.»

«Und was ist mit mir?», sagte Doc.

«Du heiratest die andern doch auch nicht, wie?»

«Nein, aber ...»

«Probier's mal mit ihr, willst du, Doc?» bat Fauna «Das kann dir nichts schaden. Ei, zum Donnerwetter.

vielleicht macht sie sich dann von hier fort und wird Schreibmaschinen- oder Telephonfräulein. Doc, tu mir den Gefallen.»

«Es scheint mir nicht anständig», sagte Doc.

Fauna änderte ihre Taktik. «Gestern, als ich mit ihr sprach, sagte sie, sie könne sich nicht erinnern, wann ein Mann sie als junges Mädchen behandelt habe.»

«Es würde sie vielleicht unglücklich machen.»

«Es würde vielleicht machen, dass sie das Gewerbe sein lässt.»

«Vielleicht gefällt's ihr, wie's jetzt ist.»

«Kein Gedanke. Ich sage dir, das ist eine in der Wolle gefärbte Dame. Hör, Doc, du führst sie mal zum Abendessen aus; ich komme für die Kosten auf. Du brauchst gar nicht mit ihr ins Bett zu gehen. Sei bloss nett zu ihr.»

«Das muss ich mir überlegen.»

«Meinst du, du könntest es tun?»

«Vielleicht.»

«Sie ist ein braves Ding, wenn man sie richtig behandelt. Du würdest mir einen grossen Gefallen tun.»

«Und wenn sie nicht fortwill?»

«Sie wird schon. Ich lasse ihr keine andere Wahl.»

Doc sah aus dem Fenster; die Wärme kroch durch seinen Körper, und mit einmal war ihm wohler ums Herz als seit langem.

«Ich werd's mir überlegen», sagte er.

«Ich schmeisse drei Flaschen Champagner, sobald du zusagst», versprach Fauna.

Nach dem Mittagessen las Joe Elegant Fauna das letzte Kapitel seines Romans vor. Er verbreitete sich über den Mythos und die Symbolik. «Du siehst: die Grossmutter stellt das Schuldgefühl dar.»

«Die ist doch tot und begraben?»

«Jawohl.»

«Das ist ja ein vertracktes Schuldgefühl.»

«Das ist die Realität unterhalb der Realität», sagte Joe Elegant.

«Quatsch!», sagte Fauna. «Hör mal, Joe, warum schreibst du nicht eine Geschichte aus dem wirklichen Leben?»

«*Du* meinst, du kannst mich belehren, wie der Künstler zu schreiben hat?», sagte Joe.

«Da kannst du Gift drauf nehmen, dass ich das kann», sagte Fauna. «Da ist der Bursche und der macht dem Weibsbild die Kur.»

«Sehr originell», sagte Joe.

«Wenn ein Mann etwas sagt, dann glaubt er dran, und wenn er weiss, dass er lügt.»

«Um Himmelswillen, wovon redest du eigentlich?»

«Ich wette, ich werde eine gewisse Person los und stecke einen neuen Goldstern an. Was wettest du mit mir?»

«Wie hat Doc die Torte geschmeckt?», fragte Joe Elegant.

«Grossartig», sagte Fauna.

Und das war das zweite Ereignis an diesem wonnigen Donnerstag.

EINUNDZWANZIGSTES KAPITEL

DAS WAR EIN TOLLER TAG

Im Palace Hotel begab sich eine Kernspaltung, die nach allen Himmelsrichtungen hin Kettenreaktionen verursachte. Cannery Row fing Feuer. Mack und die Jungens waren von einer Energie und einem Enthusiasmus beseelt gleich Plutonium. Nur ganz grosse Faulenzer vermochten in so kurzer Zeit so viel auszurichten. Ach, die Versammlungen, die hin und her schwirrenden Botschaften, die Projekte und Gegenprojekte! Mack musste immer mehr Lose anfertigen. Was als sanfte Erpressung begonnen hatte, wuchs sich zu einer Lawine allgemeiner Liebesgefühle für Doc aus. Es wurden Lose gekauft, verkauft und gehandelt. Sendlinge bearbeiteten den Bahnhof und die Bus-Station. Polizeiwachtmeister Joe Blaikey hatte Lose in der Tasche und zerriss Strafzettel für Verstösse gegen das Parkverbot, wenn der Sünder sich die Möglichkeit sicherte, um zwei Dollar das Palace Hotel gewinnen zu können.

Whitey No 1 klapperte die eleganten Fremdenkurplätze von Pebble Beach, Carmel und im Oberland ab. Whitey No 2 hatte sich eine charakteristisch energische Technik zugelegt. Er hielt die Autofahrer an, und wer kein Los nahm, bekam einen Stein gegen die Windschutzscheibe. Die Kunde davon verbreitete sich rasch.

Für die Jungens war die Sache zu einem Kreuzzug geworden. Das Gewinnlos – natürlich mit Docs Namen drauf – lag derweilen wohlverwahrt in einer auf der freien Parzelle vergrabenen Tomatenpureebüchse. Auf Grund stillschweigender Vereinbarung erwähnte kein Mensch bei Doc die Verlosung. Bei den sicheren Freunden von Doc machten Mack und die Jungens kein Hehl aus der Schiebung mit der Lotterie, aber die Fremden ... wer kümmerte sich um die? Es war ein unüberbietbares Beispiel für den Kollektivausbruch von Herzensgüte und Edelmut einer Menschengemeinschaft.

Doch wenn Menschengemeinschaften eine gütige Fee besitzen, die über ihr Gruppenschicksal wacht, so haben sie auch einen bösen Kobold, der mit der guten Fee gleichzeitig, ja manchmal mit ihr Hand in Hand arbeitet. Als der Kobold von Cannery Row die Fee sich rühren sah, nahm er ebenfalls die Tätigkeit auf. Seinen Anhängern flüsterte er ein paar Wörtlein in die Ohren, und seine Mannen setzten ein schadenfrohes Grinsen auf und dachten sich ihr Teil, nämlich: der Patrón ist ein Schlauberger. Er ist ein Zugezogener, kleidet sich fein und verdient sein Geld durch Ausnutzung armseliger, hilfloser Wetbacks, weil er eben ein gerissener Kerl ist. Lee Chong muss ihm das Palace Hotel verkauft haben, aber er hat das vergessen oder nie gewusst. Wenn Doc es gewinnt, dann wird sich der Patrón nicht trauen, einen Finger zu rühren.

Einen gerissenen Kerl hineinzulegen, ist ein Hauptspass. Der Kobold der Cannery Row war in seinem Element, und dieses eine Mal schien sein Wirken geradezu gerecht und tugendhaft. Bei niemandem wurden mehr Lose gekauft als bei Joseph Maria. Sie wollten sich sein Gesicht ansehen, um es mit dem Gesicht zu vergleichen, das er machen würde, wenn er die Geschichte herausbekam.

Eigentlich hätten Mack und die Jungens den Losverkauf noch gern auf Wochen hinaus fortgesetzt, aber die Zeit war ihnen auf den Fersen. Wenn der Patrón seinen Steuerzettel vom Bezirksamt bekam, dann ging ihr Plan in Rauch auf. Sie mussten Freitag noch alles aufbieten; Samstag musste Schluss damit sein. Die Jungens machten also bekannt, am Samstagabend werde es im Palace Hotel «mittelschwere» Erfrischungen geben; Beiträge jeder Art seien willkommen.

Am Nachmittag des Wonnigen Donnerstag stattete Mack Doc einen Besuch ab. «Wenn du am Samstagabend nichts vorhast», sagte er, «ich und die Jungens wir machen einen kleinen Budenzauber. R. S. V. P.»

«*Moi, je réponds: oui*», sagte Doc.

«Sag das noch einmal.»

«Ich komme hin», sagte Doc.

Dann fiel Mack plötzlich ein Auftrag ein, mit dem er betraut worden war. «Ich könnt's ja hintenrum aus dir herauskriegen, Doc, wie ich das schon mal gemacht habe», sagte er, «aber ich will doch lieber offen damit herausrücken. Wann hast du Geburtstag?»

Doc überlief es kalt. «Bitte gebt keine Gesellschaft zu meinen Ehren», bat er. «Die letzte, die ihr gegeben habt, hat mich fast zugrunde gerichtet.»

«Es handelt sich nicht um eine Gesellschaft ... sondern um eine Wette», sagte Mack. «Ich kann einen Dollar gewinnen. Also wann ist er?»

Doc sagte das erste Datum, das ihm einfiel: «Am vierten Juli.»

«Was? Am vierten Juli. Am Unabhängigkeitstag?»

«So ungefähr», sagte Doc, und ein Stein fiel ihm vom Herzen.

Zu später Stunde des Nachmittags stellten sich Fauna und ihre jungen Damen in aller Form zum Besuch im Palace Hotel ein, um der an sie ergangenen Einladung Macks zu einem guten Tropfen Folge zu leisten. Suzy war nicht mit von der Partie. Nachdem sie sich den ganzen Morgen über ausgeruht hatte, war sie ans Meer hinaus und dann den Strandweg entlang zum Leuchtturm von Point Pinos geschlendert. Sie betrachtete die Ebbetümpel und pflückte ein Sträusschen winziger Blumen, die, so nah sie irgend können, am Meeresufer wachsen. Sie war himmelhochjauchzend und zu Tode betrübt; sie wollte lachen und weinen zugleich. Doc hatte sie zum Abendessen bei «Sonny Boy» am Pier aufgefordert, und Fauna hatte ihr zugeredet, hinzugehen.

Zuerst hatte sie sich heftig aufgelehnt: «Ich gehe nicht!»

«Natürlich gehst du», sagte Fauna. «Und wenn ich dich mit dem Baseballschläger dazu überreden muss... du gehst hin.»

«Du kannst mich nicht zwingen.»

«Willst du das mal ausprobieren? Ei, ich zerbrech mir den Kopf und reiss mich in Stücke, um dir was Gutes anzutun...»

«Ich hab nichts anzuziehen», sagte Suzy.

«Doc auch nicht. Wenn er so gehen kann wie immer, was braucht sich da so ein Stückchen Mist in Staat zu werfen?»

«Aber, Fauna, zum Kuckuck, er ... er hat's in sich. Menschen wie unsereiner müssen sich ein bisschen aufdonnern, weil sie sonst nichts vorstellen. Ich habe Angst, ich werde ordinär, weil ich nicht fein zu sein verstehe.»

«Suzy», sagte Fauna, «ich gebe dir einen guten Rat, und wenn du den nicht befolgst, dann brauche ich bloss Joe Blaikey anzurufen, und du fliegst vierkantig aus der Stadt hinaus. Hüte dich, den ersten Schlag zu führen. Ehe du deine Fäuste hochhebst, warte, bis du geschlagen worden bist. Meistenteils hat dich niemand auch nur mit dem Handschuh angerührt.»

«Wenn ich nur mein Tailleur anziehen könnte! Es hat einen grossen Flecken», sagte Suzy.

«Bitte Joe Elegant, er soll dir den Flecken herausputzen und es frisch bügeln. Sag ihm, ich hätte dir das gesagt.»

Und so kam es, dass Suzy am Wonnigen Donnerstag nach dem Leuchtturm hinausspazierte.

Die Zusammenkunft im Palace wäre eigentlich nicht erforderlich gewesen, denn die Verlosung hatte sich längst herumgesprochen und Fauna hatte selbst zehn Lose gekauft und jedes der Mädchen eines kaufen lassen.

Eddie hatte sich – zum ersten Mal mit deren Wissen und Erlaubnis – von der Dicken Ida Gläser geliehen. Sie war ebenfalls zu dem Zusammensein eingeladen und brachte zwei Halbliterflaschen Pine Canyon-Whisky mit.

«Er kostet fast nichts», erklärte sie.

Das Zusammensein verlief in besten gesellschaftlichen Formen. Agnes und Mabel hielten beim Sitzen ihre Knie zusammen, und Becky schloss die ihren unter einem zermalmenden Blick Faunas so ruckartig, dass sie ihr Getränk verschüttete.

«Das gibt einen Feez! Ich kann es gar nicht erwarten, Docs Gesicht zu sehen, wenn er gewinnt», sagte Mack.

«Wie willst du ihm das erklären», fragte die Dicke Ida, «dass er der Gewinner ist, wenn er gar kein Los genommen hat?»

«Nun, ich sage ein Freund, der nicht genannt sein will, habe es genommen. Ich war gerade vorhin bei Doc. Er sagte, er komme bestimmt her.»

«Hast du seinen Geburtstag herausgefunden?», fragte Fauna.

«Jawohl. Vierter Juli.»

Fauna liess einen pfeifenden Atemzug hören, als wenn Gas aus der Leitung entweicht. «Heiliger Strohsack!», rief sie aus. «Jetzt ist er geliefert. Dass etwas so glatt geht, habe ich noch nicht erlebt!»

«Wovon redest du eigentlich?», sagte Mack.

Faunas Augen waren verschleiert. «Mack», sagte sie heiser, «ich möchte dir nicht bei deiner Gesellschaft in die Quere kommen, aber könnten wir sie nicht zugleich zu einer Verlobungsgesellschaft ausgestalten?»

«Wer hat sich denn verlobt?»

«Nun, sie sind es noch nicht... aber sie werden schon.»

«Wer?»

«Doc und Suzy. Es steht genau in ihren Horoskopen.»

«Und wenn sie's nicht tun?»

«Sie tun's», sagte Fauna. «Du kannst dich darauf verlassen.»

Alle Anwesenden versanken in Schweigen; schliesslich sagte Mack leise: «Bist du sicher, dass Doc darauf hereinfällt?»

«Lass das meine Sorge sein... und dass keins von euch sich ihm gegenüber verschwätzt. Ich hab einmal einen Boxer gemanaget: Todeskuss-Kelly, hiess er, Weltergewicht. Ich krieg Doc in den Ring.»

Eddie sagte: «Und wie ist's mit Suzy?»

«Suzy ist schon drin», sagte Fauna.

Die Versammlung löste sich ruhig auf, doch in den Herzen aller Beteiligten loderte die Flamme der Begeisterung. Ein Tag wie dieser Wonnige Donnerstag war noch nie gewesen. Und er war noch nicht vorbei.

ZWEIUNDZWANZIGSTES KAPITEL

DIE ZURÜSTUNG

Um vier Uhr dreissig nachmittags befahl Fauna Suzy mit feldmarschmässiger Ausrüstung in ihr Bureau-Schlafzimmer. Suzy warf die Kleider auf Faunas Bett.

«Das ist gerade die richtige Art, damit die Sachen nicht zerknittert gehen», bemerkte Fauna. Sie nahm den Rock und das Jackett aus grauem Wollstoff, legte sie sorgfältig aus, prüfte sie auf Flecken und Benzingeruch. «Gutgemachte Sachen», sagte sie.

«Aus dem Wohltätigkeitsfonds», sagte Suzy. «Ich war in der Kleiderkammer für arme Mädchen.»

«Na, die von der das Kleid ist, war kein armes Mädchen.» Ihr Blick fiel auf die braunen Schuhe. Sie ging zur Tür und rief hinaus: «Joe! Joe Elegant!»

Joe Elegant steckte den Kopf herein. «Ich habe eigentlich keinen Dienst», sagte er.

«Jaja, ich bin ein Dorn im Fleisch des Arbeiters», sagte Fauna. «Du läufst jetzt hinauf zu Wildock und lässt hier neue Absätze draufmachen. Und sie sollen die abgescheuerte Stelle da ausbessern und sie schön glänzend putzen. Warte drauf und bring sie wieder.»

Joe murrte noch etwas vor sich hin, ging jedoch.

Fauna sagte zu Suzy: «Hast du Handschuhe?»

«Nein».

«Ich werde dir ein Paar leihen. Da ... hier die weissen. Und da ist ein Taschentuch. Mach mir aber keine

Lippenstiftflecken drauf. Jetzt hör mir mal gut zu, Suzychen ... pass auf deine Schuhe auf, nimm saubere Handschuhe und ein weisses Taschentuch und ziehe deine Strumpfnähte grad. Wenn du das tust, dann kann dir nichts passieren, und wenn du einen Mord begehst. Das ist ein anständiges Kleid ... guter Stoff, von der Sorte, der immer schöner aussieht, je älter er wird ... wenn du keine schiefgetretenen Absätze hast. Ruf Becky herein!»

Als Becky hereingekommen war, sagte Fauna zu ihr: «Du hast doch einen weissen Piqué-Einsatz und Manschetten dazu?»

«Ich hab sie gerade frisch gebügelt.»

«Die wirst du Suzy leihen. Hol mal Nadel und Faden und nähe die Manschetten an das Jackett hier.»

«Sie muss sie aber wieder waschen.»

«Wird sie schon.»

Während Becky die Manschetten annähte, sagte Fauna: «Leere mal deine Handtasche aus, Suzy.» Als es geschehen war, betrachtete Fauna das Häufchen mit kritischen Augen. «Aspirin brauchst du nicht. Da, nimm meinen Kamm ... den da schmeiss weg. Es gibt nichts Ekelhafteres wie ein Kamm, dem die Zinken fehlen. Steck die Kleenex da ein. Da, nimm meine Puderdose und betupfe dir hin und wieder deine Nase, wenn sie glänzt. Zeig mal deine Fingernägel! Hm ... ganz gut. Hast du heute dein Haar gewaschen?»

«Lass sie doch eine Perücke aufsetzen», sagte Becky den Faden abbeissend.

«Werd' nicht frech. Los jetzt ... steh mal von deinen vier Buchstaben auf und mach ihr ein bisschen das Haar zurecht ... aber keine Phantasiefrisur». Zu Suzy sagte sie: «Becky frisiert leicht und geschickt. Den Mantel da kannst du nicht anziehen. Da hat die Kleiderkammer versagt.» Sie schlug sich mit dem Bleistiftende auf die Zähne, dann ging sie zu ihrem Schrank und holte zwei Marder heraus, die sich gegenseitig die Köpfe abbissen. «Die zwei Marder da hängst du einfach über die Schulter», sagte Fauna. «Aber wenn du sie verlierst oder kaputtmachst, reisse ich dir die Eingeweide aus dem Leib. Also, was noch? Kein Parfum. Besprenge dich mit ein paar Tropfen von dem Floridawasser da... das wirkt altmodisch und gibt einen jugendlichen Geruch.»

Becky, die hinter der auf einem Stuhl sitzenden Suzy stand und deren Haare bürstete, kämmte und formte, sagte: «Sie hat so grosse Ohren; vielleicht kann ich sie ein bisschen verstecken.»

«Du frisierst gut», sagte Fauna.

Die letzte Unterweisung erfolgte um sechs Uhr bei geschlossener Tür.

«Dreh dich mal um», sagte Fauna. «Halt deine Fussknöchel eng zusammen. Jetzt, mach mal ein paar Schritte. Du hast wirklich einen hübschen Gang. Wie ich dir schon gesagt habe, du bist ein gutaussehendes Kind, wenn du ein bisschen Mühe daran wendest.»

Suzy sah sich im Spiegel an und lächelte, denn sie kam sich wirklich hübsch vor; das überraschte und freute sie, und wenn sie sich über etwas freute, sah sie noch hübscher aus. Dann aber liess sie die Lippen hängen, und es überfiel sie eine wahnsinnige Angst.

«Was ist los?», fragte Fauna.

«Worüber kann ich mich denn unterhalten? Fauna, ich gehe nicht. Ich passe nicht zu einem Mann wie Doc. Um Gotteswillen, sag ihm, ich sei krank. Ich gehe nicht.»

Fauna liess Suzy sich erst einmal ausreden, dann sagte sie gelassen: «Vielleicht willst du jetzt flennen, damit du rote Augen kriegst, nach all der Mühe, die ich an dich gewandt habe? Na, schön, dann flenne!»

«Verzeih», sagte Suzy. «Du warst so nett. Aber bei mir ist Hopfen und Malz verloren, Fauna. Du verschwendest deine Zeit. Ich weiss, wie es kommen wird... Sobald er etwas sagt, was ich nicht verstehe, werde ich wütend... Ich habe Angst.»

«'türlich hast du Angst», sagte Fauna. «Aber wenn dir Doc gleichgültig wäre, hättst du keine Angst. Brauchst nicht zu meinen, dass du das erfunden hast. Ein Mädel, das zum ersten Mal mit einem Mann ausgeht, den sie gern hat, und keine Angst hat, das gibt's nicht. Wahrscheinlich hat Doc auch Angst.»

«Ach, Blödsinn!», sagte Suzy.

Fauna sagte: «Wenn ich in deinem Alter wär', hätte dein Gesicht und deine Figur und meine Erfahrung, na, mir käme kein Mann auf der Welt aus! Die Technik hab' ich... aber sonst auch nichts. Na ja... Suzy, ich könnte dir ein paar tausend Sachen sagen; wenn du die beherzigen tätst, dann könntest du alles haben, was dein Herz begehrt. Aber, zum Kuckuck, du hörst ja nicht zu! Keine will auf einen hören, und wenn sie's dann mit Schmerzen selber gelernt haben, ist's zu spät. Ist ja vielleicht gut so... was weiss ich.»

«Ich höre zu.»

«Das schon, aber du wirst's nicht beherzigen. Sieh mal, Suzy. Mit Mundhalten ist noch kein Mensch auf der Welt je in die Tinte gekommen. Wenn du später darauf zurückblickst, wirst du merken, dass an jedem Schlamassel, in das du je geraten bist, deine Zunge schuld war.»

«Das stimmt», sagte Suzy. «Aber ich kann sie nicht im Zaum halten, scheint's.»

«Das musst du eben lernen, wie man andere Sachen auch lernt... es ist bloss Übung. Und dann kommen die Ansichten. Du und ich wir müssen immer unsere Ansichten von uns geben. Herrgott, Suzy, wir haben gar keine Ansichten! Wir schwätzen bloss allerhand Zeug daher, das wir im Kino gehört oder gesehen haben. Wir haben immer Angst, wir versäumen etwas, als wenn man einem Bus nachrennt. Das ist die zweite Regel: lass die Ansichten sein, denn du hast gar keine.»

«Du hast die Regeln wohl numeriert, wie?», fragte Suzy.

«Ich müsste ein Buch schreiben», sagte Fauna. «Jetzt Nummer drei! So gut wie kein Mensch hört zu, und das ist doch so leicht! So bequem! Du brauchst überhaupt nichts zu tun, wenn du zuhörst. Wenn man zuhört, wird's immer interessant. Wenn ein Mann etwas zu dir sagt, was dein Interesse erregt, dann verbirg das nicht vor ihm. Versuche über das nachzudenken, was er denkt, statt darüber, wie du ihm widersprechen kannst.»

«Da triffst du bei mir den Nagel auf den Kopf», sagte Suzy leise.

«Jetzt kommt nur noch eine Kleinigkeit, aber das ist das Schwerste und das Leichteste von allem.»

«Nummer wieviel?»

«Ich bin nicht nachgekommen mit Zählen. Spiegle nicht etwas vor, was du nicht bist, und tue nicht so, als wüsstest du etwas, was du nicht weisst, sonst fällst du früher oder später damit hinten herunter. Und zu dieser Regel, wie auch ihre Nummer sein mag, gehört eine Unterabteilung: kein Mensch ist gekränkt, wenn man ihn etwas fragt. Wenn Doc etwas sagt, was du nicht verstehst, dann frag ihn, was es bedeutet. Das Schönste, was man jemandem auf der Welt antun kann, ist, sich von ihm belehren zu lassen.»

Suzy blickte stumm auf ihre Hände hinunter.

Fauna sagte: «Du hast hübsche Nägel. Wie erhältst du sie so hübsch?»

«Das ist nicht schwer. Das hat mich meine Grossmama gelehrt. Man hebt sich eine alte Zitronenschale auf, und jedesmal, wenn man sich die Hände gewaschen hat, fährt man darin mit den Fingernägeln herum. Dann schüttet man ein wenig Gesichtspuder auf die Hand, reibt die Nägel auf dem Handballen glänzend und schiebt mit einem Stäbchen aus Zitronenholz die Häutchen zurück.»

«Hast du begriffen?», fragte Fauna.

«Was?»

«Ich habe eine Frage gestellt.»

Rotwerdend sagte Suzy: «Ich bin richtig darauf hineingefallen.»

«Nein, doch nicht. Ich wollte es tatsächlich wissen. Wenn man etwas wissen will, ist's immer am besten, man fragt.»

«Danke», sagte Suzy. «Du bist eine fabelhafte Person. Ich möchte bloss wissen, ob ich all das lernen kann.»

«Das kannst du, wenn du dir eine Menge Sachen merkst: erstens, erinnere dich immer daran, dass du Suzy bist und niemand anders als Suzy. Dann musst du daran denken, dass Suzy etwas Rechtes ist ... etwas wirklich Wertvolles, desgleichen es auf der Welt nicht mehr gibt. Es schadet nichts, wenn du dir das bloss selber sagst. Dann aber, wenn du das begriffen hast, dann denke daran, dass es eine Unmenge gibt, was Suzy nicht weiss. Die einzige Methode es herauszubekommen, ist, dass sie es sieht, liest oder danach fragt. Die meisten Menschen sehen immer nur sich.»

«Und was ist die vierte Regel?», fragte Suzy.

«Ich bin stolz auf dich», sagte Fauna. «Du hast zugehört. Über das Nächste musst du einmal nachdenken. Kein Mensch schert sich einen Deut um Suzy, weder so noch so. Es ist schwer, die Menschen dazu zu kriegen, über einen nachzudenken, weil sie zuviel damit zu tun haben, über sich selbst nachzudenken. Es gibt zwei, drei unbedingt sichere Wege, ihre Aufmerksamkeit zu fesseln: über sie zu reden. Wenn du etwas Nettes, Anständiges, Hübsches bemerkst, sag es ihnen. Aber schwindle dabei nicht. Lass dich mit niemand auf einen Streit ein, ausser wenn es gar nicht anders geht. Fange nie einen Zank an, und wenn ein Zank losgeht, lass ihn erst richtig in Schwung kommen, bevor du dich einmischst. Die beste Art auf der ganzen Welt, sich zu wehren, ist die Fäuste unten zu behalten. Dann, wenn du den Leuten aufgefallen bist, so ist das Erste, dass sie etwas für dich tun wollen. Dann lass sie gewähren. Werd' nicht hochmütig und sage nicht, du brauchtest oder wolltest das nicht. Das ist eine Ohrfeige. Was die Menschen am liebsten wollen, ist, etwas für einen tun, und hören, man habe das gern und habe es nötig. Das ist kein fauler Zauber. Das wirkt immer. Probier's nur mal.»

«Du meinst, Doc fällt auf so etwas hinein?»

«Probier's nur mal.»

«Fauna, warst du nie verheiratet?», fragte Suzy.

«Nein.»

«Warum nicht?»

Fauna lächelte. «Als ich das gelernt hatte, was ich dir eben gesagt habe, war es zu spät dazu.»

«Ich hab' dich sehr lieb», sagte Suzy.

«Siehst du. Jetzt hast du mich butterweich gemacht. Ich schenke dir den Marderpelz.»

«Aber ...»

«Pass gut darauf auf!»

«Ja, ich versteh schon. Und ich danke dir von Herzen. Und würdest du vielleicht den ganzen Kram aufschreiben, dass ich ihn auswendig lernen kann?»

«Aber gern. Und dann, Suzy ... heutabend, wenn du etwas sagen willst, dann sag dir's zuerst selbst vor und staub's ein bisschen ab.»

«Du meinst wegen Fluchen?»

«Ich meine wegen Fluchen und ... nun, wenn man sich's erst einmal angesehen hat, dann sagt man's nicht. Ein Unhaufen Zeug, das als Unterhaltung gilt, läuft einem einfach so aus dem Mund heraus. Na, nun bist du ja wohl so weit.»

«Kann ich etwas für dich tun, Fauna?»

«Ja. Dass du mir jetzt nachsprichst: ‚Ich bin Suzy und niemand anders'.»

«Ich bin Suzy und niemand anders.»

«‚Ich bin etwas Rechtes.'».

«Ich bin etwas Rechtes.»

«‚Es gibt dergleichen auf der Welt nicht mehr.'»

«Es gibt dergleichen ..., verflucht nochmal, Fauna, jetzt krieg' ich rote Augen!»

«So wirken sie gerade hübsch», sagte Fauna.

Um sieben Uhr läutete Doc an der Haustür der Flotten Flagge. Er hatte seine Militärhosen, ein Lederjackett und ein Hemd mit offenem Kragen an. Als er Suzy sah, sagte er: «Ich muss noch einen Telephonanruf machen, Verzeihung», und lief wieder ins Laboratorium.

Nach zehn Minuten kam er wieder. Jetzt trug er frischgewaschene Flanellhosen, ein Tweed-Jackett und eine Krawatte, die er seit Jahren nicht angezogen hatte.

Als Fauna ihn, vom Schein der Verandalampe beleuchtet, dastehen sah, sagte sie zu Suzy: «Herzchen, die erste Runde hast du nach Punkten gewonnen.»

DREIUNDZWANZIGSTES KAPITEL

EINE LIEBESNACHT

Sonny Boy ist bestimmt der einzige in Amerika geborene Grieche, der Sonny Boy heisst. Er betreibt am Hafenquai von Monterey ein Restaurant mit Bar. Sonny Boy ist dick und wird immer dicker. Obwohl er in San Francisco in der Gegend des Sutro-Parks zur Welt gekommen und in der Volksschule gewesen ist, hat er für seine Person etwas vom rätselhaften Wesen des Levantiners behalten. Sein rundes Vollmondgesicht lässt einen an den Orient-Express und bildschöne Spioninnen denken. Seine fettige Stimme hat etwas angeboren Geheimnistuerisches. Sonny Boy ist im Stand «Guten Abend» zu sagen, dass es klingt wie das Stichwort zu einem internationalen Attentat. Sein Restaurant bringt ihm Freundschaften und seinen Lebensunterhalt ein. Vielleicht ist Sonny Boy eigentlich dazu geschaffen, einen langen schwarzen Frackmantel zu tragen und mit Balkanprinzessinnen zu speisen, wo zwei Meere das Goldene Horn küssen –, aber er führt nichtsdestoweniger ein gutes Restaurant. Er kennt vermutlich mehr Geheimnisse als irgendein anderer Mensch in der Bürgerschaft, denn seine Martinis sind eine Kombination aus Wahrheitsserum und Lügendetektor. «Veritas» liegt nicht nur «in vino», sondern entspringt dem Wein auch in der Regel.

Doc brachte sein altes Auto vor Sonny Boys Lokal

zum Stehen, stieg aus, ging drum herum, öffnete den andern Schlag und half Suzy aus dem Wagen heraus.

Sie war darüber leicht empört, sie schwieg jedoch. Der Satz «Sie meinen wohl, ich bin ein Krüppel, zum Donnerwetter», hatte ihr auf der Zunge gelegen, aber, sich an Faunas Rat erinnernd, murmelte sie ihn bloss und unterdrückte ihn, so gut es ging. Die Berührung von Docs Hand an ihrem Ellbogen wirkte wie ein Zauber auf sie: sie nahm die Schultern zurück und hob das Kinn. Der dreiste Funken von Widerspruchsgeist schwand aus ihren Augen.

Doc machte die Tür zur Bar auf, trat zur Seite und liess Suzy zuerst eintreten. Die Stammgäste auf den Hockern drehten sich um. Ihre Blicke krochen von dem hübschen Gesicht zu den hübschen Beinen, nicht ohne auf diesem Wege von den Mardern Notiz zu nehmen. Eine Sekunde lang stockte sie entsetzt, aber in den Augen der Stammgäste bemerkte sie keinen Blick, der darauf schliessen liess, dass sie sie erkannt hatten.

Sonny Boy kam um die Bartheke herum. «'n Abend, Herrschaften», sagte er. «Ihr Tisch ist reserviert. Wollen Sie hier einen Cocktail trinken oder soll ich ihn ins Restaurant schicken?»

«Ach, wir setzen uns lieber gleich an den Tisch», sagte Doc.

Sonny Boy machte vor Suzy eine Verneigung und wies mit einer Handbewegung auf die Tür zum Restaurant, worauf Suzy mit ihrem netten Gang langsam vorausging. Sonny Boy wälzte seinen Embonpoint neben Doc her und sagte in seinem verschwörerhaften Flüsterton: «Ihre Sekretärin hat angerufen. Es ist alles angeordnet. Sie haben eine Sekretärin, Doc?»

Doc liess sich seine Überraschung nicht anmerken. «Zeitweise», sagte er.

«Wer ist die Dame? Das erste Mal hier in der Gegend?»

«Jaja, das erste Mal hier», sagte Doc. Er schloss mit Suzy auf.

«Hier, bitte», sagte Sonny Boy. Er führte sie zu einem Tisch vor dem Steinkamin. Ein Fichtenholzfeuer prasselte darin und verbreitete würzigen Duft. Auf dem Tisch stand eine Vase mit wilden Iris. Die Brotstänglein standen in ihren Gläsern wie Soldaten. Die Servietten waren zu kleinen Kronen gefaltet. Es war der beste Tisch im ganzen Lokal, abgesondert und doch im Vordergrund und gut beleuchtet.

Suzys Blicke schossen im Lokal herum. Auf keinem andern Tisch befanden sich Blumen. In Suzy begab sich etwas Wunderbares. Sie ging nicht um den Tisch herum, um sich hinzusetzen. Sie wartete ab, und als Doc ihren Stuhl zurückrückte, setzte sie sich und sagte, ihn anlächelnd: «Danke sehr.»

Sonny Boy beugte sich über den Tisch. «Es war gut, dass Sie anrufen liessen», sagte er. «Ich hatte Mühe, Makrelen zu bekommen, aber ich habe welche bekommen. Wie ist es jetzt mit einem Cocktail? Der Wein steht kalt.»

Doc sagte: «Ich trank hier einmal so einen ... eh ...»

«Ich erinnere mich», sagte Sonny Boy. «Spezialmischung: Martini mit Chartreuse statt mit Vermouth. Ausgezeichnet.»

«Sehr anregend, entsinne ich mich», sagte Doc. «Zwei doppelte.»

«Sofort», sagte Sonny Boy. «Ich habe, wie von Ihnen gewünscht, Tony zum Klavierspielen bestellt, aber er ist krank.»

Doc warf einen Blick auf Suzy, um festzustellen, ob sie wisse, dass Fauna die Anordnungen getroffen hatte. Es schien nicht so.

Es darf angenommen werden, dass der Spezial-Cocktail sowieso gekommen wäre, auch wenn Doc ihn nicht bestellt hätte. Die beiden Gläser erschienen mit einer Geschwindigkeit auf der Bildfläche, die darauf schliessen liess, dass sie bereits gemixt gewesen waren.

Die Schockwirkung der Krawatte ebbte bei Doc ab. Er vermochte Suzy über den Tisch hinüber anzusehen und ihr zuzulächeln. Dabei ging es ihm durch den Kopf: Was ist eigentlich Schönheit bei einer Frau, dass sie einmal da ist und einmal nicht? Diese Suzy da glich nicht entfernt dem frechen Frauenzimmer, das ihn gestern angeschrieen hatte. Er hob das Cocktailglas. «Du bist hübsch», sagte er. «Ich freue mich, dass du mitgekommen bist. Auf unser beider Wohl.»

Suzy trank, verschluckte sich, unterdrückte Tränen und wartete darauf, dass der Krampf vorübergehe.

«Ich hätte dich warnen müssen», sagte Doc. «Es geht das Gerücht, dieser Drink bestehe aus Klapperschlangengift und schierem Opium.»

Suzy war zu Atem gekommen. «Er ist gut», sagte sie. «Aber ich habe auf seine rechte Hand aufgepasst und bin in einen linken Haken hineingerannt.»

In ihr schrie es: Das hätte ich nicht sagen sollen; schon habe ich mich verschnappt. Als sie dann aber Docs belustigte Miene sah, war sie beruhigt.

Suzy bemerkte einen Kellner, der in Hörweite sachte dahinschwebte. Sie hatte auf eigene Faust etwas entdeckt: im Zweifelsfall immer sich langsam bewegen. Sie drehte den Kopf zu dem Kellner hin, der entschwebte. Sie war entzückt von ihrer Entdeckung: nur

– immer – Zeitlupentempo. Sie hob langsam ihr Glas, sah es sorgsam an, nippte daran und hielt einen Augenblick inne, bevor sie es hinstellte. La–ng–sam–sein ... das gab allem eine Bedeutung. Es machte alles königlich. Es fiel ihr ein, wie all die unsicheren, unruh- und sorgenvollen Menschen sprangen, stiessen, bibberten. Sie zwang sich, alles langsam zu verrichten, und verspürte ein neues Sicherheitsgefühl. Ja nicht vergessen, sagte sie sich vor, niemals vergessen: Langsam! Langsam!

Doc bot ihr eine Zigarette an und hielt ihr ein brennendes Zündholz hin; so langsam beugte sich Suzy vor, dass die Flamme ihm fast die Finger verbrannte, ehe sie die Zigarette angezündet hatte. Eine süsse Wärme durchrann ihren Körper. Sie kam sich verwegen vor, nicht auf kühne Abwehr bedacht, sondern selbstsicher.

Sie fragte: «Weiss man hier ... was ich bin?»

Der Cocktail tut bei allen seine Wirkung. Doc sagte: «Man weiss, dass du mit mir bist. Mehr braucht niemand zu wissen. Wie wär's mit noch einem?»

Ehe Doc noch den Finger zum Winken gehoben hatte, waren die frischen Cocktails da. Wenn schon Verschwörung, so wollte Sonny Boy daran beteiligt sein. Und wenn schon Glückseligkeit, nun, auch dafür hatte er viel übrig.

«Kaminfeuer habe ich gern», sagte Suzy. «Wo ich früher wohnte, hatten wir einen Kamin.»

Doc sagte: «Du bist hübsch. Weiss Gott, hübsch bist du!»

Suzy verschluckte die ersten Worte, die ihr auf die Lippen kommen wollten, schluckte auch die zweiten hinunter und tat schliesslich nichts als die Augen niederzuschlagen und leise «Danke schön» zu sagen.

Sonny Boy geleitete persönlich den Kellner heran, der den Eiskühler mit dem kaltgestellten Chablis herbeitrug. Darauf trat er zurück und überprüfte den Tisch. «Alles nach Wunsch, Doc?»

«Ausgezeichnet», sagte Doc.

«Soll ich servieren lassen?»

«Gern.»

Suzys Entdeckung bewährte sich weiterhin: alles langsam tun, die Augen offen und den Mund geschlossen halten!

Die aufgeknackte kalte Languste war ihr neu; das erforderte eine ihr unbekannte Technik des Essens. Sie machte Doc alles um ein paar Sekunden später nach, und er merkte nicht einmal, dass sie jede seiner Bewegungen beobachtete.

Als Champagner, Obst und Käse aufgetragen wurden, merkte Suzy, dass sie einmal verschwinden müsse. Ein so bestürzender Gedanke hatte sie überfallen, dass ihr die Knie zitterten und das Blut in den Schläfen hämmerte. Langsam! ermahnte sie sich. Immer mit der Ruhe! Sie schaute in die züngelnden Flammen und drehte dann den Kopf Doc zu: «Würden Sie mich entschuldigen ...»

«Selbstverständlich!» Er sprang auf und rückte ihr den Stuhl zurück. Königlich bewegte sich Suzy auf die Damentoilette zu. Sie spürte den Fussboden nicht unter den Sohlen.

Doc sah ihr nach. Seltsam, seltsam, ging es ihm durch den Kopf. Was ist es nur? «Mädchenhaft» – das ist das richtige Wort. Etwas wie abseitige, furchtbare Bescheidenheit. Was hat nur diesen Wandel hervorgerufen? Dann musste er denken: Es ist Theater. Fauna hat's ihr einstudiert. Aber er wusste, dass dem nicht so sei. Theater geht nicht so in die Augen. Man kann niemandem einstudieren, dass ihm das Blut in die Wangen schiesst. Er liess die Champagnerflasche im Kühler kreisen, merkte, dass er es nicht erwarten konnte, bis Suzy wiederkomme. Seine Blicke fielen auf ein Fenster, in dem sich die Tür zur Damentoilette widerspiegelte, und blieben daran hängen.

Hinter dieser Tür war Suzy damit beschäftigt, eine Papierserviette anzufeuchten und an die Stirn zu drükken. Dabei warf sie einen Blick in den Spiegel und erkannte ihr Gesicht nicht wieder. Sie musste an das Essen denken. «Fisch ist mir zuwider», sagte sie laut. «Auf Fisch muss ich immer brechen. Aber ich habe nicht gebrochen.» Schliesslich brachte sie es fertig, sich mit dem Gedanken zu befassen, der sie aus dem Speisesaal getrieben hatte: das Symbol, das Mysterium, der Wegweiser mit dem unerbittlich deutenden Finger. Es war so deutlich, dass man es nicht verkennen konnte. Das Schicksal wies nicht nur den Weg, es half auch noch mit einem Fusstritt nach. Sie dachte an die gerade weggeräumten Teller und Schüsseln: die darauf gehäuften Langustenbeine und -scheren und ... Sie hatten ihre Horoskoptiere verzehrt! Krebs und Fische ...

«Allmächtiger Gott!», stiess sie aus, und sie fühlte sich als Wachs in den Händen des Schicksals.

Sonny Boy kam an den Tisch. «Alles nach Wunsch?»

«Ausgezeichnet», sagte Doc.

«Genau wie bestellt.»

«Hä?»

«Wie Ihre Sekretärin angegeben hat.»

«Ausgezeichnet», sagte Doc wieder, «genau, wie ich es wünschte.»

Als Suzy zurückkam, war sie gefeit. Man kann gegen das Schicksal nur bis zu einem gewissen Punkt ankämpfen, aber wenn man ihm dann nachgegeben hat, ist man sehr stark: denn alle Kraft, die man besitzt, strömt nach einer einzigen Richtung hin.

Doc rückte ihr wieder den Stuhl zurück, liess dann den Champagnerpfropfen knallen und roch daran.

«Kann ich ihn haben?», fragte Suzy.

«Gern.»

Sie drehte den Stopfen zwischen den Fingern und betrachtete ihn. Er war wunderschön. Sie steckte ihn in die Handtasche und nahm eine Irisblüte aus der Vase.

«Trinkst du gern Champagner?»

«Sehr gern», sagte sie, dabei von Neugier erfüllt, was für einen Geschmack er habe. Aber er schmeckte ihr.

Doc sagte: «Weisst du, in den Sanddünen gibt es kleine mit Föhren bestandene Täler. Wenn du einmal Zeit hast, nehmen wir Fleisch und sonst allerhand mit hinaus und machen uns selbst Abendessen. Das wäre doch nett.»

«Darauf sind Sie durch das Feuer gekommen», sagte Suzy.

«Tatsächlich ... sehr gescheit von dir.»

«Doc», sagte sie, «wollen Sie mir nicht manchmal ein bisschen Unterricht geben über die Sachen, die Sie daheim haben?»

«Aber gern.» Echte Zuneigung stieg in ihm auf wie eine Welle. Aber auch etwas Angst vor Suzys erschrekkender Bescheidenheit. Er kehrte den Blick von ihren Augen ab und sah die Irisblüte in ihrer Hand an. «Es gibt eine alte Waliser Sage», sprach er. «Sie handelt von einem armen Ritter, der sich eine Frau ganz aus Blumen machte ...»

Der Champagner machte sich stark bei Suzy geltend. Sie sagte sich den Satz erst zweimal stumm auf, ehe sie ihn laut von sich gab: «Hoffentlich ist sie nicht verwelkt.»

Die leise Stimme in Docs Innern brach sich endlich Bahn: «Ich bin einsam», sagte er. Er sagte es ganz sachlich und zugleich versonnen. Dann sagte er entschuldigend: «Ich glaube, ich bin ein bisschen betrunken.» Grosse Scheu hatte ihn überkommen. Er füllte die Gläser nach. «Ach was, zum Teufel! Wir wollen auch einen Cognac trinken.»

Suzy drehte sich halb von ihm ab, so dass die Umrisse ihres Gesichts sich scharf vor dem züngelnden Kaminfeuer abzeichneten. «A propos die Stelle, von der Sie gesprochen haben ... draussen in den Dünen?»

«Ja.»

«Könnten wir die einmal ansehen?»

«Wann du willst.»

«Auf dem Heimweg?»

«Du wirst deine Schuhe kaputtmachen.»

«Ich weiss», sagte Suzy.

«Du könntest sie ausziehen.»

«Ja, das tue ich», sagte Suzy.

VIERUNDZWANZIGSTES KAPITEL

ERWARTUNGSVOLLER FREITAG

Dass der Freitag ein Unglückstag sei, glauben nicht alle Leute, aber so ziemlich alle Leute stimmen darin überein, dass es ein Wartetag ist. Für das Geschäftsleben ist die Woche eigentlich vorbei. Freitag ist die halbgeöffnete Pforte zur Freiheit. Freitag ist weder ein Feiertag noch ein Werktag, sondern eine Zeitspanne, in der man sich fragt, was der Samstag bringen werde. Handel und Wandel stocken. Die Frauen sehen ihre Schränke darauf durch, was sie zum Anziehen haben. Das Abendessen besteht aus Resten der Woche.

Joe Elegant bestellte Schollen zum Abendessen in der Flotten Flagge. Die «Espaldas Mojadas» kamen von ihrer letzten höchst erfolgreich verlaufenen Kunstreise zurück und wurden unter grossem Aufwand von Höflichkeit in die Räumlichkeiten über dem Kramladen geleitet. Der Patrón teilte Flaschen Tequila* aus. Auch hielt er eine Untertasse mit Seconal bereit. Seine Wetbacks wurden manchmal von heftigem Heimweh ergriffen. Schlafen war seiner Ansicht nach besser als Raufen.

Doc schlief lange. Als er sich im Kramladen sein Morgenbier holen ging, fand er Joseph Maria bei fröh-

* Mexikanisches Rauschgetränk aus dem Saft der Agave. (Anm. d. Übers.)

lich-betulicher Stimmung, und über die Treppe herunter schwebten Gesangstöne.

«Gut amüsiert?», fragte Joseph Maria.

«Wie kommen Sie darauf?», fragte Doc.

«Hatten Sie gestern keine nette Abendunterhaltung?»

«Gewiss», sagte Doc kurz und abschliessend.

«Doc, ich hätte gern, dass Sie mir mehr von dem Schach beibrächten.»

«Du meinst immer noch, du kannst dabei beschummeln, wie?

«Nein, ich möchte es nur richtig kennen. Ich habe aus Mexiko eine Kiste Pilsner Bier bekommen; steht kalt.»

«Herrlich!», sagte Doc. «Das ist das beste Bier in der westlichen Hemisphäre.»

«Es ist ein Geschenk», sagte der Patrón.

«Wieso?»

«Ich weiss nicht. Vielleicht weil mir gerade wohl zu Mute ist.»

«Danke», sagte Doc. Es wurde ihm nicht ganz geheuer.

Blicke richteten sich auf ihn. Während er ins Western Biological zurückging, spürte er auf sich gerichtete Blicke. Das kommt vom Cognac. Ich sollte keinen Cognac trinken. Der macht mich nervös.

Er machte sich zwei Rühreier und schüttete Currypulver darüber. Er zog die Gezeitentabelle im «Monterey Herald» vom Donnerstag zu Rate. Eine schöne Flut trat um 2 Uhr 18 nachmittags ein, die gerade recht war für Käferschnecken und Schlangensterne, wenn bis dahin kein Landwind blies. Das Pilsner beruhigte seine Nerven etwas, ohne ihm ganz die Unruhe zu nehmen.

Heute schmeckten ihm sogar die Rühreier mit Curry nicht recht.

Es klopfte an der Tür, und Fauna trat ein. Sie machte eine schnickende Bewegung zu den Klapperschlangen hinüber. «Wie geht's, Doc?»

«Ganz gut.»

«Betrunken geworden?»

«Ein bisschen.»

«Wie war das Essen?»

«Wunderbar. Du verstehst ein Menu zusammenzustellen.»

«Muss ich ja wohl. Verstehst du jetzt, wie ich über sie denke?»

«Ja. Wie geht's ihr?»

«Sie ist noch nicht auf.»

«Ich gehe sammeln.»

«Soll ich ihr das sagen?»

«Warum? Ach, halt mal ... ich habe noch ihre Handtasche. Willst du sie ihr mitnehmen?»

«Zum Donnerwetter, sie ist doch nicht lahm. Vielleicht will sie sie selbst holen.»

«Ich bin doch nicht daheim.»

«Du kommst doch wieder heim.»

«Sag mal», fragte Doc, «was soll das eigentlich bedeuten?»

Sie merkte, er könne ärgerlich werden. «Ich habe einen Haufen zu tun. Du bist mir doch nicht böse?»

«Warum sollte ich?»

«Nun, wenn du etwas brauchst, lass es mich wissen.»

«Fauna ...», fing er an. «Ach lassen wir's.»

«Was denn?»

«Ich wollte dich etwas fragen ..., aber ich will's gar nicht wissen.»

Suzy hockte bei einer Tasse Kaffee, als Fauna zurückkam.

«'Morgen», sagte Fauna. Dann: «Ich habe guten Morgen gesagt.»

«Ach ja . . .», machte Suzy. «'Morgen.»

«Sieh mich mal an!»

«Warum nicht?» Suzy hob den Blick.

«Kannst schon wieder runtergucken», sagte Fauna.

«Du weisst gar nichts», sagte Suzy.

«Schön, ich weiss gar nichts. Habe ich je die Nase in deine Sachen gesteckt? Joe», rief sie, «bring mir eine Tasse Kaffee!» Sie schob ein Blechschächtelchen mit Aspirintabletten über die Wachstuchdecke.

«Danke», sagte Suzy, nahm drei Tabletten und spülte sie mit einem Schluck Kaffee hinunter.

«Er geht Käfer sammeln», sagte Fauna gelassen.

«Warst du drüben?»

«Hab ihn auf der Strasse getroffen. War's nett?»

Suzy blickte Fauna an und riss die Augen dabei so auf, als wolle sie sie umstülpen. «Er hat mich nicht mal angerührt», sagte sie ausser Atem. «Geht mit mir in die Dünen hinaus und rührt mich überhaupt nicht an.»

Fauna lächelte. «Aber er hat nett gesprochen?»

«Er sprach wenig, aber nett.»

«Dann ist's gut.»

«Es war vielleicht verrückt von mir, Fauna, aber ich hab's ihm erzählt.»

«Oh, das war nicht verrückt von dir.»

«Ich hab ihm alles erzählt. Er hat nicht einmal danach gefragt.»

Fauna fragte ruhig: «Worüber hat er denn gesprochen?»

«Er erzählte was von einem Gesellen in alten Zeiten, der einmal eine Frau aus Blumen gemacht hat.»

«Wozu das, um Gotteswillen?»

«Tja, ich weiss nicht. Aber es klang ganz richtig, wie er es erzählte.»

«Und was sagte er sonst?»

Langsam sagte Suzy: «Draussen in den Dünen sprach ich meistenteils. Aber er half jedesmal nach, wenn ich nicht weiter wusste.»

Fauna sagte: «Ja, das kann er besser als irgendwer sonst.»

Suzys Augen leuchteten vor Erregung. «Ich habe nie viel an Sterne und so Zeug geglaubt, aber weisst du, was es gab?»

«Champagner?»

«Fische und Krebse», sagte Suzy. «Und ich musste mich nicht brechen.»

«Na und ... ?»

«Weisst du noch, dass du gesagt hast, ich bin ein Fisch und er ist ein Krebs?»

Fauna wandte den Kopf ab. «Ich hab etwas oben in der Nase», sagte sie; «ich möchte wissen, ob ich mich erkältet habe.»

«Meinst du das ist ein Zeichen? Meinst du?»

«Alles ist ein Zeichen», sagte Fauna. «Alles.»

In Suzys Augen kam etwas wie Strahlenglanz. «Gleich nach dem Essen unterhielten wir uns, und da sagte er: ‚Ich bin einsam'.»

«Also das sieht ihm nicht ähnlich», sagte Fauna. «Das ist ein unanständiger Kniff.»

«O nein!», widersprach Suzy. «Auf solche Art sagte er es nicht. Ich hab das schon früher manchmal gehört. Er sagte es, als werde es aus ihm herausgezwängt. Er war selbst davon überrascht, als habe er nicht gewusst, dass es über seine Lippen kommen würde. Was meinst du dazu, Fauna? Sag mir, was du meinst.»

«Ich meine, dass es nach einem neuen Goldstern aussieht.»

«Nun, nehmen wir mal an ... annehmen schadet ja nichts ... nehmen wir an, ich ziehe dort hinüber. Das wäre gerade gegenüber von hier. Jedermann weiss, dass ich hier gearbeitet habe. Wäre ihm das nicht ein bisschen unangenehm?»

«Er weiss doch, dass du hier arbeitest. Suzychen, du musst mir etwas versprechen. Versuche nie, vor etwas die Flucht zu ergreifen, denn das kann man nicht. Wenn alles mit dir im Lot ist, dann reisst dich niemand herunter. Ein Mensch, der die Flucht ergreift, ist ein Drückeberger. Und ein Drückeberger kommt nie von etwas los.»

«Wie ist es mit Doc?», sagte Suzy.

«Schau, wenn du nicht gut genug bist für ihn, dann ist er nicht gut für dich.»

«Ich will aber nicht, dass du ihm eine Falle legst, Fauna.»

Fauna lächelte vor sich hin. Sie sagte: «Meines Erachtens ist der Mann das einzige Ungeziefer, das sich selbst eine Falle aufstellt, mit dem Köder versieht und dann hineintappt. Sitz du nur ganz still, Suzychen. Tue gar nichts. Niemand kann sagen, dass du ihm eine Falle gestellt hast, wenn du nichts tust.»

«Nun, er sagte nicht eigentlich ...»

«Das tun sie nie», sagte Fauna.

Suzy sagte schwach: «Ich kriege kaum Atem.»

«Weisst du, dass du heute noch kein einziges Mal geflucht hast?», sagte Fauna.

«Nein?»

«Ein paar von meinen Goldsternen waren verdammt gute Freudenmädchen», sagte Fauna. «Aber wenn ich deinen Goldstern anbringe, Suzy, an dir verliert das Hurengewerbe nichts. Der Patrón hat ganz Recht: du hast hintenrum zu wenig und vornerum zu viel.»

«Ich möchte nicht, dass irgend jemand meint, ich mache Doc die Hölle heiss.»

«Da hast du verdammt Recht, dass du das nicht tust. Ich werde schon dafür sorgen.» Sie sah Suzy versonnen an. «Weisst du, mir wär's am liebsten, du machtest dich heutabend aus der Stadt fort und erholst dich ein bisschen.»

«Wo soll ich hin?»

«Du könntest in San Francisco eine Besorgung für mich machen, wenn du willst. Ich habe droben in einem Tresorfach ein Päckchen. Ich geb dir Geld. Ich möchte auch, dass du dir ein paar Kleider und einen Hut kaufst. Schaff dir ein nettes Schneiderkleid an. Das hast du dann für Jahre. Hör zu! Spaziere die Montgomery Street auf und ab und schau dir an, was die anständigen Damen tragen ... du weisst, vor allem was für Stoff. Es gibt droben sehr elegante Frauen. Ehe du kaufst, sieh dich ein bisschen um ... schau, dass du etwas Nettes und Anständiges kriegst. Morgen kommst du wieder heim.»

Suzy sagte: «Du willst mich aus dem Weg haben?»

«Richtig, du hast's erfasst», sagte Fauna.

«Warum?»

«Das geht dich nichts an, Suzychen. Es geht ein Bus um zwei und einer um vier.»

«Ich nehme den um vier.»

«Warum?»

«Nun, du sagst, Doc geht Käfer sammeln. Ich könnte vielleicht seine Bude ein bisschen putzen, solange er fort ist. Da ist seit Jahren nicht gefegt worden.»

«Darüber wird er vielleicht böse.»

«Ich setzte ihm ein schönes Ragout aufs Feuer», sagte Suzy. «Ich mache ihm ein wirklich feines Ragout.» Sie kam um den Tisch herum.

«Lass die Hände von mir!», sagte Fauna. «Geh jetzt! Und sag bloss nicht mehr so was, dass ich ein weiches Herz kriege und mich wurzen lasse. Mein bester Pelz!»

«Du meinst: ‚Ich hab dich lieb'?»

«Jawohl. Sag das bloss nicht.»

«Okay», sagte Suzy.

FÜNFUNDZWANZIGSTES KAPITEL

DER ALTE KLINGELBEUTEL

Doc kam um halb fünf von seiner Sammeltour heim. Er hatte über hundert Käferschnecken mit Bindfaden auf kleine Glasplättchen festgebunden, damit sie sich nicht zusammenrollten, und in seinen Sammeleimern befanden sich unter Meerwasser gesetzt Hunderte von Schlangensternen.

Nun ist das Töten der Tiere eine der heikelsten Verrichtungen für einen Meereszoologen. Man will, dass das Tier wie lebendig aussieht, aber das ist ein Ding der Unmöglichkeit. Beim Sterben verändert sich die Farbe, genau wie bei uns auch. Auch tritt bei gewaltsamer Tötung Zusammenziehung ein, und bei den Schlangensternen veranlasst der Todeskampf das Abwerfen der Arme.

Im vorderen Raum des Western Biological goss Doc einen Teil des Seewassers aus dem Holzzuber aus. Dann versetzte er die Schlangensterne in eine grosse flache Glasschüssel und begoss sie mit Seewasser. Die Tierchen schlugen einen Augenblick lang mit ihren schlangenartigen Armen um sich und beruhigten sich dann. Als sie ganz zur Ruhe gekommen waren fügte Doc etwas Leitungswasser dazu. Die Arme zuckten nervös. Nach einer Weile goss Doc Wasser nach. Für ein Seetier ist Süsswasser Gift, und wenn es ihm langsam zugeführt wird, so wirkt es wie Morphium. Es schläfert das Tierchen sanft ein, so dass es schmerzlos verendet.

Doc setzte sich dazu und wartete auf die Wirkung des Giftes. Er merkte, dass etwas nicht in Ordnung war. Was war das bloss? Hatte er etwas verabsäumt? Er fühlte sich selbst durchaus wohl; der schwache Katzenjammer vom Morgen war vorbei. Aber ja doch: es war die Kiste Pilsner Bier drüben bei Joseph Maria. Sein Unterbewusstsein musste ihn an das Bier gemahnt haben. Er warf einen Blick aus dem Fenster zum Kramladen hinüber. Auch da stimmte etwas nicht. Schliesslich merkte er, was los war. Die Fenster waren sauber. Er blickte sich im Laboratorium um. Die Grammophonplatten waren säuberlich auf die Regale geschichtet und lagen nicht mehr wie Kraut und Rüben durcheinander. Der Fussboden glänzte ... und der Geruch? Das war Seifengeruch.

Er ging in die Küche. Das Geschirr war gespült, die Töpfe waren gescheuert und glänzten. Und aus einem Topf auf dem Gasherd kam ein appetitlicher Duft. Er hob den Deckel hoch. Brauner Fleischsaft brodelte über Karotten und Zwiebeln, und ein Selleriestengel schwamm darauf umher wie ein Fisch.

Er ging wieder zum Tisch und setzte sich. Sein Bett war gemacht, weich aufgeschüttelt und das Überschlaglaken war sauber. Ein Gefühl von Trostlosigkeit überfiel ihn ... eine Traurigkeit, die etwas Wärmendes hatte. Die Spitzen seiner gerade nebeneinander aufgereihten Schuhe lugten unterm Bett hervor.

Das arme Ding, dachte er. Ach, das verflixte arme Ding! Wollte sie sich erkenntlich zeigen? Hoffentlich habe ich nichts Schlimmes angerichtet. Grosser Gott, hoffentlich hat sie nichts falsch aufgefasst. Was habe ich denn gesagt? Getan habe ich nichts, das weiss ich, aber was habe ich gesagt? Nicht um die Welt möchte ich Suzy wehetun. Er blickte wieder rundum. Jaja, putzen und fegen kann sie. Das Ragout riecht auch wundervoll. Er goss wieder frisches Wasser auf die Schüssel. Die Arme der Schlangensterne legten sich von selbst in kleine Spiralen. Sie bewegten sich kaum, als das frische Gift zugeführt wurde.

Das gesäuberte Laboratorium machte Doc nervös und bedenklich. Und bei ihm fehlte etwas, war etwas abhanden gekommen. Die Stimme von ganz unten schwieg. In seinem dunkelsten Seelenabgrund machte sich eine tröstliche Ruhe geltend. Er ging zum Regal mit den Grammophonplatten: Bach? Nein... Buxtehude? Nein. Auch nicht Palestrina. Seine Hand verirrte sich zu einem Album, das lange nicht benutzt worden war. Er hatte es aufgeschlagen, bevor er recht wusste, was er tat. Und dann lächelte er und legte die oberste Platte auf: Mozarts Don Juan. Er liess die Ouverture laufen und dann ging er, noch immer lächelnd, in die Küche und rührte das Ragout um. «Don Juan», sagte er vor sich hin. «Halte ich mich etwa dafür? Nein, nein. Aber warum ist mir so wohl und so wehe zugleich?» Er warf einen Blick auf den Schreibtisch. Die gelben Bogen waren sauber aufeinander geschichtet, und die Bleistifte waren gespitzt. «Ich glaube, ich werde es wieder mal versuchen», dachte er. Da aber wurden unsichere Schritte auf der Veranda hörbar, und gleich darauf platzte Old Jingleballicks herein.

Es ist eigentlich Wahnsinn, etwas über Old Jingleballicks aussagen zu wollen, aber da er jetzt die Bildfläche betrat, ist es notwendig. Wer von einer Sitzung mit Old Jay kam, dem war leicht schwindlig, und wer klug war, der glaubte es nach einiger Zeit nicht mehr. Sein Name kann nicht genannt werden, denn er steht auf zu vielen Bronzeplaketten, deren Inschrift beginnt mit: «Gestiftet von ...»

Old Jay war von Geburt an so reich, dass er überhaupt keine Ahnung hatte, dass er reich war. Er meinte, so wie bei ihm müsse es bei allen Leuten sein. Er war Wissenschaftler, aber ob er ein Genie oder ein Narr war, das wusste kein Mensch, und da er zu so vielen gelehrten Stiftungen beigetragen, so viele Projekte finanziert und in so vielen Kuratorien gesessen hatte, wagte auch kein Mensch, sich diese Frage vorzulegen. Er verschenkte Millionen, machte sich aber auch nichts draus, einen Freund anzupumpen. Es wurden ihm eine Menge wissenschaftlicher Ehrungen zuteil, aber es gab Leute, die insgeheim der giftigen Meinung waren, sie würden ihm lediglich im Hinblick auf eine Stiftung verliehen.

Er war ein kleiner gedrungener Mann mit einer Glatze auf seinem gelbbehaarten Hinterkopf, die aussah wie eine Tonsur. Seine Augen glänzten wie Vogelaugen, und er nahm Interesse an allem. Er war immer der Wirklichkeit so nahe, dass er jeden Wirklichkeitssinn verloren hatte. Doc hatte zeitweise sein Vergnügen an ihm, zeitweise aber konnten einen seine endlosen, kurzsichtigen Begeisterungsausbrüche zur Verzweiflung treiben. Er schrie alle Leute an, weil er sich einbildete, das trage zu grösserer Klarheit bei.

«Haben Sie mein Telegramm bekommen?», schrie er.

«Nein.»

«Bin zu Ihrem Geburtstag gekommen. Erinnere mich immer daran. Tag, an dem Giordano Bruno verbrannt wurde.»

«Mein Geburtstag ist heute nicht», sagte Doc.

«Was für ein Tag ist denn heute?»

«Freitag.»

«Aha ... Na, dann bleibe ich so lange hier.»

«Der ist erst im Dezember. Und ich habe nur eine Bettstelle.»

«Schön. Ich schlafe auf dem Fussboden.» Er lief in die Küche, hob den Deckel vom Topf und machte sich ans Verzehren des Ragouts, wobei er heftig darauf blies, um es abzukühlen.

«Das ist noch nicht gar», schrie Doc und merkte zu seinem Ärger, dass er auch schrie.

«Ist mir gar genug!», brüllte Old Jay und fuhr fort zu schmausen.

Doc sagte: «Hitzler kam hier vorbei und erzählte, Sie seien in Berkeley gesehen worden, wie Sie auf einer Wiese knieten und mit den Zähnen einen Wurm aus der Erde zogen.»

Old Jay verschlang eine halbgare Rübe. «Hören Sie mal», schrie er, «das Ragout da ist ja nicht gar.»

«Hab' ich Ihnen doch gesagt.»

«Aha! Na, also die Sache ist so: ich habe beobachtet, wie Rotkehlchen Würmer herausholen. Ich wollte nun wissen, wieviel Zugkraft dazu benötigt werde. Ich hielt eine Waage mit einer Klammer zwischen den Zähnen. Ein Regenwurm von Durchschnittsgrösse kommt auf eine Widerstandsleistung bis zu ein Pfund sechs Unzen. Habe achtundvierzig Stück ausprobiert. Stellen Sie sich das vor! Ein drei Unzen schwerer Vogel zieht zweiundzwanzig Unzen, also mehr als sein siebenfaches Eigengewicht. Kein Wunder, dass er so viel fressen muss. Bloss das Fressen erhält ihn dauernd hungrig. Mögen Sie Rotkehlchen?»

«Nicht besonders», sagte Doc. «Haben Sie vor, meine ganze Mahlzeit aufzuessen?»

«Ich denke schon», sagte Old Jingleballicks. «Aber es ist nicht gar gekocht. Haben Sie was zu trinken?»

«Ich werde Bier holen», sagte Doc.

«Grossartig! Aber viel!»

«Wollen Sie nicht etwas beisteuern?»

«Ich bin knapp bei Kasse», sagte Old Jay.

Doc sagte: «Ist ja nicht wahr. Sie sind ein Nassauer.»

«Oho!», sagte Jingleballicks.

«Ich frage Sie, ob Sie nicht beisteuern wollen.»

«Ich bin ein bisschen knapp», sagte Old Jay.

Doc wurde ärgerlich und sagte wieder: «Ist nicht wahr. Sie sind ein Nassauer, Sie wollen nie zahlen. Sie haben das Labor geführt, während ich beim Militär war, und haben mich an den Rand des Bankrotts gebracht. Ich will nicht sagen, dass Sie den grössten Teil der Museumsgläser gestohlen haben, ich sage bloss, sie sind nicht mehr da. Haben Sie die Experimentiergläser genommen?»

«Na ja», machte Old Jingleballicks. Und dann sagte er versonnen: «Ich wollte, Sie wären eine Wohltätigkeits- oder eine Lehranstalt.»

«Wieso?»

«Dann könnte ich Ihnen eine Stiftung machen», sagte Old Jingleballicks.

«Da ich aber das nicht bin, was tun Sie dann? Sie machen ein grosses Getue, um sich von ein paar Dollar für Bier zu drücken.» Der Ärger und die Belustigung, die Doc zugleich überfielen, entluden sich in einem müden Auflachen. «Ach, Herrgott», sagte er, «Sie sind ein unmöglicher Mensch! Sie gibt es überhaupt nicht. Sie sind eine lächerliche Einbildung.»

«Ihr Raguot brennt an», sagte Old Jingleballicks.

Doc sprang zum Herd hin und riss den Topf von der Heizplatte weg. «Weil Sie die ganze Sauce weggegessen haben», sagte er erbittert. «Da muss es natürlich anbrennen.»

«Sie war sehr gut», sagte Old Jay.

Im Kramladen sagte Doc: «Geben Sie mir ein Dutzend Dosen Bier.»

«Wollen Sie nicht das Pilsner?»

«Beileibe nicht!», sagte Doc. «Ich habe einen Gast, der ...» Dann kam ihm ein tückischer Gedanke. «Ein hochinteressanter Herr», sagte er. «Kommen Sie doch mit rüber und trinken Sie ein Glas mit uns. Mein Freund kann Ihnen das Schachspiel besser erklären als ich.»

«Aber gern», sagte Joseph Maria. «Soll ich ein bisschen Schnaps mitbringen?»

«Warum nicht?», sagte Doc.

Als sie über die Strasse gingen, sagte der Patrón: «Gehen Sie morgen zu der Gesellschaft?»

«Sicher.»

«Ich mag Sie gern, Doc. Aber ich verstehe Sie nicht. Sie sind nicht wirklich», sagte der Patrón.

«Wie meinen Sie das?»

«Nun, alles, was Sie tun, ist ... nun, Sie sind wie das Schach. Ich begreife Sie überhaupt nicht.»

Doc sagte: «Meinen Sie, kein Mensch ist wirklich für einen andern? Sie werden jetzt einen Mann kennen lernen, den es überhaupt nicht geben kann.»

«Sprechen Sie doch nicht so», sagte der Patrón nervös.

Als sie die Treppe hinaufkamen, schrie Old Jay ihnen entgegen: «Ich verkündige euch die frohe Botschaft: das Menschengeschlecht stirbt aus.»

«Das ist Joseph Maria Rivas», stellte Doc vor. «Joseph Maria, das ist Old Jingleballicks.»

«Wieso kann man beim Schach nicht beschummeln?», fragte der Patrón.

«Ach, das kann man schon! Oder zumindest kann man die Figuren des Gegners umstellen. Das kommt aufs Gleiche hinaus. Was sagte ich gerade? Ja doch ... wir versammeln uns zu den ausgestorbenen Sauriern.»

«Schön!», sagte Doc.

«Sie meinen, es gibt keine Menschen mehr?», fragte Joseph Maria.

«Richtig, junger Mann. Wir haben uns selbst den letzten Streich gespielt. Machen Sie das Bier auf! Nur auf seine Selbsterhaltung bedacht, hat sich der Mensch selbst zugrunde gerichtet.»

«Wer ist zugrunde gerichtet?», fragte Joseph Maria.

«Auf dem Olymp muss man sich ins Fäustchen lachen», sagte Old Jingleballicks. «Wir gehn nicht Armageddon entgegen, sondern der Gaskammer, und wir erzeugen unser Gas selbst ...»

«Ich wollte an meiner Abhandlung arbeiten», sagte Doc.

«Schön, ich werde Ihnen helfen», sagte Old Jingleballicks.

«Grosser Gott, nein!», sagte Doc.

«Der Mensch hat alle seine Probleme gelöst», fuhr Old Jay fort. «Raubzeug hat er vom Erdboden vertilgt, Hitze und Kälte beseitigt und ansteckende Krankheiten so gut wie ausgerottet. Die Alten leben weiter, die Jungen sterben nicht mehr. Die schönsten Kriege schaffen keinen Ausgleich für die Geburtenziffern. Es gab eine Zeit, da ein kleines Heer eine Bevölkerung in einem Jahr um die Hälfte vermindern konnte. Hungersnot, Typhus, Pest, Tuberkulose waren zuverlässige Waffen. Ein Kratzer mit einer Lanzenspitze bedeutete Blutvergiftung und Tod. Wissen Sie, wie hoch das Betreffnis der Todesfälle von Kriegsverletzungen heutzutage ist? Ein Prozent. Vor hundert Jahren waren es achtzig Prozent. Die Erdbevölkerung steigt, und die Erdproduktion sinkt. In absehbarer Zukunft ersticken wir an unserer Übervölkerung. Nur Geburtenkontrolle kann uns retten, aber eben das wird die Menschheit nie durchführen.»

«Warum freuen Sie sich so darüber?»

«Es ist ein kosmischer Witz. Der Drang zum Überleben hat dem Aussterben den Weg geebnet.»

«Nicht eine Silbe verstehe ich von all dem», sagte Joseph Maria.

Doc hatte beide Hände voll: in der linken hielt er ein kleines Glas Whisky, in der rechten eine Dose Bier. Aus jenem trank er schlückchenweise, aus dieser tat er grosse Züge. «Jeder Instinkt sagt mir, mich da herauszuhalten», sagte er, «und jeder Impuls gibt mir den Wunsch ein, mich hineinzustürzen.»

«Gut», sagte Old Jay, «Ist das Whisky?»

«Ja, Old Tennisschuh», sagte Joseph Maria. «Wollen Sie davon?»

«Vielleicht später.»

«Okay.»

«Jetzt ist schon später», sagte Old Jingleballicks.

«Nun, der Impuls trägt den Sieg davon», sagte Doc. «Sie haben eines vergessen, Old Jingleballicks. Gewiss, es gibt Arten, die durch ihre eigenen Fehlberechnungen untergegangen sind, aber das waren Arten, die nur eine geringe Abwandlungsfähigkeit hatten. Denken Sie an den Lemming ...»

«Das ist ein ganz besonderer Spezialfall», sagte Old Jingleballicks.

«Woher wissen Sie, dass wir das nicht auch sind? Was tun die Lemminge, wenn ihre Anzahl die vorhandene Nahrung übersteigt? Massen von ihnen schwimmen aufs Meer hinaus und ersaufen, bis der Ausgleich zwischen Nahrungsmitteln und Volkszahl wiederhergestellt ist.»

«Ich bestreite Ihnen das Recht, sich mit Lemmingen zu befassen», sagte Old Jingleballicks. «Reichen Sie mir doch mal die Flasche.»

«Streiten Sie ab, was Sie wollen, und hängen Sie sich auf!», sagte Doc. «Ist der Auszug der Lemminge eine Krankheit? Ein Erinnerungsmoment? Oder eine seelische Erscheinung, die einem Teil der Gruppe aufgezwungen wird, damit die Gesamtheit am Leben bleibt?»

Old Jay brüllte ihn an: «Ich lasse mir meine Aussterbetheorie nicht rauben! Was Sie da sagen, ist ein Schwindel! Hören Sie nicht auf diesen Mann. Das ist ein Charlatan.»

«Beim Teufel, das ist er», sagte Joseph Maria bewundernd.

Doc hielt Old Jay einen Finger zwischen die Augen, wobei er sein Whiskyglas wie einen Pistolenkolben packte. «Krankheit, sagen Sie? Ansteckung? Bis fast zum Nichtvorhandensein zurückgegangen? Aber sagen Sie mal, sind die neurotischen Störungen nicht im Ansteigen begriffen? Und sind sie heilbar oder werden sie durch die Pflege verbreitet? Warten Sie jetzt mal ab. Machen Sie keine Miene zu reden. Sind Sie nicht der

Meinung, dass die Tendenz zur Homosexualität in geometrischer Progression wächst? Und könnte das nicht die Lösung für die Menschheit darstellen?»

«Das können Sie nicht beweisen», schrie Old Jingleballicks. «Das ist alles Gerede ... Überwertung. Ei, Sie könnten mich ebenso gut neurotischer Tendenzen bezichtigen, und dann hätten wir den Salat.» Tränen traten ihm in die Augen. «Mein Freund, mein Seelenfreund, mein wahrhafter Freund», schluchzte er.

Doc sagte: «So was fällt mir nicht im Traum ein.»

«Wirklich nicht?»

«Bestimmt nicht.»

«Wann gedenken Sie, mit dem Abendessen anzufangen?», fragte Old Jingleballicks.

«Sie haben ja mein Abendessen verzehrt», sagte Doc.

«Ich habe einen grossartigen Einfall», sagte Old Jay. «Während Sie das Abendessen herrichten, kann Walter Maria eine frische Flasche Whisky holen, und ich stelle die Schachfiguren auf.»

«Ich heisse nicht Walter Maria, ich heisse Joseph Maria.»

«Soso? Ach, mein Freund, ich werde Ihnen das grossartigste Spiel, das Spiel aller Spiele, die hehre Himmelsschöpfung des menschlichen Verstandes, beibringen. Wollen wir es mit einer kleinen Wette daneben würzen?»

«Ach, Sie alter Hochstapler!», schrie Doc.

«Zehn Dollar, Maria?»

Der Patrón zuckte die Achseln wie zur Entschuldigung vor Doc. «Wenn man etwas lernen will, muss man dafür bezahlen», sagte er.

«Also, sagen wir fünfundzwanzig», sagte Old Jingleballicks. «Möchten Sie ewig leben?»

Doc machte eine Büchse Lachs und eine Büchse Spaghetti auf und rührte alles zusammen in eine Bratpfanne. Dann rieb er Muskatnuss drüber. Und den Topf mit dem angebrannten Ragout stellte er betrübt in den Ausguss zum Aufweichen.

Als die Dunkelheit eingebrochen war, ging der Patrón in seinen Laden zurück und liess durch Cacahuete eine dritte Flasche Whisky abliefern. Dann gesellte er sich zu seinen Wetbacks im Oberstock, die zu den schwermütig getragenen Klängen der Tejuanos tanzten. «*Sandunga*», sangen sie, «*sandunga mamma mia...*».

Während es im Labor immer dunkler wurde, stachen Doc und Old Jay in Musse die dritte Flasche Old Tennisschuh aus.

«Sie haben jetzt lang genug auf dem Bett gelegen», sagte Doc. «Jetzt möchte ich es.»

«Schön denn. Je älter ich werde, desto weniger erwarte ich... und bekomme nichts, nicht einmal von meinen sogenannten Freunden.»

«Jetzt hören Sie mal! Mein erstes Abendessen haben Sie teils verzehrt, teils verhunzt, mein zweites haben Sie hinuntergeschlungen, mein Bier haben Sie hinter die Binde gegossen, Sie haben die doppelte Ration Whisky getrunken, haben mein Bett mit Beschlag belegt, zwei Grammophonplatten kaputtgemacht, und ausserdem habe ich gesehen, dass Sie meine Füllfeder eingesteckt haben. Wie Sie dem Patrón fünfundzwanzig Dollar abgeluchst haben, das weiss ich nicht. Sie hätten ihm nicht erzählen dürfen, dass ein Springer unter bestimmten Umständen drei Felder in einer einzigen Richtung springen darf... das ist unehrlich.»

«Weiss ich», sagte Old Jingleballicks. Er tätschelte

liebevoll das Kopfkissen. «Jetzt legen Sie sich hierher und machen Sie es sich bequem. Ich bringe Ihnen etwas zu trinken. Geht's Ihnen jetzt besser?»

«Ach, mir fehlt gar nichts», sagte Doc.

«Sagen Sie mal, ist das Haus da drüben noch in Betrieb?»

Doc wurde so wütend, dass er sich hochsetzte: «Bleiben Sie davon weg!» rief er. «Sie alter Narr! Legen Sie sich hin und schlafen Sie!»

«Warum soll ich nicht hingehn? Warum soll ich mir die Anmut weiblichen Wesens versagen, wenn mir der Preis zusagt? Ich höre schon das Silbergeklingel ihrer süssen Stimmchen und sehe das Wogen ihrer weissen Rundungen ...»

«Ach, halten Sie den Mund!», sagte Doc.

«Was haben Sie, lieber Freund? Ich kann mich nicht erinnern, dass Sie Ihren Hunger nach Liebe nicht gestillt hätten, selbst wenn es nicht so nah und nicht so preiswert war.»

«Hol Sie der Teufel! sagte Doc. «Aber hier!»

SECHSUNDZWANZIGSTES KAPITEL

DER STURM ZIEHT HERAUF

Um genau die gleiche Stunde, als Doc und Old Jingleballicks sich über etwas herumstritten, wovon sie beide nichts verstanden, sass Mack, leiblich wohlbehalten, doch seelisch erregt, in Faunas Schlafzimmer. In der Hand hatte er eine mit Whisky gefüllte Blumenvase aus venezianischem Glas. Er schüttete Fauna sein Herz aus über ein Problem, wie es seit vielen Jahren nicht bei ihm aufgetreten war.

«Glaub nicht», sagte er, «dass es im Palace noch keine Gesellschaften und Raufereien gegeben hätte. Als die Nachricht kam, dass Gay den Tod fürs Vaterland gestorben sei, veranstalteten wir zu seinem Gedenken eine Festivität, wie sie sie in Salinas beim Rodeo kaum schöner machen können. Gay wäre stolz darauf gewesen – wenn er daran hätte teilnehmen können.»

Fauna sagte: «Es geht das Gerücht, dass drei Leidtragende, noch ehe der nächste Tag zu Ende war, sich zu Gay gesellten.»

«Nun, mit einem gewissen Kontingent von Unfällen muss man immer rechnen», sagte Mack bescheiden. «Jedenfalls war es ein gelungenes Fest. Aber die Sache ist etwas ganz Spezielles. Es handelt sich nicht nur darum, dass edle, treue Herzen einem teuren Freund auf Grund allgemeiner Wohltätigkeit einen schönen Batzen zukommen lassen wollen, es steht noch ein weiterer Punkt auf dem Programm. Just im Palace Hotel sollen die Startpflöcke für die heiligen Bande der Ehe eingeschlagen werden. Diesmal handelt es sich um einen halkyonischen Klamauk. Ich und die Jungens, wir haben darüber wahrhaftig zartsinnige Ansichten.»

«Aber keine Anzüge», sagte Fauna.

«Richtig! Wir sind der Ansicht, dass irgendwer einen Wertmasstab aufstellen muss. Wenn die teuren Freunde wie die Lumpen aussehen, wie sollen dann die Lumpen aussehen?»

Fauna sagte: «Ich verstehe. Wie hoch wollt ihr euch denn versteigen? Bis zu Affenjacken?»

«Ach, du lieber Gott, das nicht!», sagte Mack. «Bloss Hosen und Röcke aus dem selben Stoff, und keiner darf rein ohne Krawatte, auch Schleifen mit Radiumbeleuchtung werden nicht zugelassen. Es handelt sich um einen verdammt feierlichen Anlass, Fauna.»

Fauna kratzte sich mit dem Bleistift die Kopfhaut.

Mack fuhr fort: «Ich bin nicht mehr der Jüngste. Ich weiss nicht, wieviel Feste ich noch mitmachen kann.»

«Wir werden alle nicht jünger», sagte Fauna, worauf sie sich nunmehr mit dem Bleistift auf die Zähne trommelte. War es doch an dem, dass auch sie mit einem Problem zu ringen hatte und dass sie Mack darüber um Rat angehen wollte. Nun aber platzten die zwei Probleme auf einander, und siehe da, es ergab sich eine Lösung für beide. Faunas Augen leuchteten triumphierend auf, während sie vor sich hin sagte: «Ich hab's!»

«Bring es mir sanft bei», sagte Mack. «Ich habe nicht viel geschlafen.»

Fauna stand auf und holte den Deutestock, mit dem

sie den Sternverkehr zu regeln oder auffällig schlechte Körperhaltung zu rügen pflegte. Wenn sie diesen Zauberstab in der Hand hatte, floss ihre Rede leichter. «Die Sache erheischt einen Trunk», sagte sie und goss ein.

Mack drehte den Stengel der Blumenvase in den Fingern und schaute durch das Nass. Das rote Glas liess den Whisky grün erscheinen.

Fauna hub an: «Vor langer Zeit war einmal eine Königin und die war schwerreich. Es kam ihr nicht darauf an, ein paar hundert Dollar für einen Schlafrock auszugeben. Sie hatte so viele Armbänder an, dass sie die Arme nicht bewegen konnte. Weisst du, was die anzog, wenn sie einen Geburtstag hatte oder einer Hinrichtung am Galgen beiwohnte oder dergleichen?»

«Overalls», sagte Mack.

«Das nicht, aber du bist nah dran. Sie zog sich als Stallmagd an. Dann wurde eine Kuh sauber gewaschen, die Königin setzte sich auf einen goldenen Schemel und machte sich ans Melken. Und da ist eine andere alte Dame. Das Feinste vom Feinen. Die gibt Gesellschaften, wo überhaupt niemand zugelassen wird. Die trägt einen Turban. Das tut sie seit Jahren. Wenn du über eine Menschenmenge hinblickst und siehst keinen Turban, dann ist sie nicht da.»

Macks Hand zitterte, als er die Blumenvase zu den Lippen führte. «Verstehe ich recht?»

«Ein Maskenball!», rief Fauna. «Es gibt nur zwei Sorten Menschen auf der Welt, die Maskenbälle geben: Leute, die zu viel besitzen, und Leute, die gar nichts besitzen.»

Mack lachte in sich hinein. «Kann ich noch eine Aufmunterung haben?», fragte er.

«Bediene dich nur», sagte Fauna. «Ein Maskenball hat noch andere Vorzüge. Die Menschen kriegen auf die Dauer einen Überdruss an sich selber. Auf dem Maskenball können sie einmal eine Zeitlang etwas anderes sein.»

Von Hochachtung erfüllt sagte Mack: «Früher hiess es immer: wenn du etwas nicht rundkriegst, dann wende dich an Mack. Fauna, du bist mir über. Du bist ein Frauenzimmer mit Mordseinfällen.»

«Gefällt dir das?»

«Ob's mir gefällt? Fauna, das ist etwas, wo die Zeitschrift ‚Life' ihren Hintern dafür hergeben würde, dass sie eine Einladung dazu bekäme.»

«Wir müssen aber eine Devise haben.»

«Was meinst du damit?»

«Nun, wir können es den Leuten nicht überlassen, dass sie einfach machen, was sie wollen. Du kannst dir nicht vorstellen, was für einen Krempel die tragen würden. Ich will keinen Lumpenball haben.»

«Da hast du wohl Recht. Hast du schon eine Idee dazu?»

«Wie wär's mit ‚Schneewittchen und die Sieben Zwerge'?»

«Ich hab den Film gesehen», sagte Mack. «Mir scheint, das ist das Richtige. Hazel kann ich mir sehr gut als grossen blöden überentwickelten Zwerg denken.»

«Das ist das Nette dran», sagte Fauna. «Es gibt der Phantasie Spielraum.»

«Meinst du nicht, dass das ein weiteres Glas erheischt?»

«Aber bestimmt meine ich das! Du machst das bekannt, Mack, nicht? Wer nicht als Zwerg, Prinz oder

Prinzessin erscheint, wird nicht hineingelassen. Halt' die Vase da ruhig.»

«Ausser Doc», sagte Mack.

«Weisst du», sagte Fauna, «ich wette zehn zu eins, dass er eine Krawatte anzieht.»

SIEBENUNDZWANZIGSTES KAPITEL

O GLORREICHER TAG!

Was das Nachrichtenübermittlungssystem in Cannery Row betrifft, so grenzt seine Rätselhaftigkeit an Hexerei und sein Tempo an die Lichtgeschwindigkeit. Fauna und Mack hatten ihre Entscheidung, dass das Fest die Form eines Maskenballes erhalten solle, am Freitagabend 9 Uhr 11½ Minuten gefällt. Um 9 Uhr 12 Minuten hatte die Hexerei eingesetzt, und um 9 Uhr 30 Minuten wusste die gesamte Anwohnerschaft, soweit sie nicht schlief, betrunken oder auswärts war, darüber Bescheid. Ein besonders gehässiges Weibsbild, das lange keinen Mann gehabt hatte, machte die Bemerkung: «Wie soll man wissen, wer da kostümiert ist und wer nicht?», eine Äusserung, die zweifellos auf ihren eigenen unzulänglichen Vermögens- und Bekleidungszustand zurückging. Doch ansonsten wurde die Neuigkeit durch die Bank mit Anerkennung und Freude aufgenommen.

Man bedenke doch, was den Losbesitzern geboten werden sollte: ein Riesen-Budenzauber im Palace Hotel; eine Verlosung, bei der man ein Haus gewinnen konnte; eine Verlobung unter so aufregenden Umständen, wie sie in den Annalen von Cannery Row noch nicht dagewesen war; und zu alledem noch ein Maskenball! Jedes Einzelne davon wäre hinreichend gewesen. Alles zusammen, das drohte der Festivität die Dimensionen einer Katastrophe zu verleihen.

Fauna war ein Stein vom Herzen gefallen, denn damit hatte das sie am schwersten drückende Problem seine Lösung gefunden. Sie hatte im Sinn gehabt, Suzy in eine dem Anlass entsprechende Gewandung zu kleiden, wogegen sich jedoch Suzy mit ihrem Dickkopf sicher gesträubt haben würde. Jetzt war das leicht geworden. Zwischen dem Kostüm Schneewittchens und dem einer anmutigen jungen Braut besteht ja wenig Unterschied.

Es mag Leute geben, die der Ansicht sind, Fauna habe sich damit übernommen, dass sie ohne Vorwissen beziehungsweise Einverständnis der Beteiligten eine Ehe zu Stande bringen wollte, und solche Skeptiker sind damit vollkommen im Recht. Es war jedoch Faunas Überzeugung, eine aus langjähriger Erfahrung stammende Überzeugung, dass die meisten Menschen erstens nicht wissen, was sie wollen, zweitens nicht wissen, wie sie es erlangen sollen, und drittens nicht wissen, wann sie es erlangt hatten.

Fauna gehörte zu den seltenen Leuten, die nicht nur Überzeugungen haben, sondern auch durchaus gewillt sind, die Verantwortung dafür zu übernehmen. Sie huldigte der Überzeugung, Doc und Suzy müssten ein Paar werden. Da die beiden aber zu wirrköpfig, gedankenlos oder schüchtern waren, um diesen glücklichen Zustand herbeizuführen, so war Fauna bereit, das an ihrer Statt zu tun. Die Krittler werden aufschreien: «Wenn sie sich aber irrt! Wenn diese Verbindung nicht glücklich ausgeht?» Worauf Fauna, wenn sie dergleichen vernommen hätte, wohl geantwortet haben würde: «Gar so glücklich sind sie jetzt auch nicht. Die Möglichkeit eines guten Ausgangs besteht. Was haben sie zu verlieren? Und, wenn man's recht besieht, wer weiss denn immer, wie alles ausgeht? Doc hat eine Krawatte angezogen, nicht wahr? Und wenn ich mich irre, dann ist das meine Schuld. Selbstredend werden sie sich hin und wieder zanken. Wer tut das nicht? Aber etwas wird für die zwei schon dabei herauskommen. Mit welchen Gewissheiten kann denn ein Mensch überhaupt rechnen?»

Und wenn dann darauf hingewiesen würde, dass die Menschen das Recht haben sollten, nach reiflicher Überlegung selbst ihre Wahl zu treffen, dann würde Fauna wohl geantwortet haben: «Wer überlegt denn? Das kann ich tun, weil ich nicht beteiligt bin.»

Und wenn ihr jemand vorgeworfen hätte, sie sei eine Gschaftlhuberin, so würde sie gesagt haben: «Verflucht richtig! War ich mein ganzes Leben lang.» Bei einer Auseinandersetzung mit Fauna den Sieg davonzutragen, das war unmöglich, denn sie gab einem einfach nach und tat dann doch das, was sie vorhatte. Sie hatte sich der Astrologie zugewandt, weil sie festgestellt hatte, dass die Menschen von einer klugen, erfahrenen Freundin keinen Rat annehmen, dagegen blindlings den Weisungen der Planeten gehorchen, die, allen einschlägigen Berichten zufolge, recht fern und teilnahmslos sind. Doc konnte man nicht mit Astrologie beikommen, also musste man ihn einfach mit Gewalt breitschlagen. Fauna erwartete keinen Dank. Darauf verzichtete sie seit langem. Doc vermochte die dunkle Stimme in seinen Eingeweiden nicht zu deuten, aber sie klang laut und vernehmlich an Faunas Ohren. Sie wusste um seine Einsamkeit. Wenn sie mit ihm zusammen war, so überdröhnte diese leise Stimme alle andern.

Am Samstagvormittag liess sie sämtliche Mädchen

des Hauses alles, was diese an Kleidungsstücken besassen, hervorholen und auf dem Bett in ihrem Bureau-Schlafzimmer ausbreiten.

Nun war Mabel eine geborene, eine waschechte Prostituierte. Wann und wo, unter welchen Umständen auch immer würde Mabel nach einer kurzen Zeit der Orientierung genau das getrieben haben, was sie in Cannery Row trieb. Bei ihr war das keine Schicksalsfügung, sondern eher eine Zusammenfügung von Veranlagungen und Neigungen. Ob sie in einer Hütte oder einem Schloss zur Welt gekommen wäre, Mabel würde sich der Prostitution ergeben haben.

Was sich da auf Faunas Bett an weiblichem Putz aufhäufte, war imposant. Manche dieser Gewänder wären geeignet gewesen, einem Mädchen unverzüglich ein Strafmandat wegen Landstreicherei einzubringen, wenn sie bloss an den nächsten Briefkasten ging.

Mabel bat Fauna zu einem Gespräch unter vier Augen. «Meine Grossmama ist aus Europa gekommen», sagte sie, als die Tür ihres Zimmers ins Schloss gefallen war. Dann zog sie die unterste Schublade ihrer Kommode auf und entnahm ihr ein in braunes Papier geschlagenes und – zum Schutz gegen die Luft – mit Zellophanstreifen zugeklebtes Paket. «Grossmama hinterliess es Mama, und Mama hinterliess es mir», sagte sie, während sie das Papier aufriss. «Wir beide konnten keinen Gebrauch davon machen.» Schicht nach Schicht entfernte sie das Seidenpapier und breitete schliesslich auf ihrem Bett ein Kleid aus, ein Brautkleid aus echtestem weissen Leinenstoff mit weisser Blumenstickerei, deren Stiche so fein waren, dass es aussah, als seien sie in den Stoff gewebt. Das Mieder war eng anliegend und der Rock sehr bauschig. Dann machte

Mabel noch einen Karton auf und legte einen silbernen Brautkranz neben das Kleid. «Ich verlasse mich darauf, dass sie nichts beschädigt», sagte Mabel. «Sag ihr, sie soll nichts draufspritzen. Ich werde den Kranz glänzend putzen; das Silber ist ein bisschen schwarz angelaufen ... es ist echtes Silber.»

Das verschlug selbst Fauna die Sprache. Ihre Finger streichelten das duftige, anmutige Gewebe. Es war nicht leicht, dass Fauna in Tränen ausbrach, aber das Kleid brachte sie fast dazu. «Schneewittchen!», hauchte sie atemlos. Sie betrachtete das Kleid genau, dann sagte sie: «Es sieht so aus, als könnte es ihr passen.»

«Nun, wir können es ein bisschen abstecken, wo es nicht sitzt.»

«Weisst du, du bist ein gutes Kind. Soll ich sehen, dass ich dich auch unterbringe?»

«Nein, zum Kuckuck», sagte Mabel. «Mir gefällt's hier. In dem Beutel da ist auch noch ein Schleier.»

«Ob wir einen Schleier durchsetzen können, weiss ich nicht, aber wir werden's versuchen», sagte Fauna.

«Ach, zum Kuckuck, die kann doch einen Schleier nicht von einem Putzlumpen unterscheiden.»

Wenn die Menschen auf Staatsangelegenheiten, Politik oder auch nur auf ihre eigenen Geschäfte so viel Denken, Sorge, Erwägung verwenden würden, wie sie darauf verschwenden, was sie zu einem Maskenball anziehen sollen, dann liefe die Welt in gutgeölten Geleisen. An der Oberfläche war Cannery Row ruhiger als gewöhnlich, aber unter der Oberfläche brodelte es nur so. In einer Ecke des Palace Hotels erteilte Whitey No 2 dem kleinen Johnny Carriaga Unterricht in der

Kunst des Verschwindenlassens von Spielkarten. Johnny war für die Gelegenheit ausgeborgt oder, wahrheitsgemässer, gemietet worden, denn Alberto Carriaga hatte für die Benutzung seines Erstgeborenen zweiundsechzig Cents, den Preis einer Gallone Weines, erhalten. Es war nämlich geplant, Johnny als Cupido mit Pappdeckelflügeln, Pfeil, Bogen und Köcher auszustaffieren. Der Köcher war als Versteck des Gewinnloses ausersehen. Denn wiewohl so ziemlich jedermann in der Row wusste, dass die Verlosung «gedeichselt» wurde, so liess es doch ein gewisser Stolz als unumgänglich erscheinen, dass der Schwindel mit etwas Würde ausgeführt wurde. Da man Johnny nicht ganz traute, wurden die Pfeile in dem Köcher mit hohlen Gummisaugspitzen versehen.

Whitey No 2 hatte eine Karte in der genauen Grösse eines Lotterieloses zurechtgeschnitten. «Jetzt versuch' es noch einmal, Johnny», sagte er. «Nein, ich sehe den Rand. Schau! Du musst die Ränder ein bisschen in deinem Handteller zusammenbiegen. Versuchs's noch einmal! So ist's recht. Das ist gut. Jetzt wollen wir mal sehn, ob du sie aus dem Köcher herauskriegst. Du machst eine Bewegung mit dem Bogen ... so ..., damit man auf deine andere Hand aufpasst, und sagst ... »

«Ich weiss», sagte Johnny. «‚Ich bin Cupido, der Gott der Liebe. Ich nehme nichtsahnende Herzen aufs Korn.‘»

«Herrgott, das ist ja grossartig», sagte Eddie. «Ich möchte nur wissen, wo Mack das her hat.»

«Das hat er selbst verfasst», sagte Whitey No 2. «Also, während du den Bogen mit der rechten Hand vorschiebst, nimmst du mit der linken das Los aus dem Köcher. Versuch's mal.»

«Ichbincupidodergottderliebe», leierte Johnny und schwang den Bogen.

«Gut so», sagte Whitey No 2. «Nur noch ein bisschen mehr Übung. Dabei nicht auf die linke Hand gucken, Johnny. Immer auf den Bogen sehen. Hier ist jetzt die Schüssel. Wühle in den Karten herum, ohne das Los fallen zu lassen. Mach, übe das mal.»

«Ich will fünfunddreissig Cents», sagte Johnny.

«Wa-as?»

«Wenn ich keine fünfunddreissig Cents kriege, verrat' ich's.»

«Mack», rief Whitey No 2, «das Bürschchen da schlägt auf.»

«Gib ihm schon, was er verlangt», sagte Mack. «Ich spiele nachher ‚Quitt oder Double' mit ihm.»

«Aber nicht mit der Münze, wo auf beiden Seiten gleich ist», sagte Johnny.

«Es scheint, Kinder haben heutzutage keinen Respekt mehr vor älteren Leuten», bemerkte Eddie. «Wenn ich je so etwas gesagt hätte, hätte mir mein Alter eine geschmiert.»

«Vielleicht hat dein Alter keine Verlosungen gedeichselt», sagte Johnny.

Whitey No 1 sagte: «Dieses arme Kind ermangelt der Tugend. Weisst du, wohin ungezogene Kinder kommen, Johnny?»

«Selbstverständlich. Ich war schon dort», sagte Johnny.

«Gib ihm die fünfunddreissig Cents», sagte Mack.

Welch geheime, verborgene Sehnsüchte liegen doch in uns! Hinter gebrochenem Nasenbein und tückischem

Auge mag ein vornehmer Kavalier stecken; hinter den Posen, Symbolen und Mythen Joe Elegants verbirgt sich vielleicht der Drang danach, ein Mann zu sein. Wenn man, auch nur für einen einzigen Abend, das sein könnte, was man eigentlich sein möchte, was wäre das dann? Welches Geheimnis käme dann zutage?

Bis zu einem gewissen Grad war bekanntlich die Devise zu der Verlosungs- und Verlobungsfeier im Palace im Hinblick auf Hazel gewählt worden. Er hatte wahrlich das Zeug zu einem Zwerg. Doch als er das Märchen durchgelesen, einige Fragen gestellt und davon ein so klares Bild gewonnen hatte, wie er überhaupt eines von irgendetwas gewinnen konnte, fiel seine Wahl auf den Prinzen. Er sah sich selbst in weißseidenen Kniehosen und einem Etonboy-Jackett, die linke Hand auf den Korb eines zierlichen Degens gestützt.

Man bot ihm statt dessen Grumpy, den liebenswerten sauertöpfischen Zwerg; man machte ihm andere ehrenvolle Vorschläge; aber nein, Hazel hielt an seiner Idealfigur fest: entweder er gehe als Märchenprinz oder überhaupt nicht. Wahrlich, Freundschaften sind über Geringeres in die Brüche gegangen.

«Schön denn», sagte Mack, «mach nur zu. Ich wollte dir bei diesem Kostüm behilflich sein, aber ich merke es schon, wenn mir die Tür vor der Nase zugeschlagen wird. Hazel, wenn du der Märchenprinz sein willst, dann hilf dir selber.»

«Wenn schon!», sagte Hazel. «Wer braucht dich zur Hilfe? Ich wette, du bist böse, weil du der Märchenprinz sein wolltest?»

«Ich? Nö!», sagte Mack. «Ich gehe als Baum.»

«Wie das?»

«Es ist doch ein Wald da, nicht?», sagte Mack. «Ich

will ein bisschen anämisch ... ich meine ... anonymisch bleiben. Man sieht den Baum vor lauter Wald nicht.»

Hazel begab sich seinerseits zu einem Baum, nämlich zur Zypresse, und setzte sich darunter. Es war ihm mulmig zu Mute, denn Gedanken kamen ihm keine, und wenn er nach ihnen haschte, liefen sie schreiend davon. Aber sein Entschluss war gefasst. Er durfte sein Amt nicht verleugnen. Ein Mann, der laut Schicksalsspruch dazu bestimmt ist, Präsident zu werden, kann nicht als Zwerg gehen. Das wäre würdelos. Er brach bald auf, ging zur Hintertür der Flotten Flagge und wandte sich um Hilfe an Joe Elegant.

Joe lächelte. «Ich werde dir schon helfen», sagte er heimtückisch.

In der ganzen Cannery Row wurden Koffer aufgemacht, und der Geruch der Mottenkugeln drang bis auf die Fahrbahn hinaus. Und in der ganzen Row wurde das Märchen umgeschrieben, damit es zur vorhandenen Garderobe passte. Doch wie auf Grund stummen Einverständnisses kam niemand darauf, Schneewittchen sein zu wollen.

Doc erwachte mit vollständig zerschlagenen Knochen, weil er auf dem Fussboden des Western Biological hatte nächtigen müssen. Er blieb noch einen Augenblick reglos liegen und versuchte herauszubekommen, welcher Körperteil ihm am wehesten tat. Nicht am wenigsten quälte ihn der Gedanke daran, dass er Old Jingleballicks gezwungen hatte, sich in sein Bett zu legen. Zu diesem Opfer musste ihn eine blödsinnige, vom Alkohol, wenn nicht gar von einem geheimen

Masochismus eingegebene Gutmütigkeit veranlasst haben. Er richtete sich etwas auf, stützte sich auf den einen schmerzenden Ellbogen und blickte zu dem alten Spitzbuben hinüber, der in süssem Schlummer dalag, die spiegelblanke rosa Glatze vom gelblichen Haarkranz umgeben wie von einem Heiligenschein, und wohlig-schnarchende kurze Atemstösse von sich blies.

«Aufwachen!», schrie Doc wütend.

Die fahlen Augen flackerten auf. «Was gibt's zum Frühstück?», frage Old Jay.

«Besitzen Sie nicht einmal so viel Anstand, einen Kater zu haben?»

«Selbstverständlich», sagte Old Jay würdevoll. «Wie wär's mit etwas Bier?»

«Tut Ihnen der Kopf weh?»

«Ja.»

«Tun Ihnen die Glieder weh?»

«Ja.»

«Haben Sie ein Schwächegefühl von zu niederem Blutdruck?»

«Kolossal.»

«Jetzt hab ich Sie erwischt», sagte Doc. «Gehn Sie Bier holen.»

Die fahlen Augen rollten entsetzt in ihren Höhlen. «Ich zahle die Hälfte, wenn Sie es holen.»

«Nein.»

«Wissen Sie was ... Ich leihe Ihnen das Geld dazu.»

«Nein.»

Die Augen von Old Jingleballicks wurden noch fahler. «Reichen Sie mir mal meine Hosen», sagte er; dann angelte er ein Vierteldollar- und ein Zehncents-Stück heraus und hielt sie Doc hin.

«Nein», sagte dieser.

«Grosser Gott, was wollen Sie denn eigentlich?»

«Zwei Dollar.»

«Dafür gibt's doch sechs Flaschen!»

«Eben. Sie sind in der Falle, Old Jingleballicks, und das wissen Sie auch.»

Old Jay wühlte in der Tasche herum und förderte zwei Eindollar-Scheine zutage. «Vielleicht kann ich es auf Vergnügungskonto buchen», sagte er.

Doc zog Hose und Hemd an und ging über die Strasse. Er nahm sich Zeit. Er trank eine Flasche Bier rasch hinunter und stach etwas langsamer noch eine zweite aus, während er sich von Joseph Maria die Neuigkeiten des Tages berichten liess.

Ins Labor zurückgekehrt stellte er die vier noch übrigen eisgekühlten Flaschen auf den Tisch.

«Wo ist mein Herausgeld?» fragte Old Jay.

«Das hab' ich versoffen», sagte Doc. Seine Stimmung begann sich zu heben. Als er den betroffenen Blick des Andern sah, sagte er beglückt: «Sie gemeiner alter Gauner, sind Sie doch einmal reingelegt worden. Übrigens gäbe ich etwas drum, wenn ich verstünde, was mit Ihnen los ist. Sie müssen doch Millionen haben, und dabei knausern und winseln und schwindeln Sie. Warum das?»

«Bitte geben Sie mir mein Bier. Ich sterbe», sagte Old Jingleballicks.

«Na, sterben Sie noch ein bisschen länger», sagte Doc. «Ich sehe Sie gern sterben.»

«Es ist nicht meine Schuld», sagte Old Jay. «Es ist ein Geisteszustand. Man könnte es den amerikanischen Geisteszustand nennen. Die Steuergesetzgebung lässt eine neue Menschenart entstehen ... mehr eine Psychologie als eine Psychose. Noch zwei, drei Generationen, und die Species hat sich fest herausgebildet. Kann ich jetzt Bier kriegen?»

«Nein.»

«Wenn ein Mensch Geld hat, dann fragt er nicht: ‚Kann ich mir das und das leisten?', sondern: ‚Kann ich es in Abzug bringen?' Wenn zwei Leute zusammen Mittag gegessen haben, dann streiten sie darüber, wer bezahlen soll, wenn sie beide die Rechnung sowieso in Abzug bringen können ... Ein ganzes Volk wird durch seine Gesetzgebung zur Unehrlichkeit erzogen, weil Ehrlichkeit bestraft wird. Aber die Sache ist noch ärger. Wenn Sie mir eine Flasche herübergeben, dann erkläre ich Ihnen das.»

«Erst erklären.»

«Ich habe die Steuergesetze nicht verfasst», sagte Old Jay zitternd. «Das einzige schöpferische Ding, das wir haben, ist das Individuum; aber das Gesetz verbietet mir, einem Individuum Geld zu geben. Ich muss es einer Gruppe, einer Organisation geben, und das Einzige, was eine Gruppe je geschaffen hat, ist die Buchhaltung. Um an meiner Spende teilhaben zu können, muss das Individuum Teil einer Gruppe werden und so seine Individualität und Schöpferkraft verlieren. Ich habe das Gesetz nicht verfasst. Ein Gesetz, das die Freigebigkeit unterdrückt und Wohltätigkeit zu einem guten Geschäft macht, ist mir zuwider. Handelsgesellschaften büssen ihre Finanzkräfte ein, weil sie mit den Löhnen Verschwendung treiben. Ich beklage es, aber ich handle danach. Ich weiss, dass Sie ein Mikroskop benötigen, aber ich kann Ihnen keins schenken, weil ein Mikroskop im Wert von vierhundert Dollar mich mit den Steuern zwölfhundert Dollar kostet, das heisst: wenn ich es Ihnen schenke statt einem Institut. Ei, wenn

Sie durch Ihre schöpferische Arbeit einen Preis erringen, dann geht der grösste Teil des Geldes auf die Steuern drauf. Ich habe nichts gegen Steuern, weiss Gott! Aber ich habe nichts übrig für ein Gesetz, das der Wohltätigkeit die herzenswarme Anteilnahme an andern Menschen raubt und sie zu einer anrüchigen Drückebergerei macht. Und wenn Sie mir jetzt kein Bier hergeben, dann sehe ich mich zu meinem Leidwesen gezwungen ...»

«Hier ist Ihr Bier», sagte Doc.

«Was gibt's zum Frühstück?»

«Das mag Gott wissen. Das Fest im Palace am Abend soll ein Maskenball werden. Unter der Devise ‚Schneewittchen und die Sieben Zwerge'.»

«Wie kommen die da drauf?»

«Was weiss ich ...»

«Ich gehe als roter Zwerg», sagte Old Jingleballicks.

«Ein untergehender Stern. Wird Ihnen gut zu Ihrem Haar stehen», sagte Doc.

Als das Bier zu Ende war, kamen die beiden zu der Ansicht, dass Bier Frühstück überflüssig mache. Doc holte sechs weitere Flaschen; in einem Ausbruch von Grosszügigkeit nahm er sogar Pilsner.

«Das nenne ich mir ein Bierchen!», sagte Old Jingleballicks. «Ein grosses, ein edles Volk, diese Mexikaner. Der Sonnentempel und das Bier da –, ganze Grosskulturen haben weniger hervorgebracht. Sie fingen übrigens gestern an, mir von einer Abhandlung zu erzählen, von der Sie durch ein Mädchen abgelenkt worden seien. Das Mädchen möchte ich sehen.»

«Ich möchte Ihnen etwas über meine Abhandlung erzählen. Ich will nämlich gewisse Vergleiche ziehen zwischen den Gefühlsreaktionen bei den Cephalopoden und bei den Menschen und die pathologischen Veränderungen bei diesen Reaktionen feststellen. Die Körperwände der Tintenfische sind nämlich halbdurchsichtig. Mittels geeigneten Apparaten könnte es möglich sein, die Veränderungsvorgänge zu beobachten. Die primitiveren Organismen können uns manchmal den Schlüssel für die komplizierteren geben. So wurde, zum Beispiel, die Dementia praecox als eine rein psychopathologische Erscheinung betrachtet, bis man feststellte, dass sie auch physiologische Symptome aufweise.»

«Warum schreiben Sie die Abhandlung nicht?»

«Mir kommt vor, ich habe Angst. Es packt mich etwas wie Grauen, wenn ich anfange.»

«Was haben Sie zu verlieren, wenn es misslingt?»

«Nichts.»

«Was haben Sie zu gewinnen, wenn es gelingt?»

«Das weiss ich nicht.»

Old Jingleballicks sah Doc mit gütigen Augen an. «Haben Sie genügend Bier intus, um nicht streitsüchtig zu werden?»

«Ich bin nie streitsüchtig.»

«Und wie sind Sie das! Gestern Abend haben Sie mir fast den Kopf abgerissen. Sie haben mich schwer gekränkt.»

«Das tut mir aber leid. Also, was wollten Sie sagen?»

«Werden Sie mich ausreden lassen?»

«Ich werd's versuchen.»

«Sie kommen mir vor wie eine Frau, die nie ein Kind gehabt hat, aber alles Drum und Dran kennt», sagte Old Jay. «Ihnen mangelt die Erfüllung. Meiner Ansicht nach haben Sie etwas in sich unterdrückt oder sich irgendetwas versagt, ungefähr so, als wenn Sie sich zwar reichlich Nahrung zuführten, aber kein Vitamin A. Sie haben keinen Hunger, aber Sie verhungern. So ist das mit Ihnen, scheint mir.»

«Ich wüsste nicht, was mir mangelte. Ich habe Freiheit, Bequemlichkeit und eine Arbeit, die ich gern tue. Was geht mir ab?»

«Nun, gestern Abend ... in jedes Gespräch schlich sich ein Mädchen namens Suzy ein ...»

«Um Gotteswillen!», rief Doc aus. «Wissen Sie, wer Suzy ist? Ein ungebildetes Strassenmädel, eine Hure! Ich habe sie zum Abendessen mitgenommen, weil Fauna mich darum bat. Ich fand sie interessant, wie ich eine neue Species Tintenfische interessant finden würde, weiter nichts. Sie sind immer ein vermaledeiter alter Trottel gewesen, Old Jingleballicks, aber doch kein romantischer Trottel.»

«Wer redet von Romantik? Ich sprach von Hunger. Vielleicht können Sie nie ganz Sie selbst sein, weil Sie sich nie ganz einem andern Menschen gegeben haben.»

«Das ist der gottverdammteste esoterische Blödsinn!», schrie Doc. «Warum ich Sie beherberge, weiss ich nicht!»

«Dann denken Sie mal drüber nach, warum Sie so wild werden», sagte Old Jay.

«Was?»

«Na, geben Sie sich nicht die grösste Mühe, etwas abzuleugnen, was keiner Ableugnung wert ist, wenn es wahr wäre?»

«Manchmal scheint mir wirklich, Sie sind vollständig übergeschnappt», sagte Doc.

«Wissen Sie, was ich jetzt tue?», sagte Old Jay. «Ich gehe eine Flasche Whisky kaufen.»

«Nicht zu glauben!!», sagte Doc.

ACHTUNDZWANZIGSTES KAPITEL

HINTER DEN BERGEN BEI DEN SIEBEN ZWERGEN

Als Baulichkeit war das Palace Hotel nicht sehr imposant: Bretter und Knüppel aus Rotholz, mit geteerter Dachpappe gedeckt, neun Meter lang, fünf Meter breit, zwei viereckige Fenster und zwei Türen, eine zu beiden Seiten. In diese primitive Kiste hatten Mack und die Jungens einige bemerkenswerte Gegenstände verbracht, Erzeugnisse teils von ihres Geistes, teils von ihrer Hände Arbeit, manchmal auch ihres Missgeschicks. Der grosse gusseiserne Herd war in ausgezeichnetem Zustand und konnte sich wohl vermessen, das Colosseum zu überdauern, mit dem er eine gewisse Ähnlichkeit hatte. Die Standuhr, die ehemals einem Hund Obdach geboten hatte, war jetzt leer; Eddie äusserte öfter den Wunsch, darin begraben zu werden. Alle Betten hatten Baldachine als Ersatz für die Ausbesserung des Daches, und Gays Bett wurde genau so belassen, wie es bei seinem Abmarsch in den Krieg gewesen war: die Flickensteppdecke war zurückgeschlagen, und es kam darunter ein Bettuch aus grauem Tennishosenflanell zum Vorschein. Ein bei Seite 62 aufgeschlagenes Exemplar von «Sensationelle aber wahrheitsgetreue Geschichten aus der Wüste» lag auf der Apfelkiste, wie er sie liegen gelassen hatte; und sein Prunkbesitz, eine Rarität, nämlich ein Zahnrad vom Differential eines Willys-Knight, Modell 1914, lag am Boden der Kiste auf einer Unterlage von schwarzem Sammet. Auf dem Bord über dem Bett hielten die Jungens immer irgendein Sträusschen in einem eleganten Schnapsglas, denn Gay hatte Blumen geliebt. Er ass sie; besonders gern rote Rosen, Senfblumen, wilde Rübenblüten und die Blütenblätter einer bestimmten Dahlienart. Die Jungens dachten immer noch, er könne eines Tages wiederkommen, obschon er in der Verlustliste als gefallen stand und seine Militärversicherung ausbezahlt worden war.

Im Palace hatte schon mancher Budenzauber stattgefunden, aber ein so mordsmässiger, wie er nun im Begriff war loszukrachen, doch noch nicht. Aussen war das Haus frisch geweisst. Die Betten waren zusammengeschoben worden, und über den Raum waren Fichtenzweige zu einem Baldachin übers Kreuz gelegt, so dass sich eine Laube bildete. Der grosse Herd war als Bar hergerichtet; der Bratofen war vollgestopft mit zerkleinertem Eis. Vor der Hintertür war eine kleine Bühne aufgebaut mit der Tür als Auftritt und einem Vorhang aus Anstreicherrupfen davor, denn es waren hier – ganz abgesehen von der Verlosung – gewisse theatralische Attraktionen geplant.

Die Laube war durch Lampions beleuchtet, und eine Kette von Lampions führte zum Hühnersteig über dem Eisenbahngeleise hinunter. Die Jungens waren sehr zufrieden mit ihren Leistungen.

Als Mack das ganze Bild in Augenschein nahm, prägte er dafür ein Wort, das in die Geschichte von Cannery Row einging: «Ein wahrhaftes Märchenland», sagte er.

Der Patrón hatte seine Elitetruppe von Musikern, die Original-Espaldas Mojadas, zur Verfügung gestellt:

zwei Guitarren, Schlagzeug mit Rasseln und Castagnetten, eine haitianische Trommel und schliesslich ein Guitarón von der Grösse eines Ruderboots. Der Neffe des Patrón, Cacahuete Rivas, sollte programmgemäss mit seiner Trompete später zu der Jazzkapelle stossen; zur Zeit befand er sich, zwecks gedämpfter Einübung seiner Solonummer, draussen am Strand.

Als der Abend sich über Cannery Row senkte, waren die Jungens müde, aber befriedigt. Macks Beispiel folgend, begnügten sie sich damit, Bäume darzustellen. Sie waren ja die Gastgeber. Dass Hazel sich davon ausgeschlossen hatte, war der einzige Wermutstropfen in ihrem Freudenbecher. Seine Sucht, Märchenprinz zu sein, hatte die Liebe zu seinen Freunden besiegt. In Joe Elegants winzigem Zimmer wurde die Verwandlung vorgenommen.

Bei Maskenfesten ist es im Allgemeinen so, dass die eintreffenden Gäste zunächst einmal eine Stunde lang verlegen, ebenso schüchtern wie nüchtern, herumstehen, bis Stimmung in die Sache kommt. Doch in Bezug darauf, wie ein Fest seinen Anfang zu nehmen hat, ist Cannery Row vielen andern Kulturzentren weit voraus. Das Fest sollte punkt neun Uhr abends beginnen. Den Gästen würde mittels Cacahuetes Trompete Kenntnis gegeben, welche «Whistle while you work» intonieren sollte.

Mindestens zwei Stunden vor diesem Signal bereiteten sich einzelne Teilnehmergruppen, bei der Dicken Ida, in der Flotten Flagge, auch in Privathäusern, durch stille kleine Vorfeiern auf die Hauptfestivität vor. Diese sollte gleich mit vollem Schwung einsetzen.

Mack und die Jungens freilich waren so niedergedrückt von der Last ihrer Verantwortung, dass ihnen ihr Nass nicht recht schmeckte; doch mit der Zeit und dem Vorrücken des grossen Zeigers auf dem Wecker hinterm Herd, das sie aufmerksam verfolgten, erzielten sie auch hierin Fortschritte.

Schaugepränge erfüllte alle Lokalitäten der Flotten Flagge. Schneewittchen bekam als Ehrendamen einige der bestrenommierten und höchstrespektierten Freudenmädchen nördlich von San Luis Obispo. Die Damen waren in rote, gelbe und grüne Schleiergewänder gehüllt, und eine jede trug eine mit Bändern in der Farbe ihres Gewandes geschmückte Whiskyflasche. Fauna ging als Hexe. Das einzige Kostümstück, dessen sie dazu eigentlich bedurft hätte, wäre ein Besen gewesen, aber sie fertigte sich auch noch einen schwarzen Spitzhut und einen schwarzen Alpakka-Umhang an, um ihre Rolle richtig durchzuführen. Doch sie hatte eine Überraschung in der Hinterhand, die sie für die Hexenrolle entschädigte. Sobald erst der grosse Augenblick da war, wollte sie das schwarze Gewand abwerfen, den Besen mit dem Zauberstab vertauschen und sich als gütige Fee und Brautführerin entpuppen.

Bei der Dicken Ida wimmelte es von Zwergen. Nicht weniger als siebenunddreissig ihrer Gattung – davon mehr als die Hälfte in der Maske des melancholischen Grumpy – standen um die Bartheke geballt und sangen, sozusagen anderthalbstimmig, tiefernst das Lied an den Mond.

Joseph Maria hatte sich als Maske Alraune erwählt. «Schneewittchen» hatte er nicht gesehen; aber für ihn war Film eben Film.

Im Western Biological waren Doc und Old Jingleballicks hoffnungslos verstrickt in eine Diskussion über die Mosaikkrankheit der Tabakpflanze. Der Damm war gebrochen, und es folgte eine Sturzflut. Mitten auf dem Fussboden stand ein Mülleimer, und darin, liebevoll in zerkleinertes Eis gebettet, ein halbes Dutzend Flaschen Champagner, der Restbestand einer von Old Jay spendierten ganzen Kiste.

Das Fest war den beiden vollkommen entfallen. Sie schrien einander so laut an, dass sie nicht einmal das Trompetensignal vernahmen, mit dem Cacahuete zu den Waffen rief. Während alles, was Cannery Row an Jugend und Schönheit aufzubieten hatte, munteren Schrittes den lampionumsäumten Hühnersteig emporstieg, brüllten sich Doc und Old Jay immer noch an.

Auf einmal mässigte Doc seinen Stimmaufwand, was geradezu wie ein Knall wirkte. «Ich werde mich wohl davonmachen», sagte er. «Ich habe mit jeder Faser mein Heil versucht und habe nichts ausgerichtet.»

«Dummes Zeug!», sagte Old Jay. «Junger Mann, Sie stehen an der Schwelle einer grossen Laufbahn.»

«Was liegt mir an weltlichen Ehren?»

«Woher wissen Sie, dass Ihnen nichts daran liegt? Sie haben ja noch keine gehabt», sagte Old Jay.

«Halten Sie mich nicht zurück, Old Jingle.»

«Ich denke nicht daran. Ihrer gibt es sowieso schon zu viel. Sie sind sich darüber klar, dass Sie noch kein Abendessen bereitet haben?»

«Ich habe ein Pfund Hackfleisch für Frikadellen gekauft, und Sie haben es roh verzehrt, bevor ich noch nach einer Pfanne greifen konnte.»

«Lassen Sie sich nicht verhungern, junger Freund», sagte Old Jingleballicks.

Da kam Eddie die Stufen herauf – und zur Tür hereingestürzt. «Doc –», schrie er, «um aller Heiligen willen! Es hat schon angefangen. Gleich geht die Ziehung los!»

Doc nahm eine Flasche aus dem Eis. «Wappnet euch, Alter. Und dann auf in den Kampf!»

Old Jay musste auf dem Hühnersteig von beiden gestützt werden.

Mit der Ziehung war auf sie gewartet worden. Zwerge, Tiere, Ungetüme standen im Halbkreis mit dem Gesicht zum Vorhang der Bühne.

«Jetzt sind, scheint's, alle da», sagte Mack. Er warf einen Blick hinter den Vorhang. «Alles in Ordnung, Johnny?»

«Mir ist saukalt», sagte Johnny.

In diesem Augenblick trat stolzen Ganges, hochgereckten Kinnes und die Augen von Würde nur so blitzend, Hazel ein. Joe Elegant hatte den ganzen Tag über gearbeitet, um sich an der Menschheit zu rächen: das Resultat dieser Bemühungen war Hazel. Der Grundstoff seines Kostüms bestand aus einem langen grauen Unterhemd, auf das rote Herzen und Karos und schwarze Piques und Kreuze genäht waren. An den Füssen trug er seine Militärschuhe mit gelben Pompons auf den Spitzen. Um den Hals hatte er eine elisabethanische Halskrause aus steifem Papier und auf dem Kopf einen Tempelritterhut mit weisser Straussenfeder. In der Hand hielt er, stolz zum Salut gehoben, einen Kavalleriesäbel, und eine lange Scheide hing an einem Gürtel um seine Taille.

Doch den Schwerpunkt seiner Rache hatte Joe Elegant auf eine bestimmte Gegend verlegt. Die Sitzfläche des Kostüms war entfernt und dafür auf Hazels wesentlichsten Körperteil selbst in konzentrischen roten und blauen Kreisen eine Schießscheibe aufgemalt.

Hazel bot einen atemraubenden Anblick. Er sah niemanden an. Er wusste, dass er fabelhaft war; er merkte es an dem allgemeinen Schweigen. Mit elegantem Schwung stellte er den Säbel vor sich hin und legte die Hände über den Korb. Der Atem blieb ihm im Hals stecken.

«Ich», sagte er heiser, «ich bin der Schöne Prinz.» Alle sahen, dass seine Backen rotgeschminkt und seine Wimpern mit Tusche angemalt waren. «Ich bin der Besch... Beschützer der Jum-Jumpfräulein», verkündete er. Worauf er zum ersten Mal das stolze Haupt wandte, um den Beifall entgegenzunehmen, der ihm, wie er wusste, rechtens gebührte.

In Macks Augen standen Tränen. «Hast du fein gemacht, Hazelchen», sagte er. «Keiner könnte das besser. Wer hat dir dabei geholfen?»

«Joe Elegant», sagte Hazel. «So ein reizender Kerl!»

Mack machte Whitey No 2 ein unmerkliches Zeichen, worauf dieser zu ihm herantrat. «Soll ich gleich hingehn?», fragte er.

«Aber sofort», sagte Mack leise. «Hau ihn krumm und lahm.»

Stolz mischte sich Hazel in das leise Zwiegespräch. «Mr. Joe Elegant», sagte er, «lässt sich den Herrschaften empfehlen. Er bedauert, an dem Fest nicht teilnehmen zu können, da er wichtiger Geschäfte wegen nach ausserhalb reisen musste. Ich muss nachdenken... ist das alles... jawohl, das ist alles.»

«Unsern Dank werden wir ihm nach seiner Rückkunft abstatten», sagte Mack ingrimmig.

Die Gäste schauten Hazel mit betroffenen Blicken

an; niemand lachte. Ein Blick auf Macks vorgeschobene Kinnlade und geballte Fäuste erstickte jeden Versuch dazu im Keim.

«Jetzt aber los!», brummte die Dicke Ida.

Mack riss sich zusammen, trat vor den Vorhang und wandte das Gesicht den Gästen zu.

«Mitbürger und Mitbürgerinnen», sagte er, «hier in Cannery Row wohnt ein Mann, ein Kamerad, ein bessern find't ihr nit. Seit Jahren erfreuen wir uns an den Gaben seines gütigen Herzens, ohne ihm je Gleiches mit Gleichem vergolten zu haben. Nun braucht dieser Mann einen Gegenstand, der ins Geld läuft. Mir und den Jungens ist es daher eine Freude, heute das Palace Hotel zur Verlosung zu bringen, um davon ein Mikroskop für Doc anschaffen zu können. Wir haben dreihundertachtzig Dollar vereinnahmt. Vorhang auf!»

«Mack, du bist ja verrückt!», schrie Doc.

«Mund zu! Vorhang auf», rief Mack.

Das Rupfenzeug wurde beiseitegeschoben und enthüllte den Blicken Johnny Carriaga angetan mit einem Bruchband aus Aluminium und einem Flügelpaar aus blauem Pappdeckel. Johnny schwang seinen Bogen. «Ichbincupidodergottderliebe!», schmetterte er. Dabei rutschte ihm das Gewinnlos aus der Hand und flatterte zu Boden. Johnny stürzte sich darauf und kreischte: «Ichnehmenichtsahnendeherzenaufskorn». Er hob das Los auf und fragte Mack: «Was hab' ich jetzt zu tun?»

Mack gab es auf. «Ach, zum Kuckuck!», entfuhr es ihm. Dann rief er Johnny zu: «Ist das das Los, das du gezogen hast, Cupido?»

«Ich habe es aus dem Haufen genommen», kreischte Johnny, obschon er sich der Terrine überhaupt nicht genähert hatte.

«Gib's her, du Lausbub», sagte Mack ruhig. «Freunde», hub er darauf an, «was sehe ich? Täuschen mich meine Augen? Welch eine Überraschung! Wohlwohlwohl. Meine Herrschaften, es gereicht mir zu grosser Freude, ankündigen zu können, dass das Palace Hotel in die Hände von Doc übergegangen ist.»

Doc wurde vor Ärger nüchtern. Er trat dicht an Mack heran und sagte: «Du bist ja blödsinnig!»

«Wie ein Fuchs», sagte Mack.

«Wer hat dir gesagt, dass es euch gehört? Ich nicht.»

«Was soll das heissen, Doc?»

«Ich hatte gemeint, Chong hätte es nur mir gesagt. Er fürchtete, ihr würdet so was anfangen.»

Mack sagte: «Gehn wir zwei mal hinaus.»

Unter den Lampions standen sie einander gegenüber. Doc liess den Pfropfen seiner Champagnerflasche knallen, überreichte diese Mack, der den Mund über den glitzernden Schaum stülpte.

«Was hast du da gesagt, Doc?», fragte er ruhig.

«Chong wollte dir und den Jungens das Haus zukommen lassen. Er verschrieb es euch vertraglich und hinterlegte das Geld für zehn Jahre Steuern.»

«Nun, und warum hat er uns das nicht mitgeteilt?»

«Weil er fürchtete, wenn ihr wüsstet, dass es euer Eigentum sei, würdet ihr es beleihen oder es verkaufen und dann wieder obdachlos dastehen.»

Mack war erschüttert. «Doc», sagte er, «willst du mir einen Gefallen tun? Sag den Jungens nichts davon.»

«Jaja, gern.»

«Hand drauf?»

«Hand drauf! Begiess es!»

Mack lachte auf. «Doc», sagte er, «ich frage dich in

meinem und dem Namen der Jungens, ob du uns die Bude vermieten willst?

«Aber gern, Mack.»

«Ich hoffe, sie kriegen's nie heraus. Sie würden mir die Haut abziehen», sagte Mack.

«Wäre es nicht einfacher, wir liessen die Verlosung fallen?»

«O nein, mein Herr!» sagte Mack. «Chong hatte Recht. Ich traue den Jungens nicht übern Weg, dass sie es eines Tages nicht verklopfen, wenn sie einen Dollar brauchen. Da traue ich mir selbst nicht übern Weg.»

Der Besuch von Old Jingleballicks hatte Docs Körperkräfte auf eine Zerreissprobe gestellt. Unregelmässige und unzulängliche Mahlzeiten, unruhiger, unterbrochener Schlaf, Gefühle in dauernder Hochspannung und dazu kolossaler Alkoholkonsum. Die Verlosungsgeschichte hatte ihn aus einem Zustand wohliger Verschwommenheit in einen solchen annähernder – wenn auch nicht sehr angenäherter – Nüchternheit gerissen. Ein Nebel traumartiger Unwirklichkeit erfüllte zwar nicht seinen Schädel, wogte jedoch allenthalben um ihn herum. Bei seinem Eintritt ins Palace sah er sich von Zwergen und andern Missgestalten umgeben, sah er den übergeschnappten Hazel – alle und alles von buntem Lampionlicht überflackert. Nichts davon schien aus dem holden Stoff der Wirklichkeit gewebt. Die Musik war betäubend. Nicht weniger unwirklich als alles Übrige tanzte, eine bleichsüchtige Brünette an den Bauch gepresst wie ein Heizkissen gegen Magenweh, Old Jay an ihm vorbei.

Leute, die keine Erfahrungen mit Budenzauber haben, würden sich über diesen wohl bass gewundert haben. Die Arme um eine unsichtbare Partnerin geschlungen, tanzte Eddie zu der Rumba-Musik Walzer. Die Dicke Ida lag in einem indianischen Ringkampf mit Whitey No 2 begriffen am Boden, und bei jedem Griff wurden Quadratkilometer rosaroter Schlüpfer sichtbar, während ein Ringelreihen von Zwerg- und Tiergestalten drum herumhüpfte. Johnny Carriaga war ganz ausser Rand und Band. Er stand auf einer Kiste und schoss seine Pfeile auf Gutglück ab, auf keineswegs nichtsahnende Herzen. Ein Pfeil mit Gummispitze stak zwischen den Schulterblättern von Mrs. Alfred Wong. Danach traf Johnny ein Lampion, dass es in Flammen aufging und drei Zwerge in Brand setzte, der mittels des Inhalts einer Punschterrine gelöscht werden musste.

Mack und Doc wurden in den Ringelreihen hineingerissen. Allmählich begann sich der Raum um Doc im Kreise zu drehen und schliesslich sich zu heben und zu senken wie das Deck eines stattlichen Schiffes bei schwerem Seegang. Die Musik rauschte und klingelte ihm in den Ohren. Hazel stand auf dem Herd und schlug mit seinem Schwert den Takt, bis Johnny, genau zielend, mitten ins Schwarze von Hazels Schießscheibe traf. Hazel machte einen Luftsprung und fiel auf die Klappe des Bratofens, aus dem die Eisstückchen über den ganzen Boden hinrutschten. Einer der Gäste war in das alte Standuhrgehäuse geklemmt und kam nicht mehr heraus. Von draussen gesehen schien sich das Palace Hotel auszudehnen und wieder zusammenzuziehen wie gärender Brotteig.

Doc legte seine Hände wie eine Schallmuschel an Macks eines Ohr und schrie hinein: «Wo sind denn Fauna und die Mädchen?»

«Später», schrie Mack zurück.

«Was?»

«Kommen später», und dann setzte er hinzu: «Sie müssten aber bald kommen, ehe die Bude hier abbrennt.»

«Was?»

«Lass gut sein», schrie Mack.

Doch gerade eben brach sich Whitey No 1 Bahn an Macks Seite und schrie: «Mack, sie kommen!»

Mack stürzte zur Musikkapelle hin und hob beide Arme hoch. Johnny zielte mit seinem letzten Pfeil auf das Guitarón und traf den Steg auch so genau, dass er herausflog.

«Halt!», schrie Mack.

Die Musik brach ab, und im Raum wurde es still. Darauf setzte der allerunwirklichste Teil des Abends ein.

Ganz leise begann eine gestopfte Trompete süsse Flüstertöne von sich zu geben: der Brautmarsch aus «Lohengrin» war es, was das irrsinnige Ding da angestimmt hatte, und während Doc noch aufhorchte, fing das verborgene Blechding mit Variationen an, glitt dann in Moll, beschleunigte kurz den Rhythmus, um schliesslich in einen seufzenden Blues überzugehen. Die Tänzer blieben stumm und steif, wie ausgestopft, stehen. Doc entdeckte den Ursprung der Musik: in einer Ecke des Raums stand Cacahuete mit seiner Trompete, die er mit einem feuchten Schwamm verstopft hatte.

Mitten in diesem Traum wurde der farbenbeklexte Vorhang aufgezogen, und durch die Tür erschien, auf einem Besen reitend, Fauna, die Hexe.

Grosser Gott, dachte Doc, darüber möchte ich auch nicht gern unter Eid aussagen! Dann würde ich ins Irrenhaus gesteckt!

Fauna krächzte: «Dies ist ein freudiger Anlass.» Sie sah sich im Kreise um. «Doc, tritt herzu.»

Unsicher bewegte er sich vorwärts.

Vier Mädchen der Flotten Flagge, angetan mit grellfarbigen Gewändern, kamen durch die Tür. Zu deren beiden Seiten stellten sich je zwei von ihnen auf, die Gesichter einander zugekehrt, hoben die bändergeschmückten Whiskyflaschen hoch und bildeten einen Bogen.

Fauna stieg von ihrem Besen, riss ihren schwarzen Überwurf ab und stand in eng anliegendem Silberlamé da. In ihrer Hand erschien wie herbeigezaubert ein mit einem goldenen Stern an der Spitze geschmückter Silberstab. Sie stellte sich auf die Zehen und nahm eine Pose an, als fliege sie durch die Luft, worauf sie gellend ausrief: «Ich bin deine gütige Fee. Ich bringe dir Schneewittchen, die Braut!»

Alsbald erschien Suzy im Türrahmen, eine verwandelte Suzy, Suzy im Brautkleid. Auf dem Haupt trug sie den Silberkranz, von dessen Spitzen ein Schleier herabwallte. Sie sah jugendlich-anmutig, aber sehr aufgeregt aus. Ihre Lippen waren geöffnet.

Fauna kreischte: «Doc, komm und nimm dein Gespons in Empfang!»

Doc schüttelte den Kopf, um aufzuwachen. Es war ein Traum, ein Hirngespinst: Kranz, Schleier, Unschuldsgewand...

«Was geht denn hier vor, zum Donnerwetter?»

Dass zwei von einander getrennt stehende Menschen sich wechselseitig in des andern Gedanken zu versenken vermögen, das kommt zuweilen vor. Suzy konnte in Docs Gedanken oder diese an seinem Gesicht ablesen. Vom Hals her kroch die Röte der Verlegenheit über ihre Wangen und verdunkelte ihr Gesicht. Sie drückte die Augen zu.

Und Doc verstand, was in ihr vorging. Seine Welt drehte sich um ihn wie ein Kreisel. Er hörte sich sagen: «Gütige Fee, ich nehme – mein – Gespons – in Empfang.»

Suzy schlug die Augen auf und blickte in Docs Augen. Dann strafften sich ihre Backenmuskeln und ihre Augen wurden böse; ihr süsser Mund presste sich zu einem Strich zusammen. Sie nahm Kranz und Schleier ab, betrachtete sie einen Moment lang und legte sie dann sorgsam auf eine Äpfelkiste.

Die irrsinnige Trompete setzte den «Hochzeitsmarsch» in Sambatakt, und eine Guitarre nahm den Rhythmus zur Begleitung auf.

«Hört mich an, ihr Lumpen», rief Suzy über die Musik hinweg. «Ich könnte mit einem Pennbruder in einem Abzugsgraben hausen und ihm eine gute Frau sein. Ich könnte einen gelben Hund heiraten und nett zu ihm sein. Aber, beim gütigen Herrn Jesus, Doc nicht!» Damit machte sie kehrt und stürzte hinaus.

Fauna sauste ihr nach. Hinterm Haus gab es keinen Hühnersteig. Suzy glitt aus und rutschte die Böschung hinunter; Fauna rutschte ihr nach. Auf dem Bahngeleise blieben sie liegen und rappelten sich dann auf.

«Du gottverdammtes großspuriges Saumensch!» schrie Fauna wütend. «Was soll denn das heissen: ‚Doc nicht!'?»

«Ich liebe ihn», sagte Suzy.

NEUNUNDZWANZIGSTES KAPITEL

WEHE WEHE, WENN ICH AN DAS ENDE SEHE

Als Reaktion auf einen Schock stellt sich meistenteils Lethargie ein. Wenn nach einem Autozusammenstoss der eine Fahrer heult und sich windet und der andere still dasitzt und ins Leere stiert, dann ist in der Regel der Stille der Schwerverletzte. Auch eine Menschengemeinschaft kann einen Schock erleiden. Das war mit Cannery Row der Fall. Die Menschen zogen sich zurück, schlossen ihre Türen ab und besuchten einander nicht. Jedermann hatte ein Schuldgefühl; selbst diejenigen, die bei der Festlichkeit nicht tätig mitgewirkt hatten. Sie nur erlebt zu haben, genügte.

Mack und die Jungens waren unter der Empfindung, von Missgeschick verfolgt zu sein, zusammengeklappt. Es war ihr dritter Versuch gewesen, Doc etwas Gutes anzutun, und es war der dritte Reinfall gewesen. Sie wussten nicht, in welches Mauseloch sie sich vor ihrem eigenen Spott verkriechen sollten.

Die Dicke Ida verfiel in tückisches Schweigen. Lautlos ging es dort jetzt beim Trinken zu; die Gäste hüteten sich ängstlich vor dem Ausbruch der schuldbewussten Wut, die unter der weitläufigen, muskulösen Oberfläche der Wirtin schwelte.

Fauna grämte sich wie ein verlaufener Jagdhund. Bei all den Narreteien, die sie in ihrem Leben angestellt hatte, hatte sie manchen Misserfolg erlitten, aber eine derartige Katastrophe hatte sie noch nicht erlebt.

Selbst Joseph Maria verspürte das schwache Aufblitzen eines ihm neuen Gefühls. Früher hatte er es immer fertig gebracht, sich eines Schuldgefühls zu entledigen, indem er es durch Vorwürfe gegen Umstände oder Feinde ersetzte, doch diesmal war sein anklagender Finger wie eine Theaterpistole gegen ihn gekrümmt und zielte auf sein eigenes Herz. Der Schmerz war neu und interessant, aber es war doch ein Schmerz. Joseph Maria wurde gütig und rücksichtsvoll gegen seine ganze Umgebung, ein Verhalten, das seinen Bekannten wenig geheuer war. Wenn ein Tiger lächelt, so ist das nicht sehr beruhigend.

Was Doc anging, so war er in einem so tiefen Umgestaltungsprozess begriffen, dass er es nicht einmal merkte. Er war wie eine Uhr, die völlig auseinandergenommen auf dem Werktisch des Uhrmachers liegt, deren Steine, Federn und Rädchen der Wiederzusammensetzung harren. Für Herzeleid und Weltschmerz hat der Mensch allerhand Linderungsmittel; nicht das schlechteste darunter ist der Zorn.

Doc brach einen bösartigen Streit mit Old Jingleballicks vom Zaun, wies ihm die Tür und rief ihm nach, er solle sich nie wieder blicken lassen. Dann fuhr er den Eilbriefträger hart an über dessen saumselige Bestellung, wiewohl sie seit zehn Jahren die gleiche geblieben war. Schliesslich gab er die Losung aus, er habe zu arbeiten und wünsche keinen Menschen zu sehen weder aus der Cannery Row noch von irgendwoher sonst. Er hockte vor dem gelben Papierblock, neben sich die von Suzy gespitzten Bleistifte und in den Augen den leeren Blick des vom Schicksal Geschlagenen.

Suzy ihrerseits war Ursache und Opfer der über die Row gekommenen Zerrüttung in einem. Man kann nicht ohne weiteres behaupten, dass Leid zum Aufbau des Charakters beitrage, denn ebenso oft trägt es auch zu seiner Zerstörung bei. Wenn jedoch gewisse Charakterzüge, mit gewissen Träumen gemischt, dem Feuer ausgesetzt werden, dann ... nun, manchmal ... manchmal ...

Ella von der «Goldenen Klatschrose», wo sie die Ämter der Geschäftsführerin und der Kellnerin zugleich versah, war um zehn Uhr morgens nicht weniger müde als um zwölf Uhr nachts. Sie war immer müde. Sie fand sich nicht nur damit ab, sondern bildete sich ein, es ginge allen Leuten so. Füsse, die einem nicht wehtaten, ein Rückgrat, das einen nicht schmerzte, konnte sie sich ebensowenig vorstellen wie eine Köchin mit gutem Gesundheitszustand. Die Reihe der heisshungrig schlingenden Mäuler, die sie zur Frühstückszeit vor sich sah, verdarb ihr den Appetit, der sich dann nicht wieder bei ihr einstellte. In der flauen Zeit um zehn Uhr herum putzte und fegte sie das nasse Lokal aus und kehrte sie die Krümel unter den Hockern an der Theke zusammen.

Joe Blaikey trat ein, um seinen Morgenkaffee zu trinken.

«Ich mache gerade frischen», sagte sie. «Willst du drauf warten?»

«Gern», sagte Joe. «Sag mal, Ella, hast du gehört, was am Samstagabend in der Cannery Row vorgegangen ist?»

«Nö. Was denn?»

«Ich weiss nicht. Da war eine Abendgesellschaft. Ich wollte hingehen. Wie ich hinkam, war schon alles vorbei. Kein Mensch hat Lust, darüber zu sprechen.»

«Ich habe nichts darüber gehört», sagte Ella. «Eine Rauferei, meinst du?»

«Das nicht, zum Teufel. Über eine Rauferei würden sie reden. Raufereien haben sie gern. Alle scheinen über etwas beschämt zu sein. Wenn du was drüber hörst, gib mir Bescheid, nicht?»

«Okay. Der Kaffee ist gleich fertig, Joe.»

Da trat Suzy ein; sie hatte ihr Tailleur aus San Francisco an: Tweed, Fischgrätenmuster, adrett, elegant. Sie setzte sich auf einen Hocker.

«Hei», sagte der Polizist.

«Hei», sagte Suzy. «Tasse Kaffee.»

«Läuft gerade durch», sagte Ella. «Na, das ist mir aber eine feine Kluft.»

«Frisco», sagte Suzy.

«Ziehst du ab?»

«Nö», sagte Suzy. «Ich bleibe da.»

Joe sagte: «Was ist denn letzthin abends in der Row vorgegangen?»

Suzy zuckte die Achseln.

«Du magst auch nicht drüber reden, hä?»

«Nö.»

«Das Saublödeste, was ich je erlebt habe!» sagte Joe. «Sonst reissen sie sich alle die Beine aus, um zu erzählen. Suzy, wenn da einer umgebracht worden ist, tätst du gut daran, den Mund aufzumachen. Hast du mal was von der sogenannten Anzeigepflicht gehört?»

«Ist kein Mensch umgebracht worden», sagte Suzy. Dann: «Du heisst doch Ella, nicht?»

«Bis jetzt ja.»

«Entsinnst du dich, dass du mal gesagt hast, du hättst niemand, der dich ablöst?»

«Hab' ich auch nicht», sagte Ella.

«Willst du mal den Versuch mit mir machen? Probier mich mal ein paar Wochen aus. Dann kannst du auch ins Kino gehen.»

«Liebes Kind, da kommst du an die falsche Schmiede. Die Bude hier wirft nicht genug ab, dass sie sich eine Kellnerin leisten kann.»

«Ich mach's für mein Essen, und ich esse nicht viel.»

Joe Blaikey schaute in eine andere Richtung. Das war so seine Methode, wenn er genau aufpasste.

«Was steckt dahinter, Kindchen?»

«Gar nichts steckt dahinter. Ich brauche eine Arbeit und nehme mit Schlangenfrass vorlieb.»

Langsam drehte Joe den Kopf zu ihr hin. «Also, erzähl' schon ...»

«Gern», sagte Suzy. «Ich will mich bessern, aber dazu will ich nicht von hier fort.»

«Was hat dich zu dem Entschluss gebracht?»

«Das geht dich nichts an. Ist das vielleicht polizeiwidrig?»

«Es kommt so selten vor, dass es das eigentlich sein sollte», sagte Joe.

«Los, Ella», bat Suzy, «mach den Versuch mit mir.»

«Was meinst du, Joe?» fragte Ella den Polizisten.

Joe warf einen Blick auf Suzys Gesicht. Der Blick blieb kurz auf ihrem gefärbten Haar hängen. «Lässt du deine Haare jetzt natürlich wachsen?», fragte er.

«Ja.»

«Versuch's mal mit ihr, Ella», sagte er.

Ella lächelte müde. «In dem Kleid da?»

«Ich werde mich umziehen. In einer Viertelstunde

bin ich wieder da. Ich kann auch kochen, Ella. Und ich kann auch ganz gut backen.»

«Also geh und zieh dich um», sagte Ella.

Joe Blaikey wartete auf der Strasse, bis Suzy zurückkam. Er trat neben sie und sagte gutmütig: «Verdirb dir's nicht mit Ella.»

«Werd' ich schon nicht.»

«Du siehst aufgeregt aus.»

«Joe», sagte Suzy, «erinnerst du dich daran, dass du einmal gesagt hast, du würdest mir was pumpen, wenn ich aus der Stadt wolle?»

«Ich denke, du willst hier bleiben.»

«Jaja. Aber könntest du mir mit etwas aushelfen, damit ich nicht hinausmüsste?»

«Wieviel?»

«Fünfundzwanzig Dollar.»

«Wo willst du wohnen?»

«Das teile ich dir noch mit.»

Joe sagte: «Ich habe schon öfter Mädels ausgeholfen. Was hab' ich dabei zu verlieren, zum Kuckuck?»

«Du kriegst es zurück.»

«Das weiss ich», sagte Joe.

Der Kessel, der seit vielen Jahren von den wilden Malven umwuchert auf der leeren Baustelle zwischen der Flotten Flagge und dem Kramladen gelegen hatte, war der erste Dampfkessel gewesen, den die Hediondo-Konservenfabrik besessen und die Hediondo war die erste Konservenfabrik, die Monterey gehabt hatte. Als es sich herumgesprochen hatte, dass man rohe Sardinen mit Tomatensauce oder Öl übergossen in Büchsen verpacken, verlöten und dann in Dampf kochen könne, war in Monterey eine neue Industrie aufgekommen. Die Hediondo fing mit wenig Kapital an, frettete sich durch, arbeitete sich hoch, bis sie Erfolg hatte, und ging dann wieder nieder, bis sie in Vergessenheit geriet. Ihr erster Kessel zur Erzeugung des zum Kochen nötigen Dampfs ging auf eine glorreiche Improvisation ihres Gründers und Präsidenten, Technikers und Heizers William Randolph zurück. Den Kessel bekam er umsonst. Es war der Vorderteil einer Lokomotive der Pajaro Valley and Coast-Eisenbahn. Diese Lokomotive war eines Nachts auf einer geborstenen Schiene entgleist, als sie über eine hohe Balkenbrücke fuhr, und von dieser sieben Meter tief hinunter in ein Schlammloch gestürzt. Die Bahngesellschaft liess die Räder und Ventile, die Pfeife und die Glocke herausnehmen und den grossen Dampfzylinder im Schlamm liegen.

William Randolph fand ihn, liess ihn ausgraben, nach Monterey schaffen und in der neuen Hediondo-Fabrik einzementieren. Jahrelang lieferte er Niederdruck-Dampf zum Kochen der in die Büchsen gepackten Sardinen; hin und wieder platzten seine Röhren und wurden durch neue ersetzt.

Im Jahre 1932, als der Betrieb florierte und Geld abwarf, wurde der alte Kessel doch schliesslich auf die leere Baustelle geschafft und dort liegengelassen, um die Abtransportkosten zu sparen. Der alte Randolph war noch immer am Leben und, obschon er sich vom Geschäft zurückgezogen hatte, noch immer ein sparsamer Herr, der Verschwendung verabscheute. Er liess also die Röhren herausnehmen und bloss den grossen drei Meter langen Zylinder mit zweieinviertel Meter Durchmesser liegen. Der Schornstein war auch noch darauf, und die sechzig Zentimeter breite und fünfundvierzig Zentimeter hohe Feuerklappe schwang noch in ihren verrosteten Angeln.

Eine ganze Anzahl von Leuten hatten den Kessel als zeitweiliges Obdach benutzt, doch seine ersten Dauerbewohner waren Mr. und Mrs. Sam Malloy. Mr. Malloy, ein geschickter Bastler, nahm die noch vorhandenen Röhren heraus und stattete den Kessel mit allerhand praktischem Zubehör aus.

Ein Kessel hat seine Vorteile, aber auch seine Nachteile. Es mag Leute geben, denen es nicht passt, auf Händen und Knien durch die Feuerklappe zu kriechen. Der gerundete Boden erschwert sowohl das Gehen wie das Aufstellen von Möbeln. Und die dritte Unzuträglichkeit bietet der Mangel an Licht.

Die Vorteile eines Kessels bestehen darin, dass er, erstens, unbedingt wasserdicht, zweitens, dass er gemütlich und, drittens, dass er wunderbar ventiliert ist. Mittels der Feuer- und der Aschenklappe kann man nach Belieben den Zugwind regulieren.

Unter dem Schornstein hatte Mr. Malloy einen kleinen Kamin aus Ziegeln für kalte Winternächte gebaut. Und zu all diesen Vorteilen kam noch hinzu, dass der Kessel feuer-, wind-, erdbeben- und so gut wie bombenfest war. Dies machte den Mangel an fliessendem Wasser, Elektrizität und eingebautem Klosett mehr denn wett.

Es gibt Leute – zumal in Carmel –, die sagen, Suzys Wahl des Kessels als Wohnstätte sei das Symbol der Rückkehr in den Mutterschoss; es mag daran etwas Wahres sein, ebenso zutreffend aber ist, dass dieser Schoss seine wirtschaftlichen Vorzüge hatte. In der Goldenen Klatschrose hatte Suzy freie Kost und im Kessel freie Wohnung.

Mit dem Geld, das Joe Blaikey ihr geliehen hatte, ging sie ins Warenhaus Holman in Pacific Grove und besorgte sich dort einen Hammer, eine Säge, Nägel aller Grössen, zwei Lagen Sperrholz, eine Büchse hellblaue Ölfarbe und einen Pinsel, eine Tube Duco-Zement, ein paar rosa Gardinen mit blauem Blumenmuster, drei Bettlaken, zwei Kissenbezüge, zwei Handtücher und einen Waschlappen, einen Teekessel, zwei Tassen und Untertassen und einen Karton Teesäckchen. Bei einem Althändler erwarb sie eine gebrauchte Militärbettstelle und eine Matratze, ferner eine Waschschüssel mit Kanne sowie einen Nachttopf, zwei Militärdecken, einen kleinen Spiegel und eine Petroleumlampe.

Diese Anschaffungen erschöpften ihr Kapital, doch am Ende ihrer ersten Arbeitswoche in der Goldenen Klatschrose zahlte Suzy Joe zweiundeinviertel Dollar, die sie an Trinkgeldern verdient hatte, zurück.

Vor lauter Schamgefühl stellte sich männiglich in Cannery Row blind gegen das, was mit dem Kessel vorging, und taub gegen das dort nächtlicherweile erschallende Gehämmer. Es war das mehr ein Beweis von guter Lebensart als von Mangel an Neugier.

Fauna beherrschte sich zehn Tage lang; als sie schliesslich ihrer angeborenen Wissbegierde nachgab, ging sie eines Dienstagabends, als die Flotte Flagge mangels Kundschaft geschlossen war, heimlich hin. Vom Fenster des Empfangszimmers hatte sie aus der Feuerklappe des Kessels einen schwachen Lichtschein fallen und aus dem Schornstein ein träges Rauchwölkchen aufsteigen gesehen. So ging sie lautlos zur Haustür hinaus und durch das Malvengestrüpp hinüber.

«Suzy», rief sie leise.

«Wer ist da?»

«Ich, Fauna.»

«Was willst du?»

«Sehen, ob's dir gut geht.»

«Mir geht's gut.»

Fauna kniete sich hin und steckte den Kopf durch die Feuerklappe. Eine vollkommene Verwandlung bot sich ihren Blicken dar. Die konkaven Wände waren hellblau, und die Vorhänge waren mit Duco-Zement befestigt. Es war ein reizendes Boudoir. Suzy sass, vom Feuerschein des kleinen Kamins bestrahlt, auf der Bettstelle. Sie hatte ein Toilettentischchen mit Spiegel, Waschschüssel und Kanne aufgebaut; daneben stand ein Marmeladeglas, in dem Lupinen und Mohnblumen steckten.

«Das hast du aber wirklich nett hergerichtet», sagte Fauna. «Forderst du mich nicht zum Eintreten auf?»

«Komm nur herein, aber bleib nicht in der Tür stecken.»

«Hilf mir ein bisschen.»

Suzy zerrte und quetschte sie durch die Feuerklappe. «So», sagte sie, «setz dich auf die Bettstelle. Ich schaffe bald noch einen Stuhl an.»

«Wir könnten dir einen Bettvorleger häkeln», sagte Fauna. «Das würde nett wirken.»

«Nein», sagte Suzy. «Ich will das selbst machen. Soll ich dir eine Tasse Tee machen?»

«Es kommt mir nicht darauf an», sagte Fauna zerstreut; dann fragte sie: «Bist du sicher, dass du nicht verrückt bist?»

«Ich bin nicht verrückt. Du weisst doch, ich habe nie ein eigenes Heim gehabt.»

«Nun, du hast dir's wirklich nett eingerichtet», sagte Fauna. «Ich könnte dir allerhand leihen, was du brauchst. Du kannst auch das Badezimmer drüben bei mir benutzen.»

«In der Goldnen Klatschrose ist eine Dusche», sagte Suzy.

«Der Tee ist gut. Etwas muss ich dir aber sagen, Suzy. Ob du auf mich hörst oder nicht, ist mir egal. Ich habe einen grossen Fehler begangen, aber du fängst das jetzt auch falsch an. Mach dich nicht patzig vor Doc. Das bringt die Männer in Wut.»

«Wovon redest du eigentlich?»

«Nun, davon dass du dich hier niedergelassen hast. Er kann nicht aus dem Fenster sehen, ohne dich vor der Nase zu haben.» Fauna machte sich auf einen Wutausbruch gefasst; aber es kam keiner.

Suzy besah ihre Hände. «Ich hab richtig hübsche Nägel gekriegt», sagte sie. «In der Klatschrose, wo ich die Hände immer im Wasser habe, reibe ich sie mit Toilettewasser ein. Das hält sie weich. Fauna, du hast gesagt, ich solle nicht weglaufen. Ich hab's nicht getan. Mir war, als müsse ich mich in die Erde verkriechen, und bin doch nicht fort, weil ich der Ansicht bin, dass du mit dem, was du sagtest, Recht hattest. Was ich tue, tue ich hier vor aller Augen.»

«Das hab ich nicht gesagt.»

«Widersprich mir nicht!», sagte Suzy. «Du hast von Doc gesprochen. Nun, dann will ich dir nur ein- für allemal sagen, und du kannst es in der ganzen Row weitererzählen, dann brauch ich es niemand mehr zu sagen: Lass die Sache mit Doc fallen. Doc kommt nicht in Frage für mich. Ich war ihm nicht gewachsen ... ich war nicht gut genug für ihn. Es wird vielleicht nie wieder dazu kommen, aber wenn – wenn wieder einmal ein Mann kommt ... dann werd ich gut genug für ihn sein, innen und aussen, vor den Leuten und unter vier Augen, verflucht und zugenäht. Hast du mich verstanden?»

«Dann solltest du dir aber das Fluchen abgewöhnen», sagte Fauna.

«Ich fluche nicht mehr.»

«Grade hast du ...»

«Bring mich nicht aus dem Konzept», sagte Suzy. «Hast du verstanden, was ich gesagt habe?»

«Aber natürlich, Suzychen. Ich sehe bloss nicht ein, warum du dir nicht von deinen Freunden helfen lässt.»

«Weil ich es dann nicht von mir aus geschafft hätte. Dann würde ich nichts taugen.»

«Du hast dir Geld von Joe Blaikey geborgt.»

«Jawohl, von einem Polizeimenschen. Der mich auch aus der Stadt gewiesen hätte. Das ist kein Freund, das ist ein Polizeimensch. Vielleicht kann er ein Freund werden, wenn ich ihm das Geld zurückgezahlt habe.»

«Du machst dir's wirklich schwer.»

«Wie denn anders? Mit 'ner Banane kann man kein Bein amputieren.»

«Du warst nie ein richtiges Freudenmädchen, Suzy. Begabt dazu warst du jedenfalls nicht.»

«Ich weiss, was ich war, und ich weiss, was ich werden will.»

«Doc?», fragte Fauna.

«Damit ist's vorbei, hab' ich dir gesagt. Krieg das endlich in deinen Dickkopf ... damit ist's vorbei.»

«Na, dann werde ich wohl mal gehen», sagte Fauna missmutig. Sie stellte die Teetasse auf das Toilettentischchen und legte sich wieder auf Hände und Knie, um zur Feuerluke hinauszukriechen. «Gib mir einen Schubs, dass ich durchkomme, Suzy!»

Suzy stopfte sie durch die Öffnung, wie man Füllsel in eine Wursthaut stopft. Dann aber rief sie noch einmal: «Fauna!»

Fauna steckte den Kopf durch die Luke.

«Du warst die beste Freundin, die ich je hatte. Wenn ich hart bin, so geht das nicht gegen dich, sondern gegen mich. Ich war immer erbost gegen jemand. Es hat sich herausgestellt, dass ich auf mich selber böse war. Wenn ich mich erst mit mir selber angefreundet habe, werde ich auch mit einem anderen Menschen ohne Krach gut Freund bleiben können.»

Fauna sagte: «Angenommen, Doc kommt und bettelt?»

«Ich bin keine mannstolle Wittib», sagte Suzy. «Ich würd' ihn nicht nehmen, wenn er auf den Händen daherspaziert käme. Eine Ohrfeige kann man nicht mit einer Ohrfeige heilen. Aber wenn ich jemals wieder einen Mann gern habe, und er hat etwas aufzuweisen, na, dann will ich auch etwas aufzuweisen haben.»

«Du wirst mir fehlen, Suzy.»

«Ich komme wieder, wenn alles mit mir in Ordnung ist. Ich hab' dich lieb.»

«Ach, halt' den Mund», sagte Fauna und knallte die Feuerklappe zu.

DREISSIGSTES KAPITEL

GEBURT EINES PRÄSIDENTEN

Von all den trübseligen Erfindungen, die der Mensch gemacht hat, ist das Schuldgefühl zugleich das abwegigste, das lachhafteste und das schmerzvollste. Ist es dadurch entstanden, dass der Stamm gesamthaft einen Druck auf ein möglicherweise bedrohlich werdendes Einzelmitglied ausübte, um es durch die Entziehung des seelischen Gleichgewichts zu schwächen? Hat es seinen Sitz in den Gehirnzellen und wird von endokrinen Drüsen gewässert und gedüngt? Ist Schuldgefühl das unbewusste Mittel, mit dem ein Mensch in einer achtlosen Welt das Augenmerk auf sich lenken will? Oder könnte es gar sein, dass letzte und höchste Lust des Menschen der Schmerz wäre? Doch gleichviel, wo und wie sein Ursprung ist, wir kreischen wie sich paarende Katzen, wir heulen wie die Wölfe den Mond an, wir geisseln uns mit den erlesensten Dornruten der Verachtung und – haben in der Regel einen tollen Genuss dabei.

Das allerletzte Menschenkind, dem man hätte zutrauen sollen, dass es der Freuden und Leiden des Schuldgefühls teilhaftig werden könne, war Hazel. Schuldgefühl ist ein Zeitvertreib für Egozentriker; doch Hazels Ichbewusstsein war überhaupt nie genügend entwickelt gewesen, dass er sich ihm hätte hingeben können. Er betrachtete das Leben wie ein kleiner

Bub einen vorbeifahrenden Eisenbahnzug angafft: mit offenstehendem Mund, leicht und rasch atmend, erfreut, erstaunt und ein bisschen verwirrt.

Hazel war nie einen Schuss Pulver wert gewesen. Mack hatte einmal Hazels Erziehung folgendermassen beschrieben: «War vier Jahre in der Volksschule und vier Jahre in der Besserungsanstalt, in keiner hat er was gelernt.»

In einer Besserungsanstalt gehören Laster und Verbrechen bekanntlich sozusagen zum Lehrplan; aber bei Hazel hinterliess sie so wenig Spuren wie die Volksschule. Er kam so unschuldig heraus, wie er hineingekommen war. Er schenkte dem Bösen viel zu wenig Beachtung. Unausdenkbar, was mit ihm alles passiert wäre, hätte er nicht Mack und die Jungens sowie Doc zu Freunden gehabt. Hazel hielt Mack für den grössten Menschen auf Erden, während Doc für ihn überhaupt kein irdisches Wesen war. Hin und wieder betete er zu Doc.

Aber jetzt ging mit Hazel eine Veränderung vor. Unmerklich fing er an, die Augen aufzumachen. Vielleicht hatte Fauna dazu den Keim gelegt, indem sie Hazels Horoskop stellte. Nachdem er zuerst dagegen Verwahrung eingelegt hatte, erwähnte er es überhaupt nicht mehr, was an sich verdächtig war.

Er wollte nicht Präsident der Vereinigten Staaten werden. Hätte ein Ausweg zu Gebote gestanden, so hätte er ihn eingeschlagen, aber das Horoskop hatte alle Türen verrammelt. Wenn ein Mensch sich ausweglos in einer Zelle eingesperrt sieht, dann fängt er an seine Zelle auszuschmücken. So fing denn auch Hazel an, die Präsidentschaft, der er nicht entrinnen konnte, zu verzieren. Auf den Stufen der Verantwortung vermag ein Mensch einen hohen Aufstieg zu nehmen.

Hazel begann sich auf die Stunde vorzubereiten, in der der Ruf an ihn ergehen würde. Er las eine Nummer von «Time» vom ersten bis zum letzten Wort, und dann fing er noch einmal von vorne an. Er dachte viel darüber nach und kam zu dem Schluss, dass alles, was er gelesen hatte, Blödsinn war, ein Beweis dafür, dass Hazels Problem im Mangel an Apperzeption, nicht an Intelligenz, beschlossen lag.

Er kaufte sich ein kleines Konversations-Lexikon, las die Lebensgeschichten sämtlicher Präsidenten, und begann, sich Gedanken darüber zu machen, was er tun würde, wenn die Engländer unsere Matrosen zum Dienst in ihrer Flotte pressen würden oder wenn sich wieder ein Grenzstreit mit ihnen ergeben würde.

Er hatte sich mit seiner Pflicht abgefunden, aber sie machte ihn krank. Manchmal erwachte er in der Frühe glücklich und zufrieden mit dem Gedanken, es sei ein böser Traum. Dann aber zählte er seine Zehen, und da war die Wirklichkeit wieder da, und er konnte sich seinem Schicksal und seiner Pflicht nicht entziehen. Das Allerschlimmste dabei war die Einsamkeit. Er konnte sich mit niemandem aussprechen. Einzeln und abgesondert stand er über der Alltäglichkeit. Als er Mack zum Kampf herausgefordert hatte, war das nicht im Zorn geschehen. Er übernahm den Schutz der Schwachen. Als er sich gegen die Freunde empört, sich geweigert hatte, ein Zwerg und darauf bestanden hatte, der Prinz zu sein, war das keine leere Geste seitens Hazels gewesen. Die Würde seiner Stellung stand höher als seine Person. Er durfte seine Zukunft nicht verleugnen.

In normalen Zeiten wäre den Jungens Hazels Leidensmiene aufgefallen, seine Müdigkeit, seine schmerzliche Vornehmheit, und sie würden ihm zwei Esslöffel voll Bittersalz zu schlucken gegeben haben. Doch in Zeiten wie den unsern haben die Seelen aller Männer, und die der Frauen ebenfalls, ihr Päckchen zu tragen, und belastete Seelen kümmern sich wenig um das, was um sie herum vorgeht.

Hazels Versuche, sich über das klar zu werden, was sich bei dem Maskenfest zugetragen hatte, erwiesen sich als fruchtlos. Er entsann sich, dass er sich würdevoll und vornehm benommen hatte, und dann war auf einmal die Hölle losgebrochen. Und die Nachwehen waren schauerlich. Der Kameradschaftsgeist des Palacehotels, der sich unter den Strapazen und Entbehrungen so vieler Jahre bewährt hatte, war gesprengt, erschüttert gleich dem Granitblock, der widersteht, solange der Hammer auf ihn niedergeht, und dann auf einmal auseinanderbricht.

Mack, der das Leben kaum als etwas Schlimmeres betrachtete als einen bösen Schnupfen, war auf den Tod krank: seine Augen hatten einen fiebrigen Glanz, und seine unerschrockene Seele hatte einen Knax bekommen. Und wenn es Mack dergestalt erging, so kann man sich vorstellen, wie es den Jungens zu Mute war: gleich Quallen, die an einen unwirtlichen Strand gespült sind.

«Was ist denn los?», fragte Hazel – dann blickten Augen ihn an, blickten Augen wieder weg, aber niemand bequemte sich zu einem Wort der Erklärung. Einige Tage lang dachte Hazel, es komme von dem üblichen Mordskater; aber die Stimmung setzte sich dann auch an dem Tag fort, an dem sich sonst der Durst wiederbelebte, und diesmal stellte sich kein Durst ein. Hazel wurde es denn doch Angst um seine Freunde.

Er setzte sich unter die Zypresse, und es gelang ihm,

nicht nur seinen Verstand bei dem Thema zu halten, sondern sogar darüber nachzudenken. Es war die Stunde, um Grösse zu beweisen. Als er sich erhob und die Zypressennadeln von seinen Hosen klopfte, hatte seine Wandlung den Grad der Vollkommenheit erreicht. Er war nicht mehr der reine Tor, der Hans-Guck-in-die-Luft, der dumme August. Seine Schultern reckten sich der Bürde entgegen, und die ruhevolle Schönheit der Kraft entstrahlte seinen Augen.

Im Palace war es schummerig, muffig, trübselig. Die Jungens lagen missmutig, niedergeschlagen auf ihren Betten. Mack starrte zum Baldachin hinauf; er war am schlimmsten anzusehen, denn sein Gesicht zeigte überhaupt keinen Ausdruck. Er war nicht in Flammen aufgegangen, er versandete und versickerte.

Als Hazel sich neben ihn auf die Bettkante setzte, gab ihm Mack nicht einmal einen Fusstritt, obschon er seine Schuhe anhatte.

Hazel sagte: «Mack, lieber, guter Mack, raff dich doch endlich auf.»

Mack gab keine Antwort, sondern schloss die Augen, aus denen je eine grosse Träne quoll und hängen blieb, bis sie von selbst getrocknet war.

Hazel sagte sanft: «Mack, soll ich dich krumm und lahm prügeln?»

Mack bewegte nur langsam verneinend das Haupt hin und her.

Da konnte sich Hazel nicht mehr halten. Er spielte – hol's der Teufel! – seine Trumpfkarte aus. «Ich war drüben bei Doc», sagte er. «Er sitzt da mit dem Bleistift in der Hand. Er hat nichts geschrieben. Er hat nichts gearbeitet. Er hat nichts gedacht. Rappel dich auf, Mack. Er hat uns nötig.»

Mit Grabesstimme sprach Mack: «Er hat uns nötig, als wenn eine Schlupfwespe ihm ins Hosenbein gekrabbelt wär'. Mach mir keine Vorwürfe, Hazel. Ich kann nicht mehr antreten und kämpfen. Ich bin geschlagen und reif zum Auszählen.»

«Was ist denn passiert, Mack?»

«Wenn wir früher so was gemacht haben, dann haben wir seine Bude kurz und klein geschlagen und ihn herumgepufft, aber das war doch bloss Ulk.»

«Ulk? Wie meinst du das?»

«Ach, da wurde allerhand kaputt gemacht: Gläser, Grammophonplatten, Geschirr, Bücher und so Zeug. Aber diesmal haben wir ihm ein Messer in den Bauch gestossen. Wenn man jemandem immer wieder den Kopf tätscheln will und schlägt ihm statt dessen die Schädeldecke ein, dann verliert man sein Selbstvertrauen.» Er seufzte hohl, drehte sich um und verbarg das Gesicht in den Händen.

«Du hast kein Recht, dich zu drücken», sagte Hazel.

«Ich habe das Recht, zu tun, was ich will, Sakrament nochmal.»

«Das hört sich schon besser an.»

«Und zu lassen, was ich will», sagte Mack.

«Schau, du weisst doch, dass Doc nach La Jolla muss. Er muss nächste Woche die Springflut ausnutzen. Wenn dann das Mikroskop kommt, hat er genug Tintenviecher und kann seine Abhandlung schreiben. Wir müssen ihm helfen, Mack.»

«Fauna sagt, sie hat mal einen Weltergewichtler gemanagt, der ‚Todeskuss-Kelly' hiess. So komm ich mir auch vor: ich bin der Todeskuss-Mack. Was ich anrühre, das welkt dahin wie dürre Herbstblätter.»

«Steh auf!»

«Hab' keine Lust», sagte Mack.

«Steh auf, sag ich dir!»

Mack antwortete nicht einmal mehr.

Da begab sich Hazel ins Freie und warf suchende Blicke um sich. Schliesslich ging er auf ein von Unkraut überwuchertes zerschlagenes Teerfass zu und riss eine der gebogenen Eichenlatten heraus. Darauf begab er sich wieder ins Haus und stellte sich neben Macks Bett.

Er schätzte genau die Entfernung und den Schwung ab. Dann holte er aus und schlug so fest zu, dass ihm die Unterhosen platzten. Mack rührte sich nicht, sondern gab nur ein Stöhnen von sich.

Da merkte Hazel, wie ernst es war; entsetzliche Angst überkam ihn, doch er kämpfte sie nieder, als ihm einfiel, was seine Bestimmung war: sich für Washington zu opfern und Austern zu essen. «Schön, Mack», sagte er. «Ich werde die Sache also selbst erledigen müssen.»

Sprach's, machte kehrt und schritt ebenso ruhig wie würdevoll von dannen.

Mack wälzte sich herum und stützte sich auf den Ellbogen. «Habt ihr gehört, was der blöde Hund gesagt hat? Ach, zum Teufel, der kann auch nichts Schlimmeres anrichten, als was ich angerichtet habe. Mütterchen, bereite mein Lager, denn ich bin todkrank und will mich niederlegen.»

«Du liegst ja schon», sagte Whitey No 2.

EINUNDDREISSIGSTES KAPITEL

DER DORNENPFAD DER GRÖSSE

Wenn ein Mensch eine andere Richtung einschlägt, so kommt es nur selten vor, dass er auf der ersten Hälfte des neuen Weges nicht immer wieder Blicke zurückwirft. Hazel hatte sich entschlossen, beziehungsweise hatte sich gezwungen gesehen, einen neuen Weg einzuschlagen. Er hatte gesagt: «Ich werde die Sache selbst erledigen.» Es hatte leicht geschienen. Aber da er nun wieder unter den schützenden Ästen der schwarzen Zypresse sass, musste er sich eingestehen, dass er nicht einmal wusste, was «die Sache» eigentlich war. Mit Sehnsucht gedachte er der guten alten Zeit, da er noch ein Trottel gewesen, da man für ihn gesorgt, für ihn gedacht und ihn geliebt hatte. Er hatte zwar dafür bezahlt, indem er sich dem Spott aussetzte, aber es war doch eine schöne, angenehme Zeit gewesen.

Doc hatte vor langer Zeit einmal gesagt: «Ich habe es gern, wenn du bei mir sitzst, Hazel. Du bist ein Brunnen... ein wahrhafter Brunnen. Man kann dir die tiefsten Geheimnisse anvertrauen. Du hörst nicht zu und erinnerst dich an nichts. Und selbst wenn du das tätest, wäre das auch gleich, denn du gibst gar nicht acht. Ja, du bist noch praktischer als ein Brunnen, du hörst zu... aber du hörst nichts. Du bist ein Beichtvater, der keine Bussen verhängt, ein Psychoanalytiker, der keine Diagnose stellt.»

Das waren wohl schöne Tage gewesen, als Hazel noch keine Verantwortlichkeit hatte. Verantwortlichkeit aber erheischte Beurteilung, erforderte die Wahl zwischen verschiedenen Wegen, und was bedeutete das anders als Denken? Hazel machte sich ans Denken, aber insgeheim. Niemand ahnte es. Er schämte sich ein bisschen deswegen. In der guten alten Zeit hätte er sich unter die Zypresse gesetzt, hätte sich, den Kopf auf dem Arm, zurückgelehnt und wäre binnen weniger als einer Minute eingeschlummert. Der neue Hazel indes verschränkte die Arme über den Knien und gab sich düsteren Zukunftsgedanken hin. Sein Verstand krabbelte hoch und rutschte wieder ab wie eine Ameise in dem tückischen Fallenloch eines Ameisenlöwen. Er musste Pläne machen, Urteile fällen, Entscheidungen treffen. Der Schlaf floh ihn. Er musste «die Sache» erledigen. Aber worum handelte es sich eigentlich? Wie er zu der Lösung kam, das blieb ihm immer schleierhaft. Er war, die Stirn auf den Knien, doch in Schlaf gesunken, und da, mit einmal, bäumten sich seine Muskeln wie unter einem Schlag. Er hatte die Empfindung des Fallens ... und siehe da, da lag der einzuschlagende Weg vor ihm. Ein ehrbarer Weg war es nicht, aber er hatte keinen andern. Er streifte geradezu an Verrat.

Man erinnert sich, dass es Hazels Gewohnheit war – eine Gewohnheit, die ihn zu einem so angenehmen Gesellschafter machte – Fragen zu stellen, aber nicht auf die Antworten zu hören. Man erwartete das von ihm, man verliess sich darauf. Gesetzt, ich fragte und hörte dann zu, ging es ihm durch den Kopf, aber liesse nicht merken, dass ich zuhöre? Es war eine Heimtückerei, aber die Absicht war rein, und das Ziel über alles erstrebenswert.

Nicht nur zuhören wollte er, er wollte auch die Antworten behalten und zusammenstellen. Vielleicht konnte er dann über «die Sache» nachdenken und sie erledigen. Eine Frage würde wohl genügen, meinte er. Allenfalls zwei.

Von dieser Anstrengung war Hazel sehr abgespannt. Er lehnte sich zurück, legte den Kopf auf den Arm und schlief den Schlaf des Gerechten. Nach getaner Arbeit ist gut ruhn.

ZWEIUNDDREISSIGSTES KAPITEL

HAZELS UMFRAGE

Joe Elegant kehrte nicht ohne Angst und entsprechende Vorsichtsmassnahmen von seinem Ausflug zurück, immer auf dem Sprung, beim ersten verdächtigen Anzeichen unverzüglich wiederum das Weite zu suchen. Er erwartete Repressalien wegen der Kostümierung Hazels, aber es ergaben sich keine. Aus Dankbarkeit machte er drei Abende hintereinander in der Flotten Flagge Spritzkuchen – und die Mädchen merkten nicht einmal, was sie da assen. Er hätte gern gewusst, was sich ereignet hatte, fürchtete sich jedoch zu fragen. Darum war er erfreut, als Hazel ihn in seinem kleinen Anbau hinterm Freudenhaus besuchte.

«Setz dich da hin», sagte er. «Ich hol dir ein Stück Kuchen.»

Während Joe draussen war, betrachtete Hazel die Werke Henris, des Malers, die an der Wand hingen, eines aus dessen Hühnerfeder-Periode, das andere aus der späteren Nussschalen-Epoche. Dann schweifte sein Blick zu dem Tischchen, an dem Joe Elegant auf seiner Portable-Maschine zu schreiben pflegte. Ein sauber geschichteter Manuskriptstoss – grüne mit grünem Farbband beschriebene Bogen – lag darauf. In der Maschine steckte ein Blatt, worauf ein Briefanfang stand: «Mein lieber Anthony West, Es war reizend von dir ...»

Joe kam mit einem Riesenkeil Kuchen und einem Glas Milch für Hazel wieder. Während dieser kaute und trank, irrte der Blick aus Joes grossen, feuchten Augen dauernd um Hazel herum, wich aber dessen Blick aus.

«Wie ist es gegangen?», fragte er schliesslich.

«Was?»

«Nun, mit deinem Kostüm?»

«Prächtig, prächtig. Alle staunten nur so.»

«Kann ich mir denken. Sagte Mack etwas?»

«Er sagte, ich sähe prächtig aus. Er weinte beinahe.»

Joe Elegant lächelte boshaft.

Hazel tat, als ob er ins Blaue hinein frage: «Sag mal, was meinst du eigentlich, dass Doc fehlt?»

Joe schlug fachmännisch die Beine übereinander und fingerte zärtlich durch die grünen Bogen mit den grünen Lettern. «Es ist das Ganze und der Teil, und der Teil ist das Ganze», sagte er.

«Wie bitte?»

«Es ist Vieles und ist nur Eines. Docs Libido treibt ihn in die eine Richtung, und sein Bewusstsein zieht ihn in die andere. Sein Mythos ist das Meer, der Wind, die Flut, und er lebt ihn aus, indem er Tiere sammelt. Er bringt Schätze in sein Laboratorium. Er sucht sie zu verstecken und möglicherweise den Lindwurm Fafnir als Wächter davor zu stellen.»

Hazel hätte beinahe gesagt: «Er verkauft sie doch», aber das würde verraten haben, dass er zuhörte. «Ich kannte eine Frauensperson namens Fafnir», sagte er. «Bertha Fafnir. In der dritten Klasse. Sie malte am Danksagungstag immer Truthähne auf die Schultafel. Sie hatte gestärkte Unterröcke, die raschelten immer ein bisschen.»

Joe Elegant runzelte etwas die Stirn über die Unterbrechung seiner Ausführungen. «Kläre den Mythos ab und du hast das Symbol», fuhr er fort. «Das Symbol ist die Abhandlung, die er schreiben will, aber es enthält Unreinheiten und bedarf der Klärung. Warum? Weil es ein Ersatz ist, das ist der Grund. Sein Symbol ist falsch. Deshalb kann er den Aufsatz nicht schreiben. Vergebliche Mühe! Er hat den falschen Weg eingeschlagen. Und so kommt er zu falschen Lösungen. ‚Ich brauche ein Mikroskop', sagt er. ‚Ich muss nach La Jolla zur Springflut gehen.' Er wird nicht nach La Jolla gehen. Er wird den Aufsatz nie schreiben.»

«Warum nicht?»

«Falsches Symbol. Wir müssen auf den Mythos zurückgehen, das Meer. Das Meer ist seine Mutter. Seine Mutter ist tot, aber sie lebt. Er schleppt Schätze fort aus dem Schoss seiner Mutter und sucht sie zu verstecken. Verstehst du?»

«Klar», sagte Hazel obenhin.

«Er braucht Liebe. Er braucht Verständnis», sagte Joe Elegant.

«Wer nicht?» sagte Hazel.

«Ich glaube, ich könnte ihm helfen, wenn er sich von mir helfen liesse.»

«Ich hatte so halb und halb gedacht, er habe eine Neigung zu Suzy gefasst», sagte Hazel.

Etwas wie Widerwillen zog Joe Elegants Mund zusammen. «Das wäre nur wiederum ein falscher Weg, wiederum eine Enttäuschung.»

Hazel sagte: «Die Einen lieben dies, die Andern jenes.»

«Sehr originell», sagte Joe Elegant.

Von Joe Elegants Anbau durch die Küche zum Empfangsraum waren es nur ein paar Schritte. Im Empfangsraum sass Becky, die Füsse auf einem Stuhl, und las ihre Post. Becky war Abonnentin von «Brieffreundschaften» und führte eine lebhafte Korrespondenz über den ganzen Globus hin. Jetzt hielt sie einen Briefbogen aus Reispapier in der Hand, der aus Japan stammte. «Liebe Brieffreundin», hiess es da. «Dein interessanter Schreibung erhalten. Japanmädchen stecken Haar auf ebenso, doch nicht tun bleichen. Mein Freundin Mitzi Mitzuki, sehr westlich gesonnen. Sie würde gern proppieren, du wenn sendest kleiner Gefäss doppelkoolensaurer Wasserstoffsupperoxid.»

«Hei!», sagte Hazel.

Becky legte den Brief hin. «Warst du mal in Japan?»

«Nö.»

«Ich auch nicht. Wie geht's Mack?»

«Sehr gut. Becky, was meinst du, dass Doc fehlt?»

«Liebe», sagte Becky. «Doc hat immerzu Schmerzen. Oder wenn er keine hat, müsste er doch welche haben. Aber netter Kerl sowieso.»

«Er sitzt da, als hätte ihm einer mit der Keule vor den Kopf geschlagen.»

«Jaja, so ist's schon. Armer Kerl! Wenn es sich um mich handelte, ich ginge hin und legte ihm meine kühle Hand auf die Stirn und sagte: ‚Doc ...'»

Da tat sich Faunas Zimmertür auf. «Ich habe doch sprechen gehört. Guten Tag, Hazel. Ist sonst keines von den Mädels da? Becky ist in schlechtem Zustand.»

«Ich wollte dich etwas fragen», sagte Hazel.

«Nun, komm nur rein. Setz dich. Ein Schnäpschen gefällig? Ist es eine Privatsache? Dann mache ich die Tür zu.»

«Ja», sagte Hazel, was die Antwort auf alle Fragen zusammen war.

Das Schnäpschen liess Hazels Augen aufleuchten. «Was meinst du, fehlt Doc?»

«Ich würde noch vor kurzem nicht darüber gesprochen haben», sagte Fauna «Aber als er die Krawatte anzog ... und dann letzthin abends ...»

«Da war er betrunken», sagte Hazel. «Wenn einer betrunken ist, dann redet er alles Mögliche daher.»

«Das ist es nicht», sagte Fauna.

«Du meinst, es ist Suzy?»

«Jawohl! Und wenn sie nicht so saublöd wäre, dann ginge sie mit ihm nach La Jolla und hülfe ihm bei seiner Arbeit. Ja, zum Teufel, dann hätt' sie's geschafft.»

«Er will doch seine Abhandlung schreiben.»

«Er ist ganz aus dem Häuschen», sagte Fauna. «Ich wette, er denkt nicht an seine Abhandlung.»

«Er denkt gar nichts.»

«Das meine ich ja. Wenn er aufhören könnte, nicht an Suzy zu denken, dann könnte er anfangen über seine Abhandlung nachzudenken. Das ist jedenfalls meine Meinung.»

«Du meinst, wenn sie nach La Jolla ginge ...»

«Jawohl. Aber sie wird nicht hingehn.»

«Er wird sie nicht mitnehmen wollen», sagte Hazel.

«Wenn nicht alle solch gottverdammte Trottel wären, dann würde er gar nicht gefragt», sagte Fauna. «Ich weiss nicht, wozu das alles noch führen soll. Noch ein Schnäpschen?»

«Ich darf nicht», sagte Hazel. «Ich muss einen Besuch machen.»

Dass auch Joseph Maria gerade einen Brief las, als Hazel den Kramladen betrat, war reiner Zufall. Joseph Maria las und fluchte zugleich, und zwar fluchte er in unverständlichem Spanisch. Der Brief war von James Petrillo und in nicht missverständlichen Tönen gehalten. Wenn die darin ausgesprochene Drohung zur Ausführung gelangte, dann sah es so aus, als ob die Musiker-Gewerkschaft bei der Unterbindung des Menschenschmuggels über die mexikanische Grenze mehr ausrichten würde als die amerikanische Regierung. Der Patrón war in einer Klemme. Wenn er sonst gegen etwas nicht aufkommen konnte, dann machte er einfach mit. Aber diesen Ausweg liess ihm Petrillo nicht. Joseph Maria spielte mit Mordgedanken.

«Wie steht's?», fragte Hazel.

«Beschissen», sagte der Patrón.

«Keinem geht's gar zu gut», bemerkte Hazel. «Doc sitzt drüben wie vor den Kopf geschlagen. Was meinst du, fehlt ihm?»

«Das mag Gott wissen», sagte der Patrón. «Ich habe meine eigenen Sorgen. Komische Geschichte», sagte er dann. «Gib mal acht; gestern komme ich spät abends von Monterey heim, bewegt sich doch da ein Schatten auf dem leeren Grundstück herum, und zwar in den Lichtfleck hinein, die die Strassenlaterne zum Kessel hinwirft, und ich leiste einen heiligen Eid, dass es Doc war, der da herumschlich.»

«Nein!», rief Hazel aus.

«Ich sage: ja.» Joseph Marias Blick schweifte über die Gemüse und die aufgeschichteten Konservenbüchsen hin und blieb an der Coca-Cola-Reklame hängen, die ein Mädchen auf einer Schaukel zeigte. «Weisst du was?», sagte er versonnen. «Vor dem Fest hätte ich gesagt, sie sei auch weiter nichts als so ein Strichmädchen. Dann riss sie aus und zog in den Kessel. Und dann, nun ... es scheint, Doc hat etwas an ihr gefunden. Vielleicht hat Suzy etwas, was mir entgangen ist. Ich hab schon gedacht, ich muss mich mal an sie heranmachen.»

«Das darfst du nicht», sagte Hazel. «Sie gehört Doc.»

«Blech», sagte Joseph Maria. «Weiber gehören niemandem. Ich würde bloss mal unter ihrem Fenster pfeifen.»

«Sie hat doch gar kein Fenster», sagte Hazel.

Joseph Maria lächelte. Petrillos Gift begann sich zu verflüchtigen. «Jajaja», sagte er. «Mir scheint da etwas entgangen zu sein.»

«Lass die Finger von ihr», sagte Hazel.

Joseph Maria schlug die Augen nieder; eine Sekunde lang blitzte die alte Indianernatur darin auf. Dann lächelte er wieder. «Mach, was du willst», sagte er wegwerfend. «Ich höre, sie hat eine Arbeit angenommen.»

Die Goldene Klatschrose sah so aus: ein langes, schmales Lokal mit hoher Decke; auf dem Fussboden achteckige Fliesen; Theke aus schwarzem Holz mit kleinen runden Hockern davor; auf der Theke in Abständen allerhand Gegenstände: Musikautomat, Papierserviettenständer, Salz, Pfeffer, Zucker, Senf, Ketchup; hinten Tür zur Küche mit Fenster und Abstelleiste; vorne Registrierkasse, Zigarettenautomat neben der Eingangstür; langer Spiegel hinter der Theke, davor Kaffeemaschine, Bratrost, Brotröster, Kuchen und Torten unter Glas, Zerealienpakete, Krapfen, ein Ständer mit Konservensuppen und Heizplatte, Boxkampfvorschau, Kinoprogramm, Autobus-Fahrplan.

Die Goldene Klatschrose kam auf keinen grünen Zweig. Es war ein ungemütliches, trübseliges Lokal, in dem es zwar guten Kaffee, aber freudloses, wässeriges Essen gab. Es konnte nicht konkurrieren mit den lustigen, schwindelhaft aufgemachten kleinen Restaurants, die in Monterey wie die Pilze hochschossen, mit ihren gewürfelten Tischtüchern, Landschaftsfresken, niederen Balkendecken und Kerzenbeleuchtung.

Die Goldene Klatschrose gab sich auch gar keine Mühe. Es gab viele Leute, die das Lokal lieber hatten als die neumodischen; Stammgäste, die kalte feuchte Krapfen, pappige Ragouts und Suppen aus der Büchse gern hatten. Diese Gäste hegten Misstrauen gegen Fischnetze an den Wänden und Witze auf dem Menu. Für sie war die Nahrungsaufnahme eine notwendige, aber feierliche sakramentale Handlung, die nicht mit Unfug verknüpft werden durfte.

Die Stosszeiten waren: sieben bis acht dreissig morgens, Frühstück; elf dreissig bis eins dreissig, Mittagessen; sechs bis acht abends Nachtessen. In den Zwischenzeiten kam Laufkundschaft, Konsumenten von Kaffee, Sandwiches und Krapfen. Am späten Abend ergaben sich dann noch zwei Stosszeiten: um neun Uhr dreissig, wenn die erste Kinovorstellung aus war, und um elf Uhr dreissig nach der zweiten Vorstellung. Um halb ein Uhr nachts rollte die Klatschrose ihre Blütenblätter ein, ausgenommen in den Samstagnächten, in denen das Lokal für die ersten angetrunkenen Bummler offenblieb.

Suzys Eintritt in die Goldene Klatschrose war für Ella von seltsamen, aber verständlichen Folgen begleitet. Ella hatte sich selbst ein Gebot auferlegt und es all die Jahre über mit eiserner Energie aufrechterhalten: Müdigkeit und Schmerzen einfach nicht zu beachten. Wenn sie sich gestattet hätte, zur Kenntnis zu nehmen, wie jämmerlich es ihr eigentlich ging, hätte sie sich den Hals abgeschnitten.

Suzy war bald nicht bloss eine Hilfe, sie übernahm die Leitung: sie scherzte mit den Geschäftsreisenden, pfiff beim Sandwichtoasten, erinnerte sich daran, dass Mr. Garrigas gern dicke Selleriesuppe ass, und erinnerte sich sogar an seinen Namen.

Ella hatte Suzy einen Tag lang beobachtet und es in scharfem Ton abgelehnt, als Suzy ihr vorgeschlagen hatte, sie solle heimgehen und sich ein paar Stunden hinlegen. Dann kam auf einmal ein Riss in das selbstauferlegte Gebot, und der Riss erweiterte sich. Bodenlose Müdigkeit, Schmerz in den Beinen und im Unterleib kamen daraus zum Vorschein. Ella war vollkommen erschöpft, als sie es endlich zugab. Heimzugehen und eine Stunde auszuruhen kam ihr zuerst als Sünde, dann als Luxus vor und wurde schliesslich zu etwas wie ein Rauschgift.

Wenn jetzt Suzy nach dem Neun-Uhr-dreissig-Ansturm sagte: «Geh heim und schlaf dich gut aus», wirkte es ganz selbstverständlich. Suzy vermochte sie nicht nur vollkommen zu ersetzen, ihre schlagfertige, immer gleichbleibende Munterkeit zog auch neue Gäste an.

Um elf Uhr fünfzehn waren die vier Silex-Kocher mit frischem Kaffee gefüllt, lagen die Hackbeefsteaks in Ölpapier gewickelt im Eisschrank, waren die Tomaten in Scheiben geschnitten und lag das Sandwichbrot in der Schublade unterm Bratrost. Um halb zwölf kam dann der Kundenstrom von der letzten Kinovorstellung.

Es war, als seien Suzy noch sechs Hände gewachsen: Club-Sandwiches, Käse-Sandwiches, Hackbeefsteaks und Kaffee, Kaffee, Kaffee! Die Registrierkasse klapperte immerzu, und das Wechselgeld blieb zwischen den Spitzen der Gummizahldecke stecken.

«Wie wär's mit einer Verabredung für Samstag?»

«Gern! Mit Wonne!»

«Also, abgemacht?»

«Kann mein Mann mitkommen?»

«Sind Sie verheiratet?»

«Wenn ich zur Verabredung komme, dann nicht.»

«Sie sind ein hübsches Kind.»

«Sie sind ja auch ein ganz hübscher Mann. Hier ist Ihr Wechselgeld.»

«Behalten Sie's nur.»

In den Sekunden zwischen den Bestellungen warfen die drei zusätzlichen Hände Geschirr ins Seifenwasser, spülten und trockneten es.

«Heda, Mr. Gelthain! Sie haben Ihren Schirm stehen lassen.»

«Ach ja. Danke schön.» Das warf wieder einen Vierteldollar Trinkgeld ab, der in eine mit einem Schlitz versehene Büchse wanderte, worauf stand: «Joe.»

Jeden Morgen, wenn Joe Blaikey zum Kaffeetrinken hereinkam, bekam er mit der Tasse einen kleinen Stoss Silbermünzen hingeschoben, für die in einem Kassenheft quittiert wurde. Es war erstaunlich, wie sich das summierte.

Fünf Minuten vor zwölf kam Hazel herein und wartete, an die Wand gelehnt, bis ein Hocker freiwurde.

«Hei, Hazel. Was soll's denn sein?»

«Tasse Kaffee.»

«Geht auf Geschäftsspesen, Hazel. Wie geht's dir immer?»

«Okay.»

Die Gäste verliefen sich allmählich, bis das Lokal leer war. Mit flinken Händen brachte Suzy die Goldene Klatschrose ins Bett, putzte den Bratrost, wusch die Theke und wischte die Hälse der Ketchupflaschen ab. Als sie aufsah, merkte sie, dass Hazel mit dem Besen ausfegte.

«Ei, was machst denn du da, zum Kuckuck?»

«Ich dachte, wir haben denselben Weg. Ich begleite dich.»

«Warum nicht?», sagte Suzy. «Kannst meine Schulbücher tragen.»

«Was?»

«War bloss ein Witz.»

«Haha», machte Hazel mit der ernstesten Miene von der Welt.

Sie gingen die Alvarado Street entlang, wo alles geschlossen war bis auf die Bars, die ihre Neon-Kultur auf die Strasse hinausspritzten. Am Ende des Presidio blieben sie stehen, legten die Ellbogen auf das Eisengeländer und blickten zu den Fischerbooten auf dem schwarzen Wasser der Bucht hinaus. Dann gingen sie übers Eisenbahngeleise, am Armee-Lagerhaus vorbei und betraten Cannery Row vom oberen Ende her. Schliesslich sagte Hazel: «Du bist eine famose Person.»

«Wie bitte?»

«Sag mal, was meinst du, fehlt Doc?»

«Was weiss ich?»

«Bist du böse mit ihm?»

«Wie wär's, wenn du dich um deine eigenen Angelegenheiten kümmertest?»

«Ist schon gut», sagte Hazel rasch. «Ich bin nicht sehr helle; das wissen alle.»

«Was hat das damit zu tun, dass du mich ungeschoren lassen sollst?»

«Niemand schenkt mir Beachtung», sagte Hazel. Er brachte das wie eine Empfehlung vor. «Doc sagt, ich höre nicht zu. Er hat das gern.»

Eine Zeitlang gingen sie stumm weiter. Dann sagte Hazel schüchtern: «Er hat mir alles mögliche Gute getan. Einmal sagte er vor Gericht über meinen Charakter aus, und ich hatte gar keinen Charakter. Einmal hätte ich einen Fuss verloren, da hat er ihn aufgeschnitten und Pulver hineingeschüttet, und ich hab' ihn noch.»

Suzy gab keine Antwort. Die Schritte der beiden schallten laut auf dem Pflaster und widerhallten an den eisernen Fassaden der ausgestorbenen Konservenfabriken.

«Doc hat Sorgen», sagte Hazel.

Die Schritte hallten durch die Strasse.

«Jeder, der Sorgen hat, der geht damit zu Doc. Aber wenn er Sorgen hat, dann geht keiner zu ihm.»

Schritt ... Schritt ... Schritt.

«Ich muss ihm helfen», sagte er. «Aber ich bin nicht helle.»

«Was soll ich denn dabei tun, zum Donnerwetter?», sagte Suzy.

«Na, könntest du nicht hingehen und dich zu ihm setzen?»

«Nein.»

«Wenn du Sorgen hättest, tät er dir helfen.»

«Ich hab keine Sorgen. Woher weisst du, dass er Sorgen hat?»

«Ich sag's dir. Ich hab' gemeint, du hättst ihn gern.»

«Ich hab ihn schon gern. Wenn er wirklich schlimm dran wäre, wenn er krank wäre oder ein Bein gebrochen hätte, dann würde ich ihm wahrscheinlich eine Suppe bringen.»

«Ach, Herrje! Wenn er ein Bein gebrochen hat, kann er nicht zur Springflut gehn», sagte Hazel.

«Aber er hat doch kein Bein gebrochen.»

Sie gingen am Café Ida vorbei. Hazel fragte: «Willst du ein Glas Bier?»

«Nein, danke.» Dann sagte sie: «Gehst du nicht heim ins Palace?»

«Nein», sagte Hazel. «Ich muss noch mit jemand sprechen.»

Suzy sagte: «Als Kind machte ich einmal einen Aschenbecher für meine Eltern ...»

«Hat er ihnen Spass gemacht?»

«Sie brauchten keinen Aschenbecher.»

«Haben sie nicht geraucht?»

«Ja», sagte Suzy. «Gute Nacht.»

Hazel war dem Zusammenbruch nahe. In seinem ganzen Leben hatte er einen Gedanken nicht länger als zwei Minuten festgehalten. Jetzt aber drehte sich alles in seinem Schädel infolge der Strapaze einer vierstündigen Konzentration. Und es war noch nicht zu Ende. Er hatte noch zwei weitere Besuche zu machen, und dann musste er sich unter die schwarze Zypresse zurückziehen, um die Ergebnisse seiner Erkundungen zu sichten. Bis jetzt erkannte er nirgends einen Lichtschimmer.

In seinem Kopf ging es zu wie in einem Kaleidoskop; Farben und Formen wechselten mit jeder Drehung. Es war ihm, als gebe sein Gehirn einen leicht zischenden Ton von sich.

Es war eine Nacht für Liebesleute, eine richtige Nacht für brünstige Katzen. Kopf und Schultern an den Boden gedrückt schlichen Kater auf der Pirsch nach Nebenbuhlern herum. Katzenfräuleins putzten und stutzten sich in holder Unschuld zurecht, nicht ahnend, dass ihnen das zuteil werden könne, wonach sie schmachteten. Auf den Klippen draussen bellten die Seelöwen mit einem Tremolo wie Jagdhunde. Vom Strand her aber klangen die weichen klagenden Töne der «Memphis Blues», die Cacahuete Rivas seiner Trompete entlockte.

Einen Augenblick lang blieb Hazel, in den Genuss der geheimnisvollen Nacht versunken, stehen. Er blickte nach dem Kessel hin, zu dem Suzy gegangen war und sah in den Lichtstreifen der Strassenlaterne eine Gestalt treten. Dem Umriss und der Haltung nach glaubte er den Patrón zu erkennen. Eigentlich ging es Hazel nichts an. Er stieg die Treppe hinauf und klopfte an die Tür des Western Biological.

Doc sass auf seinem Bett und besichtigte den Utensilienhaufen für die Sammelexpedition: Netze, Eimer, Gläser, Formalin, Menthol, Bittersalz, Gummischuhe und Gummihandschuhe, Glasplättchen, Bindfaden. Auf dem Tisch stand ein kleines Reiseaquarium mit Miniaturpumpe und -motor, der von zwei Trockenbatterien betrieben wurde. Mürrisch beobachtete er, wie der Nebel von weissen Luftbläschen durch das Meerwasser drang.

«Komm nur herein», sagte er zu Hazel. «Ich freue mich, dich zu sehen.»

«Ich komme bloss, um meine Aufwartung zu machen», sagte Hazel.

«Schön. Freut mich sehr. Man kommt sich blödsinnig vor, wenn man mit sich selber redet; aber man behält alles für sich. Du bist die ideale Antwort, Hazel.»

«Sagen Sie, Doc, ehe ich's vergesse. Was ist As... Astro ... physik?»

«Willst du das wirklich wissen?»

«Nicht gar so sehr. Ich war bloss neugierig. Ich habe mich dazu verpflichtet.»

Doc schauerte zusammen. «Darüber möchte ich nichts hören», sagte er.

«Hab dir einen halben Liter mitgebracht.»

«Das ist freundlich von dir. Hältst du mit?»

«Gern», sagte Hazel. «Gehst du wirklich nach La Jolla?»

«Ich muss ja wohl. Darüber habe ich die ganze Zeit nachgedacht. Ich hab doch so viel Gerede davon hergemacht.»

«Viele meinen, du gehst nicht hin.»

«Na, das ist ja einer der Gründe, warum ich muss.»

«Möchtest du denn nicht?»

«Das weiss ich nicht», sagte Doc leise.

Er stand vom Bett auf und nahm einen Draht von der Trockenbatterie weg. «Hat keinen Sinn, Strom zu vergeuden», sagte er. «Ich habe mich ganz auseinandergenommen wie einen alten Ford in einem Hinterhof. Sämtliche Teile nebeneinandergelegt. Weiss aber noch nicht, warum er nicht läuft. Ich weiss nicht einmal, ob ich ihn wieder zusammenkriege.»

«Da könnte ich helfen», sagte Hazel. «Ich verstehe mich auf alte Fords.»

«Am Ende verstehst du dich auch auf Menschen», sagte Doc.

Hazel schlug scheu die Augen nieder. Niemand hatte ihn je bezichtigt, etwas zu verstehen.

Doc lachte leise auf. «Nana, sei mein guter Hazel.»

«Hör mal, Doc, was meinst du, fehlt dir eigentlich?» Hazel erschauerte über seine Kühnheit; aber er hatte die Frage gestellt. Und Doc schien sie vernünftig zu finden.

«Gott weiss», sagte er. «So was wie geheime Rechtfertigung vor mir selbst, wohl. Ich wollte einen Beitrag zur Wissenschaft liefern. Vielleicht als Ersatz für Kindererzeugung. Aber jetzt scheint mir der Beitrag, selbst wenn ich damit zu Rande komme, ziemlich schwach. Ich habe mir etwas eingeredet, und nun muss ich's ja wohl ausführen.»

Hazel kramte in seinem Wirrwarr von Fetzchen und Flickchen herum. «Mack grämt sich über das, was er und Fauna angerichtet haben. Er ist ganz krank.»

«Das braucht er nicht», sagte Doc. «Ich hab doch alles verpfuscht.»

«Soll das heissen, dass du Suzy genommen hättest?»

«Scheint so. Ich habe die ganze Zeit darüber nachgedacht. Ein paar Tage lang war mir anders, wohler zu Mut als je in meinem Leben. Etwas wie ein festsitzender Schmerz war weg. Ich fühlte mich ganz frei.»

«Wegen Suzy.»

«Wahrscheinlich. Ich mit meinem angeblich wilden freien Gehirn, das keine Schranken der Konvention kennt – was habe ich gemacht? Ich habe einen Kontoabschluss wie ein Krämer in seinem Hauptbuch gemacht. Habe alles abgewogen: Erziehung, Erlebnisse, Herkunft, womöglich noch die Blutmischung. Bei ein paar von den schlimmsten Menschen, die ich je kennen gelernt habe, war es mit all dem aufs Beste bestellt. Nun, da haben wir's. Ausgesprochen wird es noch klarer. Ich habe mir die Sache wohl verscherzt.»

«Warum versuchst du es nicht noch einmal, Doc?»

«Wie denn?»

«Ei, nimm eine Schachtel Pralinés mit oder einen Strauss Nelken und klopfe an ihre Tür.»

«Alles von vorn anfangen? Klingt ein bisschen blöd.»

«Nun, Weiber bleiben Weiber.»

«Da hast du vielleicht eine Entdeckung gemacht. Hast du sie gesehen?»

«Ja. Sie hat sich den Kessel wunderhübsch hergerichtet. Sie hat eine Stelle in der Goldenen Klatschrose.»

«Wie geht's ihr? Was hat sie gesagt?»

Hazel fummelte wieder zwischen seinen Gedankenbruchstücken herum. Suzys heftiger Ausbruch fiel ihm ein. «Als Kind hat sie einmal einen Aschenbecher für ihre Eltern gemacht...» Hazel liess das in der Luft hängen, weil es lächerlich klang.

«Na, und...?»

«Sie brauchten keinen Aschenbecher», sagte Hazel.

«Hat sie dir das gesagt?»

«Ja.»

«Na, trinken wir mal ein Glas.»

«Ich kann nicht, Doc. Ich muss noch einen ... ich meine, ich muss noch jemand sprechen.»

«Mitten in der Nacht?»

«Ja.» Und dann bekannte Hazel: «Du warst gut zu mir, Doc. Ich würde dir nie etwas Böses antun.»

«Natürlich nicht.»

«Aber ich hab's getan.»

«Was?»

«Erinnerst du dich, du hast immer gesagt, du hättest mich gern, weil ich nicht zuhöre?»

«Gewiss, daran erinnere ich mich.»

Scheu und Scham erfüllten Hazels Augen. «Ich habe zugehört», sagte er.

«Ist ja recht.»

«Doc...»

«Ja?»

«Joseph Maria treibt sich um den Kessel herum.»

Hazel konnte sich nicht entsinnen, je so müde gewesen zu sein. Er hatte seinem Verstand ungewohnte Kunststücke zugemutet, und es war genau so gekommen, wie er gefürchtet hatte. Nichts hatte er erreicht. Er war ausgezogen ins Unbekannte in der Hoffnung, irgendeinen Lichtschimmer zu finden, der ihn geleiten würde. Was er erreicht hatte, das erinnerte ihn an Henris Malerei mit Nusschalen. Er hatte nur den einen Wunsch, zu schlafen, lange zu schlafen, womöglich nie mehr in eine Welt hinein zu erwachen, in der er sich als Fremdling fühlte. Er hatte alles verpfuscht. Ob er auch in Washington eine solche Schweinerei anrichten würde?

Müde ging er über den leeren Platz und den Hühnersteig hinauf zum Palace. Rasch im Finstern ins Bett schlüpfen und sein Fiasko im Schlaf vergessen, weiter wollte er nichts.

Aber Mack und die Jungens waren noch auf und erwarteten ihn.

«Wo bist du denn gewesen, zum Donnerwetter?», sagte Mack. «Wir haben dich überall gesucht.»

«Bloss ein bisschen rumgelaufen», sagte Hazel matt.

Mack stöhnte, als er eine Bewegung machte. «Herrje, hast du mir ein Loch in den Schädel gehauen», sagte er. «Hättest mich beinah totgeschlagen.»

«Ich hätt' es nicht tun sollen», sagte Hazel. «Soll ich dich ein bisschen einreiben?»

«Das auch noch! Was hast du denn vorgehabt? Wenn du Pläne machst, dann ist Dreck Trumpf.»

«Wen hast du denn getroffen?», fragte Whitey No 2.

«Alle möglichen Leute. Bin bloss so rumgelaufen.»

«Also wen?»

«Ach, Joe Elegant ... Fauna ... und Suzy und Doc.»

«Du hast Suzy gesprochen?», fragte Mack.

«Gewiss. Bin in die Klatschrose auf eine Tasse Kaffee gegangen.»

«Sieh da, er kann sich Kaffee leisten!»

«Es ging auf Geschäftskonto», sagte Hazel.

«Also, was hat sie gesagt?»

«Sie sagt, in der dritten Klasse hat sie einen Aschenbecher gemacht.»

«Ach, du grosser Heiland!», rief Mack aus. «Hat sie was über Doc gesagt?»

«Ja, ich glaub' schon.»

«Was heisst: du glaubst schon?»

«Frag mich doch nicht, wenn du gemein gegen mich werden willst. Dann werd' ich bloss auch gemein.»

Mack verschob sein Körpergewicht ächzend auf die andere Hinterbacke.

Hazel fühlte sich von Feindseligkeit umringt. «Ich gehe ein bisschen hinaus», sagte er kläglich.

«Wart' mal! Was hat sie über Doc gesagt?»

«Sie sagt, sie will nichts von ihm wissen, ausser wenn ... Ich geh jetzt doch hinaus.»

«Ausser wenn was?»

«Ausser wenn er krank wär' oder ein Bein gebrochen hätte.»

Mack schüttelte den Kopf: «Allmächtiger Gott! Ich hätte dich nicht allein ins Freie lassen sollen!»

«Ich habe nichts Böses getan.»

«Aber auch nichts Gutes, mach' ich 'ne Wette. Ja, ich wette, du überlegst dir jetzt schon einen Bazillenkrieg ... wie Doc krank zu machen wäre.»

«Ich bin müde. Ich will bloss ins Bett gehen», sagte Hazel.

«Wer hindert dich daran?»

Hazel warf sich mit den Kleidern aufs Bett; aber er konnte nicht einschlafen, wenigstens nicht, bevor die Sonne aus dem Salinastal herausgekrochen kam. Sein Hirn hatte Schwielen, und sein Verantwortungsgefühl ritt ihn auf Kandare und Sporen.

DREIUNDDREISSIGSTES KAPITEL

GETROMMEL IN DER FERNE

Doc blieb noch lange still sitzen, nachdem Hazel ihn verlassen hatte. In seiner Brust rasselte es nur so von widerstreitenden Gefühlen, und sein Schlund war ausgetrocknet. Drei Seelen wohnten, ach, in seiner Brust. Die oberste blickte ihn an, die Seele des Gelehrten, des Denkers, des methodischen, auf Exaktheit gedrillten Empirikers. Nichts, nicht das kleinste Ding durfte Zugang finden, wenn es nicht messbar, tastbar, hörbar oder sichtbar war. Die Gesetze der Wissenschaft waren verbindlich für Doc, und sein Streben war, ihnen Gehorsam zu leisten. Diese Gesetze zu brechen, war nicht nur eine Versündigung gegen sich selbst, sondern eine Gefährdung, denn ein jeder Verstoss führte zu Anarchie. Kalt und bange wurde ihm.

Die mittlere Seele jauchzte über seine Niederlage. «Ich hab's dir ja gesagt! All die Jahre über habe ich dir gesagt, du machst dir was vor. Wollen mal sehen, ob du dich unterstehst, die Analyse wieder aufzunehmen.»

Und die leise summende Seele ganz tief in den Eingeweiden, machte sich ebenfalls bemerkbar, voll Weh zwar, aber das Weh sei notwendig und gut, sang sie.

Die Mittelseele schwang obenauf. Doc dachte: wollen das doch einmal näher betrachten. Hier ist ein Mann, der hat Arbeit zu verrichten. Das Mädchen – was ist mit dem? Nehmen wir mal an, alles mögliche

Gute komme bei einer Verbindung mit ihr heraus. Dann wäre es immer noch nicht gut. Dass es mit diesem Mädchen und mir gut ausginge, das ist ein Ding der Unmöglichkeit, dazu besteht keinerlei Aussicht. Sie ist nicht nur ungebildet, sondern auch jähzornig. Sie hat sämtliche Anschauungen der Halbgebildeten. Sie ist überzeugt von Dingen, die sie nicht durchdacht hat; sie sind ihr nicht nur für sich selbst massgebend, sondern für jedermann. In zwei Monaten würde sie eine Zimperliese werden. Wo geht's dann hin mit der Freiheit? Schluss mit diesem Unsinn! Schlag's dir aus dem Kopf! Du musst darauf verzichten, und du willst es ja auch nicht.

Die Mittelseele schrie: «Du kannst aber auch nicht darauf verzichten. Was auch immer geschieht, du hast sie im Blut. Fühle bloss mal deinen Puls, horche nur einmal, wie dein Herz pocht! Warum tut es das? Weil du eben die Kesseltür klappern gehört hast, darum! Du hast noch nicht einmal daran gedacht, was das bedeutet, aber schon geht dir ein Schmerz durch Mark und Bein, weil es draussen geklappert hat und weil es drei Uhr dreizehn morgens ist.»

Die Seele in der Tiefe aber sagte: «Nichts ist böse. Alles ist nur ein Teil eines Ganzen: Gut und Böse. Kennst du einen Mann oder eine Frau – gleichviel wie genau auch immer – in denen nicht Gut und Böse zugleich ist? Lass mich hinaus! Oder, bei Gott, ich schlage meine Klauen in dich und zerfleische dich dein Leben lang. Lass mich heraus, sage ich! Spürst du dieses Brennen, dieses glühende Brennen? Das ist Wut. Wirst du es herauslassen oder soll es hier schwelen, bis es dich krank und toll macht? Schau, wieviel Uhr es ist. Du hast die Eisentür gehen gehört.»

Doc sah auf die Uhr: drei Uhr 17 Minuten. «Ei, dieser Schweinehund!» sagte er laut vor sich hin. Er knipste die Lampe an, ging zum Fenster und blickte zu dem Lichtstreifen hin, den die Strassenlaterne über das unbebaute Grundstück warf. Dann machte er die Tür auf und schlich die Treppe hinunter. Von einem breiten Schattenstreifen gedeckt überquerte er die Strasse.

Der Patrón sass auf einer grossen verrosteten Röhre und suchte ein Zusammensetzrätsel zu lösen. Er hatte alle Stücke vor sich ausgebreitet, aber sie ergaben kein vernünftiges Bild. Da war er selbst, ein junger, gut aussehender, elegant angezogener, geldverdienender Mann. Und dort war eine Frauensperson, wie man sie ein Dutzend für einen Groschen kriegt, die in einem Kessel hauste und für ihr bisschen Essen arbeiten musste. Joseph Maria hatte auch seine Methoden; sie waren zwar nicht wissenschaftlicher Art, aber für seine Zwecke genügten sie weitaus, und er konnte sich wohl auf sie verlassen. Man raspelt ein bisschen Süssholz, man macht Versprechungen, Angebote, und als Rückhalt hatte man immer noch die Gewalt. Jedes Weibsbild braucht ein bisschen Gewalt. Er befühlte die geschwollenen Knöchel seiner rechten Hand. Das Weibsbild da war ja verrückt. Sie horte gar nicht hin auf seine Flötentöne, und wenn er Gewalt gebrauchen wollte, schmiss sie ihm die eiserne Tür vor der Nase zu und klemmte ihm fast die Finger ab. Vier Fingernägel würde er wohl einbüssen! Das Saumensch! In diese bitteren Gedanken versunken, hörte er Doc nicht herankommen.

Doc packte Joseph Maria bei seinem gestreiften Hemdkragen und riss ihn zu Boden. Des Patróns einer

Fuss machte eine weitausholende Reflexbewegung, der Docs Beine traf und ihn zu Fall brachte. Die beiden wälzten sich im Malvengestrüpp herum. Joseph Maria versuchte sein Knie in die Leistengegend von Doc zu stossen, während Docs schmale, aber kräftige Finger die Gurgel Joseph Marias umspannten. Dieser spürte, wie die Daumen nach der kleinen Vertiefung unterm Adamsapfel tasteten. Er krallte die Finger in das weisse Gesicht, und Docs Daumen drückten zu. Vor Joseph Marias Augen flammten grelle Lichter auf, und das Blut schoss ihm ins Gehirn. Er begriff, dass sein Brustkorb binnen zwei Sekunden unter den Daumen zusammensacken und er den Geist aufgeben würde. Er hatte das schon erlebt. Mit diesem Bild vor Augen erschlaffte er und spürte, während ihm der Angstschweiss ausbrach, wie die Daumen nachgaben.

Er blieb reglos liegen und berechnete halb bewusstlos, was ihm zu tun bliebe: noch ein Angriff auf die Weichteile oder ein Stoss mit dem Kopf auf Docs Kinn? Doch wenn das misslang, dann würden die furchtbaren Daumen wieder zupacken. Schwäche und Angst übermannten ihn; er hatte sogar Angst etwas zu sagen aus Furcht, ein falsches Wort könne die Daumen in Bewegung bringen. «Doc», flüsterte er, «ich ergebe mich. Sie haben mich erwischt.»

«Komm dem Mädel noch einmal zu nahe, und ich mache dich kalt», flüsterte Doc als Antwort.

«Nein, nein. Ich schwöre bei Gott, dass ich's nicht mehr tue.»

Unter der Sieben-Watt-Lampe im Kramladen versuchte Joseph Maria mit seinen zerquetschten Fingern den Korken aus einer Halbliterflasche zu ziehen, musste das jedoch Doc überlassen.

Doc verspürte die Übelkeit, die auf einen Wutanfall zu folgen pflegt; er kam sich auch ziemlich blöde vor. Er nahm einen Schluck Whisky zu sich und reichte die Flasche dann über die Theke hinüber. Joseph Maria nahm sie und trank, fiel aber hustend und spuckend nach vornüber. Doc lief um die Theke herum und klopfte ihm auf den Rücken. Als er wieder sprechen konnte, sah der Patrón Doc verwundert an und sagte:

«Ich verstehe Sie nicht. Wo haben Sie diesen Griff gelernt? Warum haben Sie denn das gemacht? Sie hätten mich ja umbringen können.»

«Wahrscheinlich weil ich das wollte», sagte Doc. «Ich muss das wohl gewollt haben.» Er lachte verlegen auf. «Ich dachte, Sie wollten sich an Suzy vergreifen.»

«Das wollte ich allerdings», sagte Joseph Maria. «Herrje, Doc, ich wusste doch nicht, dass Sie so mit ihr stehen.»

«Ich stehe gar nicht mit ihr», sagte Doc. «Geben Sie mir was zu trinken.»

«Na, Tricktrack-Spiel war das nicht, was Sie da gemacht haben», sagte Joseph Maria. «Nun, regen Sie sich nicht auf. Sie hat mich rausgeschmissen wie einen Strolch. Teufel noch eins, sie hat mir mit der Tür beinahe die Finger abgequetscht. Sie brauchen keine Konkurrenz von mir zu befürchten, Doc. Von mir aus gehört sie Ihnen.»

«Sie will mich nicht einmal sehen», sagte Doc.

«Ja, zum Donnerwetter, was fällt denn der ein?»

«Was weiss ich?»

Sie stützten sich beide mit den Ellbogen auf die Theke und blickten einander in die Augen.

«Das ist mir zu hoch», sagte Joseph Maria. «Was wollen Sie denn nun tun?»

Doc lächelte und sagte: «Hazel meint,. ich soll ihr Blumen und Pralinés bringen.»

«Da mag etwas dran sein. Ich versteh' die nicht.» Mit aller Vorsicht liess Joseph Maria ein paar Tropfen Whisky in seine Gurgel rinnen und zuckte zusammen, als die scharfe Flüssigkeit die gequetschte Stelle benetzte. «Mir scheint, die ist einfach irrsinnig», sagte er. «Und wenn sie irrsinnig ist, dann muss ein Mann etwas Irrsinniges anfangen. Glauben Sie nicht, Sie könnten sich einfach sagen: der Teufel hol' sie!»

«Hab ich mir hundertmal gesagt.»

«Und hat nichts genützt?»

«Nicht die Bohne.»

«Ich habe schon solche Männer erlebt. Da lässt sich ja wohl nichts machen.» Sein Blick schärfte sich. «Da fällt mir was ein», sagte er. «Als ich mit ihr vorhin durch die verdammte Feuerklappe sprach, sagte sie: ‚Wenn ich einen finde, der bis über die Ohren verschossen ist, dann stürze ich mich hinein.' Und ich sagte: ‚Für Doc?' – ‚Nein, zum Teufel', sagte sie, ‚das ist ja ein Schlappschwanz'.»

«Kann sein, sie hat Recht.»

«Das ist nicht meine Ansicht. Hören Sie, Doc, wie Sie da die Finger an meiner Gurgel hatten, wenn ich mich da noch gewehrt hätte... nun, hätten Sie dann...?»

«Wahrscheinlich. Ich mag es kaum von mir glauben, aber ich hätte es wahrscheinlich getan. Nie in meinem Leben habe ich noch so etwas getan. Warum?»

«Nun, ich dachte bloss eben... ein Mann, der einen Mord mit den nackten Händen begeht, der ist nicht gar so schlapp. Trinken wir die Flasche aus, Doc, dann helfe ich Ihnen.»

«Helfen? Wobei?»

«Beim Blumenpflücken», sagte Joseph Maria. «Wir haben noch eine Stunde Zeit bis Tagesanbruch. Droben an der Leuchtturm-Allee sind Vorgärten, wo's nur so stinkt von Blumen.»

VIERUNDDREISSIGSTES KAPITEL

ES GEHT NICHTS ÜBER EIN VOLLBAD

Da Joe Elegant in der Flotten Flagge nur als Koch und nicht auch als Rausschmeisser angestellt war, so wurden seine Dienste zur Nachtzeit nicht benötigt. Er legte sich beizeiten schlafen und stellte seinen Wecker auf vier Uhr. Dadurch gewann er jeden Morgen drei bis vier Stunden, die er dazu benutzen konnte, um an seiner Portable zu sitzen und grüne Lettern auf grünes Papier zu tippen.

Der Roman machte gute Fortschritte. Sein Held war bereits als Embryo schizophren gewesen; er war mit einem zerklüfteten, zerrütteten Seelenleben in diese Welt eingetreten, und nichts, was er seitdem darin erlebte, hatte ihm Festigkeit verleihen können. Wenn ihm kein Symbol um die Ohren geschlagen wurde, so zog ihm ein Mythos den Boden unter den Füssen weg. In diesem Buch herrschten Stimmungen vor; eine dekadente Traumwelt gespensterte darin in nasskalten Zimmern mit bleichen Düften und hieroglyphischen Tapeten. In dem ganzen «Die Wurzel aus π des Ödipus» war nicht eine Figur, die nicht der Beobachtungsstation eines jeden Irrenhauses zur Zierde gereicht hätte. Der Held hatte einige bereits betagte Tanten, gegen die der Marquis de Sade ein Chorknabe war. Der Stoss grüner Manuskriptbogen hatte die ansehnliche Höhe von siebeneinhalb Zentimetern erreicht, und Joe

Elegant machte bereits Pläne für seine Photographie auf der Rückseite des Schutzumschlags; er entschied sich für Schillerkragen, ein schwaches süss-säuerliches Lächeln sowie am Mittelfinger der einen, müde und lässig herunterhängenden Hand einen offenen Giftring. Er wusste genau, auf welche Kritiker das alles Eindruck machen würde, und warum. Er tippte: «Ein mit Azolla-Schaum überzogener Tümpel, in dessen Mitte mit dem Bauch nach oben ein toter Fisch schwamm...»

Joe seufzte auf, lehnte sich zurück und kratzte sich in der Magengegend. Dann gähnte er, ging in die Küche und setzte Kaffeewasser auf. Bis es kochte, spazierte er etwas hinaus in den herrlichen Morgen. Ein Pelikanschwarm kam auf der Jagd nach Zwergschellfischen dahergetrommelt, und am Himmel über der Bucht hingen rosa Kleenexwölkchen. Vor der Kesseltür sah Joe Blumen; er ging hin, um sie zu besichtigen: es war ein Riesenstrauss Tulpen, Rosen, Narzissen und Schwertlilien. Wer der Spender war, das ging daraus hervor, dass sie im Glas eines Naturalienkabinetts steckten.

Seit dem Verlobungs- und Verlosungsfest war Joe Elegant nichts mehr am Zeuge geflickt worden, aber viel Freundlichkeit von Selten Cannery Rows erfuhr er auch nicht. Er nahm die Neuigkeit mit nach Hause und servierte sie Fauna mit Kaffee und frischen Spritzkuchen ans Bett. Gegen acht Uhr hatte die Kunde das Palace erreicht, und auch bei «La Ida» schlürften die ersten Gäste sie mit ihren Whisky-Sours.

Die besten Aussichtspunkte waren im Empfangsraum, dessen Fenster auf die leere Baustelle hinausgingen. An einem von diesen sass hinter einem Vorhang, Faunas Spritzkuchen kauend, Mack. Die Mädchen, angetan mit ihren besten Kimonos, waren auch da. Becky hatte sogar ihre Pantoffel mit dem Straussfederbesatz angezogen. Um halb neun hörten die gespannten Zuschauer die Kesseltür kreischen, und sie machten sich gegenseitig Zeichen, sich nicht zu rühren.

Auf Händen und Knien liegend, steckte Suzy den Kopf aus der Feuerklappe und versenkte ihre Nase in das riesenhafte duftende Angebinde. Einen Augenblick lang betrachtete sie noch die Blumen, dann streckte sie den Arm aus und zog sie in ihre Behausung. Die Eisentür fiel zu.

Um neun Uhr tauchte Suzy wieder auf und ging eilig nach Monterey. Um halb zehn kam sie wieder zurück. Sie begab sich in den Kessel, erschien gleich darauf wieder an der Klappe und schob zuerst ihren Handkoffer hindurch. Der Zuschauerschaft bemächtigte sich Bestürzung, die jedoch nur einen Augenblick lang anhielt, denn Suzy kam die Treppe zur Flotten Flagge herauf und klingelte an der Haustür. Fauna jagte die Mädchen in ihre Stuben und Mack durch die Hintertür hinaus, bevor sie öffnen ging.

Suzy sagte: «Du hast gesagt, ich dürfte dein Badezimmer benutzen.»

«Bitte», sagte Fauna.

Als nach einer Stunde das Geplätscher nicht mehr hörbar war, klopfte Fauna an die Badzimmertür und sagte: «Willst du ein bisschen Toilettenwasser, Kind?»

«Danke», sagte Suzy.

Nach einigen Minuten kam sie blitzsauber heraus.

«Magst du eine Tasse Kaffee?», fragte Fauna.

«An sich gern», sagte Suzy. «Aber ich muss mich

beeilen. Danke für das Bad. Es geht nichts über ein schönes, gemütliches Vollbad.»

Hinter einem Vorhang verborgen beobachtete Fauna, wie Suzy in den Kessel zurückkroch.

Dann ging Fauna in ihr Bureau-Schlafzimmer, schrieb rasch etwas auf einen Zettel und schickte Joe Elegant damit hinüber ins Western Biological. Auf dem Zettel stand: «Sie geht heute nicht zur Arbeit.»

FÜNFUNDDREISSIGSTES KAPITEL

HEUREKA!

Doc legte seinen besten Anzug heraus auf die Bettstelle. Auf den verwaschenen Khakihosen waren abgeblasste Säurespuren, das weisse Hemd war vor Alter vergilbt, und er bemerkte zum ersten Mal, dass an seinem Tweed-Jackett beide Ellbogen durchgewetzt waren. Die Krawatte, die er zum Abendessen bei Sonny Boy getragen hatte, zeigte Flecken. Auf dem Boden seines Koffers fand er noch eine alte schwarze Militärkrawatte. Zum ersten Mal in seinem Leben war er unzufrieden mit seiner Kleidung. Es war zwar albern, sich darüber ernsthafte Gedanken zu machen, aber es liess sich nicht leugnen, dass er sich ernsthafte Gedanken darüber machte. Er setzte sich auf einen Stuhl, unterzog seine Garderobe und sein Leben einer Betrachtung und fand beides lachhaft. Und nicht weniger lachhaft war die jämmerliche Gewissheit, dass er Angst hatte.

Er wandte sich an die Klapperschlangen und sprach zu ihnen; eifrig lauschend liessen sie die gespaltenen Zungen aus den Mäulern fahren.

«Ihr seht hier einen Narren vor euch», sagte er. «Ich bin ein vernünftiger Mensch, ein relativ intelligenter Mensch: Intelligenzquotient hundertzweiundachtzig, Universität Chicago, Doctor Philosophiae mit Habilitationsberechtigung. Ein höchst beschlagener Mann in seinem Fach und auch auf andern Gebieten nicht unbewandert. Schaut euch diesen Mann an!» So sprach er. Und er fuhr fort: «Dieser Mann ist drauf und dran, einem jungen Mädchen in einem Kessel einen formellen Besuch abzustatten. Er nimmt zu diesem Behufe eine Schachtel mit einem halben Pfund Pralinés mit. Dieser Mann hat eine Todesangst. Warum? Das werde ich euch sagen. Er hat Angst davor, dass das Mädchen ihn nicht leiden kann. Er hat entsetzliche Angst vor ihr. Er weiss, dass das lachhaft ist, aber er kann nicht darüber lachen.»

Die Schlangen schauten ihn mit trübseligem Blick an ... jedenfalls schien es Doc so.

«Oder drücken wir es so aus», fuhr er fort, «ich kann nichts dagegen machen. Es heisst, ein Mensch, dem das Bein amputiert worden ist, denke immer an sein Bein. Nun, so geht es mir mit diesem Mädchen. Ohne sie bin ich kein ganzer Mensch. Ohne sie bin ich kein lebendiger Mensch. Als sie bei mir war, war ich lebendiger denn je, und nicht bloss, wenn sie freundlich war. Auch als wir miteinander stritten, war ich heil und ganz. Damals wusste ich nicht, wie schwerwiegend das war, aber jetzt weiss ich es. Ich bin kein Einfaltspinsel. Ich weiss, dass ich, wenn sie die Meine wird, viele grässliche Stunden auszustehen haben und ich wünschen werde, ich hätte sie nie gesehen. Ich weiss aber auch, dass ich, wenn ich sie nicht bekomme, niemals wieder ein ganzer Mensch werde. Dann werde ich ein graues, halbschlächtiges Leben führen und meinem verlorenen Mädchen bis an mein Lebensende nachtrauern. Als kluge, besonnene Reptilien werdet ihr euch wundern und fragen: ‚Warum wartest du nicht ab? Schau dich doch erst noch um! Es gibt noch bessere Fische im

Meer!' Ihr habt eben kein inneres Verhältnis zu der Sache. Gestattet mir zu sagen, dass es für mich nicht nur keine besseren, sondern überhaupt keine andern Fische im Meer gibt. Ohne diesen Fisch ist das Meer wüst und leer. Schreibt euch das hinter die Ohren!»

Er zog sich aus, stellte sich unter die Brause und rieb sich den Körper ab, bis die Haut ganz rot wurde und von der Seife brannte. Dann putzte er sich die Zähne, dass das Zahnfleisch blutete. Seine Hände waren vom Formalin aufgesprungen, aber trotzdem drückte und kratzte er an seinen ausgelaugten Fingernägeln herum, und dann bürstete er sein zu lang gewachsenes Haar nieder und rasierte sich so stark aus, dass ihm das ganze Gesicht brannte wie Feuer. Schliesslich war er doch fertig, aber nun machte er sich noch alles Mögliche zu schaffen, um seinen Aufbruch hinauszuschieben.

Der Magen drückte ihm gegen den Brustkorb, sodass er nur schwer Atem holen konnte. Ich sollte wohl einen grossen Schluck Whisky zu mir nehmen, dachte er. Aber das wäre dann an meinem Atem zu merken, und sie verstünde, warum ich getrunken habe. Ob sie auch Angst hat? Was weiss man? Frauen vermögen dergleichen besser zu verbergen als Männer. Ach Gott, was für ein Narr bin ich! So darf ich nicht weitermachen. Ich reibe mich ja auf. Meine Stimme würde zittern. Ei, die kleine ... nein, nicht das. Du kannst deinen Mut nicht hochsteigern, indem du sie heruntermachst. Du gehst zu ihr, nicht sie zu dir. Warum sage ich «du», wo doch «ich» es bin? Habe ich Angst vor meinem «Ich»?

Da fiel ihm plötzlich ein, was er tun musste. Er ging zu den Schallplatten und suchte die «Kunst der Fuge» heraus. Wenn ich durch Bachs Grösse keinen Mut bekomme, dann ist Hopfen und Malz verloren. Und er setzte sich hin und blieb reglos sitzen, während Bach eine Welt aufbaute, sie bevölkerte, sie regelte und ordnete und schliesslich seine Welt bekämpfte und durch sie zerstört wurde. Und als die Musik zu Ende war, wie es mit dem Menschen zu Ende gegangen war, da der Tod ihn antrat, inmitten eines Satzes, da hatte Doc seinen Mut wiedergewonnen. «Bach hat einen wüsten Kampf geführt», sagte er. «Er liess sich nicht unterkriegen. Wenn er weitergelebt hätte, würde er den unerhörten Kampf weitergeführt haben.»

Doc schrie ins Leere, von niemand gehört: «Gib mir nur kurze Zeit! Ich will nachdenken. Was besass Bach, wonach ich verhungere? War es nicht Tapferkeit? Ist nicht Tapferkeit die grosse Kunst der Seele? Gibt es eine edlere Eigenschaft, die der Mensch haben kann, als Tapferkeit?» Er hielt inne, und dann war es, als versinke er in einer innerlichen Tränenflut. «Warum habe ich es bisher nicht begriffen?», fragte er. «Ich, der ich dies so sehr bewundere, erkannte es nicht einmal, als ich es vor Augen sah. Der alte Bach besass seine Begabung, seine Familie, seine Freunde. Jedermann besitzt etwas. Und was besitzt Suzy? Nichts, schlechterdings nichts auf dieser Welt als Mut. Sie geht gegen eine Atomwelt an mit einer Spatzenschleuder, und, bei Gott, sie trägt den Sieg davon! Wenn sie nicht siegt, dann hat das Leben keinen Sinn mehr.»

«Siegen ... was soll das heissen?», fragte sich Doc. «Ich weiss es. Wenn man nicht besiegt wird, dann siegt man.»

Und dann versetzte er sich Stiche aus Rache dafür, dass er Suzy hatte heruntermachen wollen. «Ich weiss, was ich da tue. Angesichts meiner Niederlage wärme ich mich an ihrer Tapferkeit. Darüber will ich mir doch klar werden, bitte! Ich brauche sie zu meiner Rettung. Nur mit Suzy kann ich ganz werden.»

Er stand auf; er kam sich gar nicht mehr töricht vor, und seine Aufgabe war nicht mehr lachhaft. «Auf Wiedersehen!», sagte er zu den Klapperschlangen. «Wünscht mir Glück!» Er nahm die Pralinéschachtel und sprang beschwingt die Treppe des Western Biological hinunter. Er wusste, dass er beim Überqueren der Strasse aus jedem Fenster, von dem aus er gesehen werden konnte, beobachtet wurde; aber es war ihm gleich. Er winkte der unsichtbaren Zuschauerschaft einen Gruss zu.

Während er über den leeren Platz ging, überlegte er: Wie klopft man an einer Eisentür an? Er beugte sich vor und las einen verrosteten Nagel vom Boden auf; dann gelangte er fast heiter an den Kessel und trommelte auf der eisernen Wand einen kleinen Marsch. Die Feuerklappe wurde eine kleine Spalte weit geöffnet.

Mit metallischem Beiklang ertönte Suzys Stimme: «Wer ist da?»

«Ich bin's», sagte Doc.

Danach tat sich die Klappe ganz auf, und Suzy schaute heraus. «Danke für die Blumen», sagte sie.

«Ich hab' dir ein anderes Geschenk mitgebracht.»

Sie warf einen Blick auf die Pralinéschachtel. Zu diesem Zweck musste sie den Hals nach oben drehen, denn sie lag auf Händen und Knien. Ob der Zug in ihrem Gesicht von der dadurch bewirkten Muskelanstrengung kam oder Argwohn bedeutete, wusste Doc nicht.

«Pralinés?», fragte sie.

«Ja.»

«Ich will nicht...», fing sie an, musste aber gleichzeitig an Faunas Ermahnungen denken, die wie kleine Faustschläge auf sie niederprasselten. «Ach, Quatsch», sagte sie. «Danke.»

Doc verlor seine gute Haltung. Suzy straffte den Hals, konnte aber aus ihrer Stellung nicht über Docs Knie hinaussehen. Doc versuchte, wieder einen leichten Ton anzuschlagen, aber seine Worte kamen, wie er selbst merkte, unbeholfen heraus. «Ich komme zu einem offiziellen Besuch», sagte er. «Fordern Sie mich nicht zum Eintreten auf?»

«Meinen Sie, Sie kommen hier durch?»

«Ich kann's ja mal probieren.»

«Hier drinnen ist nicht viel Platz.»

Doc blieb stumm.

«Also, in Gottes Namen, kommen Sie herein», sagte Suzy. Sie zog den Kopf zurück.

Doc legte sich auf Hände und Knie. Erst warf er die Pralinéschachtel durch die Feuerklappe, dann kroch er selbst hindurch. Belustigt ging es ihm gerade durch den Kopf: Ein Mann, der das mit Würde tun kann, braucht in seinem Leben nichts mehr zu fürchten – da blieb er mit dem Umschlag des einen Hosenbeins an der Klappe hängen, die sich dadurch schloss und ihm den Fussknöchel einklemmte. Er war mit seiner ganzen Figur im Innern des Kessels bis auf einen Fuss, den er nicht frei bekam. «Mir scheint, ich hange fest», sagte er.

«Halten Sie sich mal still», sagte Suzy, dann setzte sie sich rittlings über ihn und machte den Hosenumschlag von der Klappenecke los. «Sie haben, scheint's, Ihre Hosen zerrissen», sagte sie, während sie über seine Schultern weg zurückglitt. «Vielleicht kann ich sie Ihnen flicken.»

Langsam gewöhnte sich Doc an das Halbdunkel im Kessel. Durch den Rauchfang kam ein bisschen Licht, das sich mit dem andern bisschen Licht, das durch die Feuerklappe fiel, vereinigte.

«Ja, zuerst hält's schwer, bis man was sieht», sagte Suzy. «Ich habe eine Lampe da. Warten Sie, ich zünde sie an.»

«Ist nicht nötig», sagte Doc. Er sah jetzt genug, dass ihn etwas wie Rührung überkam beim Anblick der Vorhänge, der gestrichenen Wände und des selbstgemachten Toilettentischs mit Spiegel und Fläschchen darauf, die da die Kulissen einer Heimstatt bildeten. Mein Gott, was für ein tapferes Wesen ist der Mensch!, musste er denken. Da aber erstickte Suzy das bei ihm aufkommende Mitleid im Keim.

«In der Klatschrose isst immer ein Schweisser. Der hat mir versprochen, sobald er kann, kommt er mit seinem Schneidebrenner und schneidet mir Fenster in die Wände.»

Vor lauter Begeisterung widerhallte ihre Stimme im Kessel. «Dann setze ich kleine Fensterscheiben ein und Kästen mit roten Geranien davor», sagte sie. «Natürlich muss ich dann auch die Aussenwand anstreichen, ich denke, weiss mit grüner Umrandung. Vielleicht könnte man vorne auch ein Spalier ziehen. Ich verstehe mich gut auf Rosenzucht.»

Darauf schwieg sie. Betretenheit und Förmlichkeit rieselte gleichsam hernieder und erfüllte den Kessel.

Verwundert dachte Doc: Es ist eigentlich gar kein Kessel. Sie hat es fertiggebracht, eine Heimstatt daraus zu machen. Er sagte: «Du hast da eine grossartige Leistung vollbracht.»

«Danke.»

Er sprach aus, was er dachte: «Du hast ein richtiges Heim daraus gemacht.»

«Ja, es ist gemütlich», sagte sie. «Ich habe nie eine Stube für mich allein gehabt.»

«Nun, das hast du jetzt.»

«Zuweilen sitze ich hier und denke mir, man müsste mich in die Luft sprengen, um mich rauszukriegen, wenn ich nicht von selbst hinauskommen will.»

Doc fasste all seinen Mut zusammen und sagte: «Suzy, ich bitte um Verzeihung für das, was geschehen ist.»

«Ich möchte nicht darüber sprechen. Es war nicht Ihre Schuld.»

«Doch.»

«Dieser Ansicht bin ich nicht», sagte sie bestimmt.

«Ich würde alles tun, um ...»

«Hören Sie, Doc», sagte sie, «Sie wollen anscheinend nicht die Finger davon lassen. So will ich es Ihnen ein bisschen unter die Nase reiben. Sie hatten keine Schuld, aber es hat mir wahrhaftig zur Lehre gedient. Ich habe mich ordentlich ausgeweint; jetzt ist's vorbei. Sie brauchen nichts zu tun und Sie können auch nichts tun. Ich benötige nichts. Alle bedauern mich, aber das ist reine Zeitvergeudung. In meinem ganzen Leben hatte ich es noch nicht so gut. Verstanden? Also, lassen Sie es dabei bewenden. Für Sie oder sonstwen ist da gar nichts zu machen, weil ich schon alles selbst mache. Wenn Sie das in Ihren Schädel kriegen, schön. Wenn nicht, dann nehmen Sie ein Pülverchen.»

«Was für ein eingebildeter Esel ich war!», sagte er.

Im Kessel breitete sich wieder Stille aus, die Suzy brach, als sie merkte, dass Doc genügend unter die Nase gerieben worden war.

«Wissen Sie was?», sagte sie munter. «Da sind doch Abendkurse für Maschinenschreiben an der High School. Ich habe mich dazu angemeldet. Nächsten Samstag kriege ich eine Schreibmaschine geliehen. Und dann lerne ich tippen.»

«Das wirst du bestimmt bald können. Und dann wirst du womöglich meinen Aufsatz abschreiben.»

«Werden Sie ihn denn endlich zu Papier bringen?»

«Ich muss, Suzy. Weiter habe ich doch nichts. Ohne das bin ich doch aufgeschmissen. Samstag gehe ich nach La Jolla zur Springflut. Ich freue mich darauf. Du auch?»

«Warum nicht?», sagte sie. Und dann, wie ein zimperliches Mädchen, das seine Bettdecke hochzieht, hüllte sie sich in Förmlichkeit: «Darf ich Ihnen vielleicht eine gute Tasse Tee bereiten? Ich habe einen Sterno-Apparat.»

«Sehr liebenswürdig», sagte Doc.

Sie war jetzt Herrin der Situation und redete leichthin darauflos, während sie den Apparat ansteckte und ihren kleinen Teekessel daraufsetzte.

«Ich verdiene in der Klatschrose schöne Trinkgelder», sagte sie. «Habe meine Schuld bei Joe Blaikey in zwei Wochen abbezahlt. Ella hat vor, eine Woche Ferien zu machen. Sie hat noch nie Ferien gehabt. Sakrament, mit dem Lokal werde ich leicht allein fertig. Verzeihung, dass ich ‚Sakrament' gesagt habe. Ich fluche sonst kaum mehr.»

«Du kommst grossartig voran», sagte Doc. «Kannst du mir sagen, ohne mir's unter die Nase zu reiben, was du von einem Mann verlangst? Das wäre mir vielleicht von Nutzen ... bei anderer Gelegenheit.»

«Der Tee ist bereit», sagte Suzy. Sie reichte ihm eine dampfende Tasse. «Lassen Sie ihn noch ein bisschen ziehen», sagte sie. «Der Zucker ist in dem Tassenkopf auf dem Toilettentisch.»

Während er den Zucker umrührte, sagte sie: «Wenn ich wüsste, ob es nicht bloss so eine Redensart war, dann würde ich Ihre Frage beantworten.»

«Ich glaube nicht, dass es das war.»

«Also schön. Vielleicht gibt es das, was ich möchte, überhaupt nicht auf der Welt; aber ich wünsche es mir nun einmal, und darum bilde ich mir ein, es gibt so etwas. Ich wünsche mir einen Mann, an dem kein Falsch ist, der ist wie ein offenes Buch. Er soll ein echter Mann sein, meinetwegen sogar ein bisschen derb, aber ein Fenster soll er haben. Er mag seine Fäuste überall gebrauchen, doch nicht bei mir. Und er soll mich nötig haben wie das liebe Brot. Es soll ein Mann sein, der nichts auf der Welt hat, wenn er mich nicht hat. Und, Freundchen, der wird allerhand von mir haben!»

«Bis auf die Derbheit ist das wie eine Beschreibung von mir», sagte Doc.

«Sie kommen nicht in Frage! Sie haben mir Bescheid gesagt, und ich war zu blöd, dass ich zuhörte. Sie wissen, was Sie haben. Das haben Sie mir klipp und klar gesagt. Ich würde das verpfuschen. Ich habe lange gebraucht, um zu Verstand zu kommen, aber das ist immerhin jetzt der Fall.»

«Vielleicht war das, was ich sagte, nicht wahr.»

«Dem Gesicht nach, das Sie dabei machten, war es wahr.»

Doc fühlte sich geschlagen. In ihrem Ton lag kein Zorn, sondern nur Verzicht mit einem schwachen Unterton von Erregtheit. Eine Erregtheit allerdings, die etwas Fröhliches hatte.

«Suzy, weisst du, du sagst das, als ob du glücklich wärst.»

«Das bin ich auch», sagte Suzy. «Und wissen Sie, wer mir dazu verholfen hat?»

«Wer?»

«Fauna. Das ist ein tolles Frauenzimmer! Sie hat mir Stolz beigebracht, und ich bin, so lange ich lebe, noch nicht stolz gewesen.»

«Wie hat sie das gemacht?», fragte Doc. «Ich brauchte auch ein bisschen.»

«Sie hat gesagt und liess mich nachsprechen: ‚Wie Suzy gibt es nichts auf der Welt', und sie sagt: wie Suzy sein, das ist schön. Und, verflucht und zugenäht, so ist es auch. Jetzt aber Schluss damit, nicht?»

«Schön», sagte Doc. «Ich glaube, ich muss gehen.»

«Ja», sagte Suzy, «ich muss auch zur Arbeit. Sagen Sie mal, Sie erinnern sich doch noch an den Mann, von dem Sie mir erzählten, dass er da draussen in der Gegend hause, wo wir letzthin abends waren?»

«Der Seher? Jaja, was ist mit dem?»

«Joe Blaikey hat ihn festnehmen müssen.»

«Weswegen?»

«Wegen Diebstahl. Im Safeway-Warenhaus. Joe hat's sehr ungern getan.»

«Ich werde sehen, was ich machen kann. Auf Wiedersehen, Suzy.»

«Haben Sie einen Vogel?»

«Nein, Suzy, Mitleid.»

«Ich auch. Aber man kann nicht alles haben, zum Teufel. Auf Wiedersehen, Doc. Machen Sie's gut in La Jolla.»

Als er diesmal über die Strasse ging, hoffte er, dass niemand ihn sähe. Im Laboratorium ging er gleich zur Bettstelle hin und legte sich lang. Er war krank vor Schwäche. Er konnte keinen Gedanken fassen. Nur Eines stand fest: er musste nach La Jolla gehen. Wenn er das nicht täte, dann würde er sterben, denn dann wäre nichts mehr da, woran er glauben konnte, ja nichts mehr, wofür es sich einzusetzen lohnte. Er drückte die Augen fest zu und beobachtete die hellen Lichtpünktchen, die auf seiner Netzhaut schwammen.

Auf der Veranda wurden Schritte hörbar, und die Schlangen liessen, wenn auch nicht heftig, ihre Klappern schwirren.

Es war Hazel, der die Tür öffnete und ins Zimmer blickte. Als er Docs Miene sah, liess er die Hoffnung fahren.

«Ausgerutscht?», fragte er.

«Ausgerutscht», sagte Doc.

«Es muss doch noch etwas zu machen sein.»

«Nein», sagte Doc.

«Kann ich etwas tun?»

«Nein. Oder doch, ja. Du kennst doch Joe Blaikey?»

«Den von der Polizei? Natürlich.»

«Nun, der hat draussen in den Dünen einen Mann verhaftet. Schau, dass du Joe findest, und sag ihm, der Mann läge mir am Herzen. Er soll ihn anständig behandeln. Ich komme hin, sobald ich irgend kann. Sag ihm, der Mann sei vollkommen harmlos.» Damit drehte er sich auf die Seite und griff in die Hosentasche. «Da sind zwei Dollar. Bitte Joe, er soll dich zu dem Mann lassen und gib ihm ... nein, geh bei Safeway vorbei, kaufe ein Dutzend Zuckerstangen, bringe sie dem Seher hin und gib ihm den Rest des Geldes.»

«Seher?»

«So heisst der Mann», sagte Doc matt.

«Wird sofort gemacht», sagte Hazel stolz. Er lief im Hundetrab davon.

Doc wollte sich gerade wieder gemütlich in sein Elend schicken, als es an der Tür klopfte.

«Herein!», schrie er.

Da darauf nichts erfolgte, als ein zweites Pochen und ein wütendes Zischen der Schlangen, seufzte Doc: «Ach, herrjeh, es wird doch nicht wieder eine Führung für Schulkinder sein.»

Es war ein Telegramm, und zwar ein langes, mit Spesennachnahme. Es lautete:

HEUREKA! GRIECHISCHES WORT BEDEUTEND HABS GEFUNDEN STOP SIE JETZT GEMEINNÜTZIGE ANSTALT STOP HABE CALIFORNIA POLYTECHNIKUM FORSCHUNGSINSTITUT FÜR CEPHALOPODEN ANGEGLIEDERT STOP SIE OBERLEITUNG MIT JÄHRLICH SECHSTAUSEND NEBST KOSTENZUSCHUSS STOP SOFORT ANFANGEN MIT TINTENFISCH STOP VEREINBARE FÜR SIE VORLESUNG DARÜBER AN KALIFORNISCHER AKADEMIE DER WISSENSCHAFTEN ENDE JAHRES STOP ALLES STEUERFREI STOP GLÜCKWUNSCH STOP SCHADE DASS NICHT HÖREN KANN WAS SIE SAGEN WENN SIE TAXE DIESES TELEGRAMMS ZAHLEN MÜSSEN.

Doc legte das Telegramm neben sich aufs Bett. Er sagte nur ein Wort:

«Scheisskerl!»

SECHSUNDDREISSIGSTES KAPITEL

HERR, WARUM HAST DU MICH VERLASSEN?

Hazel sass am Fussende der eisernen Bettstelle im Gefängnis von Monterey und betrachtete neugierig den Seher.

«Wickeln Sie doch eine von den Zuckerstangen aus», sagte er. «Wenn Sie mit Doc befreundet sind, dann kann Ihnen nichts passieren.»

«Kenne ich nicht», sagte der Seher.

«Aber er kennt Sie. Zu Ihrem Glück.»

«Ich kenne keine Doktoren.»

«Ist ja kein Doktor von der Sorte. Er ist ein Doktor für Käfer und so Zeug.»

«Ach so, an den erinnere ich mich. Den habe ich zum Essen eingeladen.»

«Und dafür lädt er Sie zu Zuckerstangen ein.»

«Ich werde die wohl nicht essen.»

«Ja, um Christi willen, warum denn nicht?»

«Sagen Sie meinem Freund Doc, die Gier habe mich auf Abwege geführt. Zuckerstangen sind meine Leidenschaft. Ich habe sonst immer nur eine jedesmal gestohlen und hatte ein unbeschwertes Gewissen über dieses kleine Verbrechen. Doch gestern kam ein Gelüst über mich wie ein Peitschenhieb ... und ich stahl deren drei auf einmal. Der Geschäftsführer vom Safeway sagte, er wisse genau, dass ich immer eine gestohlen hätte. Das habe er mir hingehen lassen. Aber drei auf einmal, das sei zuviel, darüber könne er nicht die Augen zudrücken. Das kann ich ihm nicht verdenken. Denn wer weiss, was ich in Zukunft getan hätte? Gott weiss, welches Gelüst mich gepackt haben würde. Ich erlege mir selbst die Busse auf, dass ich an den Stangen nur rieche, aber sie nicht esse.»

«Sie spinnen ja!», sagte Hazel.

«Kann sein. Da ich keine Vergleichsbasis habe, weiss ich nicht, wie andere Menschen empfinden.»

«Sie reden ganz ähnlich wie Doc», sagte Hazel. «Ich verstehe keinen Ton.»

«Wie geht's ihm?»

«Nicht gar so extra. Er hat Sorgen.»

«Jaja, ich merkte das damals. Ich entsinne mich. Die Einsamkeit umflatterte ihn wie ein Leichentuch. Ich hatte Angst um ihn.»

«Herrje, Sie reden wahrhaftig wie er. Er hat Weibersorgen.»

«Das musste ja kommen. Wenn es einem Menschen kalt ist, dann sucht er nach Wärme. Wenn einer einsam ist, dann gibt's da nur ein Heilmittel. Warum nimmt er das Weib nicht?»

«Sie will ihn nicht ohne.»

«Aha. Ja, zuweilen sind sie so.»

«Wer?»

«Die Weiber. Was verstehen Sie unter: ohne?»

Hazel warf einen geraden durchdringenden Blick auf den Seher. Der Mann redete wirklich wie Doc. Vielleicht konnte der helfen. Aber gleichzeitig ermahnte Hazel sich zur Vorsicht.

«Ich möchte Sie gern etwas fragen», sagte Hazel.

«Was?»

«Nun, all das, was ich jetzt sage, ist nicht wirklich.

Es ist so eine Art... von... von... wie nennt man das doch...?»

«Eine Hypothese.»

«Hippo ... hippo ... ja, so heisst das wohl.»

«Nun?»

«Angenommen, da ist einer, der wo in der Tinte sitzt...»

«Ja, und?»

«Nun, er kann nicht heraus. Aber er hat vielleicht einen guten Freund, der wo weiss, wie.»

«Das sind Sie», sagte der Seher.

«Nö, nö, nö! Ein ganz anderer. Hab den Namen vergessen.» Hastig fuhr er fort: «Nun, angenommen der Mann sitzt in der Tinte, und es gibt nur einen Weg, dass er rauskommt, aber er kann den nicht gehen. Meinen Sie, dann sollte der Freund das machen?»

«Selbstverständlich.»

«Auch wenn's saumässig wehtut?»

«Selbstverständlich.»

«Auch wenn es vielleicht nicht zum Erfolg führt?»

«Selbstredend. Ich weiss nicht, wie die Lage mit Ihrem Doc ist, aber ich weiss, wie Ihre ist. Wenn Sie ihn gern haben, dann müssen Sie alles tun, um ihm zu helfen ... alles. Selbst ihn umbringen, um ihm unheilbaren Schmerz zu ersparen. Das ist die höchste, aber auch schrecklichste Pflicht der Freundschaft. Ich entnehme Ihren Worten, dass es etwas Gewaltsames ist, was Sie da tun müssen. Sie müssen sich zuerst vergewissern, ob es Erfolg haben kann, und zweitens, müssen Sie darauf gefasst sein, dass Sie bestraft werden. Es ist durchaus möglich, dass Ihr Freund, selbst wenn Sie Erfolg haben, nie wieder ein Wort mit Ihnen spricht. Dazu bedarf es grosser Liebe, ja vielleicht der allergrössten Liebe. Prüfen Sie sich, ob Sie ihm eine solche Liebe entgegenbringen.»

Hazel verschlug es den Atem. «Ei, den Mann gibt's ja gar nicht. Es ist eine Hippa ... Hippo ... ein Mumpitz ... eine Art Rätsel.»

«Sie lieben ihn aber doch sehr, scheint mir», sagte der Seher.

Niemand weiss, wie ein Mensch zu Grösse kommt. Sie mag in seinen dunklen Seelenschichten geschlafen haben oder sie mag in ihn hineingeschossen sein wie eines der aus dem Weltraum dahersausenden glühenden Bruchstücke. Was wir jedoch hinsichtlich der Grösse wissen, ist: dass sie durch die Not zu Leben und Bewegung kommt; dass sie immer mit Schmerzen verbunden ist; dass sie den betreffenden Menschen gleichzeitig so verändert, kasteit und erhebt, dass er nie wieder zu seiner früheren Einfalt zurückkehren kann.

Unter der schwarzen Zypresse krümmte und wälzte sich Hazel auf dem Boden. Zwischen seinen zusammengepressten Zähnen kamen leise Wimmerlaute heraus. Die Nacht schritt vor, der Mond ging unter, die Welt in Finsternis zurücklassend; Verzweiflung überfiel Hazel so sehr, dass er aufschrie unter der Qual seiner Grösse, sich von Gott verlassen wähnend gleich jenem Andern.

Stunden um Stunden rang er; erst gegen drei Uhr morgens ward er des Kampfes satt und er fand sich mit seinem Schicksal ab, wie er sich mit der verderbenschwangeren Präsidentschaft der Vereinigten Staaten abgefunden hatte. Ruhe überkam ihn, denn ein Entrinnen gab es nicht. Von stumpfer Seele hätte derjenige sein müssen, der ihn bei seinem Anblick in dieser Stunde nicht von Herrlichkeit umleuchtet gesehen haben würde.

Hazel nahm das zur Tat erkorene Werkzeug vom Boden auf: einen Baseball-Schläger. Gleich einer nachtfarbenen Katze schlich er sich aus dem Schatten der Zypresse heraus.

Es vergingen keine drei Minuten – und er kam wieder. Er legte sich unter dem Baum auf den Bauch und weinte bitterlich.

SIEBENUNDDREISSIGSTES KAPITEL

KLEINES INTERMEZZO

Wenn Dr. Horace Dormody etwas hasste, so waren es nächtliche Anrufe – die niemand gern hat – doch er war mit Doc befreundet und so kam er dem dringenden Hilferuf nach, der ihm aus dem Telephon entgegentönte. Er ging ins Labor, betrachtete dort erst Docs leichenblasses Gesicht und dann dessen rechten Arm.

«Ist glatt gebrochen. Wie arg, kann ich hier nicht feststellen. Meinen Sie, Sie könnten in meinem Wagen mitkommen? Ich muss den Arm röntgen.»

Später sagte er dann: «Na, das wäre erledigt. Glatter Bruch, zeitraubende Sache. Und jetzt erzählen Sie mir nochmal die Räubergeschichte.»

«Ich schlief», sagte Doc. «Das Einzige, was ich noch weiss, ist, dass ich mich herumgeworfen habe und der Arm zwischen das Bett und die Wand geraten sein muss.»

«Sie wollen damit sagen, Sie haben sich nicht mit jemand herumgeschlagen?»

«Ich sage Ihnen doch, ich schlief. Was grinsen Sie denn? Was ist daran so spasshaft?»

Dr. Horace sagte: «Wie Sie wollen. Geht mich ja nichts an ... solange der grosse Unbekannte nicht auftaucht. Das Gewebe über der Bruchstelle ist zerquetscht. Es sieht so aus, als ob der Schlag mit einer Keule geführt worden sei.»

«Ich kann das nicht brauchen!», rief Doc aus. «Ich muss morgen nach La Jolla zur Springflut.»

«Und wollen Felsblöcke umwälzen?»

«Natürlich.»

«Na, probieren Sie das mal», sagte Dr. Horace. «Brennt der Verband?»

«Ja», sagte Doc verzagt.

ACHTUNDDREISSIGSTES KAPITEL

GESCHNÖRKEL II ODER DAS GROSSE SCHMETTERLINGSFEST

Wenn's den Leuten schlecht geht, dann gibt's immer solche darunter, die sich zum Trost nach andern Leuten umsehen, denen es noch schlechter geht. Wieso das eigentlich tröstet, das ist nicht leicht einzusehen, aber es scheint doch so zu sein. Man wägt seine eigenen Sorgen gegen die anderer Leute ab, und wenn die eigenen sich als leichter erweisen, dann fühlt man sich besser.

Die Sachlage in Cannery Row lässt sich wohl als ungefähr hoffnungslos bezeichnen. Man sehe sich daher einmal die missliche Situation an, in der sich die Stadt Pacific Grove befand, und dann wird man begreifen, warum die ganze Nacht im Freimaurersaal die Lichter brannten und wieso davon gesprochen wurde, dass die Stadtverwaltung den Laufpass bekommen müsse. Es handelte sich wahrlich um keine Kleinigkeit. Die ganze Stadt war in Mitleidenschaft gezogen. Die Schmetterlinge waren nicht eingetroffen.

Pacific Grove ist mit einem jener Naturspiele begnadet, die das Herz erfreuen, die Einbildungskraft anregen und die Jugend belehren.

An einem bestimmten Tag im frohlockenden Frühling kommen in majestätischem Wanderzug grosse Wolken von orangeroten Königsfaltern, gleich in der Luft schwebenden flirrenden Blumenfeldern, über die Monterey-Bucht geflogen und lassen sich in den Kiefernwäldern um Pacific Grove nieder. Die Schmetterlinge kennen genau ihren Weg und ihr Ziel. Zu Millionen setzen sie sich auf eine gewisse Anzahl von Kiefern, und zwar immer auf die gleichen Bäume. Dort saugen sie sich voll mit dem dicken harzigen Saft, der dem Geäst entsickert, und werden wie trunken davon. Die ersten Ankömmlinge trinken sich satt und fallen dann berauscht zu Boden, wo sie, mit den rauschverzückten Beinchen zappelnd und schmetterlingszarte Jauchzer der Seligkeit von sich gebend, gleich einem goldenen Teppich liegen bleiben, während die freigewordenen Plätze auf den Zweigen von andern durstigen Millionen besetzt werden. Nach etwa einer Woche solcher Völlerei werden die Falter wieder nüchtern und fliegen davon, jedoch nicht mehr in Schwärmen, sondern sie machen einzeln oder paarweise ihren «blauen Montag».

Lange Zeit hindurch wusste Pacific Grove dieses Naturspiel nicht zu schätzen. Dann aber stellte man allmählich fest, dass eine immer grösser werdende Anzahl von Touristen von diesem Schauspiel der dionysischen Falter angelockt wurde. Wo es Touristen gibt, da gibt es Geld, und Geld seines Weges ziehen zu lassen, das ist eine Sünde. Pacific Grove war eine Goldquelle einfach in den Schoss gefallen. Die Schmetterlinge kosteten ja überhaupt nichts. Es ist nur natürlich, dass sich die Grosse Schmetterlings-Festwoche entwickelte, und wo eine Festwoche ist, da muss auch ein Festzug her.

Zuerst haperte es mit der «Ölung». Pacific Grove ist nicht nur eine «trockene», sondern eine fanatisch «trockene» Gemeinde. Pacific Grove hat die höchste Verkaufsziffer der verschiedensten alkoholhaltigen

Stärkungsmittel, aber geistige Getränke, nein, die gibt es dort nicht. Dass die Schmetterlinge just nach dieser trockenen Oase kamen, um sich zu berauschen, schien etwas unbillig, doch die Gemeinde löste diesen «Zwiespalt der Natur», indem sie ihn erst übersah und dann indem sie ihn hitzig ableugnete. Das mit dem Festzug verbundene Festspiel erklärte dies folgendermassen: Es war einmal eine Schmetterlingsprinzessin (gesungen von Miss Graves), die wanderte in die Welt hinaus und verirrte sich. Dann kam eine Horde Indianer (Stadtbürger in langem braunem Trikotunterzeug), wieso und warum, das weiss ich nicht mehr. Wie dem auch sei, die getreuen Untertanen der Fürstin suchten und suchten die Verlorene, fanden sie schliesslich denn auch und eilten in Millionenscharen zu ihrer Rettung. (Wenn sie auf dem Rücken liegen und mit den Füssen zappeln, so bedeutet das, dass sie ihrer Königin Winke-Winke machen.) Alles wunderschön in Szene gesetzt. Festzug und Festspiel gehen auf dem Baseball-Gelände vor sich, und die Touristen können Schmetterlinge in jeder Grösse und Preislage und aus allem möglichen Material von Kieferzapfen bis zu Platin käuflich erwerben. Kurz, die Sache wird von der Stadt ganz gross aufgezogen. Ja, der Königsfalter ist das Wappentier von Pacific Grove.

In seiner ganzen Geschichte ist nur ein einziger Reinfall vorgekommen. Im Jahre 1924, wenn ich mich recht entsinne, trafen die Schmetterlinge nicht ein; die darüber völlig aus dem Häuschen geratene Stadtverwaltung sah sich gezwungen, in aller Eile Hunderttausende von Papierschmetterlingen in Zweifarbendruck herstellen und sie über die ganze Gegend ausstreuen zu lassen. Infolgedessen hält heute eine vorsorgliche Stadtverwaltung einen grossen Vorrat von Papierfaltern bereit für den Fall, dass sich das tragische Ereignis wiederholen sollte.

Mit einem Abweichungskoeffizienten von einem oder zwei Tagen früher oder später wird das Datum festgelegt. Festzug und Festspiel haben monatelange Proben hinter sich, die Indianer sind einstudiert, der Prinz hat seine Trikots aus dem Naphtalin geholt, und die Prinzessin ist auf dem Wege, ihre höchsten Koloraturen zu erklimmen.

Doch sieh da ... es war vielleicht ein böses Omen: zwei Tage, bevor die Schmetterlinge fällig waren, verlor Miss Graves die Stimme. Sie war eine nette junge Dame, ziemlich hübsch und ziemlich müde. Sie war Lehrerin in der vierten Klasse, wodurch sich Müdigkeit immerhin erklären lässt. Inhalationen und Injektionen fruchteten nichts. Vielleicht verschloss ihr ein psychosomatischer Krampf die Kehle und quetschte ihren Sopran zu einem trockenen Krächzen zusammen. Ihre Augen waren fiebrig vor Verzweiflung.

Die Tage gingen hin, aber kein Schmetterling zeigte sich auf der Bildfläche. Anfänglich herrschte in Pacific Grove Bestürzung und Entsetzen, dann brach blindwütiger Volkszorn los, und männiglich suchte einen Sündenbock. Die Stadtväter waren Schlappschwänze. Es wurde hoch Zeit, einen Wechsel vorzunehmen. Geschäftsinhaber, mit deren Buchhaltung nicht alles stimmte, schoben das dem Bürgermeister in die Schuhe. Der Kinobesuch ging zurück; das wurde dem Stadtrat zur Last gelegt. Erst war es nur ein Murren, aber das Murren wurde zum Gebrüll: «Hinaus mit den Schurken!»

Dann brach in einem Hotel zu King City, das sechzig

Meilen entfernt liegt, ein Brand aus, und – wer kam da, bekleidet mit nichts als einem Regenmantel und begleitet von einer lockeren Schönen aus dem brennenden Haus? Bürgermeister Cristy von Pacific Grove. Er nahm sich nicht einmal die Mühe, seinen Rücktritt einzureichen. Er verduftete aus der Stadt und ward nicht mehr gesehen. Es war etwas verlautet von Teeren und Federn. Das musste ihm zu Ohren gekommen sein. Seit der grossen Fehde wegen des Roque-Spiels war die Stadt nicht mehr in solcher Aufregung gewesen.

Der Block der Frommen schob das Ganze auf Gottlosigkeit, ohne in Einzelheiten einzugehen. Die Zyniker wollten den ganzen Gemeinderat zum Teufel jagen samt dem Polizeichef und dem Wasserkommissär. Die gediegeneren Bürger indessen hatten die einzig richtige Erklärung dafür, wen die Schuld traf: Roosevelt und Truman mit ihrem Sozialismus. Aber deshalb kamen die Schmetterlinge doch nicht.

Dann aber begab sich der Skandal in der ersten Vorschulklasse. William Taylor IV. wurde daheim dabei ertappt, wie er seine Bleistifte aus dem Schutzumschlag des Kinsey-Berichts wickelte. Zur Rede gestellt, woher er dieses Stück Papier habe, bekannte er, in die Enge getrieben, es sei ihm von seiner Lehrerin, Miss Bucke, gegeben worden. Bei deren Vernehmung stellte es sich heraus, dass ihr Vater im Jahre 1918 eine Petition zur Freilassung des Arbeiterführers Eugene V. Debs unterschrieben hatte. Es hatte sich somit erwiesen, dass niemandem mehr zu trauen war.

Miss Graves krächzte jedoch auch fernerhin.

Und die Schmetterlinge kamen auch nicht.

Man sieht also, es gab Leute, die noch schlimmere Sorgen hatten als Cannery Row.

NEUNUNDDREISSIGSTES KAPITEL

WONNIGER DONNERSTAG IN ZWEITER AUFLAGE

Und wiederum war es ein Wonniger Donnerstag im Lenz. Die Sonne setzte zum Sprung in den Sommer an und lockerte die gekräuselten Blütenblätter der goldenen Mohnblumen. Noch vor der Mittagszeit vermochte man den würzigen Duft der blauen Lupinen auf den Feldern um Fort Ord zu riechen.

Ein wonniger Tag war es für die Klapperschlangen aller Arten. Auf dem Exerzierplatz tummelte sich ein frühlingstrunkener Karnickelbock, verrückt wie ein Märzhase, in Flintenschussweite herum und brachte die Dienstgewehre zweier Infanteriekompagnien zu frisch-fröhlicher Entladung, bevor er das Hasenpanier ergriff und sich hinter eine Sanddüne zurückzog. Dieser sekundenlange Anfall von Grossmannssucht eines Karnickelbocks kostete die Regierung achthundertneunzig Dollar und erfreute eine erkleckliche Anzahl tapferer Soldatenherzen.

Atemlos vor Spannung schlug Miss Graves die Augen auf. Sie sang eine Skala von Halbtönen und siehe da, nein, höre da: ihre Stimme war wieder vorhanden und glockenhell. Und dieses Zeichen trog nicht. Die Welt war wieder im Lot. Noch am Vormittag, punkt elf, kamen die Königsfalter über die Bucht geschwärmt, liessen sich zu Millionen auf den Kiefern nieder, sogen sich toll und voll mit dickem süssem

Saft, bis der Rausch sie überkam. In höchster Eile wurde der Schmetterlings-Festausschuss zu einer aussergewöhnlichen Sitzung im Spritzenhaus einberufen, der denn auch alsbald die Feenkronen und die langen braunen Unterhosen der Indianer aus dem Gewahrsam holte. Der (provisorische) Bürgermeister von Pacific Grove verfasste eine zündende Kundmachung für das Abendblatt.

Es war an diesem Tag ganz tiefe Ebbe, Vorbotin der Springflut, und die heisse Sonne trocknete den Seetang aus, sodass Myriaden von Fliegen sich auf diese Futterstelle stürzten.

Den Menschen wurde warm ums Herz. Richter Albertson entliess den Seher auf Fürsprache des Warenhaus-Geschäftsführers aus dem Gefängnis.

Dr. Horace Dormody pfiff während einer Blinddarmoperation durch seine Maske hindurch ein fröhliches Liedchen und erzählte dem Narkose-Assistenten einen politischen Witz, erwähnte jedoch nichts von Docs gebrochenem Arm. Das war Berufsgeheimnis, und das war Dr. Horace heilig, mochte es sich um einen noch so komischen Fall handeln. Aber er konnte sich nicht enthalten, darüber manchmal in sich hineinzukichern.

Wie verbreitete sich aber die Kunde von Docs gebrochenem Arm? Wer weiss? Fauna hörte es bereits bei ihren morgendlichen Spritzkuchen, Alice, Mabel und Becky bei ihrem Orangensaft. Joseph Maria vernahm es von Cacahuete, der darauf zum Strand lief und drei laute hemmungslose Trompetensoli in sechs verschiedenen Tonarten vom Stapel liess.

Die Dicke Ida füllte gerade ihren Pine Canyon-Whisky in alte echt schottische Flaschen um, als sie davon unterrichtet wurde.

Mack und die Jungens bekamen ganz früh Wind von der Sache, und die Nachricht veranlasste sie zu dringender Betätigung.

An diesem Morgen schloss Suzy die «Klatschrose» auf. Bald war die ganze Theke besetzt mit Frühstücksgästen, die bei ihrem Kaffee die Zeit vertrödelten. Der Morgen war schon ziemlich vorgerückt, als Suzy erfuhr, dass Doc den Arm gebrochen habe. Doch sie konnte nicht vom Lokal fort, weil Ella sich gerade Dauerwellen machen liess. Aber nachdem Suzy diese Neuigkeit vernommen hatte, ward den späteren Vormittagsgästen eine etwas sonderbare und zerfahrene Bedienung zuteil, und wenn sie das Wort an Suzy richteten, so starrte diese nur blöd über ihre Köpfe hin. Mr. MacMinimin nannte sie Mr. Gross und sagte zu Mr. Gross einfach «Sie» und brachte ihm seine Spiegeleier nur auf einer statt auf beiden Seiten gebacken, was ihm den Appetit verdarb.

Als Erster auf der Bildfläche erschien Mack. Er hatte nicht einmal seine Schuhe angezogen. Er betrachtete den frischen Gipsverband, der noch nicht abgekühlt war, und lieh der einzigen Erklärung sein Ohr, die sich Doc denken konnte: dass sich sein Arm zwischen Bettstelle und Wand eingeklemmt habe.

«Und was tust du jetzt?», fragte Mack.

«Ich weiss nicht. Ich muss nach La Jolla, ich muss unbedingt.»

Mack wollte gerade ein Anerbieten machen, als ihm etwas einfiel, das ihn äussern liess: «Vielleicht ergibt sich was.» Und damit stürzte er ins Palace.

Dort begab er sich zu Hazels Bett, fand es jedoch unberührt, ohne ein Fältchen.

«Er war nicht da», sagte Whitey No 1.

«Nun, was haltet ihr davon?», sagte Mack voller Bewunderung. «Ei, so ein süsser Schweinehund!»

Mack ging hinaus zur Zypresse, kroch unter deren niederhängende Äste und zerrte Hazel heraus, wie man einen jungen Hund unterm Bett hervorzerrt, und schleppte ihn hinauf zum Palace.

Hazels Gemüt befand sich in einem Zustand völliger Abgekämpftheit. «Ich musste», sagte er hilflos; weiter brachte er nichts heraus.

«Hat jemand Suzy gesehen?», fragte Mack.

«In der Frühe hab' ich sie zur Arbeit gehen sehen», sagte Eddie.

«Nun, geh du hin und benachrichtige sie. Aber ohne viel Umschweife», sagte Mack. «Nun, Hazel, wie hast du das gemacht?»

«Bist du mir bös deswegen?»

«Aber Quatsch!», sagte Mack. «Wir wissen freilich nicht, wie es ausgeht, aber es war schon ein Schritt in der richtigen Richtung.» Er wandte sich an die beiden Whiteys. «Ich möchte euch darauf aufmerksam machen, dass Hazel Doc nicht das Bein zerschlagen hat. Damit hat er sehr besonnen gehandelt. Denn so kann Doc zwar gehen, aber nicht arbeiten. Du, Whitey», sagte er zu Whitey No 2, «du gehst jetzt hinüber zu Doc und treibst dich dort herum. Wenn ihm irgendjemand anbietet, ihn nach La Jolla zu fahren, dann greifst du ein. Wo ist der Baseballschläger?»

«Hab ihn in die Bucht geschmissen», sagte Hazel.

«So, also damit war es! Whitey, hol dir ein Gasrohr von ein paar Fuss Länge.»

Hazel brach zusammen. Mack setzte sich auf den Bettrand zu ihm und legte ihm kalte, nasse Tücher auf die fiebernde Stirn.

Hazel rang nach Worten. «Mack», sagte er, «ich kann's nicht übernehmen. Ist mir egal, ob die Sterne oder die Polizei sagen, ich muss es übernehmen, ich kann's nicht machen. Ich hab' nicht die Traute.»

«Was redst du denn da? Du hast's doch schon gemacht.»

«Das mein' ich ja nicht. Sag Fauna, sie soll einen Andern suchen, der Präsident der Vereinigten Staaten werden muss.»

Mack blickte erstaunt auf ihn hinunter. «Der Teufel soll mich holen, ich hatte gedacht, das hättst du längst vergessen», sagte er.

«Ich habe es probiert», sagte Hazel gebrochen. «Ich möchte ja niemand im Stich lassen, Mack, aber ich tauge einfach nicht dazu. Sieh doch, dass du mir das abnehmen kannst, Mack ... Bitte ... ach, bitte, bitte schön.»

Mack liefen die Augen über vor Mitgefühl. «Nun, denn also, du süsser Schweinehund», sagte er. «Du armes Häschen. Mach dir keine Sorgen. Niemand zwingt dich dazu. Du hast eine edle Tat getan. Ausser dir hatte keiner den Mut zu sowas.»

«Es ist nicht wegen der Austern», sagte Hazel. «Ach, verflucht, dazu könnte ich mich allenfalls überwinden. Ich tät' alte Strümpfe fressen, wenn's sein müsste. Es ist nur ... die Aufgabe ist zu gross für mich. Ich würde das ganze Land in Unordnung bringen.»

«Bleib du nur ruhig liegen, Hazel, mein Kindchen, lass nur Mack dafür sorgen. Keiner ist so tapfer wie du. Whitey», wandte sich Mack dann an Whitey No 2, «du setzst dich hier zu Hazel ans Bett und pflegst und beruhigst ihn. Lass ihn nicht aufstehen, bis ich zurück bin.» Und damit eilte er aus dem Haus.

Fauna hielt Hazel ihre Sternkarte vor die Nase. «Irren ist menschlich», sagte sie. «Auf der Karte war ein Fliegenschiss. Saturn war gar nicht in Konjugation.»

Argwöhnisch sagte Hazel: «Woher weiss ich, dass du mich jetzt nicht beschwindelst, um mich aufzumuntern?»

«Wieviel Zehen hast du?»

«Ich hab sie gezählt: neun.»

«Zähl noch einmal nach.»

Hazel zog seine Schuhe aus. «Genau wie vorher», sagte er.

«Sieh dir mal die kleine Zehe an, die unter die andern gekrümmt ist. Ich mag einen Irrtum durch den Fliegendreck begangen haben, aber du hast deine Zehen falsch gezählt. Du hast zehn. Eine ist verwachsen.»

Langsam begann sich ein Lächeln über Hazels Gesicht auszubreiten, ein Lächeln freudiger Erleichterung. Doch noch fiel sekundenlang ein Schatten darüber. «Wer wird es denn statt meiner werden, meinst du?»

«Das weiss kein Mensch», sagte Fauna. Und damit rollte sie ihre Sternkarte zusammen und ging heim.

Gerade ging es auf zwölf Uhr, als ein ungewohnter Besucher den Hühnersteig zum Palace hinaufklomm: der Eilgutfuhrmann.

«Habe eine mordsgrosse Kiste für euch», sagte er. «Aber ich bin nicht verpflichtet, Frachtstücke über eine Strickleiter ins Haus zu liefern. Kommt runter und holt sie.»

«Es ist da!», schrie Mack. «Gottes Mühlen mahlen langsam, aber sie mahlen.»

Hazel, Whitey No 1 und Mack mühten sich damit ab, die grosse Kiste den Hühnersteig hinaufzubugsieren, als Eddie dazukam.

«Suzy kommt!», schrie er. «Sie kommt gleich. Sie war gerade am Aufbrechen. Sie ist bei ihm.»

«Hilf mal da mit», sagte Mack. «Wie sieht sie aus?»

«Bombig!», sagte Eddie.

Sie schleppten die Kiste ins Palace, und alsbald ging Mack ihr mit einem Beil zu Leibe.

«Da ist es», sagte er, als er den Deckel aufgemacht hatte.

«Sie ist bei Doc. Was ist denn das?»

«Schaut her!», sagte Mack.

Alle standen um die Kiste herum und blickten hinunter auf das Instrument, das grosse schwarze Rohr eines achtzölligen Reflektors, die Okulare daneben in Hülsen und das Stativ wohleingepackt.

«Das grösste in dem ganzen verflixten Katalog», sagte Mack stolz. «Herrje, wird Doc selig sein! Eddie, berichte genau, was vorgegangen ist, aber lass nichts aus!»

Welch ein Tag das war! Ein Tag aus Purpur und Gold. Ein Geschwader von Engelskindern machte sich einen halben Kilometer über der Erde mit einem rosa Wolkenstreifen zu schaffen, auf dem wie eine Lichtreklame in Abständen das Wort J-O-Y aufblitzte. Eine Möwe mit gebrochener Schwinge stiess sich vom Boden ab und flog kerzengerade in die Luft, dabei immer krächzend: «Joy-joy-joy.»

Suzys Gedanken überholten ihre eilenden Füsse, als Eddie sie abfing. Auf seine hingeworfenen Bemerkungen über das Wetter antwortete sie nur mit Ja und Nein, aber sie hörte nicht nur nicht auf die Worte hin, sie wusste nicht einmal, dass Eddie neben ihr herlief.

Sie bemerkte auch Whitey No 2 nicht, der mit einem eisernen Fensterbeschwerer vor dem Western Biological Wache stand, als sie dessen Treppe hinauflief. Durch Suzys Ankunft war Whitey No 2 zwar seiner Aufsichtspflicht enthoben, aber er blieb doch in der Nähe, um zu horchen.

Auf der obersten Treppe verschlug es Suzy den Atem, und sie wurde zu einem schüchternen kleinen Mädchen; aber es ist ja bekannt, dass es auf der Welt nichts Unverwüstlicheres und tödlich Entschlosseneres gibt als ein schüchternes junges Mädchen. Sie blieb einen Moment lang stehen, um zu Atem zu kommen, dann klopfte sie an die Tür und trat ein, wobei sie vergass, die Tür zuzumachen, was Whitey No 2 zustatten kam.

Doc sass finster auf seinem Bett und betrachtete das Gehäufe von Gerät und Zubehör für den Sammelausflug, das auf dem Boden lag.

«Ich habe gehört, Sie seien verletzt», sagte Suzy sanftmütig. «Ich wollte nur sehen, ob ich Ihnen irgendwie behilflich sein kann.»

Einen Augenblick lang hellte sich Docs Gesicht auf, dann fiel wieder der Schatten darüber. «Dadurch ist's mit der Springflut Essig», sagte er, auf den Gipsverband blickend. «Ich weiss nicht, was ich mache.»

«Tut's sehr weh?», fragte Suzy.

«Ziemlich; aber es wird wohl bald noch weher tun.»

«Ich komme mit nach La Jolla.»

«Und drehst die Felsblöcke um, die einen viertel bis einen halben Zentner wiegen.»

«Ich bestehe ja auch nicht aus Spucke», sagte Suzy.

«Kannst du Autofahren?»

«Na, sicher», sagte Suzy.

«Es geht nicht», sagte er. Dann aber aus der innersten Seelentiefe kam ein glucksender Schrei: «Natürlich geht es! Ich brauche dich, Suzy. Ich muss dich mitnehmen. Es wird entsetzlich mühevoll werden, aber ich bin ja fast ganz hilflos.»

«Sie sagen mir, was ich tun und was ich suchen soll.»

«Ja, das kann ich», sagte er. «Ganz hilflos bin ich ja auch nicht. Die linke Hand kann ich immerhin gebrauchen.»

«Gemacht», sagte Suzy. «Wann brechen wir auf?»

«Heutabend muss ich abfahren. Wenn wir die ganze Nacht durch fahren, dann kommen wir gerade zur Flutzeit morgenfrüh sieben Uhr achtzehn. Meinst du, es geht?»

«Gemacht», sagte Suzy. «Wenn Sie mich wirklich brauchen.»

«Ich brauche dich dringend. Ohne dich bin ich verraten und verkauft. Aber du wirst todmüde werden.»

«Das ist egal», sagte Suzy.

«Ich muss dich noch etwas fragen», sagte Doc. «Old Jingleballicks hat für mich eine Stiftung am Polytechnikum errichtet.»

«Warum nicht?»

«Ich brauche dort nicht zu arbeiten.»

«Grossartig.»

«Ich weiss nicht, ob ich ihm die Sache nicht vor die Füsse schmeissen soll.»

«Na, dann tun Sie's doch.»

«Andererseits habe ich dort die ganze fabelhafte Einrichtung zur Verfügung.»

«Grossartig», sagte Suzy.

«Ich will aber nicht für andere Leute arbeiten.»

«Dann verzichten Sie halt.»

«Aber ich bin auch aufgefordert worden, meine Abhandlung an der Akademie der Wissenschaften vorzulesen.»

«Tun Sie es doch.»

«Ich weiss gar nicht, ob ich sie schreiben kann. Was soll ich anfangen, Suzy?»

«Ja, was wollen Sie denn nun eigentlich?»

«Das weiss ich eben nicht.»

«Was ist daran nicht recht? Hören Sie, Doc, ich muss noch allerhand tun und besorgen. Dazu brauche ich, sagen wir, zwei Stunden. Ist das zu lang?»

«Wenn wir nur am Abend abfahren können.»

«Ich komme, sobald ich irgend fertig werden kann.»

«Suzy», sagte Doc, «ich liebe dich.»

Sie hatte sich gerade angeschickt, zur Tür zu gehen. Sie fuhr herum und blickte ihm in die Augen. Ihre Brauen waren gerade und ihre Lippen verkniffen. Dann aber, unter einem langsamen Atemzug, wurden sie voll, die Mundwinkel verzogen sich wieder nach oben, und ihre Augen glänzten übermässig erregt.

«Bruderherz», sagte sie, «jetzt hast du dir ein Mädchen angelacht.»

VIERZIGSTES KAPITEL

DER GOLDENE STERN

Von den Jungens umgeben sass Suzy auf einem Stuhl im Palace. In ihren Augen lag ein Blick geradezu wütender Konzentration. Ihre Füsse standen auf zwei Backsteinen, und zwischen den Händen hielt sie einen alten Fassreifen. Vor ihr aufgebaut war ein Brett, auf dem mit Kreide geschrieben stand: «Zündungsschlüssel» – «Geschwindigkeitsmesser» – «Drossel» – «Benzinstand». Rechts neben ihr stand auf dem Fussboden eine Äpfelkiste, aus der ein Besenstiel hochragte.

«Probier's nochmal», sagte Mack. «Dreh den Schlüssel um und setz den rechten Fuss auf den Anlasser.»

Suzy stellte den Fuss auf einen Kreidefleck auf dem Fussboden.

«Tschuck-tschuck-tschuck», machte Hazel glückselig wie ein Bub.

«Jetzt auskuppeln.»

Suzy stellte den linken Fuss auf einen Backstein.

«Den Gang einschalten: vor und wieder zurück.»

Suzy stiess den Besenstiel in den dritten Gang.

«Gas wegnehmen und die Kuppelung rein. Jetzt auskuppeln, von dir weg, dann vorwärts. Gas geben. Wieder auskuppeln und gerade zurück. So, sehr gut gemacht. Mach's noch einmal.»

Nach anderthalb Stunden hatte Suzy mit dem Stuhl rund hundertfünfzig Meilen zurückgelegt.

«Du wirst's schon machen», sagte Mack. «Fahr langsam. Wenn du zwei Meilen ausserhalb der Stadt bist, ohne irgendwo angeeckt zu sein, kannst du ihm die Wahrheit sagen. Dann dreht er nicht mehr um. Dann sagt er dir, was du machen sollst. Ich lasse den Wagen an und bringe ihn gerade auf die Strasse hinaus.»

«Ihr seid eine nette Bande, ihr!», sagte Suzy.

«Ei verflucht, wenn Hazel sich die Mühe machen kann, dass er ihm ... hupp, ach, pardon ..., na, dann ist das Mindeste, was wir tun können, dafür zu sorgen, dass etwas Gutes für ihn dabei herauskommt. Los, jetzt ... hau ihn noch mal durch die Gänge durch!»

Der Abend war so herrlich, wie der Tag gewesen war. Die untergehende Sonne schminkte die weissen Schaumkronen in der Bucht rosig und beleuchtete die ernsthaften Pelikane, die mit schweren Flügelschlägen ihrem Nest zustrebten. Die Wellblechwände der Sardinenfabriken schienen aus weichem, kostbarem Platin aufgebaut.

Docs altes Auto stand vor dem Western Biological; auf dem Rücksitz waren Eimer, Töpfe, Netze und Brechstangen verstaut. Die ganze Cannery Row stand drum herum. Joseph Maria hatte Halbliterflaschen voll Old Tennisschuh den Randstein entlang gestellt. Faunas Haare leuchteten grell in der Abendsonne. Die Mädels umarmten Suzy zum Abschied. Becky schwamm in gefühlvollen Tränen.

Joe Elegant lugte aus der Tür seines Anbaus. Er hatte im Sinn, nach Erscheinen seines Buches, nach Rom zu reisen.

Doc hatte eine Liste in der Hand, nach der er die Ausrüstungsstücke durchging.

Nur Mack und die Jungens fehlten noch. Doch da kamen sie auch schon den Hühnersteig herunter, schwankend schleppten sie zwischen sich das Stativ und das lange schwarze Rohr. Sie gingen über das Eisenbahngeleise und das leere Grundstück und stellten dann das Stativ neben das Auto.

Mack räusperte sich. «Freunde und Freundinnen», sagte er, «in meinem Namen und in dem der Jungens habe ich die Ehre und die Freude, Doc dieses hier zu überreichen.»

Doc sah die Gabe an: es war ein Teleskop von einer Stärke, dass er sich damit den Mond herunterziehen konnte. Der Unterkiefer fiel ihm herunter. Dann erstickte er das Gelächter, das in ihm aufstieg.

«Gefällt's dir?», fragte Mack.

«Es ist herrlich.»

«Das grösste in dem ganzen verflixten Katalog», sagte Mack.

Doc würgte es in der Kehle. «Danke» sagte er. Er stockte. «Schliesslich kommt es ja nicht drauf an, ob man hinauf sieht oder hinunter ... wenn man nur überhaupt sieht.»

«Wir bringen es dir rein», sagte Mack. «Gebt mir mal eine von den Flaschen da. Auf Doc!» schrie er. «Doc soll leben!», und dazwischen leise zu Suzy: «Dreh den Schlüssel um. So, und jetzt anlassen!»

Der alte Motor fing an zu brummen. Doc hatte eine Flasche angesetzt.

«Auskuppeln ... so, jetzt wieder einkuppeln», sagte Mack.

Suzy tat, wie ihr geheissen.

Gemächlich kletterte der alte Wagen über den Randstein, riss die halbe Treppe des Western Biological weg, schlingerte auf die Strasse und kroch, Holzsplitter umhersäend, weg.

Doc drehte sich auf seinem Sitz um und blickte zurück. Die im Horizont versinkende Sonne liess sein lachendes, sein fröhliches, seliges Gesicht erglänzen. Mit der linken Hand hielt er das bockende Steuerrad fest.

Cannery Row schaute dem alten Klapperkasten nach. Bei der nächsten Strassenecke bog er ein und verschwand hinter einem Lagerhaus, als eben die Sonne ihren letzten Strahl über die Welt geworfen hatte.

Da sagte Fauna: «Was meint ihr? Kann ich jetzt den goldenen Stern für sie ankleben?»

ENDE